*Für*
*Linda und Anna*

Christia

**Die**

Christian Oehlschläger

# DIE HASENPFOTE

Kriminalroman

Christian Oehlschläger, 1954 in Hannover geboren, ehemals Förster bei der Landwirtschaftskammer Niedersachsen, war mehrere Jahre als forstlicher Berater in Mittel- und Südamerika tätig, bevor er die Leitung der Bezirksförsterei Burgwedel übernahm.

Neben zahlreichen Beiträgen für die Fachpresse sind von ihm erschienen:

Kriminalromane
*Der Schwanenhals*
*Der Kohlfuchs*
*Die Wolfsfeder*
*Der Waldvogel*
*Das Hirschluder*
*Der Neunwürger*

Kurzgeschichtenbände
*Seltene Beute*
*Wildwechsel*
*Draußen vom Walde*
*Wo Hirsch und Has'*
*Auf trügerischer Spur*

Obendrein hat der als ›Krimi-Förster‹ bekannte Autor an diversen Anthologien mitgewirkt. Weitere Informationen finden Sie unter *www.christian-oehlschlaeger.de*

---

Ein Glossar am Ende des Romans, auf Seite 350, erläutert die Begriffe aus der Forst- und Jägersprache.

**Impressum**

seit 1872

ISBN: 978-3-7888-2008-4

1. Auflage 2021
Printed in Germany

**Erschienen in der Edition Jägerleben**
**im Auftrag des Verlages**
**J. Neumann-Neudamm**


c/o NJN Media AG
Schwalbenweg 1
D-34212 Melsungen

info@neumann-neudamm.de
www.neumann-neudamm.de

Lektorat, Titelgestaltung und Satz: Ulrich Hilgefort, Hannover
Gesetzt aus der Garamond 11/13 pt

## *Auf einen Dachs*

*Armes Tier, im engen Bau*
*Liegest du verdrossen,*
*Wiesengrün und Himmelblau*
*Bleibt dir stets verschlossen.*

*Nur in finstrer Mitternacht*
*Kommst herausgegangen*
*Schüchtern: denn sie halten Wacht,*
*Dass sie dich bald fangen.*

*Deinem Felle nur wird Teil,*
*Was dir nie geworden,*
*Oft ein schönes Reiseheil*
*Nach den fernsten Orten.*

*So wie dir, also ergeht's*
*Mir im engen Leben,*
*Muss an einer Stelle stets*
*Wie du Armer kleben.*

*Nach dem Tode träget man*
*Mich wohl auch ins Freie,*
*Aber ach! Sie scharren dann*
*Ein mich flugs aufs Neue.*

Justinus Kerner (1786 – 1862)

# Prolog

Tief unten im Dachsbau tat sich etwas. Das war ungewöhnlich für den Anfang des Jahres, denn im Januar hielten die Erdmarder in der Regel Winterruhe.

Doch in jenem Winter war vieles anders. Die kalte Jahreszeit hatte ihren Namen kaum verdient, der Winter 1989/90 gehörte zu den mildesten des 20. Jahrhunderts - und zu den sturmreichsten: Orkantiefs mit den schönen Namen *Daria, Hertha, Vivian* und *Wiebke* richteten enorme Schäden an, vor allem in Wald und Flur. So auch im Süden der Lüneburger Heide, im waldreichen Landkreis Celle, im Meißendorfer Gehege.

Der alte Dachsrüde drehte sich unruhig in seinem Lager. Das raschelte, denn der geräumige Wohnkessel war mit knochentrockenem Laub, Gras und Moos ausgepolstert. Meister Grimbart konnte wegen seiner Wetterfühligkeit kaum schlafen, der milde Winter behagte ihm ganz und gar nicht. Zudem machte sich bei solchen Gelegenheiten seine alte Verletzung bemerkbar. Sie juckte fürchterlich.

Zur Beruhigung leckte er an seinem Hinterlaufstumpf. Eine 3-mm-Schrotgarbe, abgefeuert von einem Schlumpschützen vor vielen Wintern während einer Treibjagd, hatte ihm den rechten Hinterlauf zerschmettert. Seitdem war er nur noch auf drei Läufen unterwegs, mehr schlecht als recht. Immerhin fand er noch pflanzliche Kost, Regenwürmer und Insektenlarven und kam so einigermaßen über die Runden. Als Nahrungsgeneralist scheute er auch vor Aas nicht zurück, kein noch so übel riechender Kadaver war vor ihm sicher. Nur auf die flinken Mäuse, die er in jungen Jahren so gern vertilgt hatte, musste er seit dem Jagdunfall verzichten.

Erneut erhob sich der Dachs. Als hätte er einen Drehwurm, rotierte er mehrmals um die eigene Achse. Zur Wetterfühligkeit gesellte sich Hunger. Wurde man in der Winterruhe gestört, meldete sich rasch der leere Magen. Da half auch das im Herbst angemästete Fett nicht. Erst einmal wach, trieb der Hunger einen hinaus aus dem Bau, um nach etwas Fressbarem zu suchen.

Doch es gab noch etwas, das ihn beunruhigte. Der Rüde hob sein Haupt und nahm Wittrung auf.

Seltsam!

Da hing ein Geruch in der Luft, den er in all den Jahren noch nie in seinem Heimatbau wahrgenommen hatte. Eine zwar angenehm süßliche, doch irgendwie auch tieruntypische, bedrohlich anmutende Duftmarke.

Das Jahrhunderte alte, labyrinthartig verzweigte Tunnelsystem mit unzähligen Kammern und Röhren hatte schon manchem dachsfremden Gast als Wohnstätte gedient. Das war nicht außergewöhnlich. Neben Dachsen als Hausherren nutzten vor allem Füchse den riesigen, mehrere hundert Meter langen Bau. Aber auch Marder, Iltis oder die hierzulande neu aufgetauchten Waschbären und Enoks bezogen gern unter Tage Quartier.

All diese Raubtiere hatten ihre Beute zum Bau geschleppt: Hasen, Kaninchen, Hühner, Enten, Mäuse, alle möglichen Singvögel, Maulwürfe, Frösche oder gar Fische - und stinkendes Aas vom Schalenwild. Doch auch deren Ausdünstungen rochen anders als das, was dem Dachsrüden jetzt in die Nase stieg.

Der Wohnkessel, in dem sich Meister Grimbart befand, lag gut fünf Meter tief unter der Erde, eingegraben in den gelben, mit Kies und Findlingen durchsetzten Heidesand. Wohnkessel reihte sich an Wohnkessel. Jede Dachsgeneration hatte eine neue Höhle dazu gebaut, so dass im Laufe der Zeit eine unüberschaubare Anzahl an Röhren und Kammern entstanden war. Für Jäger und ihre vierbeinigen Gehilfen ein Gräuel - so mancher Bauhund hatte hier unten sein Leben gelassen.

Der Dachsrüde schnüffelte in die Dunkelheit.

Oder kam das, was ihm in die Nase gestiegen war, von außerhalb des Baus? Von oberhalb der Erdoberfläche?

Dort standen Bäume dicht an dicht. Steinalte, dickborkige, windschiefe Kiefern an einem südexponierten Waldrand. Weitab von Feldern, Wiesen, Wegen und Gräben verirrten sich Menschen nur selten hierher.

Seine Neugierde war geweckt. Schwerfällig raffte er sich auf, stellte sich auf seine drei Läufe und schüttelte das Moos aus dem Balg. Dann kroch er beherzt los, in eine der Röhren, die nach oben führte.

Er brauchte eine Weile, um sich zurechtzufinden, denn der Bau bestand aus einem Wirrwarr von Gängen auf mehreren Etagen. Manche der Röhren, die ein schlanker Fuchs gegraben hatte, waren zu eng für einen ausgewachsenen Dachs. Es galt, genau den Gang zu finden, durch den er vor einem halben Mond in seinen Wohnkessel hinabgestiegen war.

Mit jedem Meter, den er hinter sich brachte, wurde der Geruch intensiver. Er ließ alle Vorsicht fahren und wurde immer schneller. Die von der Fresssucht getriebenen Instinkte mobilisierten seine letzten Kräfte.

Als der Dachs nur noch wenige Gänge von der Stelle entfernt war, wo der Hauptausgang des Baus recht steil nach oben führte, hielt er inne. Seine Knopfaugen erspähten schummriges Licht. Nach den vielen Tagen im Dunkeln mussten sich seine Seher erst einmal an die zunehmende Helligkeit gewöhnen.

Es war Tag, nicht Nacht, realisierte er.

Da galt es, doppelt vorsichtig zu sein. Als nachtaktiver Erdmarder wagte sich seinesgleichen am helllichten Tage nur in höchster Not aus dem Bau.

Der fremde Geruch war kaum noch auszuhalten. Doch etwas anderes ließ den Dachs verstört verharren.

Nervös blinzelte er nach oben, in Richtung Erdoberfläche.

Da stimmte etwas nicht. Das Tageslicht drang durch einen schmalen Seitengang zu ihm in den Bau - nicht durch die viel weitere Hauptröhre. Die war stockfinster, die Öffnung nach außen verschüttet.

Warum nur? Hatten wieder Stürme im Wald gewütet und Bäume entwurzelt? Wie schon so oft in den letzten Monaten? Blockierte der aufgeworfene Wurzelteller einer der Kiefern den Eingang?

Oder …?

Dieser seltsame Geruch … er kam eindeutig aus der verschütteten Hauptröhre, nicht durch den offenen Luftschacht.

Kurz entschlossen begann der Dachsrüde mit seinen beiden Vorderpfoten zu graben - dort, wo zuvor der Hauptgang nach außen geführt hatte. Der trockene Sand ließ sich leicht beiseite scharren. Kein Stein, keine Wurzel, nichts hinderte den emsigen Gräber.

Bis er plötzlich auf Haare stieß.

Keine Haare, die der Dachs kannte. Die hier waren aschblond wie verblichenes Haferstroh, lang und dünn wie die Halme der Drahtschmiele. Von einem Artgenossen oder einem Fuchs stammten sie nicht. Auch andere Wildarten schieden als Verursacher aus.

Der Dachsrüde buddelte weiter. Plötzlich nahmen die Haare eine rote Färbung an, eine blutrote Färbung. Sie klebten an einem Schädel. Einem menschlichen Schädel.

Ein Ohr wurde sichtbar, eine zerkratzte Wange ... dann die Nase ... weit aufgerissene Augen. Darüber, mitten auf der Stirn, befand sich ein kleines Loch. Ein kreisrundes, erbsengroßes Loch, aus dem ein schmales rotes Rinnsal gesickert war.

Wie von Sinnen wühlte der Dachsrüde weiter.

# Erstes Kapitel

Es war an einem Tag im Mai des ersten Corona-Jahres 2020. An einem sonnigen Dienstagvormittag.

Robert Mendelski saß auf der Eichenbank im heimischen Garten in Boye. Gedankenverloren schaute er den Libellen zu, die auf der Jagd nach Beuteinsekten im Zickzackflug über dem kleinen Teich kreisten. Ein leichter Wind ließ die frisch ausgetriebenen Schilfhalme leise rascheln.

Der Kriminalhauptkommissar blieb zu Hause, weil die Polizeidirektion es angeordnet hatte. Seit Mitte März war alles anders. Das tödliche Virus, Auslöser der Covid-19-Pandemie, hatte vieles durcheinandergebracht, dienstlich wie privat.

Sie gehörten zur Risikogruppe. Seine Frau, Carmen Pidal-Mendelski, und er. Beide waren über sechzig. Zwar hatten sie keine nennenswerten Vorerkrankungen, trotzdem hielten sie sich sehr genau an die Vorgaben: Möglichst zu Hause bleiben, nur die nötigsten sozialen Kontakte, und - wenn überhaupt - mit dem gebotenem Abstand und dem obligaten Mund-Nasen-Schutz. Pablo und Ana taten sich zunächst schwer, ihre Eltern nicht zu sehen. Inzwischen kamen sie jedoch im Wechsel an den Wochenenden. Familien durften sich ja besuchen.

Mit großer Sorge hatte Carmen in den vergangenen Wochen nach Spanien geschaut. Nach Barcelona, wo ihre 90-jährige Mutter Doña Teresa mit ihrer Schwester Mercedes lebte. Obwohl Spanien besonders hart von der Pandemie heimgesucht wurde, hatten sie bisher Glück im Unglück und waren verschont geblieben. Doch an eine Reise dorthin war nicht zu denken.

Seltsame Zeiten. Auch dienstlich: Seit der tödlichen Messerattacke auf einen 15 Jahre alten Jesiden Anfang April gab es für das Fachkommissariat 1 der Polizeiinspektion Celle wenig zu tun. Der Täter, ein 29-jähriger Deutscher, war schnell gefasst.

Dank Corona konnte die Kripo mal durchatmen. Abgesehen von einem leichten Anstieg bei Fällen mit häuslicher Gewalt, die zumeist ihre Ursache in Ausgangsbeschränkungen, Jobverlusten und Ähnlichem hatten, waren schwere Delikte zurückgegangen.

Deshalb und um die Kollegen vor Ansteckung zu schützen, galt für die Mitarbeiter des Zentralen Kriminaldienstes die Vorgabe, wenn möglich zu Hause zu arbeiten, Urlaub zu nehmen oder Überstunden abzubummeln. Für die verbliebene Rumpfmannschaft führte die Chefetage Schichtdienst und besondere Regeln ein. Einsatzbesprechungen fanden unter strikten Auflagen statt, der Zugang zum Gebäude war nur durch den Nebeneingang gestattet. Im FK 1 schob lediglich eine Notbesetzung Dienst.

Über Ostern hatte Robert Mendelski daher eine Woche Urlaub genommen, war aber angesichts des bundesweiten Reiseverbots nicht weggefahren. Den Rest des Aprils und die erste Maiwoche hatte er mehr oder weniger von zu Hause gearbeitet. Um mal wieder vertraute Gesichter zu sehen, fuhr er trotz der Kontakteinschränkungen zweimal die Woche in die Stadt. Als ausgesprochener Teamplayer behagte es ihm ganz und gar nicht, seinen Beruf nur per Telefon und PC auszuüben.

Mendelski stellte den leeren Kaffeebecher neben sich auf die Bank und beugte sich vor. Nachdenklich starrte er auf das dunkle Wasser des Teichs und zog Bilanz: Mittlerweile widmete er sich bereits die zweite Woche der anspruchsvollen Aufgabe, Resturlaub und Überstunden abzubummeln. Dabei war an Müßiggang nicht zu denken - und der war auch gar nicht sein Ding.

Gottlob gab es in Haus und Garten Arbeit zuhauf. Geräteschuppen und Garage waren bereits entrümpelt, als nächstes kam der Keller dran. So hatte sich schon ein riesiger Haufen Sperrmüll angesammelt, den es loszuwerden galt.

Auch Terrasse und Plattenwege mit dem Hochdruckreiniger zu säubern, stand auf seiner Liste. Aus den Haselsträuchern müsste er das Totholz schneiden, das Garagentor brauchte einen neuen Anstrich. Langeweile würde also kaum aufkommen.

»Da kannst du schon mal testen, wie es dir im Ruhestand ergeht«, hatte Carmen ihn heute Morgen beim Frühstück gefoppt. »Mir graut davor, dass du bald nur noch zu Hause hockst.«

»Wieso das denn?« Schmollend verkroch er sich hinter der aufgeschlagenen Zeitung. »Mir fällt schon was ein.«

»Geh doch mal wieder jagen«, setzte sie nach. »Das hast du doch früher immer gerne gemacht. Ist nicht grad Rehbockjagd?«

Von ihm kam nur ein unverständliches Grummeln.

»Das würde dir bestimmt gut tun«, bohrte sie weiter. »Diese lauen Maiabende draußen im Revier auf dem Hochsitz ... das ist doch ein Traum.« Das Grummeln vertiefte sich.

»Oder wir gehen mal wieder zu zweit raus. Ich war schon seit Ewigkeiten nicht mehr mit dir auf Ansitz.«

Das Grummeln verstummte. Aus vierzig Jahren Ehe wusste Carmen, dass sie nun besser aufhören sollte.

Anfangs hatte Mendelski die Corona-bedingten Einschränkungen noch recht entspannt hingenommen, zum Teil sogar genossen. Nicht nur der Polizeidienst, sondern auch sein Privatleben war enorm entschleunigt worden. Unvermittelt hatte er einen leeren Terminkalender – und viel, viel Zeit für sich und seine Partnerin. Vor allem die Abende verbrachten Carmen und er jetzt gemeinsam, bei gutem Essen, etlichen Gläsern Wein und mit ausgewählten Filmen auf dem heimischen Sofa. In seinem ganzen Leben hatte Robert Mendelski noch nie so viele Spielfilme und Serien angeschaut wie in den vergangenen Monaten.

Doch alles hat seine Zeit, befand er. So langsam könnte das normale Leben zurückkehren, zum alten Trott. Ihm fehlten die Sangesschwestern und -brüder vom Chor, das gemeinsame Singen am Dienstagabend, die lustigen Spanischkursleute am Mittwoch, das gemeinsame Palavern und die Zockerei am Kartentisch an den Wochenenden. Ganz zu schweigen von den geliebten Kino- und Restaurantbesuchen in Celle.

Seufzend erhob er sich von der Bank und griff nach der Kaffeetasse, als er die Rufe seiner Frau hörte. Carmen kam über den Rasen auf ihn zugelaufen. Im Gehen schwang sie ein Mobiltelefon, sein Diensthandy.

»Hier bist du ...« Sie reichte ihm das Smartphone. »Das brummt schon die ganze Zeit. Ist anscheinend wichtig.«

»Wahrscheinlich die Mailbox«, erwiderte er. »Die ist unerbittlich.«

Seine Vermutung bestätigte sich. Sein Chef, Kriminaldirektor Steigenberger, hatte eine Nachricht hinterlassen.

Ohne zu zögern, rief Mendelski zurück und sprach längere Zeit mit ihm. Danach telefonierte er mit Maike Schnur und verabredete sich mit ihr.

»Ich muss los«, reagierte er auf den fragenden Blick seiner Frau. »Habe einen Einsatz.«

Carmen stöhnte erleichtert auf: »Na, Gott sei Dank!«

Sie mussten nach Meißendorf. Die Strecke von Boye über Winsen nach Meißendorf war eigentlich ein Klacks. Mit dem Auto benötigte man eine Viertelstunde für die 17 Kilometer. Doch Mendelski fuhr den Schwenk über die Celler Innenstadt, um Maike Schnur einzusammeln, das würde 20 Minuten extra dauern. Seine Kollegin erwartete ihn am Neumarkt.

Dank Corona kam er besser durch als gedacht, so dass er fünf Minuten zu früh am Treffpunkt eintraf. Maike war noch nicht da. Er parkte seinen zivilen Dienstwagen auf einem Behindertenparkplatz und übte sich in Geduld.

Aufmerksam beobachtete Mendelski die Fußgänger, die an seinem Auto vorbei in die Altstadt liefen. Allmählich füllte sich die Stadt wieder. Die Menschen kehrten aus der Pandemie-Starre zurück, gingen wieder bummeln, machten Einkäufe oder besuchten gar ein Restaurant.

Jemand klopfte an die Seitenscheibe und weckte ihn aus den Träumen. Maike Schnur stand neben dem Auto, sie war mit dem Fahrrad gekommen. Mendelski fuhr die Scheibe hinunter.

»Polizei Celle!«, sagte sie mit extra strenger Stimme. »Darf ich mal Ihren Behindertenausweis sehen?«

Er lächelte müde. »Mach keinen Quatsch. Schließ deinen Drahtesel an und steig ein. Die Pflicht ruft.«

»Die Pflicht ...!« Maike verdrehte die Augen und wandte sich ab. An einem Verkehrsschild kettete sie ihr Fahrrad fest.

»Du siehst so anders aus«, brummte Mendelski, als sie neben ihm saß. »So lange Haare habe ich ja bei dir noch nie gesehen.«

»Ja, die Pandemie macht's möglich.« Sie fuhr sich mit der Hand durch den Pony. »Ich trau mich noch nicht zum Friseur.«

»Steht dir gut.« Er ließ den Wagen an und fuhr los. »Kannst das ruhig so lassen.«

»Echt?« Skeptisch beäugte sie ihn von der Seite.

»Wirklich. Ich habe deinen superkurzen Haarschnitt nie so richtig gemocht. Und auch die vielen verschiedenen Farben nicht.«

Sie überquerten die Aller und bogen in den Bremer Weg ein.

»Bist halt 'ne andere Generation ...«, erwiderte sie mit breitem Grinsen. Sie musterte ihn erneut. »Du siehst aber auch anders aus. So braun gebrannt ... und erholt.«

»Das liegt am Homeoffice auf der Terrasse - und an der vielen Gartenarbeit in den letzten Wochen.«

»Und deine Haare, so akkurat geschnitten. Lass mich raten: Die gute Carmen ...?«

Er nickte wortlos. Zügig überfuhren sie die Eisenbahnbrücke stadtauswärts.

»Meine Güte, was hab ich dich vermisst.« Maike seufzte einmal tief durch.

»Hast doch deinen Matthew«, gab er zu bedenken. »Wie geht's denn unserem Engländer?«

»Beschissen. Wie allen Taxi-Unternehmern. Ausgerechnet Anfang März, kurz vor dem Lockdown, hatte er 'nen neuen Wagen angeschafft ...«

»Oje! Wie viele Taxis hat er jetzt?«

»Drei. Er selbst fährt meist nachts. Tagsüber pennt er - für unsere Beziehung der Supergau ...« Sie stöhnte frustriert. »Wir reden kaum noch miteinander. Unternehmen kann man eh nichts. Da kommt richtig Freude auf, wenn ich mal wieder mit *dir* los darf. Mit einem, der mir auch zuhört.«

Mendelski nickte erneut. An der roten Ampel war der Motor des Wagens automatisch ausgegangen.

»Freut einen ja ...«, murmelte er kaum hörbar. Und lauter: »Nur - der Anlass unseres Treffens ist natürlich weniger schön.«

»Ach komm.« Voller Tatendrang trommelte sie mit den Fingerkuppen gegen die Scheibe der Beifahrertür. »Wir haben es doch lediglich mit einem skelettierten Menschenschädel zu tun.«

Der Motor sprang an, sie fuhren wieder los, den Bremer Weg entlang, der in die Winsener Straße überging.

»Ja, allerdings ein Schädel mit einem kreisrunden Loch in der Stirn«, erwiderte er. »Könnte von einer Kugel stammen.«

»Na und? – Jedenfalls keine frische Leiche«, erwiderte sie lebhaft und mit wachsender Begeisterung. »Keine todesstarren Augen, kein Blut, kein Hirnbrei, nichts Ekliges. Nur ein blitzsauberer Schädelknochen. Ist doch klasse!«

»Wart's ab.« Im Wissen um ihre Spinnenphobie versuchte er, bitterernst zu klingen. »Steigenberger sprach von haarigem Getier, achtbeinigen Krabbelviechern, die es sich im Mundraum und in den Augenhöhlen des Schädels gemütlich gemacht haben sollen ...«

Ein Stoß gegen seinen rechten Oberarm ließ ihn verstummen. »Willst du mir meine Laune vermiesen?«, fauchte Maike. »Aber ... das schaffst du nicht«, gab sie selbst die Antwort. »Los, gib Gas!«

Sie ließen die letzten Häuser von Boye hinter sich und tauchten in einen Kiefernwald ein. Mit Höchstgeschwindigkeit schossen sie auf der Landstraße dahin.

Mendelskis Handy meldete sich.

Ein Streifenwagen erwartete sie am Ortseingang von Meißendorf. Vor wenigen Minuten hatte Mendelski mit den Kollegen telefoniert und den Treffpunkt vereinbart. Ohne auszusteigen gaben sie den beiden Streifenpolizisten ein Zeichen, voraus zu fahren.

Es ging zunächst in den Ort. Im Zentrum bogen sie rechts in die Gudehäuser Straße ab. Zwei Minuten später lagen die letzten Häuser hinter ihnen. Linker Hand Feldmark, rechts begann der Wald.

»Bin lange nicht hier gewesen«, kommentierte Maike Schnur ihren Rundumblick aus dem Fenster. »Früher sind Matthew und ich öfter zu den Teichen gefahren, meistens zum Hüttensee.«

»Ich war erst letzten Sonntag hier«, erwiderte Mendelski. »Am Gut Sunder, auf einen Spaziergang mit Carmen. Da war der Teufel los. Corona treibt die Leute hinaus ...«

»Ja, der heimische Tourismus boomt. Hinz und Kunz fährt ins Grüne ... Vorsicht!« Das letzte Wort hatte Maike geschrien.

Mendelski stoppte das Fahrzeug gerade noch rechtzeitig. Um ein Haar wäre er dem Streifenwagen hinten draufgefahren.

»*Carajo!*«, entfuhr es ihm auf Spanisch. »Können die nicht rechtzeitig ...« Den Rest des Satzes verschluckte er.

Der Polizeiwagen bog in einen unscheinbaren Waldweg ein. Nach dreißig holprigen Metern und einer scharfen Biegung hielten sie an. Vor ihnen versperrten mehrere Autos die Durchfahrt.

»Am A... der Welt«, meinte Maike, löste ihren Sicherheitsgurt und stieg aus. »Dann wollen wir mal ...«

»Dort drüben, hinter der Zwillingseiche«, wies ihnen einer der Streifenpolizisten den Weg. Der Beamte war im Auto sitzen geblieben und hatte die Seitenscheibe herunter gelassen. »Den kleinen Pfad können Sie nicht übersehen. Da geht es gut fünfzig Meter den Hang hinab.«

»Danke fürs Lotsen.« Zum Abschied klopfte Mendelski mit der flachen Hand aufs Autodach. »Warten Sie nicht auf uns. Im Moment brauchen wir Sie nicht. Falls doch, funken wir Sie an.« Mit großen Schritten marschierte er los. Maike war schon vorgegangen.

Sie passierten drei am Wegesrand geparkte und verlassene Fahrzeuge. Einen Geländewagen der Militärpolizei, ziemlich schlammverkrustet, einen weinroten Mercedes Sprinter und einen schwarzen VW Amarok, beide mit hannoverschen Kennzeichen.

An der genannten Eiche kam ihnen ein Mann entgegen. Ein großgewachsener Mann Mitte zwanzig, mit Vollbart, Baseballkappe, Flanellhemd, kurzer Cargohose und staubigen Wanderschuhen. Knie, Hände und Unterarme zeigten Spuren von Sand.

»Hallo«, begrüßte er sie - zwar ein bisschen müde, aber mit äußert charmantem Lächeln. »Sie sind sicher von der Kripo?«

Robert Mendelski nickte und stellte sich und Maike Schnur kurz vor. Neidlos musste der Kommissar feststellen, dass der junge Mann seiner Kollegin deutlich mehr Beachtung schenkte als ihm.

»Mein Name ist Kobusch, Gordon Kobusch. Mitarbeiter von ArchaeoFirm. Wir haben Sie schon erwartet.«

Maike Schnur hielt seinen Blicken stand. Sie kannte diese Sorte Mann zur Genüge. Selbstbewusst bis in die Haarspitzen, gut aussehend, eine Spur verwegen - aber unberechenbar und gefährlich. Jedenfalls für eine Frau. Ruckzuck hatte man sich in sie vernarrt ... und jede Objektivität verloren. Auch wenn sie mindestens zehn Jahre älter war als er, nahm sie sich vor, auf der Hut zu sein.

»Sie sind von der Firma, die die Ausgrabungen durchführt?«, holte Mendelski sie aus ihren Gedanken.

»Genau«, antwortete Gordon Kobusch.

»Und Sie wissen natürlich, um was es geht.«

»Ja, um einen menschlichen Schädel.« Er deutete zum Pickup. »Aber lassen Sie mich eben was aus dem Auto holen, dann begleite ich Sie zur Grabungsstätte.«

Kurz darauf kam er mit einem Laptop unterm Arm zurück. »Hier geht's lang.« Er wies auf einen schmalen Pfad, der sich durch dichtes Buschwerk schlängelte. »Am besten gehe ich voran.«

Nach kurzem Abstieg erreichten sie eine von uralten Kiefern umstandene Lichtung. Am Rand der Blöße gab es etliche Dinge, die nicht in den Wald gehörten. Riesige, grüne Zeltplanen, die auf Raumhöhe mit Spanngurten an Bäumen befestigt waren, überspannten ein etwa tennisplatzgroßes Areal. Unter dem künstlichen Dach standen Klapptische mit allerlei kleinen Gerätschaften, daneben Ständer mit Werkzeug wie Spaten, Schaufeln und Hacken. Diverse Aluminiumkisten, Plastikwannen, Eimer, Trassierband und weitere Utensilien zeugten von reger Geschäftigkeit.

Im Schatten der Planen standen Menschen im Kreis. Wie zu einer Besprechung. Als die drei Ankömmlinge die Lichtung betraten, löste sich eine Person aus der Gruppe und kam ihnen entgegen. Die Frau mittleren Alters versuchte, ihre üppige brünette Lockenpracht mit einem Tuch zu bändigen. Vergebens. Im Gehen schob sie mit der Hand eine widerspenstige Haarsträhne hinters Ohr. Ihr Gang wirkte dynamisch, strahlte Sportlichkeit und Tatkraft aus. Dazu passte die praktische Outdoorkleidung. Ihre wachen Augen blitzen die beiden Besucher an.

»Darf ich vorstellen ...«, Gordon Kobusch trat einen Schritt zur Seite – direkt neben Maike. »Dr. Ute Winkler, die Leiterin der Ausgrabungen – das ist das Team von der Kripo Celle ...«

»Maike Schnur und Robert Mendelski vom Fachkommissariat 1«, übernahm der Kommissar das Wort. Er nahm an, dass der junge Mann seinen Namen nicht behalten hatte. Nur den von Maike - und wahrscheinlich nur ihren Vornamen.

»Schön, dass Sie so schnell gekommen sind«, sagte Ute Winkler. Wie das neuerdings üblich war, nickte sie lediglich zur Begrüßung. »Ihre Kollegen aus Winsen waren nur zehn Minuten nach unserem Anruf hier. Alle Achtung!«

»Wann haben Sie sich denn gemeldet?« Mendelski zog seinen DIN-A-5-Schreibblock samt Bleistift aus der Tasche.

»Heute Morgen, so gegen 9.30 Uhr. Wir hatten ungefähr eine Stunde gegraben, als wir auf den Schädelknochen stießen.«

»Gegraben? Sorry, aber ... wir wissen nicht, was Sie hier suchen - nur, dass hier Profis am Werk sind. Archäologen.«

»Das kann ich Ihnen gern erklären.« Erneut streifte sich Ute Winkler eine Haarsträhne aus der Stirn. »Aber kommen Sie erst einmal mit in unser Tipi. So nennen wir unsere Zelt-Konstruktion, frei nach Karl May. Dort liegt auch der Schädelknochen.«

Mendelski war froh, aus der prallen Sonne in den Schatten zu gelangen. Seine Schirmmütze hatte er dummerweise im Auto vergessen. Es war kurz vor Mittag, der Himmel war wolkenlos und die Maisonne bewies enorme Kraft.

»Das ist der Rest des Teams ...«, begann Ute Winkler eine Vorstellung, nachdem sich alle unter dem Zeltdach versammelt hatten.

»Einen Moment noch«, unterbrach Maike Schnur die Archäologin und trat einen Schritt vor. Sie hielt ihr Smartphone mit eingeschaltetem Voice-Recorder in die Höhe. »Hat jemand etwas dagegen, wenn ich unser Gespräch aufnehme? Das würde uns eine Menge Schreibarbeit ersparen.«

Einige nickten, andere murmelten ein »Okay«.

»Dankeschön.« Maike signalisierte, dass sie bereit wäre.

»Zum Team von ArchaeoFirm gehören ...«, Dr. Ute Winkler deutete auf die betreffenden Personen. »Vanessa Merz, Ben Schleswig und Gordon Kobusch. Gordon kennen Sie ja schon.« Maike grinste, als letzterer ihr einen vielsagenden Blick zuwarf. Die jungen Leute waren etwa zwischen 20 und 30 Jahre alt. Allem Anschein nach handelte es sich um Berufsanfänger oder Studenten.

Danach wandte sich Ute Winkler den beiden uniformierten Soldaten zu, die etwas abseits standen. »Das sind die Herren

Gretzky und ... Wall- ... nein, Wollrath von der Militärpolizei. Genau genommen befinden wir uns hier nämlich schon auf dem Gelände des NATO-Truppenübungsplatzes Bergen-Hohne. Aber der Reihe nach ...«

»Der Reihe nach klingt gut«, erwiderte Mendelski. Er schaute in die Runde. »Als Erstes würde ich mir aber gern das *Corpus Delicti*, den Schädel, ansehen.«

»Kein Problem.« Ute Winkler trat an einen der Klapptische, auf dem weiße Plastikwannen unterschiedlicher Größe standen. Über eine der Wannen hatte jemand ein Handtuch gedeckt. Sie zog es beiseite.

Mendelski und Maike Schnur beugten sich über die Wanne. Vor ihnen lag unverkennbar ein menschlicher Schädel. Der reine Knochen. Ohne Hautreste, nicht mumifiziert, keine Haare. Bräunlich-vergilbt, fleckig, jedoch ansonsten sauber. Der Unterkiefer fehlte, ebenso ein handtellergroßes Teil des Hinterkopfs, herausgebrochen aus dem Scheitelbein. Mitten auf der unversehrten Stirn sah man ein Loch. Kugelrund, mit einem bleistiftgroßen Durchmesser.

»Könnte sich um ein Einschussloch handeln, nicht wahr«, meinte Ute Winkler.

»Da könnten Sie Recht haben.« Mendelski richtete sich auf, Maike Schnur machte derweil ein paar Fotos mit ihrem Smartphone. Seine Vermutung, dass die Lücke am Hinterkopf wahrscheinlich auf den Ausschuss des tödlichen Geschosses zurückzuführen war, behielt er erst einmal für sich. »Natürlich will ich unserer Forensik nicht vorgreifen«, wandte er sich an die Leiterin der Grabung. »Aber als Archäologin sind Sie ja ebenso vom Fach. Haben Sie eine Idee, wie alt der Schädel ist?«

»Ja, habe ich.« Ute Winkler nahm den Schädel aus der Schale. Mit bloßen Händen. Mendelski und Maike zuckten zeitgleich zusammen. Aus alter Gewohnheit kriminalistischer Spurenkunde hätten sie den Schädel nicht ohne Handschuhe angefasst.

»Natürlich kamen wir zuerst auf den Gedanken, wir hätten es mit einem Kriegsopfer aus dem Zweiten Weltkrieg zu tun. Wie Sie vielleicht wissen, liegt das ehemalige Konzentrationslager Bergen-Belsen keine drei Kilometer Luftlinie von hier.«

Sie schaute zu Mendelski auf. »Demnach würde der Schädel aus den 1940er Jahren stammen, das ist rund 80 Jahre her. Ich rede von der Liegezeit hier im Sand, nicht vom Alter des Mannes, dem der Schädel gehörte.«

»Sie können schon mit Gewissheit sagen, dass es sich um einen Mann handelt?«, fragte Maike Schnur.

»Ja, kann ich«, antwortete Ute Winkler bestimmt. »In meinem Fach haben wir es öfter mit menschlichen Skeletten zu tun.« Sie hob den Schädel mit beiden Händen in Augenhöhe. »Für einen Mann sprechen die Größe des Kopfes, eine eher fließende Stirn, stark hervortretende Augenbrauenwülste und die Augenhöhlen, die sind eher breit als hoch.«

Geschickt drehte sie den Schädel um 180 Grad, so dass die Zähne des Oberkiefers nach oben zeigten. »Zurück zum ungefähren Todeszeitpunkt - beziehungsweise zur wahrscheinlichen Liegezeit. Dazu schauen Sie sich am besten mal die vielen Plomben an.«

Robert Mendelski und Maike Schnur beugten sich vor.

»Der hatte ganz schön Karies«, murmelte Maike. »Und was sagt uns das?«

»Da ist alles dabei.« Ute Winkler deutete mit einem Bleistift auf die einzelnen Zahnfüllungen. »Gold, Amalgam, Kunststoff.«

»Das heißt?«

»Gold und Amalgam werden in der Zahnmedizin seit Ewigkeiten verwendet, Kunststoffe, sogenannte Komposite, dagegen erst seit den 1960er Jahren. Als Kriegsopfer scheidet unser Mann also aus.«

Passend zum Thema ›Krieg‹ drangen in diesem Moment Panzergeräusche durch den Wald. Aufheulende Motoren auf dem nahen Truppenübungsplatz im Norden.

»Okay, das klingt logisch. Zur Liegezeit zurück«, hakte Mendelski nach. »Wie lange hat Ihrer Erfahrung nach der Schädel im Erdboden gelegen?«

Dr. Ute Winkler legte den Schädel zurück in die Plastikschale. Offensichtlich war die Archäologin mit viel Herzblut bei der Sache. Der Polizei zu helfen, schien ihr Spaß zu machen, Sherlock Holmes ließ grüßen. »Kommen Sie mal mit«, forderte sie ihre beiden Besucher auf. Sie ging ein paar Schritte bis zu einem hüfthohen Erdhaufen neben einer krummen Kiefer.

Das feinkörnige, weißgelbe Material war zu einer Art Düne aufgeschüttet worden. »Das ist unser Aushub«, erklärte sie. Sie bückte sich und nahm eine Handvoll Sand auf. »Wir haben es mit einem Substrat aus lehmigen und kiesigen Sanden zu tun, feinkörnig, nahezu humusfrei. Sedimente einer Endmoräne aus der letzten Eiszeit. Typischer Heidesand eben.« Sie warf das Material zurück auf den Haufen und wischte sich die Hand am Oberschenkel ab.

»Der Schädel hat gut einen Meter unter der Erdoberfläche gelegen, als wir ihn fanden.« Ute Winkler deutete auf eine Stelle hinter dem Sandhügel. »Also relativ luftdicht abgeschlossen. Außerdem ist der Oberboden gut wasserdurchlässig. Und da der durchschnittliche Grundwasserstand bei eineinhalb Metern liegt, war der Schädel nur selten der Feuchtigkeit ausgesetzt.«

»Das bedeutet ...?«

»Das bedeutet, dass wir es hier mit idealen Lagerungsvoraussetzungen zu tun haben«, fasste sie zusammen. »Der Schädel wurde wunderbar konserviert.«

Schweigend kehrten sie zu dem Tisch zurück.

»Was heißt das nun in Jahren?«, wollte Mendelski wissen. »Sie haben da doch sicher eine Vorstellung ...?«

Ute Winkler holte kurz Luft, dann sagte sie: »Nach meiner Einschätzung lag der Schädel zwanzig bis vierzig Jahre unter der Erde.«

»Zwanzig bis vierzig Jahre ...«, wiederholte der Kommissar langsam. »Also zwischen 1980 und dem Jahrtausendwechsel ...«

»Richtig.« Dr. Ute Winkler strahlte.

Mendelski gab zu bedenken: »Für Sie als Archäologin mag die Spanne von zwanzig Jahren ein Wimpernschlag der Geschichte sein. Aber für uns Kriminologen bedeuten zwanzig Jahre allerdings eine Ewigkeit.«

»Tja, tut mir leid, genauer geht's nicht.« Ute Winkler zuckte bedauernd mit den Schultern. »Aber vielleicht kann ich ja helfen, das Alter des Mannes zu bestimmen«, kokettierte sie.

»Nur zu«, ermunterte sie Mendelski.

Erneut nahm sie den Schädel in die Hand und wies auf den Oberkiefer. »Der Abnutzung der Zähne nach zu urteilen war der Mann mindestens 60 Jahre alt, als er starb. Wahrscheinlich eher 70. Das werden Ihnen Ihre Kriminaltechniker bestätigen.«

»Eher die Gerichtsmedizin ...«, erwiderte Maike Schnur. Erneut schoss sie ein paar Fotos.

»Vielleicht hilft Ihnen das hier noch.« Ute Winkler deutete auf eine kleinere Schale auf dem Tisch. Darin lagen verschiedene Knochenfragmente. »Könnten Menschenknochen sein. Rippenstücke, Fingerknochen, etwas vom Fersenbein. Da bin mir aber nicht sicher. Ein Oberschenkelknochen oder ein Hüftgelenk – am besten noch ein künstliches – würde uns mehr verraten, was das Alter des Mannes betrifft. Vielleicht finden wir ja noch was.«

»Moment bitte ...!« Mendelski räusperte sich. »So einfach geht das nicht. Bevor wir besprechen, wie wir weiter vorgehen, hätte ich gern zwei Dinge gewusst. Erstens: Wo haben Sie den Schädel gefunden? Und zweitens: Wonach suchen Sie hier eigentlich?«

»Ein Dachsbau?« Maike Schnur machte große Augen. »Sie untersuchen die Höhle eines Tieres?«

Sie standen am Fuß eines kleinen Hanges. Unter einer weiteren Zeltplane, einige Schritte vom Tisch mit dem Schädel entfernt. Vor ihnen erstreckte sich eine etwa zwei Meter hohe Wand aus gelbem Sand, an deren unterem Rand ein Loch klaffte. Es hatte einen Durchmesser von eineinhalb Metern. Gleich einem Stollen im Bergbau führte die Öffnung schräg nach unten, ein Ende war nicht abzusehen. Unverkennbar war hier frisch gegraben worden.

Dr. Ute Winkler ging in die Hocke, um auf Augenhöhe in den Stollen zu schauen. »Nach unseren ersten Schätzungen könnte der Dachsbau durchaus mehrere tausend Jahre alt sein. Er birgt eine unglaubliche Fülle archäologischer Schätze.«

Robert Mendelski blieb lieber stehen, ihm machte seine malade Hüfte zu schaffen. Er beugte sich lediglich leicht vor, um besser sehen zu können. »Mehrere tausend Jahre?«, wiederholte

Maike Schnur, die neben der Archäologin in die Hocke gegangen war. »Übertreiben Sie da nicht ein bisschen?«

»Keineswegs. Suchen Sie im Internet mal ›Dachsbau Malchin‹. Das liegt in Mecklenburg-Vorpommern, gar nicht so weit von hier entfernt. Dann stoßen Sie auf einen archäologisch untersuchten Dachsbau, der 10.000 Jahre alt ist. Durchgängig bewohnt, versteht sich. Das ist wissenschaftlich bestätigt.«

»Nee ...! Das ist krass.« Maike war fasziniert. »10.000 Jahre ... Wahnsinn. Und was findet man dort Spannendes? Außer vielleicht den Schädel eines Mannes aus der Neuzeit ...«, witzelte sie.

Ute Winkler richtete sich wieder auf, trat zu einer großen Alu-Kiste und öffnete den Deckel. Darin standen etliche bierglasgroße Plastikröhren, jeweils gefüllt mit winzig kleinen Knochen.

»Schauen Sie mal. Das ist unsere Ausbeute der letzten zwei Tage ...« Sie nahm einen der Miniknochen zwischen Zeigefinger und Daumen und hielt ihn hoch. »Wahrscheinlich der Oberschenkel einer Fledermaus. Von welcher Spezies genau und aus welchem Jahrhundert, das wird sich noch zeigen. Kann gut sein, dass wir es mit einer längst ausgestorbenen Art zu tun haben.« Sie legte das Knöchelchen zurück in den Behälter und griff nach einem anderen Fundstück in Miniaturformat. »Und hier der Unterkiefer eines Wiesels. Eines Hermelins. Der ist vermutlich ebenfalls deutlich älter als wir alle zusammen.«

»Alle Achtung!« Auch Robert Mendelski guckte beeindruckt. »Das klingt ja spannend. Wie eine biologische und geologische Zeitreise in die Vergangenheit. Wer ist denn Ihr Auftraggeber, wer finanziert so ein Unternehmen?«

»Das Niedersächsische Landesamt für Denkmalpflege. Dazu kommen einige Sponsoren wie das Landesmuseum Hannover oder FAN, der Freundeskreis für Archäologie in Niedersachsen e. V.«

»Und wie sind Sie auf diesen Dachsbau gestoßen?«

»Durch puren Zufall. Sie wissen ja, dass wir uns hier am südlichen Rand eines militärischen Übungsgeländes befinden, dem NATO-Schießplatz Bergen-Hohne. Die Deutsche Wehrmacht hat dieses Gelände bereits 1935 angelegt. Für den Truppenübungsplatz Bergen wurden Dörfer wie Hartmannshausen und Gudehausen zwangsumgesiedelt und geschliffen. Daran erinnern noch Hinweisschilder, die Sie auf der Fahrt hierher bestimmt gesehen haben.«

»Ja, die Schilder haben wir gesehen.«

»Durch seine Lage am äußersten Rand des Sperrgebietes lag der Dachsbau in den letzten acht Jahrzehnten im Nirwana, im Niemandsland. Hier fuhr kein Panzer, hier wurde nicht geschossen, weder von Soldaten noch von Jägern - gejagt wurde nur südlich der Gudehäuser Straße. Ein Eldorado für Dachs und Fuchs.«

»Und dann ...?«

»Dann kam ein holländischer Hobby-Archäologe in Gestalt eines Offiziers der *Koninklijke Landmacht* des Weges. Vor fünfzehn Jahren war das, im Jahr 2005. Seine Einheit nahm hier auf dem Platz an einem Manöver teil. Durch Zufall stieß er auf den Dachsbau - und erkannte dessen Bedeutung.«

»Schon 2005? Was passierte seitdem?«

»Nicht viel. Die ersten Funde kamen ins Naturkunde-Museum nach Berlin, wo auch die Malchiner Knochen untersucht wurden«, dozierte sie. »Doch damals war man noch nicht so weit. Heutzutage verfügen wir dank DNA-Untersuchungen und Bodenschichtenanalysen über exakte Datierungsmethoden. Also ließ man die Objekte erst mal dort, wo sie seit Jahrhunderten relativ sicher waren: Unter der Erde.«

»Die Position blieb geheim?«

»Richtig. Um all die Räuber, die wilden Freizeit-Archäologen, die vorzugsweise bei Nacht und Nebel buddeln, fernzuhalten. Zum Glück ist uns das bis heute gelungen.«

»Wohl auch deshalb, weil sich der Fundort in einem militärischen Schutzgebiet befindet.«

»Sicher.« Ute Winkler verschränkte die Arme. »Und wir wären der Kripo verbunden, wenn diese Stätte geheim bleiben würde.«

Mendelski kräuselte die Stirn. »Das ist nicht so einfach. Bei einem Tötungsdelikt - danach sieht es ja aus - haben wir es mit einem Kapitalverbrechen zu tun, da gelten besondere Regeln. Mal schauen, wie lange wir Presse und Medien da raushalten können.«

»Könnte nicht die Bundeswehr das Gelände absperren?«, wandte sich Maike Schnur an die zwei Militärpolizisten. »Das ließe sich doch mit Schießbetrieb oder einem Manöver begründen ...«

»Das Gelände ist längst gesperrt«, antwortete der Jüngere der beiden. »Haben Sie nicht das Schild draußen an der Straße gesehen? ›*Militärischer Sicherheitsbereich. Betreten bei Strafe verboten*‹ und so weiter?«

»Nein, habe ich nicht.«

»Für ein, zwei Tage mag es ja gehen, dass wir verstärkt Streife fahren«, lenkte der andere Militärpolizist ein. »Aber ... bei der Personaldecke, wie wir sie im Moment haben, ist eine intensivere Bewachung für uns nicht machbar.«

»Ist ja auch eher unser Job«, wandte Mendelski ein. »Ich kläre das ... Also, zurück zum Schädelknochen.«

Im Gehen wandte sich der Kommissar wieder Dr. Winkler zu.

»Seit wann graben Sie hier denn schon?«

»Seit zwei Wochen. Wir hätten gern schon viel früher mit den Arbeiten begonnen, aber ... Die Bewilligung der Forschungsgelder durch das Land Niedersachsen ließ auf sich warten.«

»Und wie lange wollen Sie das noch fortsetzen?«

»Solange es die Finanzen erlauben. Etwa zwei bis drei Wochen noch, schätze ich. Wenn dann weitere Fördermittel oder Spenden fließen, auch gern länger.«

»Da käme Ihnen ein behördlich angeordneter Grabungsstopp sicher ungelegen ...«

Sie waren wieder an dem Tisch angelangt, auf dem die Plastikwanne mit dem Schädelknochen stand. Nach einer Schrecksekunde antwortete Ute Winkler: »Natürlich wäre das eine Katastrophe. Wir sind in Corona-Zeiten über jeden Auftrag froh, an dem wir nicht im Labor, sondern an der frischen Luft arbeiten können.«

»Schon klar. Wo ist denn der Sitz Ihrer Firma?«

»ArchaeoFirm kommt aus Isernhagen-Kirchhorst. Das ist ein Vorort von Hannover.« Die Archäologin zog eine Visitenkarte aus ihrem Portemonnaie und reichte sie Mendelski.

»Kirchhorst kenne ich«, sagte der Kommissar, während er einen flüchtigen Blick auf die Karte warf. »Liegt an der Moorautobahn in Richtung Celle. Dann haben Sie es ja gar nicht weit ...«

»Noch mal zum weiteren Vorgehen«, hakte die Archöologin nach. »Ich verstehe nicht, warum Sie unsere Arbeit unterbrechen wollen. Dabei müssten Sie doch an weiteren Funden aus dem Dachsbau interessiert sein. Insbesondere an weiteren Überbleibseln des Toten, an Knochen - oder an Gegenständen, die mit dem Mann in Verbindung gebracht werden könnten.« Ute Winkler hatte sich in Rage geredet. »Wer weiß, was dort noch zu finden ist ... Kleidungsreste, Knöpfe, Münzen, Teile einer Armbanduhr - oder das tödliche Geschoss. Wir sind Profis, wir analysieren und sieben hier hoch wissenschaftlich jeden Kubikzentimeter Sand.« Resolut stemmte sie beide Arme in die Hüften. »Bei allem Respekt vor Ihrer Kriminaltechnik, Herr Kommissar, wir können das mindestens genauso gut.«

Mendelski schmunzelte und kritzelte ein paar Worte in seinen Schreibblock. Dann blickte er auf. »Ich fasse zusammen: Wir haben es mit menschlichen Überresten zu tun. Männlich, zwischen 60 und 80 Jahre alt. Begraben vor 20 bis 40 Jahren in einem ehemaligen Dachsbau, rund 1,5 Meter unter der Erdoberfläche. Das Loch in der Stirn wurde sehr wahrscheinlich verursacht durch ein Geschoss, das mutmaßlich die Todesursache sein könnte.«

»Ehemaliger Dachsbau ... ist nicht richtig«, wandte Ute Winkler ein. »Der Bau ist noch bewohnt.«

»Bitte?« Maike Schnur tat verwundert. »Sie graben an einem Bau, in dem Tiere leben? Womöglich Jungtiere? Wir haben Mai ...«

»Da kann ich Sie beruhigen.« Die Archäologin zückte ihr Smartphone und rief ein Foto auf. »Hier, schauen Sie: eine Dächsin mit zwei Jungen. Das Foto habe ich vorgestern geschossen.«

»Ja, eben ... drum!«

»Werte Frau Schnur, dieser Dachsbau hat gewaltige Ausmaße. Das Foto habe ich gut fünfzig Meter entfernt von hier geschossen.« Sie deutete nach Norden. »Auf dieser Hangseite wohnt in diesem Jahr niemand. Das haben wir natürlich überprüft, bevor wir mit der Grabung begonnen haben. Dazu verwenden wir unter anderem Spezialkameras, die wir bis zu zwanzig Meter tief in die Gänge einfahren können. Auf der anderen Seite des Hügels gibt es noch zig Röhren und Kessel, die zu diesem Bau gehören. Dort sind im März die zwei kleinen Dachse geboren worden.«

»So riesig kann ein Dachsbau sein ...?«, staunte Maike Schnur.

»Ja. In England wurde mal ein Dachsbau untersucht - mit 50 Kammern und 178 Eingängen. Die Gänge oder Röhren brachten es auf insgesamt 879 laufende Meter Länge - aktueller Weltrekord. Auch dieser englische Bau war mehrere tausend Jahre alt.« Sie steckte ihr Smartphone zurück in die Beintasche. »Und vergessen Sie nicht, dass die Wildtiere auf dem Truppenübungsplatz schon dank ihrer Lebenserfahrung ziemlich robust sind. Hirsch, Wolf und Co. lassen sich weder von schießenden Leopard-Kampfpanzern beeindrucken noch von Soldaten, die durch Schlamm kriechen ... und schon gar nicht von Archäologen mit Kelle, Sieb und Pinsel.«

Robert Mendelski schmunzelte. »Nett formuliert ...« Er blickte wieder auf seinen Schreibblock. »Zur weiteren Vorgehensweise: Den Schädel nehmen wir mit nach Celle, für weitere Untersuchungen - und um so schnell wie möglich die Identität des Mannes festzustellen. Für heute möchte ich Sie allerdings bitten, die Grabungen einzustellen.« Er schaute auf seine Armbanduhr. »Es ist ja schon Mittag durch. Vielleicht können Sie sich in den verbleibenden Stunden anderweitig beschäftigen.«

Dr. Ute Winkler schien nicht begeistert.

»Morgen früh«, fuhr er fort, »wird jemand von der Kriminaltechnik hier sein und mit Ihnen alles Weitere besprechen. Ich gehe davon aus, dass Sie dann weitergraben können.«

Die Archäologin lächelte erleichtert. »Damit können wir leben«, sagte sie. »Benötigen Sie noch mehr Material über den Bau?«

»Sehr gern. Was haben Sie denn?«

»Einmal die erwähnten Filmaufnahmen des Baus. Dann jede Menge Fotos. Dazu händische und per Computer angefertigte Skizzen. Die Dokumentation der Bodenschichten, die der bisher gefundenen Objekte und so weiter ... alles digital natürlich.«

»Herzlich gern. Am besten gleich auf unsere Polizei-Computer.« Er reichte ihr seine Visitenkarte. »Da steht die Mail-Adresse drauf. Sie dürfen auch große Dateien da abladen, unsere Server sind ziemlich tolerant und aufnahmefreudig.«

Ute Winkler steckte die Karte ein. »Okay, dann brechen wir für heute ab. Zu Hause gibt es auch noch was zu tun.«

»Schön. - Ach ja, wie sichern Sie Ihre Baustelle denn nachts?«

»Mit Schildern, Flatterband und einer Kamera. Das hat bisher gereicht. Wir sind ja auf dem Truppenübungsplatz.«

»Mit einer Wildkamera?«

»Genau. Eine, die automatisch bei Bewegungen auslöst und mir die Fotos aufs Handy schickt. Wenn da was Auffälliges drauf ist, kann ich die Militärpolizei informieren. Auch mitten in der Nacht. Die haben rund um die Uhr Bereitschaft.«

»Gut.« Mendelski schien zufrieden. »Dann fahren wir jetzt. Meine Handy-Nummer steht auf der Visitenkarte, falls Sie mich erreichen möchten. Auch wir haben rund um die Uhr Bereitschaft.«

Maike Schnur stoppte den Voice-Recorder und fügte trotzig hinzu: »Also, meine Bereitschaft endet heute um 18.00 Uhr. Da habe ich nämlich Feierabend.«

Als sie wenig später mit dem Auto zurück auf die Gudehäuser Straße einbogen, entdeckten sie das Schild, halb verdeckt von einem tiefhängenden Ast:

*»Militärischer Sicherheitsbereich*
*Grenze des Truppenübungsplatzes.*
*Schieß- und Übungsbetrieb.*
*Blindgänger! Lebensgefahr!*
*Unbefugtes Betreten des Platzes ist verboten und*
*wird strafrechtlich verfolgt.*
*Der Kommandant.«*

Maike lehnte sich zurück. »Und dazu das ganze nochmal auf Englisch. - Also ... mich würde das abschrecken.«

Mendelski schüttelte bedächtig den Kopf. »Du weißt doch, wie die Leute ticken. Für einen wie den Axel Schriewe von der *Celleschen* zum Beispiel wäre das kein Hindernis.«

»Na wenn schon. Wir halten erst einmal dicht, oder? Du planst doch noch keine Pressekonferenz ...?«

Seine einzige Antwort war ein Gähnen. Maike beließ es dabei.

# Zweites Kapitel

In der Hauptwache der Polizeiinspektion Celle herrschte kaum Betrieb. Das verriet schon der spärlich besetzte Parkplatz. Dank Corona gab es nur eine Notbesetzung. Robert Mendelski und Maike Schnur betraten das Gebäude durch den Seiteneingang.

»War lange nicht hier«, meinte Maike. »Zwei Wochen genau. Muss gestehen, die Pause tat mir ganz gut.«

»Geht mir ähnlich«, erwiderte Mendelski, während sie die Treppen zum zweiten Stock hinaufstiegen. Die Schale mit dem Schädelknochen trug er unter dem Arm. »Bin aber auch froh, dass es wieder losgeht. Zu Hause fiel mir langsam die Decke auf den Kopf.«

»Und Carmen wird auch froh sein, wenn du ihr mal von den Füßen bist.«

»Wie kommst du denn da drauf?« Rasch wechselte er das Thema: »Mal sehen, ob die anderen schon da sind.«

Auf den ersten Blick schien das Fachkommissariat 1 verwaist. Doch aus dem Versammlungsraum hörten sie Stimmen. Vertraute Stimmen. Die von Ellen Vogelsang und Heiko Strunz.

Die Begrüßung war distanziert und herzlich zugleich. Sie benutzten lediglich die Ellenbogen, scherzten und hielten vorschriftsmäßig Abstand. Die Fenster waren weit geöffnet.

An den großen Tisch, der sonst zehn Personen Platz bot, setzten sie sich.

»Und Jo?«, fragte Maike die beiden Kollegen.

»Komm ja schon ...« Der Genannte stand in der offenen Tür und winkte müde. »Sorry, ging nicht schneller.«

Jo Kleinschmidt hatte ihre volle Aufmerksamkeit. Denn seine Kollegen machten sich Sorgen. Seit seiner Scheidung vor einem Jahr war sein Privatleben aus den Fugen geraten. Die einsamen Abende daheim ertränkte er allzugern im Alkohol.

Nachdem auch er Platz genommen hatte, übernahm Mendelski das Wort. »Kommen wir gleich zur Sache«, sagte er, während er die Plastikschale mit dem Schädel in die Mitte des Tisches schob. »Das hier wurde heute Vormittag bei Meißendorf ausgegraben ...« Es folgte ein detaillierter Bericht, zu dem er seinen Schreibblock und Maike Schnurs Voice Recorder zu Hilfe nahm.

»So, nun seid ihr an der Reihe«, beendete er seinen Monolog.

Jo Kleinschmidt zog die Schale mit dem Schädel zu sich heran und schaute hinein. »Die fehlende Stelle am Hinterkopf könnte tatsächlich durch den Ausschuss entstanden sein«, bemerkte er. »Vielleicht haben wir Glück und finden das Schädelstück noch.«

»Wenn es noch im Dachsbau liegt, dann bestimmt.« Maike Schnur war sich sicher. »Das Ausgrabungsteam macht einen sehr professionellen Eindruck. Die sieben den kompletten Aushub. Wenn vorhanden, finden die auch noch das Projektil.«

»Ablageort muss nicht unbedingt Tatort sein«, gab Heiko Strunz zu bedenken. »Wir sollten uns erst einmal auf die Identifizierung des Opfers fokussieren.«

»Das sehe ich auch so.« Ellen Vogelsang klang ein bisschen heiser, was die anderen aufhorchen ließ. Corona ließ grüßen. Rasch räusperte sie sich und sprach danach deutlich klarer. »Der Mann wird wohl kaum in dem Dachsbau erschossen worden sein. Noch sind unsere Wildtiere ja nicht bewaffnet. Für mich sieht das eher nach einer Entsorgungsgeschichte aus: Da hat sich jemand das Vergraben gespart.«

»Wie groß ist denn der Eingang dieses Dachsbaus?«, wollte Jo Kleinschmidt wissen. »Passt da wirklich ein Mensch rein?«

»Hier, da siehst du den Bau von Meißendorf.« Maike Schnur reichte ihm ihr Smartphone über den Tisch. »Das Foto zeigt die Hauptröhre. Die ist allerdings schon von den Archäologen angeknabbert. Im Hintergrund, so in zwei Meter Tiefe, kann man den ursprünglichen Durchmesser erkennen. Mit dem Zollstock neben der Röhre hast du einen ungefähren Maßstab.«

»Da kriegt man schon einen Körper rein.« Jo Kleinschmidt presste seine Arme an die Seiten. »Wenn man sich schmal macht.«

»Oder schmal gemacht wird.«

Mendelski ergänzte: »Wie gesagt, es soll sich um einen sehr alten Bau handeln, der immer wieder erweitert wurde. Die Leute von ArchaeoFirm werden uns weiteres Material schicken.«

Fragend schaute er in die Runde. »Wenn es im Moment keine weiteren Kommentare gibt, möchte ich die Aufgaben für den Nachmittag verteilen.«

Er beugte sich über seinen Schreibblock. »Heiko, du bringst bitte den Schädel zum FK 5, ins Labor, zur weiteren Untersuchung. Am besten klärst du dabei auch den morgigen Einsatz des Tatortwagens. Der sollte spätestens um 8.00 Uhr in Meißendorf am Fundort sein. Wäre schön, wenn du morgen dabei bist.«

»Geht klar«, war Heiko Strunz' knappe Antwort.

»Jo, du gehst bitte sämtliche männlichen Vermisstenanzeigen in der Altersstufe 50 plus für das Zeitfenster 1980 bis 2000 durch. Erweitere den Zeitraum, wenn nötig, auf jeweils weitere 10 Jahre. Fang mit Niedersachsen an, wenn das nicht reicht, guck in den Nachbarbundesländern nach. Frag bitte auch bei der Bundeswehr an, ob es in der fraglichen Zeit auf dem Übungsplatz Vermisste gab.«

Zur Bestätigung hob Jo Kleinschmidt lässig den Zeigefinger der rechten Hand.

»Ellen, lass dir von Maike die Fotos vom Oberkiefer geben. Das Zahnbild ist schon ziemlich prägnant. Wenn das Material nicht ausreicht, mach weitere Fotos. Kontaktiere dann die Zahnärzte der Region Meißendorf und umzu. Winsen, Bergen, Wietze, Celle und so weiter. Schick ihnen dazu ausgewählte Fotos. Kläre bitte auch, welche Praxen seit der Jahrhundertwende geschlossen wurden.«

»Wird gemacht.« Das klang wieder recht heiser.

»Maike: Kümmere dich bitte um die Firma ArchaeoFirm. Guck mal im Netz, was du für Referenzen findest. Und vielleicht kommt heute ja noch Material von denen.« Mendelski blätterte in seinem Schreibblock. »Und wenn du gerade am Rechner sitzt, kannst du auch die Auswertung deines Voice-Recorders erledigen. Ein kleines Protokoll vom heutigen Tag wäre sicherlich hilfreich. Eine Zusammenfassung reicht, wir brauchen kein wortgetreues Protokoll.«

Maike machte dicke Backen. »Das macht's nicht viel besser ... aber wenn's unbedingt sein muss.«

»Du schaffst das schon«, ermunterte sie Mendelski.

»Und was machen Sie, Herr Kriminalhauptkommissar?«, fragte sie keck.

»Ich gehe zu unser aller Chef, zu Steigenberger, und werde berichten. Oder möchte das jemand von euch übernehmen?«

Wie auf ein Kommando sprangen seine Kollegen auf und verließen wortlos den Raum.

Der schwarze VW Amarok bremste gegenüber der Hofeinfahrt des Hauses an der Heinrich-Wöhler-Straße Nr. 3 in Großburgwedel. Langsam kam der Pickup auf dem sandigen Parkstreifen zum Stehen. Ute Winkler schaltete den Motor aus.

»Schön hast du's hier«, sagte sie, während ihr Blick interessiert durch die Frontscheibe in die Umgebung schweifte.

Gordon Kobusch war überrascht, dass seine Chefin noch Small-Talk mit ihm halten wollte. War sie ihm etwa auf die Schliche gekommen? Seine Alarmglocken begannen zu schrillen.

»Ja ... ich ... ich kann nicht klagen«, erwiderte er lapidar. Sein besorgter Blick fiel auf den Rucksack vor sich im Fußraum.

»Wie lange wohnst du schon hier?«

Er holte kurz Luft. »Ein halbes Jahr. Solange ich bei euch arbeite. Vorher war ich ja in Bremen.« Argwöhnisch beobachtete er seine Chefin aus den Augenwinkeln.

»Ach ja, stimmt.« Sie machte immer noch keinerlei Anstalten, ihn zu verabschieden.

Stattdessen fragte sie: »Wusstest du, dass diese Straße die einzige in der Region Hannover ist, die unter Denkmalschutz steht?«

»Aha. - Nee, das wusste ich nicht.« Gordon Kobusch spürte einen Hauch Erleichterung. Wehte daher der Wind, ging es lediglich um etwas Banales? Oder schlug sie nur eine Finte, um ihn aus der Reserve zu locken? »Weswegen denn?«, fragte er vorsichtig.

»Na, schau dich doch um: das alte Kopfsteinpflaster und der typische Sommerweg direkt daneben. Die mächtigen Linden und Eichen am Straßenrand, dazu rechts und links historische Fachwerkhäuser, soweit das Auge reicht.«

»Verstehe. Eine Dorfstraße wie Anno dazumal.«

Gordon Kobusch entschied kurzerhand, in die Offensive zu gehen. »Hattet ihr hier denn mal zu tun?«

»Du meinst mit der Firma? - Nein. Das ist länger her.« Ute Winkler bekam einen verklärten Blick. »Als Studentin hab ich damals ein Praktikum beim Landesamt für Denkmalpflege gemacht. War sehr interessant ...«

»Okay ...« Gordon Kobusch öffnete die Seitentür und griff nach seinem Rucksack. »Dann bis morgen früh. Ich komme wie gewohnt nach Kirchhorst.«

»Wird dein Auto heute noch fertig?«

»Das hoffe ich doch sehr. Werde gleich mal in der Werkstatt anrufen.«

»Alles klar. Dann ... schönen Feierabend.«

»Dito.« Er stieg aus und drehte sich noch einmal um. »So ein freier Nachmittag mitten in der Woche ist auch mal ganz schön. Bis morgen!«

Nachdem er die Beifahrertür geschlossen hatte, rollte der Amarok an und fuhr in Richtung Autobahn davon.

»Puh!«, platzte es leise aus ihm heraus, während er den Rucksack schulterte und die Straße überquerte. ›Ich dachte schon, sie hätte was gemerkt‹, ging es ihm durch den Kopf.

Durch ein hölzernes Gartentor betrat er den Wöhler'schen Hof. Neben der Heimatstube der General-Wöhler-Stiftung, einer Art Museum für bäuerliches Leben, beherbergte der ehemalige landwirtschaftliche Betrieb zwei Einliegerwohnungen. Die größere davon bewohnte der Hausmeister, die kleinere, mit zwei Zimmern ausgestattet, hatte Gordon Kobusch gemietet.

Um in seine Wohnung zu gelangen, musste er durch das grüne Dielentor und eine Treppe mit knarrenden Stufen hinauf. Ohne seine Arbeitsschuhe auszuziehen und ohne den Rucksack abzulegen, begab er sich direkt in sein Schlafzimmer. Neben dem Bett ging er in die Knie, zog einen Schuhkarton hervor und lüftete dessen Deckel.

In dem Karton lagen, sorgfältig mit Papier einer Küchenrolle gepolstert, eine goldene Taschenuhr, zwei miteinander verbundene Eheringe, ebenfalls aus Gold, und schließlich ein seltsames, hülsenartiges Gebilde aus Metall. Es war etwa daumengroß und stellte einen Hasenkopf dar: mit langen Ohren, roten Augen und einer Öse am Maul. Es schien aus Silber zu sein.

Das merkwürdige Sammelsurium sah ziemlich mitgenommen aus. So, als ob die Sachen mehrere Jahre, wenn nicht gar Jahrzehnte unter der Erde gelegen hätten.

Gordon Kobusch öffnete seinen Rucksack und griff hinein. Mit beiden Händen beförderte er behutsam einen in einem bunten Schlauchtuch eingewickelten Gegenstand zu Tage. Er schlug den Stoff beiseite. In seiner rechten Hand hielt er unverkennbar einen Unterkiefer menschlichen Ursprungs. Samt Zähnen.

Kein Zahn fehlte. Vier der sechs Backenzähne enthielten sehr üppige Goldinlays.

Als er den Knochen zu den anderen Gegenständen in den Karton legte, rieselte Sand aus den Zahnzwischenräumen.

Feiner weißgelber Heidesand.

Jo Kleinschmidt war der Schnellste. Mit einem Stück Papier in der Hand stürmte er in Mendelskis Büro. Der war gerade erst von der Lagebesprechung mit Kriminaldirektor Steigenberger zurückgekehrt.

»Volltreffer!« Er legte das Blatt Papier vor seinem Chef auf den Schreibtisch. »Hier: Rolf Meinicke aus Meißendorf. Landwirt. Jahrgang 1918. Seit 1990 vermisst. Also zum Zeitpunkt des Verschwindens 72 Jahre alt. Passt alles!«

»Immer langsam mit den jungen Pferden«, bremste ihn Mendelski. »Ist das der einzige Vermisste in dem Zeitfenster und in dieser Region?«

Jo Kleinschmidt guckte etwas pikiert. »Sonst wäre ich ja nicht so optimistisch, oder?«

»Dann sicher das bitte mit Ellen ab. Mit diesen Daten den Zahnarzt von damals zu finden, dürfte nicht so schwer sein. Hinterbliebene?«

»Ja. Sohn Gert Meinicke, Jahrgang 1950, und Tochter Lea, Jahrgang 1958. Sind beide in Meißendorf gemeldet. Auf dem elterlichen Hof.«

»Die sollten wir erstmal noch nicht kontaktieren. Erst, wenn wir sicher sind, dass es ihr Vater ist.«

»Schon klar.«

»Gab es dazu eine Todeserklärung?«

»Ja. Im Jahr 2000. Genau zehn Jahre nach dem Verschwinden. So wie im Verschollenheitsgesetz vorgeschrieben.«

»Den Vorgang guck dir sicherheitshalber bitte noch mal genauer an. Da wird's eine Akte geben.«

»Okay, aber zuerst kläre ich das mit Ellen.« Jo Kleinschmidt wandte sich zum Gehen. »Beim Zahnarzt tippe ich auf Winsen, eventuell noch auf Bergen. Landwirte sind bodenständig und bleiben meist im Dorf ...«

»Moment noch!« Mendelski deutete auf den Zettel mit der Vermisstenanzeige. »Hast du das hier gelesen: Besondere Kennzeichen?«

»Ähem ... nein ...?«

»Na, das mit der Prothese? Hier steht, dass Rolf Meinicke Prothesenträger war. Linker Unterarm samt Hand.«

Jo Kleinschmidt zuckte mit den Schultern: »Ja und?«

Mendelski legte das Blatt Papier vor sich auf den Schreibtisch. »Die müsste doch die Jahre überdauert haben und da irgendwo im Erdreich stecken - wenn es denn der Vermisste ist. Plastik schmeckt den Dachsen nicht, das Zeug vermodert auch nur langsam. Wir sollten Frau Dr. Winkler informieren ...«

Es passte ihm ganz gut, dass er heute eher Feierabend hatte.

Zum einen war Gordon Kobusch hundemüde, ihm kam ein Nickerchen am Nachmittag gerade recht. Letzte Nacht hatte er mal wieder bis weit nach Mitternacht am PC zugebracht und gezockt. Da blieben keine vier Stunden Schlaf übrig, denn um 6.00 Uhr hatte schon wieder der Wecker geklingelt. Und die Grabungsarbeiten draußen im Wald waren auch nicht ohne. Die Schwielen und Blasen an seinen Händen zeugten von harter körperlicher Arbeit.

Zum anderen musste er sein Auto abholen. Der TÜV war fällig, deshalb hatte er den Wagen am Morgen in die Werkstatt gebracht.

Aus diesem Grund war er auch nicht mit dem Auto zur Arbeit gefahren, sondern hatte sich abholen lassen. Für die Kollegen von ArchaeoFirm war das kein großer Umweg. Denn auf der Fahrt von Kirchhorst hinauf nach Meißendorf ging es mehr oder weniger an Großburgwedel vorbei.

Vom Staub, Sand und Schweiß des Tages entledigte er sich mit einer schnellen Dusche. Mit freiem Oberkörper und einem um die Hüfte geschlungenen Handtuch ließ er sich aufs Bett fallen.

Trotz seiner Müdigkeit fand er keine Ruhe. Er wälzte sich auf seinem Bett hin und her. Seine Gedanken kreisten um die heutigen Ereignisse. Um den Schädelfund heute früh, um den Besuch der Kripo im Wald - und um die Fundstücke unter seinem Bett.

Die Dinge entwickelten sich anders, als von ihm gedacht. Gestern, als er die Taschenuhr, die beiden Ringe und den silbernen Hasenkopf gefunden und heimlich beiseite geschafft hatte, war er noch überzeugt gewesen, dass das nicht weiter riskant sei. Schließlich ging es bei den Grabungen ja um archäologische, wenn nicht sogar um prähistorische Funde, nicht um Gegenstände aus der nahen Vergangenheit. Er hatte keinerlei Skrupel verspürt, den ›Beifang‹, wie er es nannte, einzustecken.

Wäre Vanessa heute Morgen nicht dabei gewesen, hätte er auch den Schädel in seinem Rucksack verschwinden lassen. Doch anders als die Gegenstände am Vortag hatten sie den Totenkopf gemeinsam entdeckt und ausgegraben. Es gab keine Chance, ihn vor ihr und den anderen zu verstecken. Zu dumm aber auch! Im Oberkiefer waren auch noch einige fette Goldplomben gewesen. Wenn das geklappt hätte, wäre auch die Polizei nicht ins Spiel gekommen und hätte herumgeschnüffelt. Aber so ...

Die beiden Kripo-Leute aus Celle waren sich ziemlich sicher gewesen, dass es sich bei dem Loch in der Stirn um ein Einschussloch handelte. Die waren also einem Verbrechen auf der Spur. Nicht einer harmlosen Unterschlagung, sondern einem Kapitalverbrechen. Mord oder Totschlag.

Das machte die Angelegenheit heikel. Auch für ihn ...

Ruckartig setzte er sich auf und griff nach seinem Notebook auf dem Nachttisch. Er schaltete es ein und rief die Seite der Polizeiinspektion Celle auf. Unter dem Punkt ›Fahndung‹ klickte er auf ›Vermisste Personen‹. Doch er fand lediglich einen Eintrag: Es wurde nach einer gewissen Katrin Konert gefahndet, 15 Jahre alt, verschwunden seit 2001. Bei dem Toten von Meißendorf dagegen handelte es sich um einen älteren Mann. Auch auf der Seite des Presseportals der Polizeiinspektion Celle, dem ›Newsroom‹, stand nichts über ihren heutigen Fund. Er war gespannt, wie lange die Kripo die Sache geheimhalten konnte.

Als Nächstes klapperte er die Suchmaschinen ab - nach ›Zahngold Ankauf‹. Je nach Qualität waren unterschiedliche Tagespreise mit 30 bis 40 Euro pro Gramm angegeben. Wie viel Gramm Zahngold hatte er wohl bisher zusammen? Er gab ein: ›Gewicht Gold Inlay‹. Das Ergebnis war ernüchternd. Pro Goldfüllung wurde ein Durchschnittsgewicht von fünf Gramm angegeben. Machte bei dem gefundenen Unterkiefer nach Adam Riese vier mal fünf gleich 20 Gramm. Das wiederum mal 40 ergab 800 Euro.

Das war nicht die Welt. Jedenfalls nicht, wenn man das im Verhältnis zu seinen Schulden betrachtete. Erkleckliche Schulden, die er bei seinem nächtlichen Online-Gezocke angehäuft hatte.

Vielleicht war bei der Taschenuhr und den Ringen mehr zu holen. Gordon Kobusch legte das Notebook beiseite und angelte den Karton unter dem Bett hervor. Als erstes griff er nach dem Doppelring. Das war zweifellos Gold. Warum er zwei miteinander verlötete Eheringe gefunden hatte, wurde ihm schnell klar: Der Träger wird Witwer gewesen sein, mutmaßte er. Seine Großmutter hatte auch jahrelang zwei Eheringe an ein und demselben Finger getragen, nachdem ihr Mann verstorben war.

Gordon Kobusch hielt den Doppel-Ring ins Licht, um die Innenseite zu studieren. Vielleicht war ja ein Name eingraviert. Doch er fand keine Buchstaben, lediglich Zahlen. Ein Datum, wie er annahm: 16.10.1947. Das wird das Hochzeitsdatum sein, dachte er. Beide Ringe trugen die gleiche Inschrift.

Unvermittelt grinste er. Die hübsche Kommissarin, die er heute früh kennengelernt hatte, wäre begeistert über seine Recherchen. Anhand dieses Datums ließe sich wahrscheinlich mit Leichtigkeit die Identität des Toten ermitteln.

Eine mechanische Briefwaage, die er vom Schreibtisch holte, zeigte zehn Gramm für die Ringe an. Ein erneuter Suchlauf im

Internet ergab, dass Feingold mit rund 50 Euro pro Gramm gehandelt wurde. Das machte also einen Goldwert der beiden Ringe von 500 Euro. Immerhin, das läpperte sich.

Als nächstes war die Taschenuhr dran. Die war schön schwer, die Waage zeigte 80 Gramm an. Aber so eine Uhr bestand ja nicht nur aus Gold. Zwar waren das Gehäuse, die Aufzugskrone und der Sprungdeckel, der noch gut funktionierte, aus dem wertvollen Edelmetall. Das Uhrglas, das darunter liegende Ziffernblatt und die komplette Mechanik waren dagegen aus anderen Materialien. Doch selbst wenn er nur die Hälfte des Gewichts dem Gold zuschlug, so kam er bei 40 Gramm auf einen Wert von 2.000 Euro.

Er rechnete zusammen: 800 plus 500 plus 2.000, das ergab stolze 3.300 Euro. Gar nicht so schlecht.

Da fand er es auch nicht weiter tragisch, wenn das letzte Fundstück, der silberne Hasenkopf, vom Materialwert am wenigsten brachte. Das Internet verriet, dass der Silberpreis nur bei 0,60 Euro pro Gramm lag. Lächerlich. Da lohnte ja das Wiegen kaum.

Als Gordon Kobusch seine Beute zurück in den Karton legte, sah er sich die Taschenuhr noch einmal genauer an. Die Uhr würde ihm nach der ersten Einschätzung den größten Gewinn einbringen. Er drückte auf den Knopf, und wie zuvor sprang der Deckel mit Leichtigkeit auf. Da müsste doch irgendwo ein Stempel oder eine Ziffer stehen, die auf den Goldtyp hinweist, fiel ihm ein. Mit dem Zeigefinger wischte er den leichten Schmutzfilm von der Innenseite des Deckels.

Da! - Keine Zahl, aber Buchstaben. Zwei Zeichen in Schreibschrift. Hauchdünn, elegant geschwungen. Ein großes R und ein großes M, jeweils mit einem Punkt. R. M. - Initialen, vermutete er.

Er hielt plötzlich inne. War es das Loch im Schädel, an das er plötzlich denken musste? Die unheimliche Geschichte, über die er mehr und mehr erfuhr? Durch die Initialen nahm der Tote in seiner Vorstellung immer konkreter Gestalt an. Trotz der Hitze im Zimmer lief ihm ein Schauer über den Rücken.

In diesem Moment klingelte sein Handy.

Kurz vor Feierabend trommelte Mendelski seine Truppe noch einmal zusammen.

»Das ging ja schneller als erwartet«, freute sich der Kommissar. »Glückwunsch, Leute! Wer beginnt?«

Jo Kleinschmidt deutete auf Ellen: »Die Kollegin Vogelsang hat gute Nachrichten.«

»Danke, Kollege Kleinschmidt«, konterte diese. »Ja, wir haben die Zahnarztpraxis gefunden, in der Rolf Meinicke Patient war. In Winsen. Der Arzt konnte anhand des Fotos bestätigen, dass wir richtig liegen. Er ist sich zu 98 Prozent sicher.«

»Nur 98 Prozent?«

»Na ja. Für die fehlenden zwei bräuchte er den Oberkiefer in Natura.«

»Okay. Sehr gut. Weiter.«

»Ich bin die Akte vom damaligen Vermisstenfall durchgegangen«, übernahm Jo Kleinschmidt. Er hielt einen grauen, gut fingerdicken Aktendeckel in der Hand. »1990 - da war noch keiner von uns hier im Kommissariat. Heiko, du auch nicht, oder?«

Der schüttelte den Kopf. »Nein. Ich bin erst 1993 zusammen mit Robert nach Celle gekommen.«

Mendelski nickte.

»In der Akte steht«, setzte Kleinschmidt seinen Bericht fort, »dass Rolf Meinicke, damals 72 Jahre alt, am 17. Januar 1990 zum letzten Mal gesehen wurde. An einem frostigen Tag, morgens um 10.45 Uhr. Er war auf seinem Fahrrad in Meißendorf unterwegs, auf der Gudehäuser Straße.«

»Passt wie angegossen!« Maike Schnur klopfte anerkennend auf den Tisch.

»Doch unterm Strich führten die damaligen Ermittlungen ins Leere. Keine heiße Spur, keine wirklichen Feinde, kein Motiv, woraus sich ein Tötungsdelikt ableiten ließe.«

»Was soll das denn heißen?«, hakte Mendelski ein. »Keine *heiße* Spur, keine *wirklichen* Feinde? Nur lauwarme Spuren und unwirkliche Feinde?«

»Naja. Rolf Meinicke wird als Einzelgänger und Eigenbrötler beschrieben. Er war der erste Bio-Bauer im Ort, hatte ab und zu Stress mit seinen Berufskollegen. Mal ging es um Gülle, mal um

Herbizideinsatz oder um das Beschneiden von Straßenbäumen und Hecken in der Brut- und Setzzeit. Obendrein gab es wohl einen längeren Grenzstreit mit einem Nachbarn - relativ heftig. Im Grunde aber nur der übliche Kleinkrieg unter Bauern.«

»Na immerhin.« Mendelski machte sich Notizen. »Weiter.«

»Mit der Jägerschaft konnte er auch nicht besonders. Bei den Jagdgenossenschaftssitzungen kam es immer wieder zu Ärger, dabei ging es meistens um Wildschadensforderungen oder die leidigen Abschusszahlen. Meinicke vertrat den Standpunkt, dass es viel zu viel Schalenwild gab, insbesondere Rotwild, und das solle man gefälligst dezimieren. Davon würden die Land- und vor allem die Forstwirtschaft profitieren.«

»Na, geht doch«, kommentierte Maike Schnur. »Viel Feind, viel Ehr - und am Ende tot.«

»Meinicke war also kein Jäger.« Mendelski fasste zusammen. »Eher ein Grüner, ein idealistischer Naturfreund. - Verfügte er über Waffen?«

»Eine Waffenbesitzkarte auf seinen Namen wurde nie ausgestellt«, antwortete Jo Kleinschmidt.

»Und Suizid? Ist in der Akte etwas darüber enthalten?«

»Ja. Selbstmord wurde ausgeschlossen. Es gab keinerlei Hinweise darauf. Keine Krankheit, keine Depression, kein Burnout, kein akuter Schicksalsschlag. Im Gegenteil. Rolf Meinicke hatte mit 72 Jahren noch Pläne. Er wollte einen Bestattungswald in Meißendorf durchsetzen. In seinem eigenen Wald.«

»Sieh mal einer an«, staunte Mendelski. »Da war er seiner Zeit voraus. - Noch mal zu möglichen Krankheiten. Laut Akte trug er eine Prothese. Ihm fehlte der linke Unterarm. Hatte er möglicherweise deswegen Probleme?«

Kleinschmidt schüttelte den Kopf. »Dafür gibt es keinerlei Anzeichen. Den Unterarm hat er im Krieg verloren, damit hatte er sich längst arrangiert. Hier steht, er hätte die künstliche Hand derart geschickt eingesetzt, als wäre sie aus Fleisch und Blut.«

»Und seine Frau? Die Mutter von Gert und Lea Meinicke?«

»Die ist schon 1980 gestorben, also zehn Jahre vor seinem Verschwinden. An Krebs. Nach diesem Schicksalsschlag soll er sich aber rasch wieder berappelt haben.«

»Wer hat vom Tod Rolf Meinickes am meisten profitiert?«

»In erster Linie seine Kinder. Gert, Jahrgang 1950, zum Zeitpunkt des Verschwindens 40 Jahre alt, und Lea, Jahrgang 1958, also acht Jahre jünger. Die beiden haben den Hof geerbt.«

»Und die leben heute noch dort?«

»Laut Melderegister ja. In der Akte steht darüber nichts.«

»Okay. Wir werden morgen dorthin fahren.« Mendelski wandte sich an Heiko Strunz. »Dann zum FK 5. Was gibts von dort?«

»Auf die Schnelle haben wir Folgendes herausgefunden: Tatsächlich können wir von einem Geschoss ausgehen, das das Loch in der Stirn verursacht hat, dem Durchmesser nach wahrscheinlich vom Kaliber neun Millimeter. Schusswinkel und vermuteter Ausschuss legen nahe, dass der Schütze von ähnlicher Größe wie das Opfer war, wahrscheinlich sogar größer. Vorausgesetzt natürlich, dass sich Täter und Opfer gegenüber standen.«

»Ist klar. Weiter.«

»Das Labor hat bestätigt, was die Archäologen im Wald bereits vermutet haben. Es handelt sich um den Schädel eines Mannes, vom Alter her bereits deutlich in seiner zweiten Lebenshälfte. Zur weiteren Untersuchung und zur DNA-Analyse kommt der Schädel zum LKA nach Hannover.«

»Schön.« Mendelski hakte etwas auf seinem Zettel ab. »Und für morgen früh ist alles vorbereitet?«

»Ja, wir rücken um 7.30 Uhr ab. Müssten dann spätestens um 8.00 Uhr in Meißendorf sein.«

»Okay. Dann – zu guter Letzt Maike. Was hast du Neues?«

Die Kommissarin rutschte auf ihrem Stuhl ein Stück nach vorn und griff nach einem dünnen Aktendeckel auf dem Tisch. »Habe meine Hausaufgaben gemacht«, rief sie beinahe triumphierend. »Hier ist der Bericht von unserem Außentermin heute in Meißendorf.«

Mendelski nahm den Aktendeckel entgegen. »Sonst noch?«

»Natürlich.« Maike reagierte griffig. »Dr. Ute Winkler von ArchaeoFirm hat ihr Versprechen gehalten und uns einen Wust von Dateien geschickt. Fotos, Filme, Lagepläne, Skizzen, Protokolle, Auflistung der gefundenen Objekte et cetera. Davon konnte ich allerdings in der Kürze der Zeit nur einen Bruchteil sichten.«

»Nicht schlimm. Das läuft uns nicht weg.«

»Dann hab ich ArchaeoFirm gecheckt. Alles paletti. Seriös, gute Referenzen, keine Auffälligkeiten.« Maike Schnur nickte, um zu signalisieren, dass sie mit ihrem Bericht durch war.

»Gut.« Mendelski lehnte sich in seinem Stuhl zurück und blickte nachdrücklich in die Runde. »Ich möchte - und das habe ich mit Steigenberger abgestimmt - diese Sache so lange wie möglich nicht an die Öffentlichkeit geben. Denn wir haben es hier aller Wahrscheinlichkeit nach mit einem Tötungsdelikt zu tun, das dreißig Jahre zurückliegt. Ihr könnt euch denken, worum es mir geht.«

Heiko Strunz reagierte als erster: »Klar. Totschlag oder Mord. Das eine ist verjährt, das andere nicht.«

»Genau. Die Kollegen, die sich um die ›*Cold Cases*‹ kümmern, können ein Lied davon singen. Zig mal haben sie schon bislang ungelöste Uraltfälle aufgeklärt, einen Täter dank neuer Verfahren ausfindig gemacht, und am Ende ... standen sie mit leeren Händen da. Weil sie zwar das Tötungsdelikt als solches nachweisen konnten, aber nicht die nötigen Mordmerkmale. Also Vorsatz, Heimtücke, Habgier und so weiter. «

»Uff«, seufzte Maike Schnur. »Das klingt nicht gerade motivierend.«

Mendelski ließ sich nicht aus dem Konzept bringen. »Also: Den Fund der leiblichen Überreste von Rolf Meinicke werden wir nicht verheimlichen können. Insbesondere den Hinterbliebenen müssen wir unserer Informationspflicht nachkommen.« Mit Nachdruck fuhr er fort: «Doch von dem Einschussloch im Schädel werden wir nichts verlauten lassen. Das ist Täterwissen, das wir bei den anstehenden Vernehmungen nutzen können. Klar?«

Sein Team reagierte mit zustimmendem Kopfnicken.

»Wer informiert denn die Angehörigen?«, fragte Maike.

»Wir beide. Gleich morgen früh.«

»Okay. Wir müssen aber auch die Leute von ArchaeoFirm ins Boot holen und zum Schweigen verdonnern.«

»Haben wir das nicht schon ...?« Grübelnd kratzte sich Mendelski am Hinterkopf. Dann holte er sein Handy hervor. »Ich rufe am besten gleich die Frau Winkler an. Das war's für heute.«

Auf dem Weg von der Werkstatt nach Hause fuhr er am Polizeikommissariat Großburgwedel vorbei. Ein Streifenwagen verließ gerade dessen Parkplatz in Richtung Ortsmitte und hängte sich an seine Stoßstange.

An der Ampel bog die Polizei ebenfalls links ab. Gordon Kobusch schaute in den Rückspiegel. Trotz der tiefstehenden Nachmittagssonne glaubte er zu erkennen, dass am Steuer des Wagens eine jüngere Frau saß, neben ihr ein älterer Beamter.

›Ist das die neue Kombi bei der Bullerei?‹, fragte er sich amüsiert. ›Junge Sie und alter Er - na prima. Er kurz vor dem Ruhestand und sie in der Blüte des Lebens!‹ Er dachte an seine Begegnung mit der Kripo Celle heute Morgen. Insbesondere an die Kommissarin mit den frechen Augen und dem losen Mundwerk. Ob die inzwischen herausgefunden haben, wessen Schädel da im Dachsbau gesteckt hat? Beim heutigen Stand der Technik war das sicher kein Problem, auch ohne die Fundstücke in seinem Karton. Gespannt fragte er sich, was der morgige Tag wohl bringen würde.

Die Polizeistreife folgte ihm weiter, durch die gesamte Ortsmitte, an Buchladen, Kirche und Grundschule vorbei - dann bog das Fahrzeug so wie er rechts in die Dammstraße ab.

»Verflucht!«, entfuhr es ihm. ›Wollen die was von mir?‹

Gordon Kobusch blieb kaum Zeit, sich weitere Gedanken zu machen. Er musste gleich wieder links abbiegen - in die Heinrich-Wöhler-Straße. Auch die Streife blinkte links.

Schlagartig stieg Panik in ihm auf. Befürchtungen schossen ihm durch den Kopf: Stand er bei denen auf der Liste? Kommen die, um ihn zu überprüfen? Hat jemand im Team etwa mitbekommen, dass er Fundstücke unterschlagen hat? Kamen die im Streifenwagen schon mit einem Durchsuchungsbeschluss für seine Wohnung? Nicht nur den Karton, sondern auch seinen PC könnten sie beschlagnahmen. Seine Zocker-Kumpel würden hellauf begeistert sein, wenn ihnen dadurch die Bullen auf die Schliche kämen.

Vor lauter Aufregung vergaß er zu blinken, um nach rechts auf dem Sommerweg seinen Parkplatz anzusteuern.

Die Streife bremste kurz ab, rauschte dann aber vorbei.

Gordon Kobusch stellte den Motor aus und zog die Handbremse an. Argwöhnisch beobachtete er den Polizeiwagen weiter. Erst als der in die Meineworth abgebogen und außer Sicht war, senkte er seinen Kopf aufs Lenkrad und atmete tief durch.

»Jetzt reiß dich mal zusammen!«, ermahnte er sich.

Gegen 18.30 Uhr verließ Axel Schriewe das Verlagsgebäude in der Bahnhofstraße. Er war nicht gerade bester Laune – denn trotz der mauen Nachrichtenlage war es mal wieder spät geworden. Die ungeliebte Redaktionssitzung hatte sich für seinen Geschmack unnötig in die Länge gezogen.

Zu Fuß machte er sich auf den Weg in die Innenstadt. Vorbei an der *Union* überquerte er den Arno-Schmidt-Platz und gelangte in die Fußgängerzone. An diesem lauen Mai-Abend wollte er noch ein wenig durch die Altstadt bummeln.

Die Restaurants hatten wieder geöffnet. Tische und Stühle in den engen Gassen der historischen Fachwerkstatt waren - wenn auch mit dem Corona-gebotenen Abstand - gut besetzt.

Seine Stimmung hellte sich mit jedem Schritt weiter auf. Als eingefleischter Junggeselle, den zu Hause niemand erwartete, und angesichts der Ebbe in seinem Kühlschrank beschloss er, bei seinem Lieblings-Italiener einzukehren. Bei Silvia im *San Marino*.

Auf dem Weg dorthin spazierte er durch die gesamte Altstadt. Nach dem vielen Sitzen im Büro tat ihm die Bewegung gut.

Im Außenbereich vom *San Marino* war alles besetzt. Axel Schriewes Stimmung sackte ab. Er war schon drauf und dran, woanders sein Glück zu versuchen, als plötzlich ein Zweiertisch frei wurde, in einer geschützten Ecke an der roten Backsteinwand.

Die weibliche Bedienung begrüßte ihn südländisch freundlich mit einem *»Buona sera«* und reinigte den Tisch. Nachdem er Platz genommen hatte, bestellte er einen *Pinot grigio* und vertiefte sich in die Speisekarte. Er entschied sich für *Saltimbocca alla Romana*. Während er auf den Wein wartete, zog er sein Smartphone aus der Tasche und legte es neben die Speisekarte auf den Tisch.

Erst jetzt bemerkte er, dass es noch auf ›stumm‹ gestellt war. Wie ärgerlich! Als Profi-Lokalreporter musste er ständig erreichbar sein. Nicht auszudenken, wenn in Celle oder Umgebung etwas Spannendes passierte – und Axel Schriewe erfuhr es als Letzter.

Während der Redaktionssitzung waren sechs Anrufe eingegangen. Von Nummern, die ihm auf den ersten Blick nichts sagten. Dazu eine Sprachnachricht von einer Bekannten aus Winsen. Darum kümmerte er sich als Erstes und rief die Mailbox auf.

»Hallo Axel«, hörte er eine aufgeregte Stimme. »Ich bin's, Sabine. Ich hab was für dich. Du hast ja neulich gesagt, dass ihr derzeit so wenig Themen habt. Das, was ich dir erzähle, ist supervertraulich. Sag keinem, woher du das hast, sonst fliege ich. Also, heute Nachmittag hat uns die Kripo ein Foto von einem Oberkiefer geschickt. Und angefragt, ob wir das Gebiss identifizieren könnten. Wir konnten. Der Mann mit diesen Zähnen war vor über 30 Jahren bei uns in der Praxis. Ein vermisster Landwirt aus Meißendorf ... Mist, da kommt jemand. Ich muss aufhören. Ruf mich zurück ...«

Der Wein wurde serviert, Axel Schriewe gab seine Bestellung auf. Als die Bedienung gegangen war, nahm er einen Schluck und griff erneut zum Handy. Eigentlich hasste er es, wenn die Leute in der Öffentlichkeit telefonierten. Doch seine Neugier war zu groß, um bis nach dem Essen zu warten. Den anderen Gästen den Rücken kehrend, wählte er die Rückruftaste auf dem Display.

Es dauerte nur drei Klingeltöne, bis jemand an der anderen Seite das Gespräch annahm.

»Hallo Sabine«, sagte Axel Schriewe leise. »Lieb, dass du angerufen hast. Dann lass mal hören ...«

Seit Stunden hockte Gordon Kobusch wieder vorm PC. Neben Sportwetten zockte er am liebsten Onlinepoker, auch wenn das illegal war. Heute Abend hatte er endlich mal wieder gewonnen. Immerhin 240 Euro. Vielleicht war das die erhoffte Trendwende. Allerdings würde diese Kleckersumme seine Spielschulden kaum reduzieren. Mit den eventuell zu erwartenden knapp 3.000 Euro durch die Dachsbau-Funde sähe das schon etwas besser aus.

In einer Spielpause schlurfte er in die Küche, um sich einen dringend benötigten Energy-Drink aus dem Kühlschrank zu holen.

Zurück am PC gab er zwei Begriffe in die Suchmaschinenmaske ein. ›*Unterschlagung - Beweismittel*‹. Ganz oben las er: ›*StGB § 295. Unterdrückung eines Beweismittels: Wer ein Beweismittel, das zur Verwendung ... in einem Ermittlungsverfahren nach der Strafprozessordnung bestimmt ist ..., vernichtet, beschädigt oder unterdrückt ..., ist mit Freiheitsstrafe bis zu einem Jahr zu bestrafen.*‹

Oha! Er startete einen weiteren Versuch mit ›*Unterschlagung - Strafe*‹ und las: ›*StGB § 248. Wer eine fremde bewegliche Sache sich oder einem Dritten rechtswidrig zueignet, wird mit Freiheitsstrafe bis zu drei Jahren oder mit Geldstrafe bestraft ...*‹

Was für eine verquastes Juristendeutsch!

Normalerweise würde diese Ausdrucksweise ihn köstlich amüsieren. Doch jetzt sorgte die Androhung einer ›*Freiheitsstrafe bis zu drei Jahren*‹ für Ernüchterung.

Er gab ›*Behinderung - Ermittlungen - Strafe*‹ ein. Das Resultat kam prompt: »*StGB § 258. Strafvereitelung: Wer absichtlich oder wissentlich ganz oder zum Teil vereitelt, dass ein anderer dem Strafgesetz gemäß wegen einer rechtswidrigen Tat bestraft oder einer Maßnahme unterworfen wird, wird mit einer Freiheitsstrafe bis zu fünf Jahren oder mit einer Geldstrafe bestraft.*«

»Oh Mann ...«, murmelte Gordon Kobusch vor sich hin. Erst ein, dann zwei und jetzt schon fünf Jahre Gefängnis. Ihm wurde zunehmend mulmig.

Er vergewisserte sich, dass die Vorhänge ordentlich zugezogen waren. Dann sah er sich erneut seine Beute an. Taschenuhr, Eheringe, der Unterkiefer - all das waren Dinge, die eindeutig dem Toten zuzuordnen waren. Die Taschenuhr wegen der Initialen, die Ringe wegen des Hochzeitsdatums, der Unterkiefer wegen der einzigartigen Zähne. Allein der silberne Hasenkopf hatte vielleicht nichts mit dem Fall zu tun. Doch der war mit Abstand am wenigsten wert. Das dachte er wenigstens.

Es half nichts. Er musste handeln. Bevor es zu spät war.

Gordon Kobusch fasste einen Entschluss.

# Drittes Kapitel

»Ist das Matthew da vorne?« Robert Mendelski deutete auf das Taxi zwei Autos vor ihnen an der Ampel am Thaerplatz.

»Nee, der liegt zu Hause im Bett.« Maike Schnur nahm die Hände vom Lenkrad. »Er hatte Nachtschicht bis 6.00 Uhr.«

Sie ließ die Seitenscheibe herunter »Außerdem ist das die Konkurrenz. Ich glaube, die von Schindel & Jacks.«

Zügig fuhren sie über die Kreuzung in die Bahnhofstraße. Dem Zivil-Wagen der Kripo folgte ein grauer VW T5 Multivan, der Tatortwagen der Polizeiinspektion Celle, mit Heiko Strunz und Jo Kleinschmidt. Ellen Vogelsang kam mit ihrem Privatwagen direkt nach Meißendorf.

Um den morgendlichen Celler Berufsverkehr zu umgehen, änderten sie kurzfristig ihren ursprünglichen Plan und wählten die Route über den Bahnhof und den Heinichen-Ring.

»Wie läuft denn das Taxi-Geschäft?«, fragte Mendelski.

»Nach den Corona-Lockerungen deutlich besser. Die Leute sind wieder mehr unterwegs, sie haben ja einiges nachzuholen. Dazu das herrliche Sommerwetter ...«

»Wir waren gestern Abend auch noch unterwegs. Carmen und ich sind am Entenfang spazieren gegangen.«

»Na, wird das heute noch was?« Maike Schnur ärgerte sich über einen betont langsam fahrenden Lieferwagen vor ihnen.

Mendelski versuchte, sie abzulenken. »Und du?«, fragte er. »Was hast du gestern Abend so allein gemacht?«

»Gearbeitet.« Mehr kam erst mal nicht. Mit einem Fluch auf den Lippen überholte sie schließlich den Lieferwagen. Nachdem sie wieder auf ihre Fahrspur eingeschert waren, reagierte Mendelski genauso knapp: »Erzähl.«

Es dauerte noch einige Meter Fahrstrecke, bis Maike reagierte: »Warte, ich muss erst schauen, ob Heiko noch hinter uns ist.« Sie blickte in den Rückspiegel. »Okay, da ist er ja. Jetzt hat er die Schnarchnase auch überholt. - Was wolltest du wissen?«

»Gestern Abend ...?«

»Na, ich war auch unterwegs. Aber zu Hause im Internet. War höchst interessant.«

Mehr kam nicht.

»Lass mich raten.« Mendelski spielte ihr Spiel mit. »Du hast ›ArchaeoFirm - Mitarbeiter‹ gesucht. Männliche Mitarbeiter, versteht sich.«

Maike verdrehte die Augen. »Wie billig ist das denn? Bin schließlich keine zwanzig mehr. - Nee, aber hast fast richtig geraten. Ich geb dir 'nen Tipp: Es geht um Archäologie.«

»Hm. Um Hügelgräber in Niedersachsen?«

»Falsch.«

»Waren es die Sieben Steinhäuser?«

»Auch Quatsch!« Maike winkte ab. Sie guckte erneut in den Rückspiegel und gab Gas. Sie waren jetzt auf dem vierspurigen Ring. Der Tatortwagen folgte dicht auf. »Komm, ich sag's dir. Es war der ›Dachsbau von Malchin‹.«

»Den hatte gestern doch Ute Winkler erwähnt. Liegt irgendwo im Osten.«

»Richtig. Bei dem Wust von Material von ArchaeoFirm war auch ein Link zu dem Bau. Das hab ich mir angeguckt.«

»Und?«

»Höchst interessant. Der Bau soll tatsächlich 10.000 Jahre alt sein. Überleg mal: 10.000 Jahre durchgängig von Dachsen bewohnt. Und was die da alles gefunden haben. Irre.«

»Wurde der denn jetzt erst entdeckt?«

»Nee, schon 1968«, sprudelte es aus Maike heraus. »Noch zu DDR-Zeiten. Malchin liegt in der Mecklenburgischen Schweiz in der Nähe des Kummerower Sees. Der riesige Bau zählt zu den ergiebigsten Fundstellen Europas. Bei der ersten Öffnung waren in drei Jahren Überreste von 64 verschiedenen Wirbeltierarten gefunden worden. Abertausende Knochen. Einmal von den Bewohnern selbst: Dachs, Fuchs, Iltis, Wiesel. Dann von ihren Beutetieren wie Hase, Maus, Igel, Singvögel, Eidechse und so fort. Weiter fand man Reste von Reptilien und Amphibien aller Art, meist Erdkröten, die im Bau überwintert haben.« Sie riskierte einen kurzen Seitenblick. »Und kennst du Lemminge?«

»Klar.« Mendelski überlegte. Er wollte sich keine Blöße geben. »Die stürzen sich im kollektiven Selbstmord von den Klippen.«

»Gut der Mann!« Maike blieb hinter einem Holzlaster. So kurz vor dem Abzweig nach Winsen lohnte sich das Überholen nicht mehr. Schon gar nicht mit dem Bulli im Schlepptau. »Diese kleinen Nager sind eigentlich in kälteren Regionen, in Skandinavien zu Hause. Auch von denen hat man Überreste im Bau gefunden. - Oder sagt dir Äskulapnatter was?« Maike war stolz, dass ihr der Name so flüssig über die Lippen ging.

»Äh ... was? - Nein.« Mendelski wurde abgelenkt. »Du musst da vorn links.«

»Weiß ich selbst«, erwiderte sie trotzig. Dann wieder im Normalton: »Äskulapnattern sind Schlangen. Ungiftig, aber immerhin bis zu zwei Meter lang und damit eine der größten Schlangen Europas. Eigentlich sind die in wärmeren Gefilden zu Hause, in Südeuropa und Kleinasien. Wahrscheinlich stammen die Nattern aus einer Warmzeit von vor 5.000 Jahren, als Wein in der Region angebaut wurde. Faszinierend, oder?«

Mendelski brummte etwas Undefinierbares. Sie hielten an der Ampel.

»Damals, 1968, konnte man allerdings noch nicht viel mit den Funden anfangen, es mangelte an Untersuchungsmethoden und Geräten. Man unterbrach die Grabungen und hielt den Bau geheim. Damit dort nicht geräubert wurde. Erst fünfzig Jahre später, 2018, als es neue Datierungsmethoden und auch endlich Forschungsgelder gab, wurde ein neuer Versuch gestartet. Jetzt liegen Berge von Knochen im Naturkunde-Museum Berlin und in der Uni Greifswald und warten auf ihre Untersuchung.«

»Aber Menschenknochen sind nicht dabei, oder?«

Maike guckte irritiert. »Nicht, dass ich wüsste.«

»Na, siehst du!«, triumphierte Mendelski. »Da hat der Meißendorfer Dachsbau dem Malchiner ja einiges voraus.«

Während sie durch Boye fuhren, schaute er in den Rückspiegel. »Wo bleibt Heiko denn?«

Seit über einen halben Stunde wartete er bereits. Schon früh, um 7.30 Uhr, war er hier angekommen, an der Ecke Meißendorfer Kirchweg/Meißendorfer Straße.

Axel Schriewe hatte sich für Winsen entschieden, um den Kripoleuten aufzulauern. Wenn man von Celle nach Meißendorf wollte, war das die logische Route. Er hielt es für unwahrscheinlich, dass die Polizei den Weg über die Panzerringstraße von Bergen-Belsen nahm. Oder gar durch den Wald, von Walle aus.

Seinen dunkelblauen Dacia Duster hatte er jenseits des Fahrradwegs im Schatten einer Eiche geparkt. So, dass er sämtliche Autos, die aus Winsen Richtung Meißendorf fuhren, im Blick behielt. Er kannte alle zivilen Dienstwagen der Polizeiinspektion Celle, insbesondere den unauffälligen Tatortwagen.

Seine Quelle Sabine aus der Zahnarztpraxis hatte ihm den Namen des Mannes verraten, der seit 1990 vermisst und jetzt aufgefunden worden war. Rolf Meinicke aus Meißendorf. Die Polizei hatte sich zwar bemüht, der Zahnarztpraxis nur die nötigsten Informationen zu übermitteln. Ein Foto des Oberkiefers, Daten zur vermuteten Person, mehr nicht. Doch Sabine war superneugierig und nicht auf den Kopf gefallen. Und sie kannte jemanden von der Polizeistation in Winsen. Den hatte sie gestern Abend solange mit Fragen gelöchert, bis er eingeräumt hatte, gestern Mittag bei einem Einsatz im Meißendorfer Wald dabei gewesen zu sein. Eine weiteres Indiz für die Hobby-Detektivin.

Axel Schriewe war gespannt, was er im Archiv der CZ über den 30 Jahre alten Fall finden würde. Aber das hatte Zeit. Heute galt es, den Ermittlern auf den Fersen zu bleiben, um die brandaktuellen Entwicklungen nicht zu verpassen. Die Geschichte vom Toten aus dem Wald hatte das Zeug zu einer Exklusivstory.

Alternativ hätte er auch direkt zum Hof Meinicke fahren und dort abwarten können. Sabine hatte ihm die Adresse, die sie in der Patientenkartei gefunden hatte, verraten. Irgendwann würde die Kripo da schon auftauchen. Doch sagte ihm seine journalistische Nase, dass die Ermittler zuerst zum Fundort des Toten und erst später zur Hofstelle fahren würden.

Und so dreist und pietätlos, dass er ohne Anmeldung zu den Meinickes direkt auf den Hof fahren würde, war er nun auch wieder nicht. Solche skrupellosen Reporter gab es vielleicht in schlechten Filmen, aber nicht bei der CZ.

Da! - Er hatte sich gerade Kaffee aus der Thermoskanne in seinen Becher gefüllt, als er das Duo kommen sah. Vorneweg der anthrazitfarbene Passat Kombi, dahinter der graue VW T5 Multivan. Sie rasten in Richtung Meißendorf an ihm vorbei.

»Verdammter Mist!«, fluchte er lauthals. »Ausgerechnet jetzt!«

Wohin mit dem heißen Kaffee? Zu allem Überfluss hatte er den Becher randvoll gefüllt.

Die nächsten Sekunden verliefen hektisch: Thermoskanne zwischen die Oberschenkel klemmen, Motor anlassen, Kaffee schlürfen, Zunge verbrennen. - Ersten Gang einlegen, erneut Kaffee schlürfen, wieder Zunge verbrennen. - Den Kaffeebecher am Lenkrad jonglierend langsam losfahren. - Vollbremsung wegen eines Radfahrers, Kaffee auf Hose kleckern, lauthals schimpfen, auf die Hauptstraße einbiegen. - Zweiten Gang rein, noch mehr Kaffee verschütten, Fluchen. - Fenster runter, Kaffee raus, leerer Becher auf Beifahrersitz, Fenster zu. - Und Gas geben.

Er hatte Glück. In Meißendorf, als die beiden Autos vor ihm vorschriftsmäßig 50 km/h fuhren, hatte er die Polizeifahrzeuge wieder eingeholt.

Die Leute von ArchaeoFirm waren schon da. Die gleiche Truppe wie am Vortag, wieder mit denselben Fahrzeugen. Eine junge Praktikantin verstärkte heute das Team. Ellen Vogelsang war mit ihrem Privatwagen gekommen.

Gemeinsam standen sie bei den Autos, die sich in den schmalen Waldweg gequetscht hatten. Die zwei Fahrzeuge der Kripo, die jetzt eintrafen, verstopften den Weg endgültig.

Der blaue Dacia Duster hinter ihnen hatte zwar nicht die Einfahrt in den Wald genommen, war jedoch deutlich langsamer geworden. Im Schleichtempo rollte er weiter in Richtung Walle.

»Schön, dass Sie alle da sind.« Gut gelaunt kam Dr. Ute Winkler auf die Kripoleute zu. »Dann können wir ja heute weitergraben.«

»Ich möchte, dass wir uns vorher mit Ihren Mitarbeitern absprechen«, schlug Mendelski vor. »Schön wäre auch eine Vorstellungsrunde.« Nachdem der Kommissar und Ute Winkler jeweils ihre Mitarbeiterinnen und Mitarbeiter miteinander bekannt gemacht hatten, ging es los.

»Frau Schnur wird Ihnen eine kurzen Lagebericht geben«, erklärte Mendelski. Mit ein wenig Stolz fügte er hinzu: »Wir waren gestern Nachmittag schon ziemlich erfolgreich.«

»Jetzt hast du mir die Show gestohlen«, maulte Maike kaum hörbar. Dann lauter: »In der Tat! Es ist uns gelungen, den Toten mit 99-prozentiger Sicherheit zu identifizieren - mit Hilfe des Vermisstenregisters und einer Zahnarztpraxis. Ein DNA-Abgleich wird uns in ein paar Tagen Gewissheit geben.« Anerkennend hob sie den Zeigefinger. »So viel darf ich sagen: Ihre Annahmen über Alter, Geschlecht und Liegezeit wurden weitestgehend bestätigt. Wir bitten um Ihr Verständnis, dass wir aus ermittlungstechnischen Gründen weder Namen und Herkunftsort des Toten verraten dürfen. Sie alle haben ja das Loch in der Schädeldecke gesehen. Sie können sich denken, in welche Richtung wir ermitteln.«

Sie ließ ihren Blick über die Gesichter der ArchaeoFirm-Truppe schweifen. Bei Gordon Kobusch stutzte sie einen Moment. Als einziger trug er einen Rucksack geschultert. Doch das nahm die Kommissarin nur im Unterbewusstsein wahr.

Maike Schnur fuhr fort: »Heute geht es darum, am Fundort des Schädels nach weiteren Überresten des Toten zu suchen. Dazu haben wir Ihnen Verstärkung mitgebracht.« Sie deutete auf Ellen Vogelsang, Heiko Strunz und Jo Kleinschmidt. »Meine Kollegen werden Ihnen erklären, worauf es uns ankommt. Wir suchen nämlich nicht nur nach menschlichen Knochenresten, sondern auch nach persönlichen Gegenständen, die vielleicht dem Toten zuzuordnen sind. In Frage kommen etwa Schmuck, also Ringe oder Halsketten, Knöpfe, metallene Gürtelschnallen oder andere Kleidungsreste, Fragmente einer Brille, Reste einer Armbanduhr, Geldmünzen - alles, was 30 Jahre im Boden überdauern kann.«

Maike überlegte kurz. Hatte sie mit der Angabe ›30 Jahre‹ zu viel über die Liegezeit verraten? Mendelski bemerkte ihr Zögern, nickte ihr jedoch aufmunternd zu.

»Worauf wir von der Kripo besonderen Wert legen«, sprach sie weiter, »ist natürlich alles, was mit dem wahrscheinlich unnatürlichen Tod des Mannes zu tun hat. Sehr willkommen wäre uns daher das fehlende Stück Knochen aus dem Hinterkopf, dem Scheitelbein, dann alles das, was dieses Loch in der Stirn verursacht haben könnte. Also, wenn Sie das Projektil der Tatwaffe aus dem Heidesand sieben würden, wäre das wie ein Sechser im Lotto für uns.«

Ute Winkler reagierte prompt: »Wenn ein Bleiklumpen im Dachsbau steckt, dann finden wir den! Auch ohne Metalldetektor.«

»Wir haben einen dabei«, ergänzte Heiko Strunz. »Damit suchen wir nachher die Umgebung des Baus ab.«

»Okay ...« Mendelski übernahm wieder. »Zum Schluss noch Folgendes: Wir möchten Ihnen schon jetzt für Ihre Kooperation und tätige Mithilfe herzlich danken. Denn das, was Sie hier für uns leisten, ist nicht selbstverständlich. Wenn einem von Ihnen nicht wohl dabei ist, nach menschlichen Überresten zu suchen, habe ich dafür volles Verständnis.«

»Darüber habe ich gestern Nachmittag schon mit meinen Leuten gesprochen«, antwortete Ute Winkler. »Niemand hier von uns hat Bedenken oder Skrupel. Es geht ja - Gott sei Dank - um relativ alte Knochen. Und das, was am meisten berührt, also der Schädel, das haben wir ja schon.«

»Sehr schön«, fuhr Mendelski fort. »Obendrein muss ich Sie um Verschwiegenheit in dieser Angelegenheit bitten, insbesondere gegenüber den Medien wie Presse, Radio und Fernsehen. Sollte es sich nämlich bewahrheiten, dass wir es hier mit einem Tötungsdelikt zu tun haben, müssen wir äußerst diskret vorgehen und dürfen keine ›schlafenden Hunde‹ wecken.«

»Auch das habe ich erläutert«, erwiderte Ute Winkler. »Falls die Leute von ›Aktenzeichen XY‹ anklopfen, machen wir nicht auf. - Nur ...« Ungeduldig deutete sie gen Himmel. »Das wird heute wieder ein heißer Tag. Wir sollten den kühlen Vormittag nutzen und langsam loslegen.«

Die Gruppe löste sich auf. Den Mann, der mit tief ins Gesicht gezogener Baseballkappe und dem Fotoapparat vor der Brust in zehn Meter Entfernung hinter einem Gagelstrauch kauerte, bemerkte niemand.

Axel Schriewe hatte sein Auto in die nächstbeste Einfahrt gefahren. Linker Hand, etwas zurückversetzt, war ein Haus mit einer Zufahrt aufgetaucht. Das Verbotsschild ›Militärischer Sicherheitsbereich‹ ignorierte er geflissentlich. Als Reporter der CZ hatte er schon des Öfteren mit der Bundeswehr zu tun gehabt und kannte den ›Platz‹ in- und auswendig. Er fürchtete weder Panzer, Blindgänger noch Militärpolizei.

Das Haus lag verlassen. Wahrscheinlich handelte es sich um die Reste eines Bauernhofs aus der Vorkriegszeit. Das Gebäude, eine ehemalige Scheune oder gar das Bauernhaus, verfügte über einen Backsteinsockel, eine ochsenblutrot gestrichene Holzverschalung nach Schwedenart und ein Ziegeldach. Eine Steintreppe mit sieben Stufen führte zu einer weißen Eingangstür hinauf.

Seinen Duster parkte Axel Schriewe im Schatten der großen Bäume. Um möglichen Ärger mit der Militärpolizei vorzubeugen, klemmte er sein Presse-Schild hinter die Frontscheibe. Darauf schaltete er sein Handy auf ›stumm‹, griff nach der Kamera auf dem Beifahrersitz und stieg aus. Die Kaffeeflecke auf seiner Hose waren immer noch deutlich zu sehen.

Vorsichtig schlich er um das Haus herum, blieb unter einer tief betrauften Fichte stehen und lauschte. Außer dem Rauschen des Windes in der Krone des Nadelbaumes über ihm und dem Plätschern der nahen Meiße war nichts zu hören. Er tauchte ein in einen Hochwald aus Kiefern, Birken und Eichen; dichtes Strauchwerk mit üppigem Maigrün versperrte ihm die Sicht. Kurze Zeit später vernahm er Stimmen vor sich. Axel Schriewe hatte sehr gute Ohren – für einen Reporter nicht gerade die schlechteste Eigenschaft. Die Richtung stimmte also. Mit leisen Schritten bewegte er sich weiter auf die Stimmen zu. Nach wenigen Augenblicken erreichte er einen Ilexbusch, der ihm gute Deckung bot. Zwar war sein Gesichtsfeld eingeschränkt, doch im Moment kam es ihm eher darauf an zu lauschen.

Was da vorn auf dem Waldweg besprochen wurde, klang höchst interessant.

Mendelski schaute auf die Uhr. »Ist noch ziemlich früh«, sagte er zu Maike Schnur, die neben ihm unter der Zeltplane stand.

Um sie herum wuselten die Leute von ArchaeoFirm und die drei Kollegen von der Kripo. »Komm, wir drehen hier noch eine kleine Runde, bevor wir zum Meinicke-Hof fahren. Ich möchte mir gern einen Überblick über das Gelände verschaffen.«

Sicherheitshalber erkundigte er sich bei Ute Winkler, wie weit sie sich auf den Übungsplatz wagen dürfen, ohne Gefahr zu laufen, auf Blindgänger zu stoßen oder gar in den Schießbetrieb zu geraten. Die Archäologin beschrieb ihm die Situation und wies auf einen ausreichend breiten Sicherheitskorridor hin.

»Was heißt denn ›ausreichend breit‹?«, wollte Maike wissen, während sie sich von der Gruppe entfernten. »Zehn, hundert oder gar tausend Meter?«

»Ich denke, eher letzteres«, beruhigte Mendelski sie. »Du hast doch gehört, dass wir diesseits der Meiße bleiben sollen. Dann sind wir auf der sicheren Seite.«

Mühsam kraxelten sie den Hang hinauf. Bei dem losen Heidesand unter ihren Füßen war das gar nicht so einfach. Den Kommissar erinnerte das an die Dünen von Spiekeroog, wo er letzten Herbst mit Carmen unterwegs gewesen war.

Oben angekommen blickte er in die Runde. Im Hintergrund war das laute Röhren von Panzermotoren zu hören – gar nicht besonders weit entfernt, wie es schien.

»Oh oh!« Maike Schnur guckte besorgt.

»Das täuscht«, erklärte er. »Der Wind kommt aus Nord-West, der trägt den Lärm zu uns. Da denkt man leicht, dass so ein Leo gleich um die nächste Kiefer gebogen kommt, obwohl er noch Kilometer entfernt ist.«

»Dein Wort in Gottes Ohr ...«

»Da, schau mal! Dort unten schlängelt sich die Meiße.« Er deutete durch die Baumkronen nach Norden. »Das ist unsere Grenze, die sollten wir nicht übertreten. Auf der anderen Seite wird scharf geschossen.«

Maike musste gähnen. Das ungewohnt frühe Aufstehen und die viele frische Luft machten sie müde.

Mendelski wandte sich wieder dem Hügel zu ihren Füßen zu. »Da vorn scheint der andere Ausgang von unserem Dachsbau zu sein. Bestimmt hat die Winkler dort die Fotos gemacht.«

Sie stiegen die wenigen Meter zur Dachsröhre hinab. Zahlreiche Spuren im Erdreich belegten, dass der Bau genutzt wurde. Frisch ausgeworfene, quittengelbe Sandberge zeugten von der regen Aktivität seiner Bewohner.

»Stören wir denn jetzt nicht?«, fragte Maike mit leiser Stimme. »Du weißt, da gibt es Nachwuchs ...«

»Ach wo«, wiegelte Mendelski ab. »Der Bau ist riesig. Außerdem sind seine Bewohner nachtaktiv. Die schlafen jetzt. Tief unter der Erde, in einem Wohnkessel. – Sieh mal ...!« Mit der Hand deutete er auf eine hohlwegartig ausgetretene Furche, die vom Baueingang nach draußen ins Gras führte und in einen Pfad mündete. »Diese Rinne hier ... Das nennen die Jäger ›Geschleif‹. Ein untrügliches Zeichen dafür, dass hier ein Dachs wohnt und nicht ein Fuchs. Denn anders als Meister Reineke trägt Meister Grimbart Polstermaterial in seinen Bau. Trockenes Pflanzenmaterial wie Laub, Heu, Farnkraut und so was. Davon bleibt dann immer was am Rand des Pfades zurück.«

»Interessant.« Maike staunte. »Jäger und Kriminaltechniker haben so einiges gemein.«

»Und noch ein Hinweis auf den Dachs«, ergänzte Mendelski und zeigte auf eine Vertiefung ein paar Schritte vom Bau entfernt. »Siehst du dieses kleine Erdloch? Mit dem vielen Kot? – Das ist ein Klo, in Jägersprache ›Abtritt‹. So was macht von den Wildtieren nur der Dachs.«

»Wie reinlich.« Sie konnte sich ein Grinsen nicht verkneifen. »Und wovon ernährt sich der Benutzer dieses tierischen Lokus?«

»Der Dachs ist ein Allesfresser, fachmännisch ausgedrückt ein Nahrungsgeneralist oder Gemischtköstler.«

»Geht er auch an Aas? Von größeren Tieren, meine ich?«

»Genau. Womit wir wieder bei unserem Toten wären.«

»Daran hab ich auch gerade gedacht.« Sie musste niesen. »So ein Dachs verschmäht auch kein Menschenfleisch?«

»Nein ...«, antwortete er nach kurzem Zögern. »Er frisst sicher auch Menschenfleisch. Besonders dann, wenn man es ihm direkt vor die Haustür legt.«

Maike kramte ein Papiertaschentuch aus der Hosentasche. »Was meinst du, hat der Dachs den Toten etwa in seinen Bau geschleppt oder wurde die Leiche dort reingestopft?«

»Ich denke, eher Letzteres. Dachse oder auch Füchse schleppen ihr Futter in der Regel nicht in den Bau. Nur wenn sie Junge haben, die den Bau noch nicht verlassen, bringen sie Beute nach unter Tage. Gefressen wird eher draußen.«

»Und all die Knöchelchen, die ArchaeoFirm da ausbuddelt?«

»So ein Dachsbau hat im Laufe der Zeit auch andere Gäste beherbergt. Insbesondere Winterschläfer. Na ja, davon ist sicher der eine oder andere auch eines natürlichen Todes gestorben.«

»Eine letzte Ruhestätte.« Maikes Augen blitzten. »So wie der Friedhof der Elefanten in dem Film ›König der Löwen‹ ... mit Bergen von Knochen und Skeletten ...«

»Apropos Friedhof«, unterbrach Mendelski sie. »Hatte Jo gestern nicht erwähnt, dass der Tote, Rolf Meinicke, sich für einen Ruheforst in Meißendorf eingesetzt hätte? Gegen die Widerstände im Dorf?«

»Ja, so etwas Ähnliches. Das muss damals ziemlichen Aufruhr bewirkt haben.« Mendelski wischte sich den Schweiß von der Stirn. »Schon komisch. Eine Waldbestattung ...! Die hat er letztendlich bekommen. Ist doch zynisch, oder?«

»Meinst du etwa, dass es da einen Zusammenhang ...?« wollte sie gerade zu einer Antwort ansetzen, als sich sein Handy meldete. Mendelski nahm das Gespräch an.

»Ja, wir kommen«, erwiderte er, nachdem er einige Augenblicke zugehört hatte.

»Das war Heiko«, sagte er zu Maike. »Sie haben was gefunden.«

Es war gar nicht so einfach, unbeobachtet zu bleiben. Von ArchaeoFirm waren sie schon zu fünft, dann noch die drei Kripo-

Leute, die von Berufs wegen mit Röntgenaugen durch die Gegend liefen. Und irgendwo da draußen im Wald stolperten noch zwei von der Sorte Schnüffler herum. Wie sollte er bei so vielen neugierigen Augenpaaren seinen Plan umsetzen?

Gordon Kobusch hatte sich heute freiwillig für den Job des Siebens gemeldet. Eigentlich arbeiteten Archäologen am liebsten an der Grabungsstelle selbst. Auf Knien rutschend, mit Kelle, Schäufelchen und Pinsel. Denn im gewachsenen Erdreich gab es die spektakulären Funde. Dort hatten sie gestern Morgen den Schädel entdeckt, dort hatte er vorgestern Abend kurz vor Feierabend seine ›privaten‹ Funde gemacht.

Den Aushub zu Kontrollzwecken zu sieben, das war nicht sehr beliebt. Denn meist kam dabei nicht viel heraus. Nur wenn bei den Grabungen im Bau ein größeres Stück Erde abgebrochen war, wurde es spannend. Dieses Material wurde in Eimern nach oben zur Siebstelle gebracht, um es dort auf Schätze zu untersuchen.

Das war seine Chance – zumindest um die beiden Ringe und die Taschenuhr wieder loszuwerden. Wenn er die als ›gerade gefunden‹ präsentierte, würde man ihm das glauben. Nur der Unterkiefer ... das würde schwierig werden. Der war zu groß, um ihn beim Sieben zu ›entdecken‹. Den musste er irgendwie im Laufe des Tages zurück in den Bau schmuggeln. Vielleicht klappte das ja in der Mittagspause. Jetzt waren erst mal die Ringe und die Taschenuhr an der Reihe.

Als er sich einigermaßen sicher war, dass ihn niemand beobachtete, setzte er sich auf einen Klapphocker und griff nach seinem Rucksack. Zunächst holte er eine Flasche Mineralwasser hervor und trank ein paar Schlucke. Langsam und bedächtig. Während er trank, schaute er sich unauffällig um. Alle schienen beschäftigt, keiner achtete auf das, was er tat. Er schob die Flasche zurück in den Rucksack. Als seine Hand wieder zum Vorschein kam, verbarg seine Faust etwas. In Sekundenschnelle versenkte er seine Hand im Sandberg vor sich.

Sein Kontrollblick in die Runde bestätigte ihm, dass sein Manöver unbemerkt geblieben war. Also griff er ein zweites Mal in den Rucksack und wiederholte die Prozedur. Zufrieden lehnte er sich zurück.

Gleich würde er die Schaufel nehmen, dachte er seinen Plan zu Ende. Er würde damit an der Stelle in den Sand stechen, an der er die Gegenstände versenkt hatte. Spätestens auf dem Sieb würden die Fundstücke dann sichtbar, er würde erstaunt rufen und seine Kollegen kämen gelaufen. Das Lob seiner Chefin Ute Winkler war ihm sicher.

Er erhob sich und wollte gerade mit der Schaufel Sand aufnehmen, als ihn ein Schrei aufschreckte.

Erst nachdem die Truppe auf dem schmalen Waldweg Richtung Norden aufgebrochen war, hatte sich auch Axel Schriewe in Bewegung gesetzt. In gebührendem Abstand und stets auf ausreichend Deckung achtend, schlich er hinter ihnen her.

An der Grabungsstelle angekommen, staunte er nicht schlecht. Die riesige Zeltplane, die Tische, das Werkzeug und das übrige Equipment zeugten von einer aufwändigen und längerfristigen Aktion. Sogar eine Dixi-Toilette stand ein Stück abseits unter den Bäumen. Was die Gruppe hier fern der Siedlungen im Wald eigentlich suchte, erschloss sich ihm nicht. Das hatte er auch bei dem zuvor erlauschten Gespräch nicht erfahren. Immerhin war der Name ArchaeoFirm gefallen. Das würde er später im Büro recherchieren.

Er kauerte sich hinter den Stamm einer windschiefen Eiche am Rand der Lichtung. Auf Hörweite, damit er noch mehr mitbekommen könnte, traute er sich allerdings nicht heran. Dazu fehlte die Deckung. Außerdem musste er das bislang Gehörte erst einmal verarbeiten.

Hier ist also gestern der Schädel von Rolf Meinicke gefunden worden, überlegte er. An sich fand er das Auffinden der skelettierten Überreste eines Vermissten nicht sensationell. Zumal die Geschichte 30 Jahre zurücklag und der Vermisste mit 72 Jahren schon ein relativ alter Mann war. Ältere Menschen wurden zuweilen dement, verliefen sich im Wald oder stürzten, brachen sich die Hüfte, fielen in einen Graben, ertranken und so weiter. Nein, was diesen Fall zur Sensation und für Axel Schriewe als Reporter zum

Knüller machte, war die Tatsache, dass der Schädel des Toten ein Loch haben sollte, wahrscheinlich ein Einschussloch. Das erklärte auch den Aufmarsch der Kripo-Leute ... Er hatte also mal wieder den richtigen Riecher gehabt - und die richtige Tippgeberin.

Axel Schriewe setzte sich an den Fuß der Eiche und lehnte sich mit dem Rücken an die rissige Borke. Den Fotoapparat legte er neben sich ins Moos. Er zog Bleistift und Schreibblock aus der Jackentasche, um das Erlauschte aufzuschreiben. Eine Zusammenfassung des Gehörten in sein Handy zu sprechen, kam wegen der Nähe zur Grabungsstelle nicht in Frage.

Nachdem er fertig geschrieben hatte, nahm er die Kamera mit Teleobjektiv in die Hand und kroch auf dem Bauch ein Stück hinter dem Stamm hervor. Trotz der miserablen Lichtverhältnisse schoss er ein paar Fotos. Doch der starke Kontrast zwischen dem hellen Sonnenschein und dem Dunkel unter der Zeltplane überforderte seine Digitalkamera. Selbst durch den Sucher war nicht zu erkennen, was die Leute unter der Plane taten. Dort lag vermutlich die eigentliche Grabungsstätte.

So kam er nicht weiter. Also konzentrierte sich der heimliche Beobachter auf den jungen Mann, der etwas abseits am Rande des von der Plane beschatteten Bereiches arbeitete. Der gehörte offenbar zum Team der Archäologen und nicht zur Kripo. Der Reporter schoss eine ganze Serie Fotos von dem Mann. Wie der auf einem Hocker sitzend mit seinem Rucksack hantierte, mit den Händen vor sich im Sand wühlte, schließlich aufstand, zur Schaufel griff und plötzlich innehielt.

Axel Schriewe hatte es auch gehört. Der Schrei war von der Grabungsstelle gekommen.

»Auf ... auf Knochen war ich ja vorbereitet«, stammelte sie. Ihr Gesicht war immer noch kreidebleich. »Auch auf menschliche. Doch das, was da plötzlich aus dem losen Sand ragte, hat mich total erschreckt. Sorry, dass ich so gekreischt habe.«

Giulia Pavone arbeitete erst seit drei Wochen bei ArchaeoFirm. Die 21-Jährige - die Jüngste im Team - absolvierte ein

Praktikum für ihr Studium der Klassischen Archäologie an der Georg-August-Universität in Göttingen.

»Macht doch nichts«, tröstete sie Ute Winkler und tätschelte ihrer Mitarbeiterin die Schulter. »Das hätte jeden von uns erschreckt. Wer rechnet denn mit so was ...«

In diesem Augenblick kamen Robert Mendelski und Maike Schnur gelaufen. Der Rest der Truppe stand um einen der Tische und guckte zu, wie Heiko Strunz einen Gegenstand untersuchte.

»Na, was gibts denn?«, keuchte Mendelski schon von weitem. Er und Maike hatten sich nach dem Anruf beeilt.

»Einen Unterarm samt Hand«, ließ Jo Kleinschmidt verlauten.

»Stimmt«, bestätigte Heiko Strunz, der mit seiner behandschuhten Hand den Fund in die Höhe hob. »Eigentlich nichts, was einen erschrecken müsste, wenn man genauer hinschaut.«

Gut zwanzig Meter entfernt schluckte ein heimlicher Beobachter vor Aufregung, als er sah, was für einen Gegenstand der Kripo-Mann in die Höhe hielt. Eine menschliche Gliedmaße – allem Anschein nach einen abgetrennten Unterarm.

Axel Schriewe jubilierte innerlich. Mit professioneller Eile schoss er ein Foto nach dem anderen von dem nicht gerade angenehmen Anblick. Er hatte Glück, wie ein Blick auf das Display der Kamera ergab. Das Licht war aus dieser Perspektive optimal, die Fotos wurden super. Doch was er beim Zoomen auf dem kleinen Bildschirm sah, überraschte ihn. Eigentlich hatte er blanke, skelettierte Knochen erwartet. Denn der Vermisste sollte dreißig Jahre lang in der Erde gelegen haben. Und nun dieser grausam anmutende Fund ...

Dass es sich dabei um eine Prothese handelte, konnte er auf den Fotos nicht erkennen. Eine hautfarbene Prothese, mit täuschend echt aussehenden Fingernägeln, Hautfalten an den Knöcheln und angedeuteten Lebenslinien.

Für Axel Schriewe stand fest, dass es sich um den Körperteil einer zweiten, viel jüngeren Leiche handeln musste.

# Viertes Kapitel

Der Meinicke-Hof war leicht zu finden. Er lag umgeben von Wiesen am Rand von Meißendorf. Mächtige Eichen überragten Haupthaus, Scheune und Hühnerstall. An jenem sonnigen Maivormittag warfen die frisch ausgetriebenen Kronen lange, dunkle Schatten auf die Gebäude.

Im Schritttempo fuhr der Zivilwagen über die holprige Einfahrt in den Hof. Auf dem Beifahrersitz beugte sich Mendelski nach vorn, neugierig musterte er das Anwesen.

»Landwirtschaft wird hier wohl nicht mehr groß betrieben«, murmelte er.

Maike stoppte den Wagen vor dem Haupthaus, einem ehemals imposanten Zweiständerhaus im Fachwerkstil. Krüppelwalmdach und gekreuzte Pferdeköpfe als Giebelschmuck charakterisierten den typischen niedersächsischen Bauernhof. Das dazu gehörige grün gestrichene Dielentor hatte schon lange keine neue Farbe mehr gesehen. Auch die aufgemalten Hausinschriften über dem Torbalken, die in der Regel Baujahr und Erbauernamen nannten, waren bis zur Unkenntlichkeit verblichen.

»Sieht beinahe verwaist aus«, meinte Maike. Sie schaltete den Motor ab, die beiden stiegen aus. Sie traten auf ein unebenes, mit Unkraut durchsetztes Heidepflaster aus braunen, runden Natursteinen. Die faustgroßen Findlinge - mit der letzten Eiszeit aus Skandinavien nach Norddeutschland verfrachtet - hatten die Bauern auf den Feldern gefunden.

Vom Haupthaus schauten sie zur Scheune, die ein gewaltiger Efeustrang überrankte und deren Dach einige Ziegellücken aufwies. Eine Etage tiefer, unter dem Schauer, standen zwei landwirtschaftliche Anhänger, verstaubt und vernachlässigt. Sie sahen nicht so aus, als hätte man sie in den letzten Jahren bewegt. Von landwirtschaftlichen Aktivitäten keinerlei Spuren. Einzig der Hühnerstall, hinter dem sich eine Einzäunung für das Federvieh befand, zeugte von Leben auf dem Bauernhof.

»Ist ja ziemlich tot hier. Bis auf die Hühner«, meinte Maike Schnur mehr zu sich selbst. »Wo Hühner gackern, da gibt's wohl auch Menschen.«

Mendelski ging zur Hausecke. »Wir müssen den Eingang suchen«, schlug er vor. »Das Dielentor scheint mir selten benutzt.«

An der Hausseite fanden sie eine Tür mit Klingel, aber ohne Namensschild. Einen Namen fanden sie auf dem hölzernen Briefkasten, der in Augenhöhe neben dem Türrahmen angebracht war. Verblasst, aber noch gut lesbar, stand dort: ›Meinicke‹. Mehr nicht.

Robert Mendelski klingelte.

Unmittelbar darauf bellte drinnen ein Hund, hell und aggressiv. Der Kommissar tippte auf Dackel. Das Bellen kam näher und wurde heftiger, das Tier musste jetzt direkt hinter der Tür sein.

Die beiden Besucher schauten sich an und traten einen Schritt zurück. Sicher ist sicher.

Eine krächzende männliche Stimme übertönte plötzlich das Hundebellen. »Elly! Aus!«

Das Kläffen erstarb und ging in Winseln über. Eine Tür schlug zu, lautes Schuhgeklapper näherte sich, Holz auf Stein. Sekunden später drehte jemand den Schlüssel im Schloss, der Türgriff senkte und die Tür öffnete sich.

»Ja bitte?«

Vor ihnen stand ein Mann in blauer Latzhose. Schlank, schlaksig, etwas nach vorn gebeugt. Unzählige Falten im Gesicht verrieten sein Alter, die raue, wie Leder gegerbte Haut belegte, dass er sein Leben lang draußen bei Wind und Wetter gearbeitet hatte. Die hochgekrempelten Ärmel seines Flanellhemdes endeten über dünnen, sehnigen Unterarmen. An den Füßen trug er Klocks aus hellem Pappelholz.

Mendelski wusste aus den Akten, dass der Mann, den sie besuchen wollten, Jahrgang 1950, somit 70 Jahre alt war. Das passte.

»Guten Morgen«, sagte er freundlich. »Entschuldigen Sie die Störung. Mendelski und Schnur von der Celler Kriminalpolizei.« Er zeigte seine Erkennungsmarke. »Sind Sie Herr Gert Meinicke?«

Ihr Gegenüber guckte verwundert und nickte schließlich wortlos.

»Wir haben uns nicht angemeldet. Dürfen wir Sie trotzdem sprechen? Wir haben wichtige Informationen für Sie.«

»Geht es um meinen Vater?«, fragte er.

»Ja«, antwortete Mendelski erstaunt. »Woher wissen Sie ...?«

»Na, wegen der Post. Der Brief, der letzte Woche kam ...«

»Welcher Brief?«

Gert Meinicke runzelte die Stirn. »Davon wissen Sie nichts?« Mit wachsendem Misstrauen musterte er seine beiden Besucher. »Warum kommen Sie denn sonst?«

Mit ernstem Gesichtsausdruck hielt Mendelski den Blicken stand. »Dürfen wir kurz ins Haus kommen?«, fragte er bestimmt. »Hier draußen lässt sich das schlecht besprechen.«

Nach kurzem Nachdenken lenkte der Hausherr ein. »Wenn's denn unbedingt sein muss.« Er wandte sich um und ging voran. »Kommen Sie mal mit.«

›Da habe ich ja Dusel gehabt‹, dachte Axel Schriewe, als er seinen Dacia Duster in den Meißendorfer Wiesen neben einem Weideschuppen ausrollen ließ.

Wohlweislich war er nicht in die Hofeinfahrt eingebogen. Im Vorbeifahren hatte er den Dienst-Passat der Celler Kripo auf dem Meinicke-Hof gesehen. Das hätte schief gehen können. Er nahm die Sonnenbrille ab und überlegte.

Merkwürdig. Da findet die Kripo einen menschlichen Arm, stopft diesen in eine Plastiktüte, und Mendelski und Schnur fahren damit los - aber nicht nach Celle, um dieses wichtige Beweisstück so schnell wie möglich in die Gerichtsmedizin zu bringen. Stattdessen kutschieren sie in der Gegend herum. Bei den sommerlichen Temperaturen, die sie für heute angekündigt hatten, war es sicher keine gute Idee, ein frisches Leichenteil ohne Kühlbox im Auto zu transportieren.

Axel Schriewe ließ die Seitenscheibe herunter und legte den Ellenbogen ins Fenster. Von seiner Position aus konnte er gut im Außenspiegel die Hofeinfahrt kontrollieren, ohne groß aufzufallen. Hoffentlich dauerte die Visite der Kripo auf dem Hof nicht so lange. Er wollte, bevor er in die Redaktion nach Celle zurückkehrte, unbedingt mit Gert Meinicke oder dessen Schwester Lea sprechen. Um seine Reportage für die morgige Ausgabe abzurunden, wäre ein O-Ton der Hinterbliebenen das Tüpfelchen auf dem I – etwa ein ausdrucksstarkes, druckfähiges Zitat.

Damit er die Wartezeit nutzte, nahm er seine Kamera in die Hand und klickte die zuletzt geschossenen Fotos durch. Dabei sah er sich die Schnappschüsse noch einmal genauer an, die er von dem jungen Archäologen auf dem Hocker gemacht hatte.

»Was machen Sie denn hier?«

Vor Schreck ließ Axel Schriewe die Kamera in seinen Schoß fallen. Er hatte die Frau, die still und heimlich mit ihrem Fahrrad aus der Feldmark gekommen war, nicht bemerkt. Eine Frau von mindestens sechzig Jahren, gekleidet in einen schmuddeligen grünen Arbeitsoverall, mit Gummistiefeln, eine blassrote Schirmmütze auf dem Kopf. Die grauen Haare trug sie männlich kurz.

»Haben ... haben Sie mich erschreckt«, stotterte der Reporter und musterte die Frau, die neben seinem Fahrzeug stehen geblieben war. Sie sah aus wie eine Bäuerin, die gerade vom Melken kam.

»Sind Sie ein Detektiv?«, fragte die Frau unerschrocken. Mit großen neugierigen Augen starrte sie den Autofahrer an.

Um Zeit zu gewinnen legte Axel Schriewe seinen Fotoapparat auf den Beifahrersitz und räusperte sich. »Detektiv? – Nein ... Wie kommen Sie denn darauf?«

Die infantile Art der Frau irritierte ihn. Er wusste nicht genau, wie er jetzt am schlauesten reagieren sollte. Am liebsten hätte er das Auto angelassen und wäre einfach davon gefahren.

»Na, wegen dem Fotoapparat.« Mit großer Ernsthaftigkeit deutete sie auf den Beifahrersitz. »Was knipsen Sie denn so?«

»Die Natur«, log er, wie aus der Pistole geschossen. »Vögel, Schmetterlinge, Pflanzen und so.«

»Wirklich?« Sie schaute streng. »Das glaube ich Ihnen nicht.«

Axel Schriewe hatte weder Lust noch Zeit für den Small-Talk mit einer Frau, die schwer einzuschätzen und nicht ganz unanstrengend war. Kurzentschlossen drehte er den Zündschlüssel im Schloss und ließ den Wagen an. »Muss weiter«, sagte er mit aufgesetzten Lächeln. Er legte den ersten Gang ein und fuhr los.

Dummerweise wusste der Reporter zu diesem Zeitpunkt nicht, dass es sich bei der merkwürdigen Person mit dem Fahrrad um Lea handelte, die Schwester von Gert Meinicke. Sonst hätte er sich wahrscheinlich alle Zeit der Welt genommen, um sie mit seinem unwiderstehlichen Charme in ein längeres Gespräch zu verwickeln.

Aber so ... Gute Vorbereitung zahlte sich in der Regel aus.

»Ist Ihre Schwester Lea auch zu Hause?«, wollte Robert Mendelski wissen, noch bevor er sich setzte. »Es wäre gut, wenn sie dabei ist.«

Der Hausherr hatte seinen Besuch durch einen düsteren Flur in die gute Stube geführt. Dieser Raum wurde anscheinend nur selten genutzt - wenn überhaupt, dann nur sonntags, wie das in den Bauernhäusern früher so üblich war. Wie das übrige Mobiliar erzählte der Esstisch aus dunklem Massivholz von einer längst vergangenen Epoche. Die dazu passenden Stühle mit ihren senkrechten Rückenlehnen verursachten schon beim Anschauen Rückenschmerzen.

Im Zimmer roch es streng. Nach einer Mischung aus Bohnerwachs, Desinfektionsmittel und nassem Hundehaar.

»Nein«, erwiderte Gert Meinicke. »Sie ist mit dem Rad unterwegs.«

»Dann fangen wir ohne sie an.« Mendelski und Maike hatten an einer Längsseite des Tisches Platz genommen. Die Kommissarin hatte ihren Schreibblock hervorgeholt, den Voice-Recorder ließ sie aus Pietätsgründen ausgeschaltet - ging es doch um die Überbringung der Todesnachricht eines engen Angehörigen.

Gert Meinicke saß ihnen gegenüber. Seine Hände, von einem arbeitsreichen Bauernleben gezeichnet, ruhten auf dem Tisch.

»Was ist nun mit meinem Vater?«, fragte er. »Haben Sie ihn endlich ...?« Er stockte. »Gibt es Neuigkeiten?«

»Ja, die gibt es.« Mendelski schaute kurz zu Maike und fuhr dann fort: »Gestern sind bei archäologischen Grabungen im Meißendorfer Wald menschliche Knochen gefunden worden.

Wir gehen stark davon aus, dass es sich dabei um Überreste Ihres Vaters handelt.«

Gert Meinicke atmete einmal tief durch. Kaum hörbar murmelte er: »Na endlich ...«

Mendelski ließ seinem Gegenüber Zeit, das Gehörte zu verarbeiten. Nach einer Weile sagte er: »Auch wenn Ihr Vater bereits vor vielen Jahren für tot erklärt worden ist, tut es uns leid, Ihnen heute diese Nachricht überbringen zu müssen.«

»Schon gut«, winkte Gert Meinicke ab. »Das ist Ihr Beruf ...« Jetzt wirkte er fahrig. »Wo genau ist er gefunden worden?«

»Im Norden der Gudehäuser Straße, kurz vor dem einsamen Haus an der Meiße.«

»Dem ehemaligen Gutshof Gudehausen?«

»Wenn das so heißt, ja.«

»Also auf dem Platz?«

»Ja. Am Rand des Truppenübungsplatzes. Ungefähr fünfzig Meter von der Straße entfernt.«

Gert Meinicke senkte den Kopf. Leise sagte er: »Deshalb hat man ihn nie gefunden. Auf dieser Seite der Straße trauen sich ja nicht mal Pilzesammler in den Wald. Wegen dem Warnschild.«

»Sein Leichnam lag vergraben ... in einem Dachsbau.«

»Vergraben? In einem Dachsbau?« Gert Meinicke guckte ungläubig. »Wie geht das denn ...?«

Mendelski rutschte auf seinem Stuhl hin und her. »Archäologen aus Hannover untersuchen seit einiger Zeit einen uralten Dachsbau. Dabei sind sie auf menschliche Überreste gestoßen.«

Der Hausherr erhob sich und trat ans Fenster. Mit dem Rücken zu seinen Gästen presste er kaum hörbar heraus: »Wer – in Gottes Namen – vergräbt denn jemanden in einem Dachsbau?«

Robert Mendelski und Maike Schnur blieben die Antwort schuldig und schwiegen. Gert Meinicke wandte sich wieder ihnen zu. »Was genau hat man gefunden?«

»Bisher den Schädel und einige wenige Knochen«, erwiderte der Kommissar. »Wir gehen davon aus, dass wir in Kürze noch mehr finden werden.«

»Und Sie sind sicher, dass es sich um die Gebeine meines Vaters handelt?«

»Ja. Anhand des Zahnbildes konnten wir Ihren Vater eindeutig identifizieren. – Und wir haben noch etwas gefunden, das Ihrem Vater gehört haben dürfte. Etwas sehr Individuelles.«

»Kann's mir denken«, nickte der Bauer. »Seine Prothese ...«

»Genau. Eine Hand-Unterarmprothese für die linke Seite.« Mendelski zog sein Smartphone hervor. »Wenn Sie möchten, kann ich Ihnen Aufnahmen davon zeigen.« Dass die Prothese draußen im Auto lag, er sie also in Natura zeigen könnte, verschwieg er – zunächst.

Gert Meinicke schüttelte den Kopf. Er stand aufrecht, mit blassem Gesicht. Seine weißen Haare schimmerten im spärlichen Sonnenlicht, das sich an den Eichenkronen vorbei durch die Fenster gemogelt hatte. »Nicht jetzt«, entgegnete er entschieden. Mit beiden Händen umklammerte er die Stuhllehne vor sich. »Ich glaube Ihnen auch so.«

»Um ganz sicher zu sein, dass es sich um Ihren Vater handelt, würden wir gern einen DNA-Abgleich machen«, sagte Maike Schnur. »Haben Sie eventuell noch etwas von ihm? Kleidung, Mützen, Hüte, Handschuhe ...? – Ich weiß, dreißig Jahre ist eine lange Zeit ...«

»Einen ganzen Schrank voll«, unterbrach sie der Hausherr. »Meine Schwester hat sich von den Sachen nicht trennen wollen. Sie ist in dieser Richtung sehr ... sentimental.«

»In diesem Falle trifft sich das gut. Wäre es möglich, wenn wir uns davon etwas ausleihen dürfen?«

»Ich denke schon.«

Mendelski unternahm den nächsten Anlauf: »Da ist leider noch etwas, das wir Ihnen sagen müssen. Etwas Unangenehmes.«

Der Hausherr setzte sich wieder. »Na dann ...«

»Der Schädelknochen weist in der Mitte der Stirn ein Loch auf. Wahrscheinlich ein Einschussloch ...«

Bleiernes Schweigen. Gert Meinicke guckte nicht entsetzt. Sein Blick wirkte eher undurchsichtig, misstrauisch, fand Maike. Sie beobachtete seine Reaktionen genau.

»Das Polizei-Labor in Celle«, fuhr Mendelski fort, »ist zu dem Ergebnis gelangt, dass Ihr Vater mit einiger Sicherheit von einer Kugel getroffen wurde.«

Die Fingerkuppen des Bauern wanderten über die hölzerne Tischplatte. Für Maike sah es so aus, als ob sie vor Aufregung leicht zitterten.

»Daher das Vergraben im Dachsbau«, murmelte er. »Da wollte jemand einen Mord vertuschen.«

In der bedrückenden Stille hörte man nur das monotone Ticken einer alten Standuhr. Mendelski setzte gerade dazu an, seine nächste Frage zu stellen, als plötzlich Hundegebell zu hören war. Irgendwo im Haus. Nicht ärgerlich oder aggressiv wie vorhin, als sie geklingelt hatten, sondern ein eher freudiges Kläffen.

»Meine Schwester ...«, sagte Gert Meinicke und erhob sich. »Sie ist zurück von ihrer Fahrradtour. Kann ich ihr eben Bescheid geben?«

Ohne eine Antwort abzuwarten, ging er zur Tür, öffnete sie und rief in den Flur. »Hier sind wir! In der Stube.«

Ein fuchsfarbener Langhaardackel kam in die Stube gerast. Als er die beiden Besucher bemerkte, stutzte er, bellte kurz und bezog dann knurrend neben seinem Herrchen Position.

Maike Schnur zog vorsichtshalber ihre Füße unter den Stuhl zurück.

»Der tut nichts«, behauptete Gert Meinicke. »Hat kaum noch Zähne ...«

»Stimmt doch gar nicht.« Die Frauenstimme kam von der Tür. Lea Meinicke stand da in Rosshaarsocken. Die Schirmmütze hielt sie in der Hand. Ihr kurzes graues Haar stand struppig in alle vier Himmelsrichtungen. »Elly kann noch prima beißen«, sagte sie mit Trotz in der Stimme.

»Ach, da bist du ja.« Gert Meinicke ging einen Schritt auf seine Schwester zu. »Das hier sind Leute von der Polizei. Von der Kriminalpolizei aus Celle.«

»Nee, wie komisch!« Sie blieb ernst. »Erst der Detektiv und jetzt die Polizei. Sind die auch echt?«

Mendelski und Maike wurden hellhörig. Detektiv?

»Ja, die sind echt«, erwiderte ihr Bruder. Er sprach wie ein Lehrer zu seinem Schüler. »Wen meinst du mit Detektiv?«

»Na, den Fotografen da draußen. Den hab ich auf frischer Tat ertappt.«

Maike Schnur stand auf und ging ans Fenster.

»Keine Sorge, der ist längst weg«, erklärte Lea Meinicke. »Hab ihn verjagt.«

»Fuhr der etwa ein blaues Auto?«, fragte die Kommissarin.

Wie ein bockiges Kind schaute die Gefragte schweigend zur Seite.

»Einen Kombi vielleicht?«

»Kann sein«, antwortete sie schnippisch. Offenbar behagte ihr das Verhör durch die Polizistin nicht.

Gert Meinicke setzte sich wieder an den Tisch. »Lea, die Polizei hat wichtige Nachrichten für uns«, sagte er. Man sah ihm an, dass er sich um Fassung bemühte. »Sie haben ... sie haben Vater gefunden.«

Seine Schwester machte große Augen. »Kann gar nicht sein«, reagierte sie prompt. »Der ist doch schon so lange tot.« Wie in Zeitlupe beugte sich zu dem Dackel hinab und streichelte ihn. Den Blickkontakt zu den Besuchern vermied sie dabei. »Nicht wahr, Elly ... die Polizisten müssen sich irren.«

»Sie haben Knochen von ihm im Wald gefunden«, erklärte ihr Bruder stoisch. »An der Gudehäuser Straße. Und auch seine Prothese. Sie irren sich nicht.«

Elly legte sich auf die Seite und bot ihren Bauch zum Kraulen an. Dabei schlug sie mit dem buschigen Schwanz heftig um sich und winselte vor Vergnügen.

»Hat er groß leiden müssen?«, wollte Lea Meinicke wissen. Ihre rechte Hand streichelte ohne Unterlass den Hund.

»Nein, nein. Es ging wohl ganz schnell.« Die Antwort ihres Bruders kam reflexartig. Sein Blick suchte den der beiden Besucher, der rechte Zeigefinger huschte kurz über die Lippen. Mendelski und Maike hatten verstanden.

»Gut«, seufzte Lea Meinicke. »Dann kann ja endlich Frieden in unserem Haus einkehren.« Sie ließ von Elly ab und wandte sich zum Gehen. Im Türrahmen drehte sie sich noch einmal um. »Wann ist die ... Beerdigung?«

»Oh ...« Ihr Bruder schien auf die Frage nicht vorbereitet. »Darüber habe ich noch nicht nachgedacht. Ich nehme an, sobald es die Polizei erlaubt.«

»Ja, das klären wir«, pflichtete ihm Mendelski bei.

»Komm, Elly«, rief Lea Meinicke ihren Hund. »Wir besuchen jetzt Mama und erzählen es ihr. Sie wird sich bestimmt freuen.«

Nachdem sie gegangen war, wandte sich Mendelski an den Hausherrn: »Sie wollten uns noch von dem Brief erzählen.«

»Scheiße! Scheiße! So eine Scheiße!«

Axel Schriewe hätte sich ohrfeigen können. Für seine Dummheit. Für die leichtfertig verpasste Chance. Und dafür, dass er jetzt wahrscheinlich bei der Polizei aufgeflogen war. Mit deutlich überhöhter Geschwindigkeit jagte er seinen Dacia Duster über die Landstraße von Winsen nach Celle.

Nachdem er sich von der verhuschten Frau verabschiedet hatte, war er bei der nächsten Gelegenheit rechts abgebogen, hatte gewendet und war zurückgefahren - gerade noch rechtzeitig, um zu sehen, wie die Frau mit ihrem Fahrrad auf den Meinicke-Hof eingebogen war.

Erst in diesem Moment war ihm aufgegangen, mit wem er es zu tun hatte. Lea Meinicke sollte um die sechzig Jahre alt sein. Seine Entschuldigung, dass er nicht mehr über sie gewusst hatte, zog nicht. Mangelnde Vorbereitung, schlecht recherchiert - sein Chef würde ihm die Ohren lang ziehen. Zu Recht! Aber wer konnte schon ahnen, dass sie ihn auch noch anspricht. Auf offener Straße ...

Vorbei. Axel Schriewe hakte die Sache innerlich ab. Er hatte auch so genügend Informationen und Bildmaterial. Höchste Zeit, dass er nach Celle zurückkehrte.

Die CZ-Ausgabe vom morgigen Donnerstag würde mit einem Knüller aufwarten.

»Hier ist das Schreiben aus Berlin.« Gert Meinicke war kurz im Nachbarzimmer verschwunden und mit einem Brief in der Hand zurückgekehrt. »Von der Israelischen Botschaft. Es ist an meine Schwester und mich gerichtet.« Er setzte sich wieder zu seinen Besuchern an den Esstisch.

»Und dabei geht es um Ihren Vater?«, fragte Maike Schnur, indem sie den Umschlag entgegen nahm.

»Ja. Mein Vater soll nachträglich - posthum, wie die schreiben - mit einer Medaille geehrt werden. Aber das ist sicher ein Irrtum.«

»Darf ich?« Die Kommissarin hielt fragend den Brief in die Höhe.

»Natürlich. Sonst hätte ich Ihnen den nicht gegeben.«

Maike Schnur zog ein einseitiges Schreiben aus dem Umschlag, überflog das Papier und erläuterte: »Posthume Verleihung der Yad-Vashem-Medaille ... für Rolf Meinicke, Meißendorf ... als ›Gerechter unter den Völkern‹ ... für seinen Mut und seine Zivilcourage ... weil er im Jahr 1945 einen 12-jährigen jüdischen Jungen bei sich auf dem Bauernhof versteckte und ihm somit das Leben rettete ...«

»Davon weiß ich nichts«, unterbrach Gert Meinicke sie. »Unser Vater soll jemandem das Leben gerettet haben? - Von der Geschichte hätte ich sicher gehört. In einem Dorf wie Meißendorf bleibt nichts geheim. Daher glaube ich, dass sich die hohen Herrschaften in Berlin irren.«

»Ein Irrtum bei so einer Sache? Kann ich mir nur schwer vorstellen«, warf Mendelski ein. »Oder gibt es einen zweiten Rolf Meinicke hier in Meißendorf? Oder einen weiteren landwirtschaftlichen Betrieb dieses Namens?«

»Nein, das gibt und gab es nicht. Die Höfe hier im Dorf kann ich Ihnen an einer Hand aufzählen. - Aber davon ganz abgesehen, passt die Geschichte überhaupt nicht zu meinem Vater. Der war alles andere als ein barmherziger Samariter.«

»Sondern?«

Gert Meinicke überwand sich sichtlich. »Auch wenn man nichts Schlechtes über die Toten sagen soll ... unser Vater war - gelinde ausgedrückt - ein schwieriger Mensch. Mag sein, dass daran seine Kriegsverletzung schuld war ... oder der frühe Verlust unserer Mutter oder Leas Behinderung. Oder, weil ich keine Frau fand und Junggeselle blieb, und es somit keinen Erben für den Hof gab. Oder alles zusammen.«

Gert Meinecke zog hörbar die Luft ein. »Ich weiß es nicht. – Er war ein Eigenbrötler, hatte kaum Freunde. Im Gegenteil, er brachte immer mehr Leute gegen sich auf. Auch Lea und mich. Das Leben mit ihm war alles andere als harmonisch.«

Mendelski schwieg, er brauchte einen Moment, um das Gehörte zu verarbeiten.

Maike Schnur hatte in der Zwischenzeit den Brief zu Ende gelesen. »Am 28. Mai werden Sie und Ihre Schwester in die niedersächsische Landeshauptstadt eingeladen«, fasste sie zusammen, »um als nächste Angehörige die Medaille stellvertretend für Ihren verstorbenen Vater in Empfang zu nehmen. Bei dem Festakt im Landesmuseum Hannover werden auch der Israelische Botschafter aus Berlin, Jeremy Issacharoff, sowie der Ministerpräsident Niedersachsens, Stephan Weil, zugegen sein.« Sie legte den Brief auf den Tisch. »Donnerwetter! So eine Ehrung erlebt nicht jeder …«

»Ach was! Alles Quatsch!«, schimpfte Gert Meinicke. Er war nicht zu belehren. »Es handelt sich sicher um eine Verwechslung. Anders kann ich mir das nicht erklären …«

»Wenn Sie möchten, kümmern wir uns darum«, schlug Mendelski vor. »Ich muss allerdings zugeben, dass wir das nicht ganz uneigennützig tun. Denn wir ermitteln in dem Todesfall Ihres Vaters, daher haben wir Interesse an allen möglichen Details. Also: Wir können von Amts wegen in Berlin oder Hannover nachfragen, ob das mit der geplanten Ehrung seine Richtigkeit hat.«

»Tun Sie das«, erwiderte der Hausherr schroff. »Ich jedenfalls werde auf das Schreiben nicht reagieren.«

»Darf ich ein Foto von dem Brief machen?« Maike Schnur nahm ihr Smartphone in die Hand.

»Nur zu. Meinetwegen können Sie den Schrieb auch mitnehmen. Ich brauche ihn nicht mehr.«

»Was sagt denn Ihre Schwester zu der Einladung?«, versuchte Mendelski das Gespräch in eine andere Richtung zu lenken, während Maike das Foto schoss.

»Lea?« Gert Meinickes Gesichtsausdruck verdüsterte sich noch eine Nuance mehr. »Ich habe es ihr noch gar nicht gezeigt.« Er druckste herum. »Sie haben sie doch kennengelernt.

Ich wollte sie nicht unnötig damit behelligen - und beunruhigen. Wegen ihrer Beeinträchtigung.«

»Was hat sie genau?«, fragte Maike Schnur nach.

»Eine angeborene - wie sagen die Mediziner so schön - eine chromosomal verursachte geistige Behinderung.«

»Daher wollten Sie vorhin auch verhindern, dass sie von dem gewaltsamen Tod ihres Vaters erfährt?«

»Genau. Sie würde sich das sehr zu Herzen nehmen. Ich werde versuchen, ihr das schonend beizubringen.«

»Und Sie meinen, der Brief würde Ihre Schwester ebenfalls beunruhigen?«, wollte Mendelski wissen.

»Natürlich. Alles, was mit unserem Vaters zu tun hat, beschäftigt sie sehr. Auch heute noch. Sie hat immer wieder nach ihm gefragt.«

»Die Nachricht von seinem Tod hat sie vorhin aber relativ gefasst aufgenommen, jedenfalls sah es so aus.«

Gert Meinicke zog die Augenbrauen hoch. »Dieser Eindruck täuscht«, sagte er. »Das kommt zeitversetzt. Wie ich meine Schwester kenne, wird sie kommende Nacht kein Auge zutun und stundenlang durchs Haus wandern. Treppauf, treppab, hin und her. Sie braucht ihre Zeit, um solche Nachrichten zu verkraften.«

Robert Mendelski bemerkte, dass sein Handy in der Brusttasche vibrierte. Er hatte es auf ›leise‹ gestellt. Zunächst ignorierte er es noch. »Wir haben noch eine wichtige Frage an Sie«, fuhr er fort. »Wir wüssten gern, wer alles Ihrem Vater nicht wohlgesonnen war. Ich weiß, das wird nicht einfach sein nach so vielen Jahren, aber vielleicht fällt Ihnen ja noch der eine oder andere Name ein.«

»Sie suchen seine Feinde.«

»Richtig. Oder besser Gegner, oder Widersacher. Versuchen Sie, sich zu erinnern, machen Sie eine Liste. Und schreiben Sie bitte auch all diejenigen auf, die Ihrer Meinung nach vom Tod Ihres Vaters profitiert haben.«

»Sie meinen uns, die Erben? Etwa meine Schwester und mich?«, regte sich Gert Meinicke auf.

»Nein! Sie müssen sich nicht selbst nennen«, versuchte Mendelski die Wogen zu glätten. »Aber vielleicht gibt es weitere Profiteure. Andere Verwandte, Schuldner, Konkurrenten und so weiter.«

Der Hausherr schüttelte zweifelnd den Kopf. »Also, ich weiß ja nicht, ob es gut ist, nach all den Jahren diese alten Wunden wieder aufzureißen. Das bringt nur Unruhe im Dorf. Und meinen Vater macht es auch nicht wieder lebendig.«

Robert Mendelski und Maike Schnur schauten sich an. Die Antwort war nicht einfach.

»Gerechtigkeit, Herr Meinicke, darum geht es«, sagte schließlich der Kommissar. »Um Gesetz und Gerechtigkeit! Ein Tötungsdelikt ist keine Bagatelle, und ein Mord verjährt nicht, auch nach 30 Jahren nicht. Daher sind wir gesetzlich verpflichtet, in so einem Fall zu ermitteln.«

»Sie wollen nicht wissen«, legte Maike nach, »wer Ihren Vater erschossen hat?«

Gert Meinicke erhob sich urplötzlich von seinem Stuhl. »Ich glaube, Sie gehen jetzt besser«, sagte er. »Ich muss das erst mal alles verdauen. Vielleicht reden wir morgen weiter ...«

Seine Besucher standen ebenfalls auf. Mendelski spürte erneut das Vibrieren seines Telefons. Auf dem Weg zur Tür sagte er: »Noch eine letzte Bitte. Dass die Gebeine Ihres Vaters gefunden wurden, lässt sich nicht verheimlichen. Doch verraten Sie bitte noch nicht, wo genau er gefunden wurde. Sagen Sie am besten, irgendwo auf dem Truppenübungsplatz – da kommt eh keiner hin.«

Gert Meinicke nickte wortlos.

»Und noch wichtiger: Erzählen Sie bitte niemanden von dem Einschussloch im Schädel. Aus ermittlungstechnischen Gründen wäre das für uns von großer Wichtigkeit.«

Der Hausherr nickte ein weiteres Mal, stumm und ausdruckslos.

Beim Hinausgehen brummte Mendelskis Handy ohne Pause.

»Das war Heiko«, sagte Mendelski, nachdem er das Telefonat beendet hatte. »Wir sollen sofort kommen. Sie haben wieder was gefunden.«

Sie ließen eine kleine Staubwolke und zwei vor Schreck gackernde Hühner hinter sich, als sie vom Hof fuhren.

»Das geht ja Schlag auf Schlag«, erwiderte Maike Schnur und lenkte den Dienstwagen Richtung Ortsmitte. »Und was unternehmen wir in Sachen Schriewe? Bin mir ziemlich sicher, dass der das war, den Lea Meinicke beim Herumschnüffeln erwischt hat.«

»Ja, so scheint es.« Mendelski seufzte. »Wir wissen ja, dass der ein ausgezeichnetes Netz an Informanten hat. Ich rufe den Chefredakteur an. So was geht gar nicht.«

# Fünftes Kapitel

Elias Lewenstein lag auf seinem Bett und ließ sich vom Abendwind streicheln. Die kühle Brise kam von den nahen Gilboa-Bergen hinab ins Beit She'an Tal. Sie drang durch das geöffnete Fenster im Erdgeschoss, ließ die dünnen, von Israels Sonne verblichenen Nylonvorhänge sachte wehen und vertrieb die Gluthitze des Tages.

Nur mit Leinen-Shorts bekleidet ruhte er auf dem Laken, bäuchlings und lang ausgestreckt. Auf seinem linken Unterarm, dort wo die sechsstellige KZ-Häftlingsnummer eintätowiert war, stellten sich die Härchen auf, für einen kurzen Moment bekam er eine Gänsehaut. Kaum hörbar seufzte er. Eine Frauenhand hatte ihn schon seit Ewigkeiten nicht mehr verwöhnt.

Elias Lewenstein war seit 32 Jahren Witwer, hatte 87 Jahre auf dem Buckel und lebte allein - wenn man von ›allein‹ sprechen kann bei jemandem, der einem Kibbuz angehört. Diese für Israel typische Siedlungsform ist ein genossenschaftliches Kollektiv auf dem Land, eine große Wohn- und Interessengemeinschaft. Ohne Privateigentum, mit überwiegend landwirtschaftlich ausgerichteter Produktion auf gemeinschaftlichen Ländereien und Gewässern. Der Kibbuz Hefzi Bah verfügte unter anderem über Orangenplantagen, eine Milchviehproduktion sowie eine ansehnliche Fischzucht.

Nach dem Kindheitstrauma des Holocaust, den Konzentrationslagern Auschwitz und Bergen-Belsen, der geglückten Flucht und seiner Irrfahrt durch halb Europa war Elias Lewenstein im Alter von 17 Jahren hier aufgenommen worden. Vier Jahre nach Kriegsende, im Winter 1949, hatte er erstmals israelischen Boden betreten und das Land bis heute nicht wieder verlassen.

Ein Rufen ließ ihn aufschrecken.

»Elias! - Bist du da?«, rief eine helle Stimme auf Hebräisch. Im gleichen Augenblick steckte ein Junge seinen wilden, rötlich blond schimmernden Lockenkopf durch die Fensteröffnung.

»Du meine Güte!« Elias Lewenstein antwortete auf Jiddisch. Er setzte sich auf, rieb die Augen und tat so, als ob er geschlafen hätte. »Aaron! Jüngelchen. Ach, du bist's!« Jetzt sprach auch er hebräisch. »Was störst du mein Nickerchen?«

»Schalom, Großvater!« Der Junge wedelte mit einem Briefumschlag. »Du hast Post. Post aus Europa, aus Deutschland.« Aaron reichte ihm den Umschlag durch die Fensteröffnung.

Bei dem Wort Deutschland bekam Elias Lewenstein die zweite Gänsehaut dieses Abends. Er nahm den Brief entgegen und beäugte ihn misstrauisch.

»Von der Israelischen Botschaft in Berlin«, erklärte Aaron. »Sieht wichtig aus.« Er zog seinen Kopf zurück. »Erzähl mir später, was drin steht. Ich muss jetzt zum Basketballtraining. Schalom.«

Elias Lewenstein hatte keine Eile. Er ließ den Briefumschlag auf dem Bett liegen und holte sich zunächst ein Glas Wasser. Das trank er im Stehen in aller Ruhe aus. Sein Blick streifte nur kurz den Brief und glitt dann hinaus durch das geöffnete Fenster in die Ferne. In die Weite des Beit She'an Tals, dessen sattes Maigrün der Orangenhaine die Abendsonne beschien.

»Eines Tages musste es ja so kommen ...«, murmelte er im Selbstgespräch. Seine in unzählige Fältchen gebetteten Augen blinzelten in die untergehende Sonne. »Die Vergangenheit holt mich doch ein«, fuhr er flüsternd fort. »So kurz vor Toresschluss. Hatte immer gehofft, das bliebe mir erspart.«

In Gedanken versunken wandte er sich von Fenster und Bett ab und griff zu dem Baumwollhemd, das an einem Haken neben der Tür hing. Umständlich und linkisch, weil er nicht bei der Sache war, streifte er das Hemd über die Schultern und knöpfte es zu. Bis er den letzten Knopf geschlossen hatte, vergingen Minuten.

Nach längerem Zögern nahm er den Brief in die Hand und schlurfte ins Wohnzimmer. Als sei es eine schwere Last, trug er den Umschlag zum Sekretär. Das aus farbenprächtigem Olivenholz gefertigte Möbelstück hatte seine beste Zeit lange hinter sich und bedurfte dringend einer Politur.

Elias Lewenstein legte den Brief auf die Schreibunterlage und ließ sich auf den Korbstuhl sinken. Er seufzte hörbar auf, denn weder Lesebrille noch Brieföffner lagen an ihren gewohnten Plätzen. Erst nach längerem Suchen fand er beides in einer der Schubladen. Auch der Griff des dolchähnlichen Brieföffners war aus bunt gemasertem Olivenholz. Seine Hände drohten erneut ihren Dienst zu versagen, derart aufgeregt war er. Außerdem hatte er Angst, aus Ungeschicklichkeit nicht nur den Umschlag, sondern auch das Anschreiben zu zerschneiden.

Augenblicke später faltete er einen unversehrten DIN-A4-Bogen auseinander und begann zu lesen. Er brauchte lange, um den Inhalt zu begreifen.

Nachdem Elias Lewenstein den Brief wieder und wieder gelesen hatte, legte er ihn auf die Tischplatte vor sich.

Mit zittriger Hand setzte er die Brille ab, lehnte sich zurück und atmete einmal tief durch. Vor Erleichterung - und voller Rührung - traten ihm Tränen in die Augen. Er fingerte nach seinem Stofftaschentuch in der Hosentasche und schnäuzte sich mehrmals kräftig.

Danach erhob er sich und ging zurück ins Schlafzimmer. Dort öffnete er einen Einbaukleiderschrank. Auf dem Boden kniend holte er eine Pappschachtel hervor, eine Art Schuhkarton. So abgewetzt und vergilbt, dass es eine sehr alte Schachtel sein musste. Er öffnete den Deckel und kramte ein mit Bindfaden verschnürtes Bündel Luftpostbriefe sowie einen Stapel ausgeschnittener Zeitungsartikel hervor, deren Papier sich bereits wellte. Schachtel und Inhalt schienen in etwa gleich alt zu sein.

Auf dem Grund des Kartons fand Elias Lewenstein, wonach er gesucht hatte. Ein sandfarbenes, tabakbeutelgroßes Leinensäckchen, das mit einer Kordel verschnürt war. Behutsam, als wäre ein rohes Ei darin verborgen, nahm er den Beutel in beide Hände, löste die Kordel auf und griff mit der rechten Hand hinein.

Zum Vorschein kam etwas Längliches, Haariges, mit echten Krallen auf der einen, mit einer metallenen Fassung samt Öse auf der anderen Seite. Ein präparierter Tierfuß als Anhänger. Die schnapsglasgroße Figur stellte einen Hasenkopf mit angelegten Ohren dar, kunstvoll geschmiedet, wahrscheinlich aus echtem Silber. Die beiden Tieraugen funkelten geheimnisvoll rot.

Eine Hasenpfote.

Ute Winkler empfing sie freudestrahlend: »Einer unserer Mitarbeiter hat eine wahre Goldader entdeckt. Schauen Sie ...«

Die Leiterin des Grabungsteams und Heiko Strunz standen an einem der Tische. Vor ihnen lagen zwei Beweismitteltüten. Unverschlossen und mit der Öffnung nach oben.

»Eheringe in der einen, eine Taschenuhr in der anderen«, erklärte sie nicht ohne Stolz. »Beides aus Gold.«

»Hast du's schon untersucht?«, fragte Mendelski Heiko Strunz.

»Ja, aber nur flüchtig.« Er nahm die Tüte mit den Ringen und hielt sie hoch. »Zwei zusammengelötete Eheringe. Beide tragen die gleiche Inschrift, ein Datum: 16.10.1947. Keine Namen. Es ist das Hochzeitsdatum von Rolf und Heidrun Meinicke. Wir haben's bereits überprüft und die Bestätigung bekommen.«

»Warum verlötet?«, wollte Maike Schnur wissen.

»Das hat man früher so gemacht.« Heiko Strunz legte die Tüte zurück auf den Tisch und nahm die zweite. »Ein sogenannter Witwerring. Der Hinterbliebene trägt nach dem Tod seines Partners beide Ringe. Sie werden in der Größe angepasst und miteinander verlötet.«

»Okay ...«

Heiko Strunz hielt die zweite Tüte in die Höhe. »Dann die Uhr. Sie lässt sich öffnen - wenn auch nur mit einigem Geschick. Die Stahlfeder ist noch intakt. Chapeau der damaligen Uhrmacherzunft. Innen im Deckel sind Initialen eingearbeitet. Ein großes ›R‹ und ein großes ›M‹. Beide jeweils mit einem Punkt versehen. Ganz offensichtlich stehen sie für Rolf Meinicke.«

»Zwei Volltreffer!« Mendelski zeigte sich zufrieden.

»Hat die Uhr eine Datumsanzeige?«, fragte Maike Schnur.

Heiko Strunz lächelte sparsam. »Ich weiß, auf was du hinaus willst. - Nein, hat sie nicht. Das gab es bei diesen alten Uhren nicht. Außer dem großen Ziffernblatt hat sie noch eine kleine Sekundenanzeige. Dort, wo die Sechs stehen würde. Mehr nicht.«

»Schade eigentlich.«

»Gratuliere.« Mendelski wandte sich an Ute Winkler. »Danke. Sie und Ihr Team sind ja schneller als die Feuerwehr.«

»Das ist noch nicht alles«, erwiderte sie. »Kommen Sie mit.« Sie ging zum nächsten Tisch. Dort waren mehrere Plastikbehälter aufgereiht. In ihnen lagen jede Menge Knochenfragmente. Große, kleine, flache, runde, gebrochene, gesplitterte. Von jedem etwas.

»Wenn ich mich nicht täusche«, meinte die Archäologin, »dann sind mindestens 20 Prozent dieser Knochen menschlichen Ursprungs. Der Rest stammt von Tieren wie Hasen, Kaninchen und vielleicht auch Rehen. Alle paar Augenblicke kommen neue Knochen dazu. Wir alle sind heute besonders motiviert.«

»Ellen und Jo helfen auch fleißig«, berichtete Heiko Strunz. »Sie wollen unbedingt den Unterkiefer finden.«

»Ja, sie arbeiten feste mit.« Ute Winkler lächelte. »Ihre Kollegen würden gute Archäologen abgeben.«

»Wie geht's weiter mit den Knochen?«, fragte Mendelski.

»Das Sortieren und Katalogisieren machen wir in der Regel daheim in Kirchhorst, unterm Dach bei Schlechtwetter. Aber wenn Sie wünschen, können Sie das auch übernehmen.«

Mendelski wandte sich an Heiko Strunz. »Was meinst du?«

»Einer von uns sollte zumindest dabei sein«, war die Empfehlung. »Und wir sollten das bald erledigen, am besten noch diese Woche. Die aussortierten Menschenknochen können wir dann unverzüglich in die Rechtsmedizin nach Hannover bringen.«

»Für morgen ist Regen angesagt«, bemerkte Ute Winkler. »Da könnten wir zu Hause bleiben und solche Arbeiten erledigen.«

»Regen? Hier in der Südheide? Um diese Jahreszeit? Na ...« Die Stimme kam von Jo Kleinschmidt. Er und Ellen Vogelsang traten zu der Truppe. »Seit dem Klimawandel gibt es keinen Mairegen mehr ... jedenfalls nicht in unseren Breiten.«

Mit dem Handrücken wischte er sich den Schweiß von der Stirn, dabei hinterließ er eine deutliche Dreckspur auf der Haut. Auch Ellen Vogelsang sah man an, dass sie im Sand gewühlt und sich ziemlich verausgabt hatte.

»Es wird stündlich wärmer«, klagte sie. »Und staubiger. Ein Regenschauer wäre ein Segen.«

»Egal was morgen für ein Wetter ist«, meinte Ute Winkler, »wir können einen Arbeitstag in Kirchhorst einlegen. Ich habe sowieso einiges im Büro nachzuholen.«

»Okay.« Mendelski griff nach den Beweismitteltüten mit den Ringen und der Uhr. »Maike und ich fahren jetzt zurück, das hier nehmen wir mit nach Celle.« Und an Heiko Strunz, Ellen Vogelsang und Jo Kleinschmidt gewandt: »Schlage vor, ihr drei bleibt noch etwas hier. Vielleicht findet ihr ja noch mehr.«

»Mit Sicherheit ...« Jo Kleinschmidt zeigte sich zuversichtlich. Mit beiden Händen imitierte er das Graben im Sand. »Komme mir schon vor wie ein Dachs.«

Maike Schnur - in gut eineinhalb Meter Abstand neben ihm - rümpfte die Nase. »Du riechst auch schon so ...«

Mit einem Ausfallschritt entwich sie nur knapp Jo Kleinschmidts Ellenbogencheck.

›Jetzt oder nie‹, dachte Gordon Kobusch. Seine Chefin und die fünf von der Kripo Celle standen zusammen unter der Plane und palaverten. Sie begutachteten die goldenen Fundstücke, den Doppelring und die Taschenuhr, die er heute Vormittag in den frischen Aushub aus dem Dachsbau gemogelt hatte.

Seine drei Kollegen von ArchaeoFirm waren für die Mittagspause ahnungslos zu den Autos gegangen. Mit einer fadenscheinigen Begründung hatte er es vorgezogen, an der Grabungsstelle zu bleiben. Die Chance, den Unterkiefer unbemerkt wieder in den Bau zu schmuggeln, konnte er nicht ungenutzt verstreichen lassen.

Er tat so, als wolle er ebenfalls eine Pause einlegen, schnappte den Rucksack und bummelte zum Eingang des Dachsbaus. Dort drehte er sich um und schaute unauffällig in die Runde, als suche er ein geeignetes Plätzchen. Niemand schien ihn zu beobachten. Sekunden später war er im Schatten des Erdlochs untergetaucht.

Am Nachmittag kletterte das Thermometer in Celle zum ersten Mal in diesem Jahr auf Werte über 30 Grad. Eine neue, ungewohnte Hitzeperiode so früh im Mai. Die Sonne brannte unerbittlich vom wolkenlosen Himmel.

»Ätzend, dieser Klimawandel!«, stöhnte Maike Schnur, eigentlich eine Freundin des sommerlich schönen Wetters, im Selbstgespräch. Doch als Innenstadtbewohnerin hatte ihr das letzte Jahr mit seinen durchweg hohen Temperaturen stark zugesetzt. »Nicht schon wieder so ein Extremsommer!«, wünschte sie sich daher.

Die Kommissarin saß bei geöffnetem Fenster an ihrem PC und forschte nach Hintergrund-Infos für die Verleihung der Yad-Vashem-Medaille. Nebenan versuchte Robert Mendelski derweil, jemanden von der Israelischen Botschaft zu erreichen.

Die Holocaust-Gedenkstätte Yad Vashem hat seit 1963 mehr als 26 000 Menschen als ›Gerechte der Völker‹ geehrt. Auch die Namen von rund 600 Deutschen sind in Jerusalem auf einer Gedenkwand verzeichnet – Personen, die in der NS-Zeit ihr Leben aufs Spiel setzten, um Juden vor Verfolgung und Tod zu retten. Unter damaligen Umständen Zivilcourage, Mitmenschlichkeit und Mut zu zeigen, war im Deutschen Reich ein hohes Wagnis, denn solches Verhalten wurde bei Aufdeckung zumeist mit der Todesstrafe geahndet.

»Habe endlich die zuständige Sachbearbeiterin erreicht«, hörte Maike Schnur eine männliche Stimme. Robert Mendelski stand in der Tür. Wegen des offenen Fensters und dem Straßenlärm von der Ampelkreuzung Jägerstraße/Hannoversche Straße hatte sie ihn nicht kommen gehört.

»Und?«

»Hat ein wenig gedauert. Formalien, halt.« Er wedelte mit einem Stück Papier in der Hand. »Aber letztendlich habe ich bekommen, was ich wollte.«

Er zog sich einen Stuhl in Position und nahm Platz.

»Also ...?«

»Also!«, wiederholte er. »Das hat alles seine Richtigkeit mit der Einladung – an Gert und Lea Meinicke aus Meißendorf in der Gemeinde Winsen an der Aller. Ein gewisser Elias Lewenstein, Jahrgang 1932, noch lebend in Israel, ist im Winter 1944/45 als 12-jähriger Junge aus dem Konzentrationslager Bergen-Belsen geflohen und konnte sich ins benachbarte Meißendorf durchschlagen. Dort hat er sich dreieinhalb Monate auf dem Meinicke-Hof versteckt. Mit Wissen und Unterstützung von Rolf Meinicke, unserem Toten. Erst im März 1945, kurz bevor britische Soldaten Bergen-Belsen befreiten, hat er den Hof verlassen.«

Um den Straßenlärm zu drosseln, ging Maike Schnur zum Fenster und stellte es auf Kipp. »Dass sein Sohn Gert nichts davon wusste, ist schon sonderbar ...«, bemerkte sie.

»Unsere Heidebauern reden halt nicht viel.« Mendelski fächerte sich mit dem Blatt Papier in der Hand frischen Wind zu. »Aber im Ernst: Das kenne ich doch von meinem Vater. Die Kriegsgeneration erzählt nicht gern über die Zeit im Dritten Reich, schon gar nicht von den Gräueltaten der Nazis. Das ist die Generation der Schweiger.«

»Mein Opa Willy war auch so einer«, sagte Maike. »Habe ihn leider nicht mehr richtig kennen gelernt. Er ist gestorben, als ich acht war.«

Mendelski nickte gedankenversunken.

»Dass die Alten nicht gern über Gräueltaten des Krieges sprechen, kann ich ja noch nachvollziehen«, setzte Maike nach. »Aber hier ging es doch um eine ... eine humanitäre Heldentat, eine gute Nachricht, ein Zeichen von Menschlichkeit inmitten dieses barbarischen Krieges. Das muss man doch nicht verschweigen.«

»Wer weiß, was Rolf Meinicke für Gründe hatte. Vielleicht war er einfach nur bescheiden.«

»Seine Frau muss es doch wenigstens gewusst haben.«

»Vielleicht hat sie das ja auch.« Mendelski überlegte. »Allerdings: Erinnere dich an das Hochzeitsdatum. Oktober 1947. Anfang 1945, als die Geschichte passierte, war sie wahrscheinlich noch gar nicht auf dem Hof. Früher zog man als Mann und Frau erst zusammen, wenn man den Trauschein hatte.«

»Okay. Das lässt sich ja recherchieren.«

»Lass mich mal nachrechnen.« Dazu schloss er die Augen. »Rolf Meinicke ist Jahrgang 1918. 1945 war er also 27 Jahre alt. Im besten Mannesalter. Und warum war ein 27-Jähriger kurz vor Ende des Krieges zu Hause und nicht an der Front, nicht im letzten Aufgebot des Volkssturms?«

»Weil er verwundet war. Sein Arm ...«

»Richtig. Sie hatten ihm den Arm amputiert. Das könnte einer der Gründe gewesen sein.«

»Einer der Gründe?«, rätselte Maike. »Hast du noch weitere?«

»Ja. Im Volkssturm dienten auch Versehrte. Ich habe Bilder von einbeinigen Männern in Zivil vor Augen, die sich märtyrerhaft den Panzern der Alliierten entgegenstellen. – Ein weiterer Grund könnte sein, dass Rolf Meinicke auf seinem Hof unabkömmlich war. Weil niemand außer ihm da war. Das Land musste bewirtschaftet, das Vieh versorgt werden. Die Landwirtschaft sicherte die Ernährung des Volkes und der Soldaten. Sie galt als kriegswichtig.«

»Und seine Eltern?«

»Werden wir herausbekommen. Ich schätze mal, dass es den Vater nicht mehr gab. Die Mutter lebte vielleicht noch.« Mendelski suchte eine Stelle auf dem Papier in seiner Hand. »Die Israelis schreiben lediglich von Rolf Meinicke. Von niemanden sonst. Vielleicht war er zum Kriegsende 1945 ja ganz allein auf dem Hof.«

»Und kurz dann zu zweit. Zusammen mit dem 12-jährigen, jüdischen Jungen. Dreieinhalb Monate.«

»So kann es gewesen sein.«

Es klopfte an der Tür.

Vanessa Merz und Ben Schleswig waren nach der Mittagspause die ersten, die in den Hauptgang des Dachsbaus krabbelten. Die beiden jungen Archäologen mussten auf allen vieren rutschen, um in die 1,5 mal 1,5 Meter große und rund 3 Meter tiefe Öffnung zu gelangen. Diese führte im Hang leicht schräg nach unten und war mit einem stabilen Aluminiumgestänge abgesichert. In dem losen Sand kam es immer wieder zu Abbrüchen, welche die Grabenden hätten verschütten können.

»Da vorn ist wieder was runter gekommen.« Vanessa leuchtete mir ihrer Stirnlampe an das Ende des Tunnels. »Wir sollten das erst absichern, bevor wir weiter machen.«

»Okay«, erwiderte Ben. »Ich hole neue Stützen. Du kannst in der Zwischenzeit ja den Abbruch eintüten.«

»Aye, aye Sir!« Sie griff sich zwei schwarze Gummieimer und rutschte auf den Knien bis ans Ende des Ganges. Bis zu der Stelle, wo ein kniehoher Haufen Erde frisch aufgetürmt lag. Mit einer Handschaufel begann sie, das Material in die Eimer zu füllen.

Plötzlich stieß ihre Metallschaufel auf etwas Hartes, Größeres, was sich nicht so ohne weiteres ausgraben ließ. Vanessa legte die Schaufel beiseite und grub mit den behandschuhten Händen weiter. Wenig später hielt sie einen Gegenstand in den Händen.

Schon ihre erste Vermutung ging in die richtige Richtung. Sie hatte einen menschlichen Knochen, einen Unterkiefer, entdeckt. Wahrscheinlich gehörte der zu dem bereits sicher gestellten Schädel und wurde von der Polizei dringend gesucht.

Routiniert und unaufgeregt entfernte sie mit einem Pinsel die Sandreste zwischen den Zähnen. Goldplomben und Amalgamfüllungen wurden sichtbar.

»Wie beim Oberkiefer«, murmelte Vanessa Merz. Ohne sich umzudrehen, brüllte sie: »Hab was gefunden!«

»Musst doch gar nicht so schreien.« Hinter ihr war Gordon Kobusch aufgetaucht. »Bin doch schon da.«

Kriminaldirektor Steigenberger betrat schwungvoll Maike Schnurs Büro. Der Leiter der Polizeiinspektion Celle blieb brav im nötigen Hygiene-Abstand stehen.

»Ach, hier seid ihr. – Ich störe doch nicht?«, stellte er eine rhetorische Frage. Folgerichtig wartete er auch nicht auf Antwort. »Habe das mit der CZ geklärt. Wir bekommen gleich einen Pressetext zur Durchsicht zugefaxt. Wie von uns gefordert, wurde der gehörig abgespeckt. Jetzt sollen wir das absegnen.«

Maike Schnur stöhnte hörbar auf: »Hat sich der Schriewe doch durchgesetzt.«

»Nein! Nein!«, widersprach Steigenberger mit Nachdruck. »Ganz und gar nicht. Es wird lediglich vom Auffinden der Gebeine des Vermissten Rolf Meinicke berichtet. Und all die Hintergrundinformationen, die damals vor 30 Jahren auch schon in der Zeitung gestanden haben. Weder wird der genaue Fundort beschrieben, noch ein Sterbenswörtchen über das Loch im Schädel auftauchen.«

»Ach, das wissen die auch schon?« Robert Mendelski rutschte auf seinem Stuhl nach vorn. »Woher denn?«

»Hab ich doch gar nicht behauptet«, erwiderte Steigenberger gereizt. »Ich habe lediglich gesagt, dass darüber morgen nichts in der CZ stehen wird.«

»Verstehe«, entgegnete der Kommissar. »Es gab anscheinend keine Chance, die Sache ganz rauszuschieben?«

»So einfach geht das nicht«, rechtfertigte Steigenberger sich. »Vergesst nicht, in unserem Land herrscht Pressefreiheit. ›Gefahr im Verzug‹ oder andere Geheimhaltungsgründe kann ich in diesem Fall beim besten Willen nicht attestieren.«

»Und was ist der Preis?«, bohrte Maike Schnur unverdrossen. »Dafür, dass sie nach unseren Regeln mitspielen?«

»Na ja ...« Steigenberger druckste herum. »Ihr wisst doch ...«

»Ich hab's kommen sehen ...« Die Kommissarin warf den Bleistift auf die Schreibtischplatte vor sich. Sie blickte auf Mendelski. »Ich mach da jedenfalls nicht mit.«

»Geht schon okay«, beschwichtigte Mendelski. »Ich kümmere mich darum. Der Schriewe soll seine Story bekommen und gut. Und was wir ihm verraten oder nicht, entscheide ich. Okay?«

»In Ordnung.« Steigenberger schien erleichtert. »So wird's gemacht. - Was gibt es sonst Neues?«

Mendelski berichtete von den Neuigkeiten aus Berlin.

»Das ist ja eine ... eine interessante Geschichte mit dem jüdischen Jungen«, kommentierte Steigenberger. »Wann soll die Medaille übergeben werden?«

»In vierzehn Tagen. Am 28. Mai.«

»Kriegen wir das hin, bis dahin die Leiche ... ähem, die Gebeine freizugeben?« Der Kriminaldirektor guckte fragend. »Das wäre, glaube ich, für alle Beteiligten eine große Erleichterung. Denn dann könnte die Beerdigung zeitnah erfolgen.«

»Über den Termin der Beerdigung entscheiden allein die Nachfahren«, erwiderte Mendelski. »Aber ich kann mir gut vorstellen, dass Sohn und Tochter froh sind, wenn bei ihnen auf dem Hof alsbald wieder Ruhe einkehrt.«

»Ihr bleibt aber an der Sache dran. Diskret, versteht sich.«

»Natürlich.« Mendelski fächelte sich Luft zu. »Ins Jahr 1990 zurückzukehren und dort zu recherchieren wird nicht ganz einfach sein. Ist aber eine Herausforderung.«

»Kann ich mir vorstellen. Habt ihr schon einen Ansatz?«

»Lediglich, dass wir aller Wahrscheinlichkeit nach einen Raubmord ausschließen können.«

»Wieso das? Wegen der Golduhr und den Eheringen?«

»Genau.«

Steigenberger strich sich mit der Hand übers Kinn. »Wäre schlecht, wenn es nur ein einfacher Totschlag wäre ...«

»Ist uns schon klar. Wegen der Verjährung. Um mehr zu erreichen als nutzloses Archivfutter, müssen wir schon einen Mord nachweisen.« Mendelski wechselte einen kurzen Blick mit Maike. »Wir werden morgen ein weiteres Mal mit Gert Meinicke sprechen. Dann hatte er die Zeit, sich Gedanken zu machen. Über mögliche Widersacher und Feinde seines Vaters.«

Maike Schnurs Smartphone auf der Schreibtischplatte zuckte kurz. Sie nahm es auf und las die Nachricht in der Messenger-App. »Sie haben den Unterkiefer gefunden«, berichtete sie. »Und noch jede Menge menschliche Knochen.«

Heiko Strunz hatte sich weit von der Truppe und der Grabungsstelle entfernt. Er verfolgte eine eigene Idee, denn um die Skelettreste kümmerten sich genügend andere Leute. Ellen Vogelsang und Jo Kleinschmidt würden schon dafür sorgen, dass alles seinen korrekt kriminalistischen Ermittlungsgang ging.

Er war mit dem Metalldetektor unterwegs. Dieses hochempfindliche Gerät auf einem Truppenübungsplatz anzuwenden war wegen der möglichen Geschossreste, Blindgänger und Granatsplitter schon abenteuerlich, doch der Kriminalbeamte war guten Mutes. Er nahm an, dass die Tat, das Tötungsdelikt, hier in unmittelbarer Nähe des Fundorts geschehen war.

In Gedanken versetzte er sich zurück in das Jahr 1990. In den Januar. Es soll geschneit haben an dem Tag. Rolf Meinicke war zuletzt auf dem Fahrrad im Ort gesehen worden. Auf der Gudehäuser Straße. Dann verlor sich seine Spur.

Heiko Strunz untersuchte die Strecke vom Dachsbau bis zu dem Wirtschaftsweg, der Gudehäuser Straße. Das waren ungefähr achtzig Meter. Beide Seiten abzusuchen kostete Zeit, denn er lief auf jeder Seite zehn bis fünfzehn Meter tief in den Wald hinein. Seine Gelenke machten sich unschön bemerkbar. Seit vor zwei Jahren bei ihm Borreliose diagnostiziert worden war, litt er bei zu intensiver Bewegung immer wieder unter plötzlichen Schmerzattacken - vornehmlich in den Ellenbogen und Knien.

Mit zusammen gekniffenen Zähnen suchte Heiko Strunz Boden und Bäume ab. Über dem krautigen oder grasigen Waldboden piepte sein Detektor des Öfteren. Doch die Ausbeute war eher dünn und bestand aus verrostetem Metallschrott: Leere, achtlos weggeworfene Getränkedosen, einen verbeulten Blecheimer, zwei Elektrozaunisolatoren, die Hälfte einer Stoßstange, wahrscheinlich eines VW-Käfers. Alles Dinge, die zunächst nicht mit Rolf Meinicke in Verbindung gebracht werden konnten.

Von den Bäumen interessierten ihn nur die älteren, die vor dreißig Jahren schon einen Durchmesser von mindestens zwanzig Zentimetern hatten. An deren Stämmen fuhr er mit dem Detektor bis in zwei Meter Höhe über jene Stellen, die Vernarbungen, Rindenverletzungen oder Beulen aufwiesen. An einer Birke und an einer Kiefer schlug sein Suchgerät an - schwach und uneindeutig, aber immerhin. Um diese Stellen wiederfinden und genauer untersuchen zu können, markierte er die Stämme mit roter Sprühfarbe.

Als er nur noch zwanzig Schritte von der Straße entfernt war, stieß er auf ein dichtes, schier undurchdringbares Brombeergestrüpp. So gut es irgend ging, stocherte er mit seinem Detektor in die Dornen. Wie die Fangarme eines Oktopus klammerten sich die Ranken um den Eindringling.

Plötzlich piepte das Suchgerät nachdrücklich, dort, wo das Gestrüpp besonders üppig wuchs. Heiko Strunz legte Detektor Kopfhörer auf einen Baumstumpf. Nur mit derben Arbeitshandschuhen bewaffnet, bahnte er sich einen Weg durch die Dornen, bis , wo sein Suchgerät angeschlagen hatte. Ranke für Ranke schob er beiseite und schaffte sich mit den Füßen Platz, bis er endlich den dunklen humosen Erdboden sehen konnte.

Vor ihm ragte etwas aus dem Boden, das nicht wie eine Pflanze aussah. Ein verrostetes, geschwungenes Metallrohr.

Beherzt griff er zu, um seinen Fund aus dem Gestrüpp zu zerren und ins Sonnenlicht zu halten. Doch das war nicht so leicht. An dem Metallrohr hing noch mehr. Der Kripomann zog kräftig, als plötzlich Bewegung in den Busch kam. Kuhfladengroße Moospartien hoben sich, ganze Grasbüschel rissen aus. Mit geballter Manneskraft hatte er schließlich Erfolg.

Heiko Strunz hielt einen Fahrradlenker in den Händen. Einen Lenker mit Bremse und Klingel. Eine Lampe ohne Glas kam zum Vorschein, darunter das Vorderrad, ohne Mantel, lediglich Felge, Speichen und Schutzblech. Er zog weiter. Das brachte den Rahmen mit Sattelstütze und Sattelfedern ans Licht, zwar ohne Sattel, aber mit Gepäckträger. Schließlich hebelte er Hinterrad, ein zweites Schutzblech, Tretlager und Kette aus dem Morast.

Vor ihm lagen die rostigen Überbleibsel eines alten Herrenfahrrads ohne Gangschaltung und anderen Schnickschnack, vielleicht sogar ein Vorkriegsmodell. Lackreste deuteten auf die Farbe schwarz hin. Als Fahrradkenner tippte Heiko Strunz auf die Marke Triumph. Leise pfiff er durch die Zähne. Das könnte das Fahrrad von Rolf Meinicke sein, mutmaßte er, während er den schrottigen Drahtesel zum Weg trug - eine weitere wichtige Spur.

Seine Begeisterung hielt sich dennoch in Grenzen, nicht nur wegen seiner Gelenkschmerzen. Insgeheim hatte er gehofft, mit dem Metalldetektor auf die Tatwaffe, eine Patronenhülse oder gar auf das Projektil zu stoßen.

# Sechstes Kapitel

»Guten Morgen!«, begann Mendelski gut gelaunt das Gespräch, nachdem er seine Aktentasche vor dem Beifahrersitz verstaut und sich angegurtet hatte. »Ich habe interessante Neuigkeiten.«

Die Wolken hingen tief an diesem Vormittag. Das Thermometer zeigte noch 20 Grad an, der Wind wehte, wie meist hier in der Südheide, aus Nordwest. Der lang ersehnte, für die Natur so wichtige Mairegen ließ mal wieder auf sich warten.

Gegen 8.30 Uhr war Maike Schnur mit dem Dienst-Passat bei ihrem Chef zu Hause in Boye vorgefahren. Es machte keinen Sinn, dass Mendelski von daheim extra in die Stadt fuhr, nur um eine halbe Stunde später wieder durch Boye in Richtung Winsen zu rollen. Gestern Nachmittag noch hatten sie sich telefonisch für 9.00 Uhr bei den Meinickes auf dem Hof in Meißendorf angemeldet.

»Dann schieß mal los«, erwiderte Maike, während sie auf die L180 einbogen.

»Frau Dr. Winkler hat mir heute Morgen Fotos geschickt.« Mendelski rief auf seinem Smartphone eine Nachricht auf. »Ihre Grabungsstätte hat heute Nacht Besuch bekommen.«

»Nein ...!«

»Doch. Gegen 3.45 Uhr morgens.«

»Erzähl.«

»Schau selbst.« Er hielt sein Handy neben den Innenrückspiegel. »Das hat die Kamera aufgenommen.«

»Kann nichts erkennen«, entgegnete sie. »Sehe nur Grau.« Mürrisch setzte sie nach: »Außerdem fahre ich Auto, Herr Kommissar. Beim Lenken eines Kraftfahrzeuges im öffentlichen Straßenverkehr das Handy zu benutzen ... das kann teuer werden.«

»Oh, sorry!« Er legte das Smartphone in die Mittelkonsole. »Also: Es waren zwei.« Genüsslich spielte er sein wortkarges Spiel weiter.

»Wie, zwei?«

»Na, zwei Besucher.«

Maike Schnur hatte genug von dem Geplänkel und schwieg. Sie wusste, nur so konnte sie ihren Chef aus der Reserve locken.

»Zwei Wölfe«, kam es schließlich.

»Wölfe? - Ja und?«

»Nichts und.« Mendelski steckte sein Handy ein. »Sie haben nach Essensresten gesucht. Das Rudel vom ›Platz‹ kennt sich aus. Wo Menschen sind, in diesem Fall meistens Soldaten, bleibt schon mal was Essbares in der Natur zurück.«

»Was hat das jetzt mit unserem Fall zu tun?«

»Nicht viel.« Mendelski zuckte mit den Schultern. »Nur so viel: Die Stelle wird nachts gut bewacht. Von den größten Raubtieren in Niedersachsens freier Wildbahn.«

»Waren das deine groß angekündigten interessanten Neuigkeiten?« Maike verzog die Mundwinkel.

»Warte ab.« Er bückte sich in den Fußraum, öffnete seine Aktentasche und holte eine Tageszeitung hervor. Die Cellesche Zeitung von heute.

»Habe ich schon gelesen«, konterte Maike Schnur. »Axel Schriewe hat sich ausnahmsweise mal an die Absprachen gehalten. Keine Fotos vom Meinicke-Hof, lediglich ein Foto von Meißendorf. Kein detaillierter Hinweis auf den Fundort. Nichts über den Dachsbau und die Archäologen. Und: Keine wilde Spekulation in die Richtung, dass es sich eventuell um einen gewaltsamen Tod handelt.«

»Richtig. Der Draht zum Chefredakteur hat offenbar funktioniert.« Mendelski legte die Zeitung auf seine Knie. »Trotzdem wird in Meißendorf bestimmt einige Unruhe aufkommen. Die Alten dort wissen genau, wer mit Rolf M. gemeint ist, und werden sich an die Ereignisse von damals erinnern.«

»Stimmt schon. Die beiden Meinickes können einem leidtun. Die alte Geschichte wird wieder hochgekocht. Und klar, dass es nicht bei der CZ bleiben wird ...«

»Kaum zu vermeiden.« Mendelski beugte sich vor und beäugte kritisch die Windschutzscheibe. »Ist das etwa Regen oder nur Fliegenschiss?« Auf der Scheibe hatten sich winzige, gerade mal stecknadelkopfgroße Punkte gebildet.

»Wofür hat das Auto Sensoren?« Maike rümpfte die Nase. »Da bin ich ganz und gar technologiehörig. Erst, wenn der Scheibenwischer automatisch angeht, glaube ich an Regen.«

In gleichen Moment setzten sich die Wischerarme in Bewegung. Zweimal huschten sie über die Scheibe - und hinterließen einen schmierigen Film.

»Na super!«, schimpfte die Fahrerin. »Haben wir etwa Alexa an Bord?« Sie aktivierte die Scheibenwischanlage und befreite die Frontscheibe von dem Schmutz.

Sie erreichten Winsen und stoppten an der Ampel. Der Nieselregen hatte schon wieder aufgehört.

»Da wäre noch eine Neuigkeit«, sagte der Kommissar, während er seine Seitenscheibe herunterließ.

»Wieder so ein Spaß?«

»Nee. Aber wieder ein Foto. Dieses Mal von Heiko.«

Die Ampel sprang auf grün, Maike legte den ersten Gang ein und fuhr los. »Was hat er denn Schönes entdeckt?«

»Du kennst doch seine Vorliebe für Metalldetektoren. Gestern, kurz vor Feierabend, ist er fündig geworden. Er hat im Gestrüpp ein altes Herrenfahrrad gefunden. Keine zwanzig Meter von der Einfahrt zur Grabungsstelle entfernt. Sie untersuchen es gerade in Celle. Ich habe Fotos auf dem Handy dabei. Vielleicht können die Meinickes es ja identifizieren.«

»Was bleibt von einem Fahrrad nach dreißig Jahren übrig?«

»Na, die Metallteile. Alles andere, also Gummireifen, Schläuche, der Ledersattel und so weiter, ist natürlich verrottet.«

»Okay.« Maike bog in die Meißendorfer Straße ein. »Ein weiteres Puzzle. Bin gespannt, was die Meinickes sagen.«

»Heiko und Jo kommen übrigens später auch in den Wald. Sie wollen sich die Fahrradfundstelle genauer vornehmen.«

»Aber gegraben wird heute nicht?«

»Nein. Das Team von ArchaeoFirm bleibt heute zu Hause und sortiert Knochen. Ellen ist dabei und sichert das Material für die Rechtsmedizin.«

Wie von Geisterhand setzten sich die Scheibenwischer erneut in Bewegung, auch wenn nur eine homöopathische Menge Niederschlag auf Auto und Landstraße landete. Rechts und links der

Straße tauchten immer mehr vertrocknete Bäume auf, Birken und Kiefern, eigentlich im besten Alter.

»Heute Abend werden die Leute in der Stadt wieder sagen, es hätte den ganzen Tag geregnet«, grummelte Mendelski. »Die hier draußen auf dem Land sind langsam am Verzweifeln.«

Gordon Kobusch war an diesem Morgen in Großburgwedel geblieben. Er hatte um 9.30 Uhr einen Zahnarzttermin. Es ging lediglich um eine Kontrolluntersuchung, aber auch das musste sein. Für circa 11.00 Uhr hatte er sein Erscheinen bei seinem Arbeitgeber ArchaeoFirm avisiert. Das passte heute gut, denn bei dem trüben Wetter war für den gesamten Tag Arbeit im Labor angesagt. Da konnte er problemlos auch später dazustoßen.

Beim Zahnarzt ging es flott, er kam sofort an die Reihe. Die Kontrolle brachte nichts Weltbewegendes, nach wenigen Minuten waren Gebiss und Zahnfleisch inspiziert. Die Frage nach dem Wert von Zahngold, die ihm eigentlich auf der Zunge lag, verkniff er sich. Da er seine Funde zurückgegeben hatte, würde er sich über eine mögliche hohe Werteinschätzung nur ärgern. Also Schwamm drüber. Aber er hatte ja noch den silbernen Hasenkopf. Über dessen Wert wollte er unbedingt mehr herausbekommen. Mit Bedacht hatte er das Schmuckstück am Morgen eingesteckt. Da sein Zahnarztbesuch lediglich eine Viertelstunde gedauert hatte, beschloss er, die Zeit zu nutzen und den hiesigen Goldschmiedemeister aufzusuchen. Hinnerk Witt kannte er vom Sehen. Er und sein riesiger schwarz-weißer Mischlingshund Willi waren in Großburgwedel ein stadtbekanntes Gespann.

Pünktlich zur Geschäftsöffnung um 10.00 Uhr stand Gordon Kobusch vor der Tür im Steinekengang 13. Hinnerk Witt schloss gerade die Ladentür auf.

Nur Augenblicke später untersuchte der Goldschmied den Hasenkopf unter Lampe und Uhrmacherlupe. »Was haben wir denn da Schönes?«, murmelte er, während er das daumengroße Schmuckstück untersuchte. »Echt Silber, zweifellos. Wie's ausschaut, ein altes Stück.«

»Silber ... das ist ja nicht gerade wertvoll«, entgegnete Gordon Kobusch. »Kein Vergleich zu Gold, nicht wahr?«

»Das ist richtig. Rein vom Material würde es nur ein paar Euro bringen. Aber so was wird gern als historische Rarität gehandelt. Es könnte ein wertvolles Sammlerstück sein.«

»Was ist das denn eigentlich genau? Mit der Öse vorn an der Hasenschnauze sieht es aus wie ein Kettenanhänger.«

»Ich schätze, das ist ein Teil eines Glücksbringers«, erklärte Hinnerk Witt. »Die Halterung für eine Hasenpfote.«

»Hasen*pfote*? Das hier ist doch der Kopf mit Ohren.«

Der Goldschmied hielt seinem Kunden das Schmuckstück mit der Öffnung nach oben vors Gesicht. »Schauen Sie. In diesem Hohlraum hat mal eine Hasenpfote gesteckt, eine echte Pfote, mit Fell und Krallen. Das abgeschnittene Ende war innen. Eine Hasenpfote gilt in manchen Kulturen und Kreisen als Glücksbringer und Talisman.«

»Okay ...« brummelte Gordon Kobusch enttäuscht. Ein Talisman ... Was konnte der schon für einen Sammlerwert haben.

»Da müssen Sie mal im Internet forschen«, schlug Hinnerk Witt vor. »Sie finden bestimmt jede Menge Informationen zu diesem Thema.«

»Na gut. Dann schau ich mal ...« Gordon Kobusch wollte das Schmuckstück schon wieder an sich nehmen, als der Goldschmied plötzlich stutzte.

»Moment mal.« Er hatte das Stück einmal mehr unter die Lupe genommen. Mit einer feinen Messingbürste reinigte er vorsichtig die Augen des Silberhasen.

»Seltsam. Da ist noch was anderes als Silber«, murmelte er. »Die Augen waren nur verschmutzt ... Sieh mal einer an!« Sein Interesse war geweckt. »Das ist auch kein Glas.« Er drehte den Hasenkopf in seinen Händen. »Das könnten Edelsteine sein. Dunkelrote Edelsteine ... Ich tippe auf Granat oder Rubin. Sehr saubere Arbeit!«

»Und die sind was wert?« Gordon Kobuschs Puls stieg. »Die Augen sind doch winzig, nicht größer als ein Streichholzkopf.«

»Diese beiden Edelsteine werten das silberne Schmuckstück enorm auf«, war sich Hinnerk Witt sicher. »Granate wie auch

Rubine können je nach Qualität recht hohe Preise erzielen.« Er legte die Lupe beiseite. »Aber davon abgesehen denke ich immer noch, dass der Sammlerwert den Materialwert um ein Vielfaches übersteigen könnte. Daher mein Tipp: Forschen Sie in entsprechenden Foren im Internet oder gehen Sie zu einem Auktionshaus. Dort wird man Ihnen eventuell sagen, ob es einen interessanten Markt dafür gibt.«

»Ich habe den Hasenkopf - äh, die Hasenpfote - schon viele Jahre bei mir rumliegen«, flunkerte Gordon Kobusch ohne Not. Hinnerk Witt, ganz diskreter Geschäftsmann, hatte ihn gar nicht nach der Herkunft gefragt. »Habe das Ding mal auf 'nem Flohmarkt gekauft«, log er ungeniert weiter. »In Bremen. Für kleines Geld. Weiß auch nicht, warum ...«

Freundlich und ohne jeden Argwohn reichte der Goldschmied ihm das Schmuckstück zurück. »Dann wünsche ich Ihnen viel Glück mit dem Glücksbringer ...«

Als sie auf den Hof einbogen, stießen sie auf Lea Meinicke. Sie war gerade dabei, ihr Fahrrad an der Hauswand abzustellen.

»Habe die Stelle nicht gefunden«, empfing sie Robert Mendelski und Maike Schnur mit schriller Stimme. Sie war völlig außer Atem und verschwitzt. Kurze Strähnen ihres grauen Haares klebten an den Schläfen, ihre Wangen waren gerötet. »Dabei bin ich die ganze Gudehäuser Straße bis zum Offener Heuweg abgefahren.«

»Offener Heuweg? Sagt mir nichts«, entgegnete der Kommissar. »Liegt der hinter oder vor dem Haus an der Meiße?«

»Dahinter.«

»Dann waren Sie schon zu weit. Die Einfahrt ist kurz vor dem Haus. Links in den Wald. Ist recht unscheinbar.«

»Links? - Aber auf der Seite ist doch der ›Platz‹«, widersprach Lea Meinicke. »Da darf man doch gar nicht hin.«

»Da haben Sie ganz recht ...«

»Guten Morgen«, hörten sie plötzlich eine raue Stimme hinter sich. Gert Meinicke war unbemerkt aus der Scheune gekommen.

»Gehen wir lieber rein«, schlug er vor. »Muss ja nicht das halbe Dorf mitbekommen, was wir zu besprechen haben.«

Wie am Vortag führte der Hausherr sie in die gute Stube. Weil Elly mal wieder unaufhörlich kläffte, wurde der Langhaardackel in einen Nachbarraum gesperrt. Lea Meinicke verschwand kurz, kam dann aber mit einem Handtuch in den Händen wieder zurück. Die beiden Besucher setzten sich an den Esstisch. Auf der Brokatdecke vor ihnen lagen ein DIN-A4 Block, ein Kugelschreiber und die heutige Ausgabe der Celleschen Zeitung.

»Den Artikel habe ich gelesen«, erklärte Gert Meinicke, nachdem er sich einen Stuhl zurecht gerückt und Platz genommen hatte. »Jetzt weiß es das ganze Dorf.«

Lea Meinicke umkreiste unruhig die Tischrunde. »Steht ja gar nicht alles drin«, kommentierte sie aufgeregt.

»Na, Gott sei Dank«, entgegnete Mendelski. Sein fragender Blick suchte den des Hausherrn. Hatte der inzwischen seiner Schwester von dem Einschussloch im Schädel ihres Vaters erzählt? Die mimische Reaktion des Bauern war nicht zu deuten.

»Es haben schon ein paar Leute angerufen und uns herzliches Beileid gewünscht«, wechselte Gert Meinicke stattdessen das Thema. »Verrückterweise waren auch welche dabei, von denen ich das nie erwartet hätte.«

»Wieso das?«

»Na ja, zwei von denen stehen auf der Liste, die ich für Sie gemacht habe.« Er deutete auf den Schreibblock. »Ich sollte doch die Leute aufschreiben, mit denen mein Vater im Clinch gelegen hat.«

»Darf ich kurz dazwischen«, meldete sich da Maike Schnur zu Wort und winkte mit dem Smartphone. »Ich würde gern das Gespräch aufzeichnen? Dann muss niemand mitschreiben.«

Der Hausherr verstand. »Ja, meinetwegen.« Die Kommissarin legte ihr eingeschaltetes Handy auf den Tisch.

»Zu der Liste kommen wir gleich«, schlug Mendelski vor. Er hatte ebenfalls sein Smartphone hervorgeholt. »Wir haben gestern versäumt, uns etwas von den Kleidungsstücken Ihres Vaters auszuleihen. Wäre das heute möglich?«

Lea Meinicke guckte verblüfft ihren Bruder an. »Warum denn?«

»Sicher«, antwortete der Hausherr. An seine Schwester gerichtet: »Erklär ich dir später.«

Mit seinem Smartphone in der Hand fuhr Mendelski fort: »Dann möchte ich Ihnen ein Foto zeigen, von einem Fahrrad, das wir gestern in der Nähe der Grabungsstelle gefunden haben. Vielleicht können Sie ja erkennen, ob es das Fahrrad Ihres Vaters ist.«

»Ich kann das.« Lea Meinicke beugte sich neugierig vor.

»Hier, bitte.« Mendelski zeigte ihr das Foto, vergrößerte mit den Fingern Details wie den Lenker und die Lampe.

»Die Lampe ist ja kaputt«, sagte Lea Meinicke enttäuscht. »Das ist nicht Papas Fahrrad.«

»Darf ich mal?«, fragte der Hausherr dazwischen. Er ließ sich das Handy reichen. Gert Meinicke guckte genau hin, studierte stumm jedes Detail. Schließlich nickte er.

»Hatte das Fahrrad Ihres Vaters vielleicht ein besonderes Merkmal? Eine markante Beule, einen besonderen Klingeldeckel, fehlende Speichen oder ...«

»Im Sattel war ein Loch«, platzte es aus Lea Meinicke heraus. »Das weiß ich genau. Die Sense ist ihm mal aus der Hand gerutscht und mit der Spitze genau in den schönen braunen Ledersattel reingestochen. Rabautz!«.

»Der Sattel wurde leider nicht sichergestellt«, bedauerte Maike Schnur. »Das Leder hat die Jahre nicht überdauert.«

»Bestimmt wegen dem Loch«, war sich Lea Meinicke sicher. »Ein heiler Sattel hätte das überlebt.«

»Aus den Akten geht hervor«, übernahm Mendelski, »dass Ihr Vater an dem fraglichen Tag mit dem Fahrrad die Gudehäuser Straße entlang gefahren ist. Damals hatten Sie angegeben, dass Sie nicht wüssten, wohin er fahren wollte und was er vorhatte.«

»Richtig.« Gert Meinicke rutschte unruhig auf seinem Stuhl hin und her, sagte aber weiter nichts.

»Es war kalt im Januar, es schneite. Fanden Sie es nicht ungewöhnlich, dass Ihr Vater bei solchem Wetter mit dem Fahrrad unterwegs war?«

»Nein, ganz und gar nicht. Vor gar nicht so langer Zeit gab es ja Winter, die hatten ihren Namen auch verdient. Winter mit richtig Eis und Schnee. Wir kannten es nicht anders.«

Gert Meinicke schaute zu Maike Schnur hinüber, wandte sich dann aber wieder an Mendelski. »Das können sich die jungen Leute von heute gar nicht mehr vorstellen. Für uns jedenfalls war es völlig normal, wenn im Januar das Thermometer unter Null anzeigte, der Hüttensee zufror und ordentlich Schnee fiel. Wie sonst im Jahr auch, sind wir im Winter mit dem offenen Trecker oder mit dem Fahrrad gefahren. An dem Tag, als unser Vater verschwand, war es eher Schneeregen. Der blieb gar nicht liegen. Sonst hätte man ja vielleicht noch Spuren von meinem Vater im Schnee entdeckt.«

»Aber der Boden soll gefroren gewesen sein.«

»Ja, das stimmt. In der Woche davor war es bitterkalt gewesen. Fünfzehn Grad minus. Ich erinner mich noch, dass uns im Kuhstall die Tränke eingefroren war.«

»Können Sie uns die Tage von damals kurz schildern? Wie Sie das erlebt haben?«

»Puh ...! Das hatte ich befürchtet.«

»Soll ich?«, fragte Lea Meinicke.

»Nein. Mach uns lieber einen Kaffee«, entgegnete ihr Bruder. Er wandte sich an seine Besucher. »Oder möchten Sie etwas anderes? Was Kaltes? Mineralwasser oder Apfelsaft?«

»Kaffee wäre super«, sagte Maike Schnur. Mendelski schloss sich dem an.

Trotzig verließ Lea Meinicke die gute Stube.

»Muss das denn ausgerechnet jetzt pieseln?«

Jo Kleinschmidt war dabei, die Gerätschaften auszuladen. Im feinen Nieselregen überlegte er, was sie sofort benötigten und was zunächst noch im Auto bleiben konnte.

»Ach, ist doch alles halb so wild«, entgegnete Heiko Strunz, während er den Metalldetektor an eine Eiche lehnte. »Die paar Tropfen ... Hier unter den Bäumen kommt doch eh nix an.«

»Robert und Maike sitzen schön im Trockenen«, meckerte Kleinschmidt weiter. »Ellen hat einen Superjob unterm Dach, auch das Grabungsteam arbeitet im Haus. Nur wir Deppen kriechen hier durch die nasse Botanik.«

Aus der Ferne hörte man vom Truppenübungsplatz heftige Detonationen.

»Gibt noch mehr so Deppen ...« Feixend klemmte sich Strunz die Kopfhörer um den Hals. »Es gibt durchaus schlimmere Jobs als unseren.« Er schulterte die Metallsonde und marschierte in den Wald hinein.

»Soll ich das Splittersuchgerät auch gleich mitbringen?«, rief Kleinschmidt ihm nach.

»Nee, lass mal. Die Bäume machen wir später. Es reicht, wenn du Spaten, Eimer und Tüten mitbringst - und das Flatterband. Damit können wir markieren, was wir abgesucht haben.«

Als erstes nahmen sie sich die Stelle vor, wo das Fahrrad gelegen hatte. Kleinschmidt schlug mit dem Spaten halbmeterbreite Schneisen in das Brombeergebüsch und bahnte so den Weg für Strunz, der mit dem elektronischen Suchgerät folgte.

Schon bald signalisierte der Detektor einen Fund. Nur wenige Zentimeter unterhalb der Erdoberfläche stießen sie schnell auf die bereits stark bröseligen Überbleibsel einer Fahrradluftpumpe. Wenig später förderten sie das rostige Blatt eines Beils zu Tage. Als nicht metallenen Beifang entdeckten sie Glasscherben, die ihrer Vermutung nach von der Fahrradlampe stammten. Nachdem sie Fundstücke und Fundort fotografiert hatten, verstauten sie die möglichen Beweisstücke in Klarsichttüten und im Plastikeimer.

Zur Freude der beiden Ermittler klarte es zunehmend auf. Denn der von den Meteorologen angekündigte Niederschlag machte mal wieder einen großen Bogen um die Südheide.

In der nächsten Stunde suchten sie ein circa eintausend Quadratmeter großes Areal rund um das Dornengestrüpp ab. Die gut dreißig Meter langen Seiten des Quadrats markierte Kleinschmidt mit Flatterband. Doch das Ergebnis fiel ernüchternd aus. Bis auf zwei Bierflaschenkronkorken einer bekannten hannoverschen Brauerei fanden sie nichts.

»Ich hatte gehofft, dass wir mehr finden als nur Fahrradteile«, bewertete Strunz das magere Resultat ihrer Mühen. Enttäuscht stiefelten sie zum Auto zurück. »Die Tatwaffe zum Beispiel ... das wäre doch was ...«

»Na komm, mit dem Fahrrad gestern hast du doch schon riesig Schwein gehabt«, versuchte Kleinschmidt seinen ehrgeizigen Kollegen auf den Boden der Tatsachen zurückzuholen. »Kannst eigentlich zufrieden sein. Außerdem haben wir ja noch eine weitere Chance - mit dem Splittersuchgerät.«

Strunz hatte sich dieses Spezialgerät, das in Holzindustrie und Forstwirtschaft verwendet wird, bei einem befreundeten Sägewerksbesitzer aus Eversen ausgeliehen. Ein Splittersuchgerät war im Vergleich zu herkömmlichen Metalldetektoren deutlich leistungsstärker. Es zeigte metallische Fremdkörper im Holz bis in 40 Zentimeter Tiefe an, egal ob es sich um Eisen- oder Nichteisenmetalle wie Blei, Aluminium oder Kupfer handelte. Mit diesem Gerät gingen sie zu den beiden Bäumen, die Heiko Strunz gestern markiert hatte. Eine Kiefer und eine Birke. Der Kriminaltechniker hielt die Sonde an die von ihm am Vortag markierten Stellen jeweils in Kopfhöhe, also rund 1,70 Meter über dem Erdboden.

Das Splittersuchgerät reagierte deutlich heftiger und eindeutiger als der Metalldetektor gestern.

»Hier müssen wir mal bohren«, schlug Strunz vor. »Aber ganz vorsichtig.«

»Hab alles Nötige dabei«, erwiderte Jo Kleinschmidt, während er einen Werkzeugkoffer öffnete. »Zange, Schere, Tupfer, Blutkonserve ...«

Wenig später bohrten, stemmten und kratzten sie an Rinde und Holz der beiden Bäumen. Sie brachten tatsächlich zwei Fremdkörper zum Vorschein, die von Natur aus nicht in das Holz gehörten und dort vor Jahren eingewachsen waren - Reste eines Nagels und ein Stück Draht.

Nachdem sie die Funde eindeutig als Kopf eines Zimmermannsnagels und Fragment eines Stacheldrahtes identifiziert hatten, brachen sie die Arbeit ab. Solche Fremdkörper interessierten sie nicht. Frischen Spechthöhlen gleich ließen sie die Bohrstellen zurück und kehrten zum Auto zurück.

»Wäre auch zu schön gewesen«, knurrte Strunz, während er den Tatortwagen entriegelte.

»Bist du denn wirklich mit allen älteren Bäumen an dieser Einfahrt durch?«, wollte Kleinschmidt wissen.

»Ja, bin ich.« Strunz drehte sich noch einmal um und schaute den schmalen Waldweg entlang. »Wenn hier der tödliche Schuss gefallen ist, dann war zu 90 Prozent ein Baum der Kugelfang des Geschosses. Ach, was sag ich, zu 95 Prozent, wenn man mal die Dichte des Waldes betrachtet.«

»Aber der Erdboden kommt auch als Kugelfang in Betracht. Das Opfer kann ja bereits am Boden gelegen oder gekniet haben, als der Schuss fiel.«

»Dann hätten wir das Projektil mit dem Metalldetektor gefunden«, konterte Strunz.

»Okay. Also zurück zu den Bäumen. Vergiss nicht, vor 30 Jahren sah es hier sicher anders aus. Einige Bäume wurden inzwischen vielleicht gefällt, zersägt und abtransportiert ...« Kleinschmidt verstummte entmutigt.

»Moment mal!« Strunz fixierte eine Stelle, die keine zehn Meter von ihnen entfernt im Wald lag. »Du hast recht. Vor dreißig Jahren sah es hier sicher anders aus. Danke für den Tipp.« Schnurstracks lief er zu dem aufgeworfenen Wurzelteller eines Laubbaumes. Dem Verrottungszustand nach mochte der Baum vor zwei oder drei Jahren umgekippt sein, wahrscheinlich durch einen Sturm.

»Hier liegt einer«, rief er Kleinschmidt zu, der ihm nur halbherzig gefolgt war. »Eine alte Eberesche. Bring die Sonde mit.«

Kleinschmidt machte kehrt und kam wenig später mit dem Splittersuchgerät zurück. Strunz nahm die Sonde in Empfang, setzte sich die Kopfhörer auf und begann mit der Suche. Sekunden später piepte und blinkte es. Das Ebereschenholz war schon morsch und teilweise im Zerfallsstadium. Deshalb konnten sie – statt mit Beil, Bohrer und Stemmeisen – mit dem Klappmesser arbeiten.

Schon bald stieß Kleinschmidt mit der Messerspitze auf etwas Hartes. Keine zehn Zentimeter im Holz.

»Pass bloß auf«, sagte Strunz. »Du weißt ja: Beim Geschoss ist die hintere Hälfte entscheidend.«

Sekunden später hielt Kleinschmidt einen unförmigen Bleibatzen in der Hand.

»Die Göhrde-Morde waren damals Schuld.«

Gert Meinicke war aufgestanden und öffnete einen Biedermeierschrank. »Wegen dem Rummel damals wurde die Suche nach meinem Vater nur halbherzig durchgeführt.« Er holte Porzellantassen und dazugehörige Untertassen hervor und reichte sie seinen Besuchern. Das Geschirr sah etwa so alt aus wie der antike Schrank.

»Göhrde-Morde?« Maike Schnur erinnerte sich dunkel. In ihrer Ausbildung hatte sie von dem Fall gehört.

»Wieso das?«, fragte Mendelski erstaunt. »Waren die nicht früher ...?«

»Unwesentlich, im Sommer 1989. Also ein halbes Jahr vor dem Verschwinden meines Vaters.« Eine Zuckerdose vom gleichen Geschirr fand der Hausherr ebenfalls im Schrank. Ohne den Inhalt zu prüfen, stellte er sie auf den Tisch. »Zwei Doppelmorde im Wald, innerhalb weniger Wochen. An zwei Ehepaaren im Staatsforst Göhrde bei Lüneburg. Monate-, nein jahrelang konzentrierten sich Niedersachsens Kriminalbeamte hauptsächlich auf diesen Fall.«

»War nicht ein Friedhofsgärtner der Täter?« Maike fielen immer mehr Details ein.

»Richtig. Ein gewisser Kurt-Werner Wichmann. All die Jahre habe ich diese Geschichte in den Medien verfolgt. 1993 hat er sich im Gefängnis aufgehängt. Erst im Nachhinein stellte die Polizei fest, dass er ein Serienmörder war.«

»Und Sie meinen«, fragte Mendelski, »dass die Polizei deswegen den Fall Ihres Vaters vernachlässigt hat?«

»Das meine ich nicht nur, das weiß ich.« Der Hausherr hatte sich wieder gesetzt. Ungeduldig drehte er sich um und schaute zur Zimmertür. »Wo bleibt bloß Lea mit dem Kaffee?«

»Erzählen Sie.«

»Es gab da einen Kripobeamten – den Namen habe ich vergessen, und der ist bestimmt längst in Pension. Jedenfalls hat der mir ins Gesicht gesagt, sie hätten aus Lüneburg klare Order bekommen, sich mit absolutem Vorrang um die Göhrde-Morde zu kümmern.« Gert Meinicke nestelte an der leeren Kaffeetasse vor sich. »Klar, das war eines der spektakulärsten Verbrechen in der Nachkriegszeit. Fernsehen und Zeitungen machten ein Riesentheater daraus. ›Aktenzeichen XY‹ hoch und runter. Die mussten tausende Spuren auswerten. Für das plötzliche Verschwinden eines 72-jährigen Landwirts, eines Witwers, der im Dorf als schrullig galt, war keine Zeit.«

Mendelski, 1989/90 noch nicht in Celle, erinnerte sich an den aufsehenerregenden Fall. Damals waren der Sonderkommission und insbesondere dem Staatsanwalt viele Fehler unterlaufen.

»Was hat die Polizei denn im Fall Ihres Vaters unternommen?«, fragte er. Bisher hatte er nur einen flüchtigen Blick auf die Akte werfen können. Jo Kleinschmidt hatte sie als Einziger im Team ganz gelesen.

Gert Meinicke zählte auf: »Die haben die Vermisstenanzeige aufgenommen, mich und Lea verhört, die Nachbarn ausgefragt und schließlich einen Suchtrupp losgeschickt, der unsere Waldungen durchkämmt hat.«

»Ihre eigenen Wälder?«

»Ja, die zuerst, später auch die Nachbarwälder. Unsere Feuerwehr und Freiwillige aus dem Dorf haben mitgeholfen. Man vermutete, dass meinem Vater etwas mit dem Fahrrad oder bei der Waldarbeit zugestoßen wäre.«

»Und?«, wollte Maike Schnur wissen. »Was vermuteten Sie?«

»Ach, da kommt ja der Kaffee.« Lea Meinicke hatte mit dem Ellenbogen die Tür aufgestoßen. In den Händen trug sie ein Tablett mit Kaffeekanne, Bechern, Milchkännchen, Zuckerstreuer – und einen Teller mit Keksen.

»Du hast ja schon Tassen hingestellt«, schimpfte sie mit ihrem Bruder. Laut scheppernd stellte sie das Tablett auf dem Tisch ab. »Und auch noch die guten.« Sie guckte böse.

Gert Meinicke überging den Protest seiner Schwester und schenkte Kaffee ein. »Was ich vermutete?«, wiederholte er schließlich die Frage. »Ich hab damals auch geglaubt, dass mein Vater im Wald einen Herzinfarkt hatte, 'nen Schlaganfall oder so was. An einen Arbeitsunfall dachte ich eigentlich weniger, denn er hatte ja nur ein Beil dabei – keine Motorsäge.«

»Ein Beil?« Mendelski guckte skeptisch über den Rand seiner Kaffeetasse. »Das hatte er auf seiner Fahrradtour dabei?«

»Ja, festgebunden an der Stange. Das hatte er immer mitgenommen, wenn er in den Wald fuhr. Damit hat er die Bäume markiert, die trocken oder krank waren. Später sind wir dann mit

Trecker und Motorsäge rausgefahren, um die gekennzeichneten Bäume abzusägen und zu Brennholz zu machen. Da waren Lea und ich dann dabei. Mit der Armprothese konnte unser Vater ja keine Motorsäge betätigen, da musste ich ran.«

Gert Meinicke machte eine kurze Pause. »Er liebte die Waldarbeit über alles ...«, erklärte er schließlich.

»Mehr als uns«, krähte Lea Meinicke dazwischen.
Sie biss in zwei Leibniz-Kekse gleichzeitig. »Die Bäume waren sein Ein und Alles«, nuschelte sie mit vollem Mund.

»Weil sie keine Widerworte gaben«, murmelte ihr Bruder kaum hörbar. Dann lauter: »Also: Wir haben 22 Hektar Wald. Das hat damals eine Weile gedauert, bis alles abgesucht war.«

»Hat Ihr Vater an jenem Morgen denn nicht gesagt, wohin er wollte?«, fragte Maike Schnur. Auch sie griff nach den Keksen.

»Er hat nie erzählt, was er wollte, was er vorhatte, wie's ihm geht«, preschte Lea Meinicke vor. »Überhaupt ... nur das Allernötigste besprach er mit uns. Nach dem Tod unserer Mutter ... ja, da ist auch er gestorben. Ganz langsam, jeden Tag ein bisschen mehr.«

Beklommenes Schweigen. Nur die Standuhr tickte hörbar.

Behutsam hakte Robert Mendelski nach: »Sie haben also Ihre eigenen Wälder abgesucht ...«

»Ja. Und die angrenzenden Bestände. Wir sind auch an der Gudehäuser Straße gewesen. Gegenüber vom alten Gutshof haben wir eine Waldkoppel. 2,5 Hektar groß. Aber wir haben nicht auf der Seite gesucht, wo er gefunden wurde. Der Truppenübungsplatz war für uns damals tabu - wie für die Kripo auch.«

»Hat die Polizei damals Suchhunde eingesetzt?« Maike Schnur schenkte sich selber Kaffee nach.

»Ja, aber nur Leichenspürhunde. Nicht diese neuartigen Personensuchhunde ... wie heißen sie doch gleich ...?«

»Mantrailer.«

»Genau. Wären die damals mit so einem speziellen Spürhund angerückt, hätten wir Vater sicher gefunden.«

»Unsere Elly hätte das auch geschafft«, war sich Lea Meinicke sicher. »Leider hatten wir zu der Zeit gerade keinen Hund, nur zwei Katzen.«

»Wie ging es dann weiter?«, wollte Mendelski wissen.

»Schlampig«, erwiderte Gert Mendelski. »Und ohne Biss. Die Polizisten musste man regelrecht zum Jagen tragen. Wir haben sie immer seltener gesehen. Stattdessen kamen sie mit kruden Theorien um die Ecke.«

»Zum Beispiel?«

»Dass sich unser Vater in den Osten abgesetzt hätte, in die ehemalige DDR. Sie wissen ja, 1989 waren nicht nur die Göhrde-Morde, sondern auch die Grenzöffnung.«

»Warum sollte er denn dort untergetaucht sein?« Maike zog skeptisch die Augenbrauen hoch.

»Ach, im Grunde ging es um Lappalien.« Gert Meinicke winkte ärgerlich ab. »Einmal wegen Steuerschulden, unser Vater nahm es nicht so genau mit den Behörden und der Obrigkeit. Zum anderen lebte damals eine Tante, - also die Inge, seine Schwägerin - in Aschersleben am Harz. Unsere Familie mütterlicherseits kam von dort. Mit Inge hatte er schon vor der Grenzöffnung Kontakt gehabt. Meist durch Briefe. Sie war ebenfalls verwitwet, sie verstanden sich anscheinend ganz gut. Er wollte sie sogar besuchen ... Aber dazu kam es dann nicht mehr.«

»Tja ... wenn er dort abgetaucht wäre ... das hätte man doch sicher mitbekommen«, stellte Maike Schnur fest.

»Genau das habe ich ja auch gesagt. Das machte alles keinen Sinn. Faule Ausreden waren das, nur, um nicht weiter nachforschen zu müssen.«

»Aber wir hier ... wir haben alleine weiter gesucht«, meldete sich Lea zu Wort. »Der Gert und ich. Immer wieder, im Wald, auf den Wiesen, in der Feldmark. Wir sind die Meiße lang bis zu den Teichen, haben sämtliche Gräben und Tümpel abgeklappert. Wochen-, nein monatelang. Aber gefunden haben wir nichts.«

Obwohl sie das Gespräch aufzeichneten, hatte sich Robert Mendelski einige Notizen gemacht. Jetzt legte er den Bleistift zur Seite und deutete auf den Schreibblock auf dem Tisch.

»Gut so weit. Kommen wir nun zu Ihrer Liste.«

Wie angekündigt, traf er gegen 11.00 Uhr bei ArchaeoFirm in Kirchhorst ein.

»Na, was machen denn die Beißerchen?«, begrüßte Ute Winkler ihren Kollegen im Flur.

Gordon Kobusch wusste erst gar nicht, was seine Chefin meinte. Auf der Fahrt von Großburgwedel nach Kirchhorst hatten sich seine Gedanken ausschließlich um das Schmuckstück in seiner Hosentasche gedreht. Durch den Besuch beim Goldschmied war der Zahnarztbesuch weit in den Hintergrund gerückt.

»Ach ... das ...«, stotterte er und lächelte breit, um seine gesunden Zähne zu zeigen. »Nee, alles im grünen Bereich. – Wie geht's denn hier voran?«

»Sehr gut. Wir haben bereits zwei Drittel des Skeletts beisammen. Zum Glück haben Dachse und Füchse – oder welche Raubtiere auch immer – genügend übrig gelassen.«

»Vielleicht waren auch Wildschweine am Werk. Die sollen ja nicht zimperlich sein, was Aas betrifft.«

»Glaube ich nicht. Der Leichnam lag ja unter der Erde.« Ute Winkler öffnete die Tür zu ihrem Büro. »Dann schließ dich mal der Truppe an«, schlug sie vor. »Oder frag die Kommissarin, ob du ihr helfen kannst. Ansonsten gibt's Unmengen von Tierknochen zu katalogisieren.«

Ellen Vogelsang bedankte sich bei Gordon Kobusch für das Angebot, meinte jedoch, ganz gut allein klar zu kommen. Sie arbeitete in einem für sie reservierten Raum, auf dessen Fußboden sie die gefundenen Skelettteile wie ein großes, naturgetreues Puzzle ausgelegt hatte.

»Sieht ja schon irgendwie gruselig aus.« Gordon Kobusch schüttelte sich. »Ganz anders als bei Tierknochen. – Gibt's Neuigkeiten zu dem Fall?«

»Tut mir leid«, lächelte Ellen Vogelsang höflich. »Das darf ich Ihnen aus ermittlungstechnischen Gründen nicht verraten.«

»Verstehe. – Also, wenn Sie mich nicht brauchen: Ich bin dann bei den anderen. Aber Sie können mich jederzeit rufen.«

Im Sozialraum war niemand. Gordon Kobusch holte einen Kittel aus seinem Spind und legte den Rucksack hinein. Als er sein Smartphone im oberen Fach ablegen wollte, hielt er inne. Er schaute sich um, niemand war zu sehen oder zu hören. Seine Neugierde siegte.

Er rief eine bekannte Suchmaschine im Internet auf und tippte: ›Hasenpfote‹.

Es traf ihn wie ein Schlag.

Das erste Foto, das angezeigt wurde, war genau sein Hasenkopf. Eine Seitenansicht. Allerdings mit einer in die Hülse gesteckten wirklichen Hasenpfote. Mit echten Krallen, Fußballen und Haaren. Darunter die Worte: ›*Die Hasenpfote wird von Alters her als magischer Gegenstand bezeichnet. Vor allem gilt sie als Glücksbringer.*‹

Bei Wikipedia stieß er auf das gleiche Foto. Dieses Mal mit dem Text: ›*In Silber gefasste viktorianische Hasenpfote.*‹

Gordon Kobusch vergrößerte das Foto. Ihn interessierte insbesondere das Auge des abgebildeten Hasen. Doch auf dem kleinen Handy-Display konnte er nicht erkennen, ob das Auge aus geschwärztem Silber oder einem anderen Material bestand. Auf diesem Foto schimmerte das Augenrund eher glasig, cognacfarben. Er tippte intuitiv auf Bernstein.

»Was guckst du denn da Schönes?«, hörte er urplötzlich eine Frauenstimme hinter sich. Vanessa Merz guckte ihm frech über die Schulter. Für Gordon Kobusch unbemerkt hatte sich die junge Kollegin angeschlichen. »Pornokram?«

Schelmisch zwickte sie ihn in die Seite.

»Natürlich, was sonst?«, konterte er. Rasch schaltete er sein Smartphone aus und legte es in sein Spindfach.

»Apropos Porno«, setzte sie mit undurchsichtiger Miene nach. »Giulia und ich haben gerade einen Penisknochen gefunden.«

»Wirklich? Von welchem Tier?«

»Von einer Fledermaus. So was von süß, sag ich dir ...«

# Siebentes Kapitel

Als Gert Meinicke den DIN-A4-Block aufblätterte, lag zuoberst ein Kuvert, der Brief von der Israelischen Botschaft mit der Einladung. Der Hausherr schob ihn achtlos zur Seite.

»Ach ja, bevor ich's vergesse«, hakte da Mendelski ein. »Ich hatte Ihnen ja versprochen, mich um die Einladung zur Verleihung der Yad-Vashem-Medaille zu kümmern. Wir haben gestern mit der Israelischen Botschaft in Berlin telefoniert. Das hat alles seine Richtigkeit. Ihr Vater ist tatsächlich derjenige, der posthum geehrt werden soll.«

»Ist das der Brief, von dem du mir heute Morgen erzählt hast?«, wollte Lea Meinicke wissen. »Darf ich den mal lesen?«

Ihr Bruder reichte ihr das Schreiben. »Ja, aber ich geh da trotzdem nicht hin. Sollen die uns die Medaille doch mit der Post schicken.«

»Das wäre aber sehr schade«, sagte Maike Schnur. »Bedenken Sie, die Auszeichnung ist eine große Ehre für Ihren Vater. «

»Eben«, erwiderte der Bauer trocken. »Das wäre nicht gerecht.«

»Es ist ja noch etwas Zeit bis dahin. Vielleicht überlegen Sie es sich ja anders.«

»Ich? - Ganz sicher nicht.«

»Dann geh ich eben alleine.« Lea Meinicke hatte den Brief zurückgegeben und verschränkte trotzig die Arme vor der Brust. »Wenn sogar der Ministerpräsident aus Hannover ...«

Der Hausherr schlug mit der flachen Hand auf den Tisch. »Jetzt ist's aber gut!« Sein grimmiger Gesichtsausdruck verriet, dass er zu dem Thema nichts mehr hören wollte.

»Betrachten wir besser das Jahr 1945«, versuchte Robert Mendelski, zur Sachlichkeit zurückzukehren. »Also die Zeit, um die es geht, kurz vor Kriegsende und den Einmarsch der Alliierten. Wer lebte zu der Zeit auf dem Hof?«

»Unser Vater und die Oma«, antwortete Gert Meinicke. »Sonst keiner.«

»Wann ist Ihr Großvater gestorben?«

»1943. Mitten im Krieg, an einem Schlaganfall. Vater war zu der Zeit an der Westfront. Weil kein anderer Hoferbe da war, durfte er die Wehrmacht verlassen und ist nach Hause zurückgekehrt, weil für die Nazis die Landwirtschaft besonders wichtig für die Ernährung des kriegsführenden Landes war.«

»Und die Verletzung?«

»Tja ... das war schon tragisch. Er hatte schon den Marschbefehl in die Heimat in der Tasche, als ihn ein Bombensplitter traf. Der zerfetzte seine linke Hand ...«

Ein verzweifelter Aufschrei unterbrach ihn. Lea Meinicke hielt sich die Ohren zu und schrie. Mit geschlossenen Augen, die Ellenbogen auf die Tischplatte gestützt. Im Nachbarraum bellte Elly.

Das Schreien ging in Schluchzen über. »Er ... er hat gar nicht gelitten«, protestierte sie weinerlich.

»Ja, ja«, beruhigte sie ihr Bruder. »Du hast ja recht. Sie haben ihn gut versorgt und sofort operiert. Vier Wochen später hat er schon wieder in der Landwirtschaft gearbeitet.«

»Und Ihre Großmutter?«, fragte Maike Schnur.

»Oma war doch krank.« Lea Meinicke hatte sich wieder beruhigt. »Die letzten Jahre lag sie nur im Bett.«

»Unsere Großmutter hatte die Schwindsucht«, berichtete der Hausherr. »Tuberkulose. Sie starb 1946, ein Jahr, bevor unsere Mutter auf den Hof kam. 1947 haben Vater und sie geheiratet. Er war also nur wenige Monate allein auf dem Hof. 1950 kam ich zur Welt, 1958 dann die Lea, als Nachzügler. So ... und jetzt kennen Sie unsere Familiengeschichte.«

Nach einer kurzen Pause fasste Robert Mendelski zusammen: »Ihr Vater ist 1918 geboren, war also erst 25 Jahre alt, als er 1943 den Hof übernahm. Mit 27 passierte dann die Geschichte mit dem jüdischen Jungen.«

»Muss wohl.« Gert Meinicke zuckte zweifelnd mit den Schultern. »Lea und ich wussten jedenfalls nichts davon.«

»Na gut, belassen wir es dabei.« Robert Mendelski deutete auf den Schreibblock auf dem Tisch. »Schauen wir uns lieber mal Ihre Liste an ...«

Im Schritttempo rollte ein Auto draußen am Hoftor vorbei. Ein blauer Dacia Duster. Sein Fahrer schaute interessiert in die Einfahrt, wo ein anthrazitfarbener VW-Passat Kombi parkte. Der gehört nicht zum Hof, wusste er.

»Die schon wieder!«, presste Axel Schriewe zwischen den Lippen heraus.

Der Reporter der Celleschen Zeitung war gar nicht gut auf die Kripo zu sprechen. Die hatten bei seinem Chefredakteur erreicht, dass sein ursprünglich halbseitiger Artikel mächtig zusammengestrichen worden war. Okay, es gab die Zusage, Mendelski und Co. würden ihm vor der öffentlichen Pressekonferenz ein Exklusivinterview geben. Doch ob es überhaupt dazu kommen würde, stand in den Sternen. An solchen Vorab-Veröffentlichungen war die Kripo eigentlich gar nicht interessiert, das kannte er schon. Und jetzt hatten allein sie es in der Hand, ob und wann sie mit neuen Informationen herausrückten. Axel Schriewe hasste es, abhängig vom Entgegenkommen anderer zu sein.

Auch die Sache mit der Prothese, die er für einen echten Arm gehalten hatte, ärgerte ihn kolossal. Nicht auszudenken, wenn die CZ sein Foto gedruckt hätte - mit der Bildunterschrift: ›Im Wald bei Meißendorf hat die Kripo Celle einen frisch abgetrennten menschlichen Arm sichergestellt.‹ Das wäre die totale Lachnummer geworden, für ihn und die gesamte Redaktion.

Das war gerade noch mal gut gegangen.

Bei der Recherche in den Archiven der CZ hatte er herausgefunden, dass der Vermisste Rolf Meinecke eine Unterarmprothese getragen hatte. Das, was er fotografiert hatte, war also dieser künstliche Arm gewesen.

Beim Durchstöbern der Zeitungen von 1990 war ihm aufgefallen, dass die Göhrde-Doppel-Morde von 1989 ein halbes Jahr später immer noch ein wichtiges Thema in den Medien waren. Den Friedhofsgärtner und Serienmörder Kurt-Werner Wichmann aus Lüneburg hatte man zu dieser Zeit noch nicht gefasst. Auf sein Konto sollten unzählige grausame, noch nicht aufgedeckte

Straftaten gehen, insbesondere Morde, die im Wald der Lüneburger Heide verübt worden waren.

Gab es da eventuell einen Zusammenhang zum hiesigen Vermisstenfall Rolf Meinicke? Das wäre eine Sensation. Er nahm sich vor, diese Idee bei Gelegenheit weiter zu verfolgen.

Axel Schriewe ließ seinen Wagen an der gleichen Stelle ausrollen, an der er gestern gestanden hatte. Er stellte den Motor ab und überlegte. Noch einmal würde ihm das Missgeschick nicht passieren, eine wichtige potenzielle Informantin zu verprellen.

Vielleicht fuhr Lea Meinicke ja wieder Fahrrad.

»Oh, der Pastor steht an erster Stelle.« Robert Mendelski zeigte sich überrascht. Maike Schnur und er hatten sich über die Liste gebeugt, die mit einem blauen Füller in krakeliger Handschrift geschrieben und ordentlich durchnummeriert etliche Namen enthielt. Eine ganze Seite voll.

»Edgar Kruppa, Pastor aus Winsen«, las Maike Schnur vor.

»In Meißendorf gibt es ja keine Kirche«, erklärte Gert Meinicke. Er schenkte allen Kaffee nach. »Nur eine Friedhofskapelle. Für unsere evangelische Kirchengemeinde ist Winsen zuständig.«

»Und mit dem Pastor Kruppa hatte Ihr Vater Stress?«

»Stress? Bis aufs Blut haben sich die beiden beharkt. Dabei ging es um den von unserem Vater vorgeschlagenen Bestattungswald. Kruppa und Landeskirche waren strikt dagegen.«

»Das ist die Kirche bis heute.« Maike Schnur dachte an den Ruheforst in Feuerschützenbostel, den bisher einzigen im Landkreis Celle. Sie kannte diesen urig-ursprünglichen Wald seit dem Fall ›Neunwürger‹ und schätzte ihn und seine friedvolle Atmosphäre sehr.[1]

»Ich habe nichts gegen den Pastor«, sagte Lea Meinicke schnippisch. »Zu mir war der immer nett.«

»Warum wohl?«, zischte ihr Bruder. »Doch nur, um dich auszuhorchen. Diese falsche Schlange ...«

[1] Christian Oehlschläger: Der Neunwürger, 2016

»Lebt Edgar Kruppa noch?«, fragte Mendelski.

»Ja. Sie wissen doch, Pastoren werden alt.« Gert Meinicke deutete mit dem Kopf Richtung Zimmerdecke und höhnte: »Die haben einen sehr guten Draht nach oben und schieben zeitlebens einen lauen Lenz. Er ist seit vielen Jahren im Ruhestand.«

»Wo?«

»Er wohnt jetzt in Hambühren oder Ovelgönne, glaube ich.«

»Das kriegen wir heraus.« Mendelski machte eine kurze Notiz hinter dem Namen des Pastors.

»Nummer zwei: Jagdaufseher Bernd Wolkow«, las er. »Was war mit dem?«

»Wolkow und unser Vater sind regelmäßig wegen der Jagd aneinandergeraten. Wie schon erwähnt, war Vater Waldfreund durch und durch, er liebte die Bäume über alles.« Durch heftiges Nicken unterstrich Lea Meinicke die Worte ihres Bruders.

Er fuhr fort: »Die Jägerschaft hatte aber ganz andere Interessen. Wolkow, damals ein junger Heißsporn, war ihr Wortführer und Agitator. Denen ging's in erster Linie ums Wild. Ums Hochwild, um die ›heiligen‹ Hirsche. Die Jäger züchteten und mästeten diese großen, braunen Rindenfresser regelrecht. – Und der Wald litt. Unser Wald. Und mit ihm litt unser Vater.«

»Was genau ist passiert?«

»Irgendwann hatte Vater die Nase voll. Er hat den Jagdpächter angezeigt. Wegen unerlaubten Fütterns, wegen gefälschter Abschusszahlen, wegen Nachtjagdverbot, wegen Schonzeitvergehen und, und, und. Das brachte Wolkow natürlich auf die Palme. Sie glauben gar nicht, wie oft der hier auf den Hof gekommen ist und Rabatz gemacht hat.«

»Ja, das war gar nicht schön«, tönte Lea Meinicke. »Den mochte ich nicht. Der machte mir Angst.«

»Sie haben hier lediglich den Jagdaufseher Bernd Wolkow aufgeschrieben, nicht den Jagdpächter«, bemerkte Mendelski. »Die Anzeigen galten doch sicher ihm ...«

»Der war selten hier. Ein Industrieller aus Hannover, der hatte nicht viel Zeit für sein Hobby. Ist übrigens schon lange tot. – Nein, der Jagdaufseher Wolkow war die treibende Kraft. Der hat das alles hier verbockt.«

»Trotzdem hätten wir gern den Namen des Jagdpächters.«

»Kriegen Sie.«

»Sind diese Fälle denn nicht aktenkundig?«, hakte Maike Schnur nach. »Wenn Ihr Vater Anzeige erstattet hat ...«

»Klar doch. Das ... das müssten sie.« Gert Meinicke räusperte sich. »Aber ... gebracht hat das nicht viel. Wolkow und der Jagdpächter hatten sehr gute Beziehungen zur Obrigkeit. Mit ein paar lächerlichen Bußgeldern waren sie schnell fein raus. Nur einmal kamen sie richtig ins Schwitzen.«

»Ja?«

»Da hat Wolkow unseren Vater im Wald mit der Flinte bedroht. Durch Zufall waren Pilzsammler in der Nähe, die das bezeugen konnten. Da brannte für Wolkow die Hütte lichterloh: Nötigung mit Waffengewalt. Dafür ist man eigentlich den Jagdschein los.«

»Eigentlich ... ?«

»Es kam zu keinem Verfahren. Unser Vater hat im letzten Moment seine Anzeige zurückgezogen.«

»Warum das?«

Gert Meinicke zuckte mit den Schultern. »Keine Ahnung. Vater hat uns nicht alles erzählt. Wie bereits erwähnt, war er ein sturer Einzelgänger. Geredet hat er nicht viel.«

»Nee, der hat eher geschwiegen«, klagte Lea Meinecke. »Manchmal tagelang.«

»Wann war das mit der Nötigung?«, fragte Mendelski weiter.

»Im Herbst 1989. Wenige Monate vor seinem Verschwinden.«

»Ist diese Spur denn damals von der Polizei verfolgt worden?«

»Das müssten Sie doch besser wissen als ich. Wenn es denn überhaupt in den Akten steht. Ich sage ja, damals interessierte sich die Kripo hauptsächlich für die Göhrde-Morde ...«

»Und Bernd Wolkow – lebt der noch?«

»Ja, in Winsen, so viel ich weiß.« Gert Meinicke schaute seine Schwester an. Die nickte, bevor er fortfuhr: »Der müsste jetzt Mitte sechzig sein. Angeblich geht er nicht mehr zur Jagd. In Meißendorf hat er sich jedenfalls schon lange nicht mehr blicken lassen.«

»Okay.« Mendelski notierte weitere Stichworte. »Zu Nummer drei: ›Walter Döpke, Bauer, Meißendorf‹«, las er. »Was war mit dem?«

»Walter ist Altenteiler auf seinem großen Hof auf der anderen Seite vom Dorf. Er muss jetzt auch schon weit über 70 sein.« Gert Meinicke überlegte. »Ich weiß gar mehr nicht so genau, wann die Streitereien mit Vater angefangen haben. Natürlich ging es wieder um die Jagd. Walter ist nach wie vor ein großer Jäger und Rotwildfreund. Deshalb sind sie oft aneinandergerasselt.«

»Konnten Döpke und Wolkow gut miteinander?«

»Klar, die waren wie ›Kopp und Arsch‹ – wie man hier auf dem Lande so schön sagt.« Gert Meinicke grinste knapp.

»Den Walter mag ich auch nicht«, fügte seine Schwester hinzu. »Der guckt immer so komisch. Außerdem schießt er auf Hauskatzen in der Feldmark. Das habe ich selbst gesehen.« Sie wurde immer aufgeregter. »Und er spült sein Güllefass an der Meiße ...«

»Schon gut, schon gut«, unterbrach ihr Bruder sie. »Das ist jetzt nicht so wichtig.«

»Ja, weiter bitte«, forderte Mendelski.

Gert Meinicke holte Luft: »Dann war unser Vater in keinem der Meißendorfer Dorfvereine. Aus Prinzip nicht. Das störte Walter Döpke enorm. Der war und ist nach wie vor eine große Nummer im Schützenverein. Außerdem ist er Mitglied bei der Freiwilligen Feuerwehr und im Sportverein. Bei jeder sich bietenden Gelegenheit hat Walter unseren Vater öffentlich bloßgestellt. ›Wart's nur ab, bis es bei euch auf'm Hof brennt!‹, hatte er mal gedroht. ›Dann kommt keiner zum Löschen.‹«

»Hing das eventuell auch mit seiner Behinderung zusammen, dass er in keinem Verein war?«, fragte Maike Schnur.

»Nee, das war's nicht.« Gert Meinicke schüttelte den Kopf. »Man kann ja auch passives Mitglied sein. Ich bin auch in keinem Verein. Das liegt in der Familie. Schon unser Opa hat sich im Dritten Reich aus allem rausgehalten. Da waren die meisten Vereine nazitreu. Für alles Militärische, alles, was Uniformen trug, hatte er nichts übrig. Und die Politik mochte er auch nicht, weder die örtliche noch die landesweite. Kein Beitritt in die NSDAP und so weiter. Das haben wir irgendwie geerbt.«

»Gut. – Zurück zur Liste.« Robert Mendelski klopfte sachte mit dem Bleistift auf den Tisch. »Das waren die ersten drei. Jetzt kommt ein größerer Absatz, dann folgen weitere Namen ...«

»Ja, die ersten drei leben noch«, erklärte Gert Meinicke. »Die anderen, die jetzt kommen, sind schon lange tot.«

»Okay.« Um besser sehen zu können, nahm Mendelski den Block in beide Hände. »Weiter: Ich lass mal die Namen weg und lese nur die Funktionen vor: Naturschutzbeauftragter, Ortsbürgermeister, NABU Gut Sunder, Vorsitzender der Meißendorfer Jagdgenossenschaft, Fallschirmsportverein, – Donnerwetter, Ihr Vater hat sich ja mit sämtlichen Honoratioren des Dorfes angelegt.«

»Das sind längst nicht alle«, sagte Gert Meinicke. »Das sind nur die, die mir auf Anhieb eingefallen sind. Da kommt bestimmt noch der eine oder andere hinzu.«

»Was ist mit der Lehrerin? Frau Wohlgemut?« Lea Meinicke schaute ihren Bruder forschend an. »Die hat Papa doch mal angezeigt. Weil er ihr mit dem Trecker den Weg versperrt hat.«

»Ach das ...!« Der Hausherr winkte ab. »Von dem Kaliber gibt's noch mehr.«

»Gut so weit.« Mendelski legte den Block auf den Tisch. »Das soll fürs Erste genügen. Wir müssen jetzt weiter. Die Liste nehmen wir mit. Wenn Ihnen noch weitere Namen einfallen, können Sie sie ja nachreichen.« Der Kommissar hielt inne. Dann fragte er: »Und wer von den dreien, die noch leben, hat heute Morgen angerufen?«

»Der Pastor und Walter Döpke.«

Draußen im Flur klingelte das Telefon. Lea Meinicke sprang auf und wollte schon loslaufen, als ihr Bruder sie zurückhielt. »Lass besser mich rangehen.« Er erhob sich von seinem Stuhl. »Das ist sicher der Nächste, der wegen des Zeitungsartikels anruft. – Lea, zeig du dem Besuch in der Zwischenzeit den Schrank mit Vaters Sachen. Sie möchten sich was ausleihen.«

»Wieso das denn?«

»Das erkläre ich Ihnen«, erwiderte Maike Schnur. »Wo steht der Schrank denn ...«

Ungefähr eine halbe Stunde hatte er gewartet.

Als er im Rückspiegel den VW Passat vom Hof fahren sah, überlegte Axel Schriewe

Instinktiv drehte er den Schlüssel im Zündschloss, startete den Motor und fuhr los. Geschickt wendete er seinen Wagen in einer Wieseneinfahrt. Dabei beeilte er sich nicht sonderlich, denn er wollte vermeiden, dass die Verfolgung auffiel. Außerdem herrschte zu dieser Tageszeit wenig Verkehr auf Meißendorfs Straßen, so dass er den Passat aus sicherer Entfernung gut im Auge behalten konnte.

Axel Schriewe sah, wie der Wagen in der Ortsmitte in die Gudehäuser Straße abbog. Sollten sie erneut zum Leichenfundort im Wald fahren?, fragte er sich. Andererseits gab es viele Häuser und noch ein paar Seitenstraßen an der Gudehäuser Straße. Vielleicht wollten sie einen der Anwohner aufsuchen.

Der Reporter lenkte seinen Wagen ebenfalls in die Straße und setzte vorsichtig die Verfolgung fort. Bereits wenige Augenblicke später hatte er die Gewissheit, dass der Passat nicht anhalten, sondern den Ort Richtung Norden verlassen würde. An der Einfahrt zur Straße Eichkamp stoppte der Reporter, und beobachtete, wie der Passat auf der schnurgeraden Straße schnell kleiner wurde.

Der Kripo erneut zum Fundort im Wald zu folgen, schien ihm nicht so schlau. Die waren jetzt vorgewarnt, außerdem kannten sie sein Auto. Die Wahrscheinlichkeit, dass er entdeckt, gemaßregelt und fortgeschickt würde, war groß. Gerade die junge Kommissarin, Maike Schnur, würde ihn bestimmt mit Freuden bloßstellen. Dazu hatte er keine Lust.

Axel Schriewe beschloss, zu den beiden Meinickes zurückzukehren. Also wendete er und fuhr wieder in den Ort. Als er sich wenig später dem Hof näherte, sah er, wie jemand mit dem Fahrrad durch die Einfahrt hinaus in die Feldmark fuhr.

Eindeutig, die Frau, die da flott davonradelte, kannte er bereits. Das war Lea Meinicke. Aus dem Korb auf dem Gepäckträger ragte ein Blumenstrauß.

Ein üppiger bunter Gartenstrauß.

Erneut fragte sich der Reporter, was zu tun sei. Sollte er zu Gert Meinicke auf den Hof fahren? Oder sollte er seiner Schwester folgen? Sicher könnte der Bruder die kompetenteren Antworten geben – wenn der das denn wollte. Die Schwester dagegen – zwar ein wenig schrullig und naiv - schien redselig und in gewisser Weise zugänglich zu sein.

Axel Schriewe entschied sich für die Schwester.

In einem Plastiksack trugen sie einen Lodenmantel und eine Baschlikmütze, die Rolf Meinicke gehört hatten. Zum Glück war die Kleidung in all den Jahren nicht gereinigt worden. Schon mit bloßem Auge waren Haare und Schuppen zu erkennen. Für einen DNA-Abgleich müsste das reichen.

Auf dem Weg zum Auto hatte Maike Schnur die Textnachricht auf ihrem Smartphone gelesen. ›Seid ihr noch in der Nähe? Dann kommt vorbei, wir haben schon wieder eine Überraschung für euch. Heiko.‹

»Da bin ich aber gespannt«, erwiderte Mendelski, nachdem ihm Maike die Nachricht vorgelesen hatte. »Nichts wie hin.«

Bevor sie den Motor anließ, schrieb Maike zurück: ›Sind schon unterwegs.‹

Eigentlich wollten sie nach Celle zurückgefahren, so aber machten sie noch einen Abstecher zum Dachsbau.

Heiko Strunz und Jo Kleinschmidt erwarteten sie im Tatort-Bulli. Sie hatten gerade ihr zweites Frühstück beendet und schraubten die Thermoskannen zu. In einer Plastikwanne zu ihren Füßen standen drei Beweismitteltüten der größeren Sorte, eine kleinere lag auf dem Tisch.

»Dann zeig mal«, forderte Mendelski seine Kollegen auf.

»Rudimente einer Fahrradluftpumpe, das rostige Blatt eines Beils, dazu einige Glasscherben«, zählte Heiko Strunz auf. »Die Scherben stammen wahrscheinlich von einer Fahrradlampe. Das alles lag unmittelbar dort, wo wir das Fahrrad gefunden haben, in dem Dornengestrüpp.«

»Glückwunsch!« Mendelski nahm die Tüte mit dem Beil in beide Hände. »Davon haben wir gerade erfahren.« Er berichtete von den Erzählungen Gert Meinickes. »Passt alles.«

»Wir haben noch mehr«, grinste Jo Kleinschmidt. Ihm war die Ungeduld anzusehen, eine weitere Neuigkeit loszuwerden.

Provozierend schwenkte er die kleine Beweismitteltüte vor Maike Schnurs Nase.

»Na lass endlich sehen«, forderte sie ihn auf.

»Pass auf!«, entgegnete er, machte jedoch keinerlei Anstalten, die Tüte aus der Hand zu geben. »Das Ding ist winzig, aber ganz schön schwer für seine Größe. Und es ist aus Blei.«

»Nee ... echt jetzt?« Sie ahnte langsam, um was es ging.

»Doch!«

Mit einem raschen Griff schnappte sich Maike die kleine Klarsichttüte und hielt sie in Augenhöhe zwischen sich und Mendelski. »Sollte das etwa ein 9-mm-Geschoss sein?«, staunte sie über den kleinen Batzen deformiertes Metall.

»Es ist eins.« Heiko Strunz ließ keinen Zweifel daran. »Da bin ich mir ziemlich sicher. Nur - was genau für eins, kann ich noch nicht sagen. Ich schätze, es ist ein Vollmantelgeschoss der Pistolenpatrone 08.«

»Ein größeres Jagdwaffenkaliber können wir jedenfalls ausschließen«, fügte Jo Kleinschmidt hinzu. »Solche Geschosse findet man ja häufiger in Bäumen.«

»Wie und wo habt ihr das gefunden?«, fragte Mendelski.

»Dann kommt mal mit«, forderte Heiko Strunz sie auf. »Wir haben da etwas vorbereitet ...«

Er lotste seine Kollegen zu der Stelle, wo im Wald die umgefallene Eberesche lag. Im Wurzelteller des Baumes steckte ein rot-weißer Fluchtstab, an dem in circa 1,70 Meter Höhe das Ende einer dünnen Richtschnur angeknotet war. Die straffgezogene Schnur führte zu einem zweiten Fluchtstab, der in rund zehn Metern Entfernung am Rand des Waldweges stand.

»In dieser Eberesche haben wir das Geschoss geortet - mit einem Splittersuchgerät - und geborgen«, erklärte Heiko Strunz. »Der Fluchtstab hier fungiert als Baumersatz. Mit ihm haben wir die Höhe rekonstruiert, in der das Einschussloch gelegen haben müsste, als der Baum noch stand. Die Richtschnur bildet in etwa die mögliche Schussbahn nach. Das müsste so passen, wenn man voraussetzt, dass erstens Täter und Opfer ungefähr von gleicher Größe waren, und zweitens, dass die Tat tatsächlich da draußen auf dem Waldweg verübt worden ist.«

Sie gingen die zehn Meter zu dem zweiten Fluchtstab. Maike Schnur peilte hinter dem Stab stehend die mögliche Schussbahn an. »Ja, so könnte es gewesen sein«, murmelte sie. Sie drehte sich um und deutete auf den sandigen Waldweg zu ihren Füßen.

»Hier soll also das Drama passiert sein«, sinnierte sie laut. Die anderen ließen sie gewähren. »An einem nasskalten Januarvormittag vor 30 Jahren kommt Rolf Meinicke mit dem Fahrrad hier an. Wie gewohnt hat er ein Beil dabei, um trockene Bäume in seinem Wald zu markieren. Durch Zufall oder weil er verabredet war, trifft er auf eine oder mehrere Personen. Es kommt zum Streit - warum auch immer –, zum Kampf, schließlich zur Tragödie. Jemand Unbekanntes schießt Rolf Meinicke mit einer Pistole in die Stirn. Vorsätzlich? Im Affekt? Oder war es gar ein Unfall? - Wissen wir nicht. Jedenfalls möchte dieser Jemand die Tat verschleiern. Daher schleift er oder sie den Leichnam zum Dachsbau und vergräbt ihn dort. Das Fahrrad landet samt Beil in dem Dornengebüsch ...«

»Moment!« Mendelski hatte eine Hand erhoben. »Wir wissen, dass die Tage vor dem Verschwinden sehr kalt gewesen sind, der Boden war noch durchgefroren. Also graben ... das ging nicht.«

»Deswegen der Dachsbau!«, folgerte Heiko Strunz. »Das Loch ersparte dem Täter zu graben. Der Eingang war groß genug, da reichte ... stopfen.«

»Und die Hoffnung«, ergänzte Jo Kleinschmidt, »dass die Aasfresser, die den Bau bewohnten, den Toten schon verschwinden lassen würden.«

Alle vier schwiegen einen Augenblick nachdenklich.

»Okay.« Maike Schnur nahm den Gesprächsfaden wieder auf. »Das bedeutet zweierlei: Entweder kannte der Täter den Dachsbau - oder es war großer Zufall, ein Glücksfall geradezu, dass er ihn gefunden hat.«

»Dass der Tote erst später, also Tage, Wochen oder sogar Monate danach, in den Bau gelangt ist, schließen wir also aus?«, fragte Jo Kleinschmidt.

Robert Mendelski schüttelte den Kopf. »Wir schließen gar nichts aus«, meinte er. »Noch nicht. - Was allerdings sehr unwahrscheinlich ist, dass Dachse und Füchse die Leiche oder auch Teile davon in den Bau geschleppt haben. Beide Tierarten fressen zwar Aas, aber in der Regel an ihrem Fundort. In den Bau tragen sie lediglich Futter, wenn sie Junge haben. Und das trifft im Januar weder auf Dachs noch auf Fuchs zu.«

»Noch was.« Maike Schnur stellte sich an dem Fluchtstab in Positur. »Bleiben wir mal bei Vorsatz, also bei Mord. Denn bei allen anderen Varianten würden wir wegen der Verjährungsfrist für die Katz ermitteln.« Sie peilte erneut an der Richtschnur entlang. »Was haltet ihr von der Annahme, dass der Täter den Truppenübungsplatz als Tatort und zur Leichenablage bewusst gewählt hat? Weil er genau wusste, dass hier besondere Regeln gelten? Dass an diesen abgeschiedenen Ort so gut wie kein Zivilist herkam?«

»Schon möglich«, erwiderte Heiko Strunz. »Das spricht für einen ortskundigen Täter. Nur hilft uns das im Moment auch nicht weiter.«

»Trotzdem: Gute Arbeit, Leute!« Mendelski deutete auf die beiden Fluchtstäbe. »Dann wollen wir mal hoffen, dass eure Annahmen vom Labor bestätigt werden. Nach dreißig Jahren ein Geschoss zu finden, das sich womöglich als ein wichtiges Indiz für ein Tötungsdelikt entpuppt, ist ein kleines Wunder. Noch wunderbarer wäre es, wenn wir auch die dazugehörige Waffe finden würden.«

»Daher sollten wir so schnell wie möglich die Waffenbesitzkarten von unseren Verdächtigen kontrollieren«, schlug Maike Schnur vor.

»Ihr habt schon Verdächtige?«, wunderte sich Jo Kleinschmidt.

Robert Mendelski berichtete in Kurzform von Gert Meinickes Liste. Insbesondere von den drei noch lebenden Kandidaten.

»Na, das ist doch schon mal was«, freute sich Heiko Strunz. »Dann nichts wie ab mit euch zu den Verdächtigen ... Wir bleiben noch ein wenig hier.«

»Was habt ihr denn vor?«

Der Leiter der Kriminaltechnik kam nicht recht mit der Sprache heraus.

Jo Kleinschmidt sprang ein. »Ihr kennt doch Heiko«, sagte er im Verschwörerton. »Seinen Ehrgeiz – und die Vorliebe für Metalldetektoren. Ihm reicht es nicht, das Geschoss aufgespürt zu haben. Jetzt will unser Findefuchs auch noch die Waffe ausgraben.«

»Na dann, viel Vergnügen.« Mendelski wandte sich zum Gehen. »Aber kommt mir nicht den Panzern in die Quere. Die sind zu groß für euren Detektor ... und könnten sich wehren ...«

»Wird gemacht, Chef. Wir bleiben diesseits der Meiße.«

»Apropos Meiße. Vielleicht liegt die Waffe ja im Bach ...«

Maike Schnur hatte schließlich das letzte Wort: »Und nicht trödeln, okay? Um 16.00 Uhr ist Lagebesprechung in Celle.«

»Frau Meinicke? Lea Meinicke?«

Axel Schriewe hatte die Fahrradfahrerin auf dem Feldweg überholt, war bis zur nächsten Kreuzung vorausgefahren und wartete dort auf sie. Nachdem er sie aus dem geöffneten Seitenfenster angesprochen hatte, stieg er aus.

»Hab ich das doch richtig gesehen«, sagte sie, bremste ihr Fahrrad und stieg ab. »Der Detektiv schon wieder!«

»Entschuldigen Sie bitte, dass ich Sie anspreche«, säuselte der Reporter. »Aber ich schulde Ihnen, glaube ich, eine Erklärung.«

»Sie schulden mir gar nix.« Lea Meinicke versuchte, ihr Fahrrad an Schriewe vorbei zu schieben.

»Ich bin kein Detektiv und auch kein Naturfotograf«, gab er zu. »Tatsächlich bin ich Reporter bei der Celleschen Zeitung. Haben Sie heute den Bericht über Ihren Vater gelesen?«

Lea Meinicke blieb stehen. »Ja, hab ich.«

»Der ist von mir.«

»Da steht aber gar nicht alles drin«, konterte sie übermütig. »Wenn Sie wüssten ...«

»Deswegen bin ich ja hier.« Axel Schriewe hatte eine Visitenkarte aus der Brusttasche gezogen und hielt sie Lea Meinicke hin. »Hier bitte, meine Karte.«

»Was soll ich denn damit? So was brauche ich nicht.« Sie versuchte erneut, an dem Reporter vorbei zu kommen.

»Können Sie sich nicht wenigstens meine Fragen anhören? Das dauert nur zwei Minuten.«

»Wer einmal lügt, dem glaubt man nicht«, sagte sie ihm ins Gesicht. »Und jetzt lassen Sie mich durch. Sonst schrei ich.«

»Schon gut.« Ihre Drohung beeindruckte den Reporter - obwohl anscheinend niemand in der Nähe war, der ihre Schreie hätte hören können. Kleinlaut gab er den Weg frei.

»Meinen Bruder Gert brauchen Sie auch nicht fragen«, setzte sie nach. »Das können Sie sich sparen. Der wird Sie mit der Mistgabel vom Hof jagen!«

Schwungvoll stieg sie aufs Fahrrad und radelte davon.

»Lass uns für die Rückfahrt die Route durch den Wald nehmen«, schlug Mendelski vor, nachdem sie in den Wagen gestiegen waren. Er holte sein Handy hervor und rief Google Maps auf.

»Also nicht zurück nach Meißendorf sondern hier geradeaus?« Maike Schnur wartete auf das Okay, bevor sie losfuhr.

»Genau. Dann müssten wir in Walle rauskommen. Die Strecke ist vielleicht sogar kürzer als der Hinweg.«

In gesittetem Tempo ging es los. Der Truppenübungsplatz - gut gekennzeichnet durch etliche Warnschilder - blieb linker Hand. Rechts säumte Kiefernwald die Straße.

»Sieh mal«, sagte Maike. »Die Einschusslöcher in dem Schild.«

»Na, das kennen wir doch schon«, erwiderte Mendelski, ohne hoch zu schauen. »Straßenschilder als Zielscheiben für verrückte *Pistoleros*, die aus fahrenden Autos rumballern.«

»Kann unsere Kugel aus dem Baum denn nicht auch von solchen Rowdys stammen?«

»Natürlich. Obschon der Baum ein gutes Stück weg von der Straße lag. In Betracht ziehen müssen wir es aber schon.«

»Das würde Heiko aber ärgern ...«

»Wie ich den kenne, liefert der uns heute noch die dazugehörige Waffe.«

Kurz darauf endete der Asphaltbelag der Straße und ging in Schotter und Sand über. Rechter Hand führte ein Abzweig in den Wald.

»Das wird der Weg nach Walle sein«, stellte Mendelski mit Smartphone und Karte in der Hand fest. »Fahr mal geradeaus.«

»Ich dachte, wir wollten nach Walle?«, wunderte sich Maike.

»Später. Ich möchte mal was ausprobieren. Hier geradeaus ist der kürzeste Weg zur Straße Winsen-Bergen. Zur L298.«

Schon bald endete links der Truppenübungsplatz, sie tauchten komplett in den Wald ein. Nach rund hundert Metern forderte eine Weggabelung eine erneute Entscheidung.

»Rechts oder links?«, fragte die Fahrerin. Die Fahrbahn wurde immer unwegsamer, Maike war nicht wohl bei der Sache.

Mendelski studierte seine Karte. »Rechts.«

Kiefern, so weit das Auge reichte. Im Schritttempo umkurvten sie mehrere ausgetrocknete Schlaglöcher. Das bisschen Niederschlag vom Vormittag war längst weggetrocknet. Trotz seiner geringen Bodenfreiheit schlug sich ihr Passat wacker.

»Ich wollte diese Strecke nicht nur wegen der Abkürzung nehmen«, erklärte Mendelski. »Sondern aus einem anderen Grund.«

»Erzähl schon.«

»Das hat mit dem jüdischen Jungen zu tun, der sich bei Meinicke auf dem Hof versteckt hatte.«

Maike Schnur schaute ihn nur kurz fragend an.

»Na ja, das hier könnte in etwa die Route sein, auf der er damals - vor 75 Jahren - aus dem KZ Bergen-Belsen geflohen ist.«

Mendelski schaute auf seine Landkarte. »Oder er ist die Meiße entlang gelaufen. Die Route über den heutigen Truppenübungsplatz. Der erste Ort, wo er nach seiner Flucht landete, war Meißendorf. Ausgehungert und zerlumpt hat er dort was zu essen gesucht - und Unterschlupf.«

»Und beides bei Rolf Meinicke gefunden«, ergänzte Maike.

Schweigend erreichten sie wenig später die Landstraße. Auf der linken Seite lag die Gedenkstätte des Konzentrationslagers Bergen-Belsen.

»Rechts?«, fragte Maike. Mendelski nickte wortlos.

Als ob der Beelzebub hinter ihr her wäre, radelte Lea Meinicke davon. Ohne einen einzigen Blick zurück trat sie in die Pedale. Um ein Haar wäre der Blumenstrauß bei der wilden Fahrt aus dem Fahrradkorb herausgeflogen.

Der Feldweg, auf dem sie unterwegs war, verlief – als Verlängerung des Schulweges – parallel zur Meiße. Rechts lag die Feldmark mit kleinen Maispflänzchen, links das Ufergebüsch des Heidebachs, der zur Zeit extrem wenig Wasser führte.

Etliche Minuten nach der Begegnung mit dem hartnäckigen Reporter wagte sie es erstmals, sich umzudrehen. Von dem blauen Auto war weit und breit nichts zu sehen. Trotzdem strampelte sie mit unverändertem Tempo weiter, bis die ersten Häuser von Hartmannshausen vor ihr auftauchten.

Beim nächsten Abzweig bremste sie und stieg vom Fahrrad. Sie schaute nach Süden, in Richtung Gudehäuser Straße. Dort könnte der Reporter mit seinem Auto auf der Lauer liegen, er war jedoch nicht zu sehen. Das Getreide stand zum Glück noch niedrig genug, um die Sicht nicht zu versperren.

Doch Vorsicht ist die Mutter der Porzellankiste, überlegte Lea Meinicke. Sie wollte dem Reporter nicht noch einmal begegnen. Und auf keinen Fall sollte er ihr unbemerkt folgen können, um so den Fundort ihres Vaters im Wald zu erraten.

So leicht wollte sie es dem Zeitungsfritzen nicht machen – und entschied sich dafür, eine falsche Spur zu legen. Sie bog nach links ab, nach Norden, nach Hartmannshausen.

Schadenfroh kichernd trat sie kräftig in die Pedale. So viel Bauernschläue würde ihr der Reporter bestimmt nicht zutrauen.

Und ihr Bruder auch nicht. Der hatte ihr nämlich verboten, zum Dachsbau zu fahren. Er selbst wollte auf gar keinen Fall dorthin, wo ihr Vater dreißig Jahre begraben gelegen hatte. Sie wusste auch nicht, warum er da so stur war.

Beim Abschied hatte sie behauptet, sie wolle mit dem Blumenstrauß zum Friedhof, zum Grab ihrer Mutter.

Lea Meinicke fand es spannend, die Männer reinzulegen.

# Achtes Kapitel

Schon wieder lag ein Brief für Elias Lewenstein im Postfach. Dieses Mal kam er allerdings nicht aus dem fernen Europa, aus Deutschland, wie der gestern, sondern es war ein inländischer mit gewöhnlicher Briefmarke.

Aaron wunderte sich. An zwei Tagen hintereinander hatte sein Urgroßvater noch nie Post bekommen, jedenfalls nicht zu der Zeit, seitdem er den innerfamiliären Kurierdienst im Kibbuz übernommen hatte. Und das war immerhin schon zwei Jahre her.

Es war seine Aufgabe, mindestens einmal, besser zweimal pro Woche zur Poststation zu laufen, um nachzuschauen, ob etwas angekommen war.

Nicht, dass der 87-jährige Elias Lewenstein es für zu beschwerlich empfunden hätte, von seinem Bungalow aus den kleinen Hang hinab die fünfhundert Meter zur Poststelle zurückzulegen. Ganz im Gegenteil: Für sein Alter war er noch erstaunlich fit. Fußmärsche durch die zum Kibbuz gehörenden Orangenhaine bis hin zu den Fischteichen unten im Tal bewältigte er regelmäßig und mit Leichtigkeit. Nein - er mochte es, wenn Aaron, sein einziger Urenkel, ihn besuchte und ihn mit seiner jungenhaften Unbeschwertheit erfreute.

Aaron hatte erst am Nachmittag Schule. So blieb ihm vormittags Zeit für andere Dinge, etwa Basketballspielen, Mountainbikefahren, Schwimmen gehen im Pool des Nachbar-Kibbuz - oder zur Poststelle laufen.

Es war niemand zu Hause. Wie im Kibbuz üblich waren die Türen nicht verschlossen. Aaron schaute in sämtliche Zimmer, fand jedoch niemanden. Als er in der Küche einen Blick auf die Uhr an der Wand warf, fiel ihm ein, dass sein Urgroßvater gern zeitig zu Mittag aß. Er würde in der Kantine sein.

Aaron überlegte, ob er den Brief einfach auf den Küchentisch legen sollte. Dabei sah er sich den Umschlag genauer an. Er stammte aus Jerusalem, von der Verwaltung der Yad-Vashem-Gedenkstätte. Das klang wichtig. Er beschloss, das Schreiben persönlich zu übergeben.

Wie richtig vermutet, fand Aaron seinen Urgroßvater im großen Speisesaal. Elias Lewenstein saß an einem der langen Tische, mutterseelenallein, denn bis zum Mittagsessen war noch Zeit. Zwei junge Volontäre, ein Neuseeländer und eine Norwegerin, klapperten mit Geschirr. Leise rotierende Ventilatoren unter der Decke sorgten für halbwegs erträgliche Luft.

»Aaron, Jüngelchen, was machst du denn hier?«, empfing ihn sein Urgroßvater. »Hast du keine Schule?«

»Erst heute Nachmittag«, antwortete der Junge. »Du weißt doch: Geteilter Unterricht. Wegen Corona ...«

»Nee, wusste ich nicht. - Oder hab ich vergessen. Bin schließlich schon fast 90 Jahre alt.«

»Da ist schon wieder einen Brief für dich. Aus Jerusalem.« Aaron legte das Schreiben auf die weiße Plastiktischdecke.

Elias Lewenstein schaute blinzelnd auf das Kuvert. »Ich habe meine Lesebrille nicht dabei«, sagte er. »Kannst du mir bitte den Absender vorlesen?«

Aaron tat, wie von ihm gewünscht.

»So so, von der Yad-Vashem-Gedenkstätte«, murmelte sein Urgroßvater. »Das ist in der Tat wichtig.«

»Soll ich den Brief öffnen und dir vorlesen?«, fragte der Junge.

»Nein, nein. Ist lieb von dir. Danke. Aber ich lese das lieber später daheim.«

»Du wolltest mir noch von dem anderen Brief erzählen ... von dem, der gestern aus Deutschland gekommen ist.«

»Ja, das stimmt.« Liebevoll strich Elias Lewenstein seinem Urenkel eine widerspenstige Locke aus der Stirn. Die unbändigen rotblonden Haare erinnerten ihn an Esther, seine Frau. »Komm heute Abend zu mir. Dann erzähl ich's dir.«

Das war echt nicht sein Tag. Zwei Fehlschläge hatte er schon einstecken müssen: Die Verfolgung des Ermittler-Duos im Auto mit Kaffee auf der Hose und das kurze Gespräch mit Lea Meinicke in der Feldmark. Bei beidem war nichts Neues herausgekommen. Der dritte Versuch sollte es endlich bringen.

Axel Schriewe hatte beschlossen, Gert Meinicke auf dessen Hof aufzusuchen. Zwar gab es zwischen Cellescher Zeitung und Kripo die Absprache, Neuigkeiten über den Fall bis auf Weiteres nur nach Gegenlesen und Abnicken durch die PI Celle zu veröffentlichen. Doch nichts sprach dagegen, auf Recherchetour zu gehen. Der Himmel mochte wissen, wann Mendelski und Co. ihm eine Privataudienz gewähren würden.

In vergleichbaren Fällen konnte man sich darauf verlassen, dass die Kripo spätestens morgen, also am Freitag, eine Pressemitteilung herausgeben oder gar eine Pressekonferenz abhalten würde. Aber in diesem Fall war nichts normal. Schön, sie hatten im Wald die sterblichen Überreste eines Mannes gefunden, der seit dreißig Jahren vermisst wurde. Soweit nichts sonderlich Aufregendes, trotzdem hängte die Kripo die Sache ziemlich hoch und trieb einen bemerkenswert großen Aufwand. Das mochte sich vielleicht aus der momentanen Flaute in Sachen Kriminalfälle erklären, aber wie passte die ungewöhnlich strikte Geheimniskrämerei dazu? Axel Schriewes Reporterinstinkt sagte ihm, dass es sich lohnte, an der Sache dran zu bleiben.

Als er mit seinem Auto langsam auf den Meinicke-Hof rollte, lief ihm Elly, der Langhaardackel, kläffend entgegen. Um den Hund nicht zu überfahren, bremste Axel Schriewe seinen Wagen ab und blieb mitten auf dem Hof stehen.

Der Dackel wechselte zur Fahrerseite und bellte - etwa zwei Meter vom Auto entfernt - unvermindert weiter. Der Reporter hatte genügend respekteinflößende Erfahrungen mit Hunden gemacht, also blieb er erst einmal im Wagen sitzen und schaltete den Motor aus. Durch das geöffnete Seitenfenster versuchte er, den aufgebrachten Kläffer zu beruhigen.

»Ist ja gut«, sagte er in Richtung Dackel. »Ganz ruhig. - Wo ist denn dein Herrchen?« Sein Blick schweifte über den Hof. Eine mit Brennholz beladene Schubkarre stand vor dem offenen Scheunentor. Axel Schriewe vermutete den Landwirt dort.

Er überlegte noch, ob er aussteigen oder lieber hupen sollte, als Gert Meinicke aus der Scheune trat. Die Schirmmütze im

Nacken, die Ärmel des Flanellhemdes hochgekrempelt, kam er mit einer Axt in der Hand auf das Auto zu.

»Elly! Aus!«, brüllte er. Der Dackel verstummte umgehend, klemmte seinen buschigen Schwanz ein und machte drei Hundeschritte rückwärts.

»Schönen guten Morgen, Herr Meinicke«, rief Axel Schriewe, so freundlich es irgend ging. Da ihm die Situation nicht ganz geheuer war, blieb er zunächst im Auto sitzen. »Hätten Sie eventuell fünf Minuten für mich Zeit?«

»Sie sind von der Zeitung?« Gert Meinicke deutete mit der Axt auf das Presseschild hinter der Windschutzscheibe.

»Ja. Axel Schriewe von der CZ. Ich habe den Artikel geschrieben, der heute ...«

»Abflug!«, unterbrach ihn Gert Meinicke barsch und nachdrücklich. »Verschwinden Sie. Machen Sie, dass Sie wegkommen!«

»Aber ... warum? Was habe ich Ihnen ...?« Axel Schriewe wirkte ratlos.

»Haben Sie nicht verstanden ... ?« Gert Meinicke hob die Axt in seinen Händen nur einen Tuck höher.

Axel Schriewe reichte es. Er ließ den Motor an, schaltete den Rückwärtsgang ein und raste schwungvoll vom Hof.

Zurück auf der Straße atmete er erst einmal durch. Die beiden Meinickes waren schon sehr speziell, befand er. Jeder auf seine Art, aber beide ziemlich schräg. Mit Frust im Bauch fuhr er in den Ort. Das war jetzt bereits die dritte Pleite an diesem Tag, trotzdem spürte er einen winzigen Hauch von Genugtuung.

Lea Meinicke hatte sich geirrt. Ihr Bruder hatte ihn nicht mit einer Mistgabel vom Hof gejagt, sondern mit einer Axt.

Das Team vom FK 1 hatte gerade im Besprechungsraum Platz genommen, als Kriminaldirektor Hans Steigenberger hereingeschneit kam. In der Hand hielt er einen grauen Aktendeckel.

»Eigentlich wollte ich schon Feierabend machen«, rief er in die Fünferrunde. »Da hörte ich, dass hier noch eine Lagebesprechung stattfindet.« Sein Blick streifte von den weit geöffneten

Fenstern zu den vorbildlichen Abständen zwischen den Kollegen, die an dem langen Tisch saßen. »Sehr gut. Offensichtlich verläuft das Treffen corona-konform.«

»Wie bitte?« Maike Schnur deutete mit dem Zeigefinger auf die Stelle am Handgelenk, wo andere Menschen eine Armbanduhr tragen. »16.00 Uhr? Da machen Sie schon Feierabend? Ich dachte immer, als Chef müsste man mit gutem Beispiel vorangehen.«

»Das war nur ein Versprecher«, entschuldigte sich Steigenberger mit süffisantem Lächeln. »Meine liebe Frau Schnur, selbstverständlich meinte ich nur, dass ich bezogen auf das Dienstgebäude Feierabend mache. Und natürlich fahre ich heim ins Homeoffice. Sie wissen ja, dass Sie das nach Möglichkeit genau so handhaben sollten.«

»Wir machen heute eine Ausnahme«, schwindelte Robert Mendelski. »Aber besondere Ereignisse erfordern besondere Maßnahmen. Es gibt etliche Neuigkeiten im Fall Rolf Meinicke, die es zu besprechen gilt.«

Steigenberger setzte sich auf einen freien Stuhl, legte den Aktendeckel jedoch nicht aus der Hand. Der Leiter des Fachkommissariats 1 übergab das Wort an Heiko Strunz, der von dem Geschossfund im Baum, dem Beil und den weiteren Teilen des Fahrrades berichtete.

»Gut gemacht! Meinen Glückwunsch!« Der Kriminaldirektor nickte anerkennend. »Wenn es sich wirklich um das tödliche Geschoss handelt, wäre das eine Sensation.«

»Die Suche nach der Tatwaffe ist allerdings bisher vergeblich geblieben«, bedauerte Strunz. »Obwohl wir etliche Quadratmeter Wald mit den Detektoren abgesucht haben. Leider Fehlanzeige.« Er wandte sich an Mendelski: »Wir haben übrigens das Stück aus der Eberesche, in dem die Kugel steckte, herausgesägt. Vielleicht kann das Labor damit etwas anfangen, von wegen Geschosstiefe, Überwallung, Jahresringe und dergleichen.«

»Prima. Sehr gut mitgedacht.« Mendelski zeigte sich zufrieden. »Jetzt zu dir, Ellen.«

Ellen Vogelsang berichtete von der Knochensortiererei – dass sie in Kirchhorst bereits etwa 80 Prozent der Skelettknochen von Rolf Meinicke zusammen hätten. Sie schlug vor, das Material morgen zur weiteren Untersuchung nach Hannover in die Rechtsmedizin zu bringen. Es gab keine Einwände.

»Der Sohn des Opfers hat eine Liste von möglichen Gegnern des Getöteten aufgestellt«, fuhr Mendelski fort. »Maike, bitte ...«

Die Kriminalkommissarin berichtete von den drei noch lebenden und den sechs bereits verstorbenen ehemaligen Widersachern von Rolf Meinicke. Allerdings sei diese Liste noch nicht vollständig. Die Überprüfung der genannten Personen auf gemeldete Waffen habe leider zu keinem positiven Ergebnis geführt. »Offiziell war und ist bei keinem von ihnen eine Faustfeuerwaffe vom Kaliber 9 mm angemeldet«, endete Maike ihren Bericht.

»Wenn überhaupt, sollten Sie sich auf die Lebenden konzentrieren«, forderte Steigenberger.

»Wenn überhaupt ...?« Mendelski beugte sich vor. »Höre ich da versteckte Kritik heraus? Gibt es etwas, das wir wissen sollten?«

Der Kriminaldirektor druckste herum. »Na ja. Ihr könnt froh sein, dass wegen Corona im Moment nicht so viel los ist. Sonst hätte ich so umfangreichen Ermittlungen in einem dreißig Jahre zurückliegenden Vermisstenfall kaum zustimmen können. Schließlich ... das FK 1 ist keine *Cold-Cases*-Abteilung.«

»Mord verjährt nicht«, gab sich Maike Schnur angriffslustig.

»Mord nicht, Totschlag schon.« Steigenberger fächelte sich mit seinem Aktendeckel Luft zu. »Sei's drum ... Ich will Sie ja gar nicht ausbremsen«, besänftigte er die Truppe. »Aber: Wir sind zu äußerster Vorsicht gezwungen. Sie müssen auch weiterhin möglichst im Geheimen operieren. Offiziell gibt es eine fünfköpfige Moko oder Soko ›Dachsbau‹ nicht.«

»Das ist ganz in unserem Sinne«, pflichtete Mendelski ihm bei. »Wir brauchen die Öffentlichkeit nicht. Und die Idee mit dem Exklusiv-Interview für die Cellesche kam nicht von mir.«

»Es geht gar nicht um die CZ. Die haben wir im Griff.« Steigenberger beugte sich vor und senkte seine Stimme. »Der Fall wird leider zum Politikum. Hintergrund: die posthume Verleihung der Yad-Vashem-Medaille an das Opfer Rolf Meinicke.«

Aus dem Aktendeckel, den der Kriminaldirektor als Fächer benutzt hatte, fingerte er ein Blatt Papier. »Vom Innenministerium«, erklärte er. »Heute in vierzehn Tagen, am 28. Mai, soll die Zeremonie in Hannover stattfinden. Mit dem israelischen Botschafter aus Berlin, dem niedersächsischen Ministerpräsidenten, einer Menge Ehrengäste und einem entsprechenden Medienrummel. Ihr könnt euch sicher vorstellen, was sich das Ministerium wünscht.« Er wedelte mit dem DIN-A4-Blatt in seiner Hand.

»Ich kann's mir ausmalen.« Mendelski seufzte auf. »Man bittet um schnellstmögliche, diskrete Aufklärung des Falls und Überführung des Täters oder der Täter. Am liebsten wäre ihnen ein Raubmord, eine Beziehungstat oder noch besser: ein Unfall. Wenn irgend möglich, kein politisches Motiv. Kein Zusammenhang mit der rechten oder linken Szene, damit hätten die deutschen Behörden ein Problem gegenüber der israelischen Seite, die Ehrung wäre in Gefahr. Schließlich die möglichst baldige Freigabe der sterblichen Überreste Rolf Meinickes, damit die Beerdigung noch vor dem 28. Mai abgewickelt werden kann. Hab' ich was vergessen?«

»Nein. So in etwa ...« Steigenberger reichte Mendelski das Schreiben. Dann erhob er sich. »Ich muss los. Haltet mich bitte durchgehend auf dem Laufenden.«

Kaum war er zu Hause, setzte sich Gordon Kobusch an seinen PC. Dusche und Abendessen - was sonst normalerweise anstand - fielen heute erst mal aus. Es gab Dringenderes zu tun: weiter im Internet nach der Hasenpfote zu forschen. Bei der Arbeit war er dazu nicht mehr gekommen. Beim Lesen des Wikipedia-Eintrags hatte ihn Vanessa mit einem blöden Spruch gestört.

Er überflog die Abschnitte ›Geschichte‹ und ›Magische Funktionszuschreibungen‹:

›*... Damit die Hasenpfote über glücksbringende Eigenschaften verfügen kann, muss sie besondere Merkmale haben ... Es sollte die linke, hintere Pfote von einem Hasen sein, der bei Vollmond an einem möglichst regnerischen Freitag - idealerweise der 13. - auf einem Friedhof getötet wurde ...*‹

Jetzt wird's aber albern, dachte Gordon Kobusch und wechselte auf einen anderen Beitrag. Dort stand, dass die Hasenpfote auch in unseren Breiten über eine lange Zeit wie ein Fetisch in Gebrauch war.

›*Man sagt ihr eine breite Palette heilbringender Wirkungen nach. Zum Beispiel gewährt der Besitz der Pfote Freiheit vom Militärdienst, abgeleitet davon, dass der Hase als ein flüchtiges und furchtsames Tier gilt.*‹

Weiter: Eine stets mitgeführte Hasenpfote solle das Leben schützen. Oder: Ein Hasenfuß verleihe Erfolg beim Kartenspiel. In Mittel- und Südamerika würden Hasenpfoten zum Schutz vor bösen Geistern an Hauseingänge genagelt und so weiter ...

»So'n Quatsch! Das hilft mir nicht«, fluchte Gordon Kobusch. Ihn interessierte kein Hokuspokus, sondern ausschließlich der Wert seines Silberhasen mit den roten Edelsteinaugen. Er wechselte zu ›Rubin‹ und ›Granat‹, doch auch dort wurde er nicht schlauer. Zum Thema Wert stand dort lediglich, der erzielbare Verkaufspreis würde vor allem von der Qualität des Steins abhängen. Beim Granat wäre die Reinheit von Bedeutung, beim Rubin das Gewicht. Davon abhängig würde sich entscheiden, ob die Edelsteine mehrere Hundert oder gar einige Tausend Euro wert wären.

Wahrscheinlich hatte der Goldschmiedemeister Hinnerk Witt recht: Der Sammlerwert des Stücks könnte weit über dem des Materialwerts liegen.

Er gab ›viktorianische Hasenpfote kaufen/verkaufen‹ in die Suchmaschine ein, nur um wieder auf den ihm bereits bekannten Seiten zu landen. Auch ein Versuch bei Ebay-Kleinanzeigen floppte, dort gab es nur billigen Ramsch: Hasenpfoten ab 3,80 Schweizer Franken. Genervt stöberte er weiter und gab Suchbegriffe wie ›Sammlerbörse Hasenpfote‹ oder ›Sammlerbörse Glücksbringer‹ ein. Doch die Resultate waren ernüchternd.

Mit einem Stoßseufzer brach Gordon Kobusch die Suche ab. Zudem meldete sich der Abendbrothunger. Bevor er sich an den Herd stellte, spülte er den Frust mit einer Flasche Bier herunter.

Nach dem Essen würde er einen weiteren Versuch starten.

Die Sonne war längst hinter dem Höhenzug des Gilboa untergetaucht, als Aaron bei seinem Urgroßvater ankam.

»Hast du schon zu Abend gegessen?«, fragte ihn Elias Lewenstein. Zusammen gingen sie in die Küche.

»Was denkst du denn?« Der Junge lachte: »Ich komme doch nicht hungrig zu dir. Aber trinken würde ich gern etwas.«

»Dann kriegst du eine Limo.«

Der Hausherr schlurfte zum Kühlschrank. »Selber gemacht, von eigenhändig gepflückten Zitronen, mit ganz wenig Zucker. Ich hoffe, sie schmeckt dir.«

Mit einer Glaskaraffe kehrte er zum Küchentisch zurück und schenkte zwei Gläser ein. Dann setzte er sich dem Jungen gegenüber.

Aaron nahm einen kräftigen Schluck. »Uuiiii!« Der Junge zog eine Grimasse. »Ist die sauer!«

Elias Lewenstein freute sich diebisch. »Ist aber sehr gesund«, versicherte er mit einem Kichern.

Dann verschwand das Lächeln auf seinem Gesicht. »Als ich zwölf war, also so alt wie du jetzt, hätte ich mir ein Loch in den Bauch gefreut, wenn ich eine Limo bekommen hätte. Aber meist gab es nur Wasser. Schmutziges Wasser, das fürchterlichen Durchfall und andere Krankheiten verursachte.«

Aaron spürte, dass sein Urgroßvater ihm etwas Wichtiges anvertrauen wollte. »Ja. Deswegen bin ich hier«, sagte er. »Du wolltest mir von früher erzählen - und von den beiden Briefen.«

Elias Lewenstein sog hörbar die Luft durch seine hagere Nase ein. Dann legte er beide Hände auf die Tischplatte.

»Also gut«, begann er. »Du bist jetzt alt genug. Es ist an der Zeit, dir von früher zu erzählen. Ich bin siebenundachtzig. Der Himmel allein mag wissen, wie viel Zeit mir noch bleibt.«

»Ach, Urgroßvater!«, strahlte der Junge. »Du wirst doch bestimmt hundert. Allein schon wegen deiner berühmten Limo.«

»Na, na. Du Filou. Ganz die Mutter.« Elias Lewenstein trommelte nachdenklich mit den Fingern auf der Tischplatte. »Zurück zu meiner Jugend«, startete er einen neuen Anlauf. »Ihr habt das Thema Holocaust ja ausführlich in der Schule behandelt, seid mit der Klasse in der Gedenkstätte Yad Vashem gewesen. Auch deine Eltern und Großeltern haben dir sicher manches aus dieser grauenvollen Zeit erzählt. Nur von mir, einem der letzten Zeitzeugen, hast du bisher noch nichts erfahren.«

»Du wolltest das doch nicht ...«

»Das stimmt. Und eigentlich ... will ich immer noch nicht.« Elias Lewenstein machte eine kurze Pause. »Denn die Geschichten von damals - die sind nicht schön«, fuhr er schwerfällig fort. »Ich habe mich immer gefragt, warum ich dich damit belasten soll.«

Aaron legte seine von Sommersprossen übersäte Hand auf die seines Urgroßvaters. »Sorg dich nicht. Ich halte das schon aus.«

»Also gut. Ich werde dir aber nicht alles erzählen. Noch nicht. Ein besonders schlimmes Erlebnis bleibt mein Geheimnis.«

»Wie du möchtest.«

Elias Lewenstein atmete langsam aus. »Am besten fangen wir klein an. Heute will ich dir erzählen, warum ich die beiden Briefe bekommen habe.«

»Okay. «

»Von Auschwitz und Bergen-Belsen hast du ja schon gehört, nicht wahr?«

Der Junge nickte wortlos.

»In beiden Konzentrationslagern bin ich gewesen. Über meine Eltern und Geschwister ... möchte ich heute nicht sprechen. Davon erzähle ich dir ein anderes Mal. Denn deren Schicksal war die ... die Hölle - nein, schlimmer als die Hölle.«

Seine Gedanken kehrten zurück zu der Zeit im KZ, in der so viel Unbegreifliches geschah. Bis heute jagten ihm diese Erinnerungen kalte Angstschauer über den Rücken.

»Es war schon eine Fügung, dass ich mit elf Jahren von Auschwitz nach Bergen-Belsen kam. Und mein guter Stern blieb mir treu: Bereits ein Vierteljahr später konnte ich aus dem Lager entkommen - mit zwölf. In Auschwitz hätte ich das nie geschafft.«

»Genau so alt wie ich jetzt bin!«, staunte Aaron. »Du bist ja ein Held.«

Sein Urgroßvater ließ sich Zeit und trank einen Schluck Limonade, bevor er fortfuhr. »Wir waren zu dritt. Die anderen beiden waren sechzehn. Es war eine finstere, regnerische Winternacht. An einer Stelle, die wir zuvor präpariert hatten, zwängten wir uns unter dem Zaun durch. Zu unserem Glück lag kein Schnee, sonst hätten wir verräterische Spuren zurückgelassen.«

Seine Augen schlossen sich für einen Moment. »Wegen der Dunkelheit haben wir drei uns schon bald im Wald aus den Augen verloren. Plötzlich war ich mutterseelenallein. Ich wusste nicht, wohin. Planlos lief ich weiter, nur weg vom KZ.«

»Ich wäre vor Angst gestorben«, flüsterte der Junge.

»Wäre ich auch bald ...« Elias Lewenstein verscheuchte eine Fliege, die sich auf dem Rand seines Glases niedergelasssen hatte. »Irgendwann bin ich auf einen Bach gestoßen. An dessen Ufer entlang lief ich weiter, weil ich hoffte, auf eine Siedlung zu stoßen. Denn ich brauchte warme Kleidung und etwas zu essen.«

Wie gebannt hing Aaron an den Lippen des Urgroßvaters. »Und weiter?«

»Ich muss etwa zwei Stunden gelaufen sein, da sah ich vor mir ein paar Lichter. Später habe ich erfahren, dass es das Dorf Meißendorf war, ein Bauerndorf, etwa so groß wie unser Kibbuz. In einer Scheune am Ortsrand kroch ich unter. Dort gab es genug Stroh, um mich darin zu verstecken. Außerdem war es warm und trocken. Ich schlief auf der Stelle ein.«

Elias Lewenstein nippte an seinem Limonadenglas. Dann setzte er seinen Bericht fort. »Am nächsten Morgen wurde ich von Hundegebell geweckt. Doch zum Glück waren das nicht die Suchhunde von Bergen-Belsen, sondern nur der Hofhund. Der hatte mich aufgespürt. Neben ihm stand ein Mann, der nur noch einen Arm hatte. Er drohte mir mit einer Mistgabel.«

»*Gut gnedik!*«, entfuhr es Aaron auf Jiddisch.

»Doch einmal mehr hatte ich gehörig Massel«, fuhr Elias Lewenstein fort. »Der Bauer war ein guter Mensch – und er hatte Mut. Obwohl er riskierte, von den Nazis umgebracht zu werden, verriet er mich nicht, sondern nahm mich bei sich auf. Im Krieg hatte er einen Arm verloren. Jetzt lebte er allein mit seiner kranken Mutter auf dem Bauernhof. Da gab es viel zu tun, er konnte eine helfende Hand gut gebrauchen. Also blieb ich mehrere Wochen dort, bis zu dem Tag ...«, er zögerte, »... bis zu dem Tag, an dem er mich Hals über Kopf wegschickte. Da waren die Engländer in Norddeutschland schon weit vorgedrungen. Den Krieg hatten die Deutschen so gut wie verloren.«

Er griff erneut nach dem Saftglas vor sich. Nach einer kurzen Trinkpause raffte er sich wieder auf.

»Eines späten Abends kam der Bauer zu mir und sagte, ich müsste so schnell wie möglich verschwinden. Jemand im Dorf hätte ihn verraten.«

Aaron schlug sich die Hand vor den Mund.

»Bevor ich den Hof verließ, gab er mir ein Fresspaket, dazu feste Schuhe, eine Wolldecke, eine Landkarte der Gegend - und einen Glücksbringer.«

»Einen Glücksbringer?«

»Richtig. Einen Talisman. Der sollte mich beschützen.«

Elias Lewenstein holte aus der Schublade des Küchentischs einen Leinenbeutel hervor, löste die Kordel und fingerte einen Gegenstand heraus. Vorsichtig reichte er ihn Aaron.

»Das ist eine Hasenpfote. Sie schützt das Leben dessen, der sie bei sich trägt.«

Ehrfurchtsvoll strich Aaron mit dem Zeigefinger über die Hasenhaare. »Ist die echt?«

»Du meinst von einem echten Hasen? - Ja, ganz gewiss.«

»Die Augen leuchten ja richtig, feurig rot.«

»Sieht ein bisschen unheimlich aus, stimmts? Ich denke, dass die Augen aus Glas sind.«

»Und diesen Glücksbringer hat dir der Bauer geschenkt?«

»Ja, er besaß zwei davon. Sehr alte und seltene Einzelstücke. Er habe sie als Soldat von der Westfront mitgebracht, erzählte er. Die eine schenkte er mir, die andere hat er behalten.«

»Bist du etwa abergläubisch?« Der Junge sah seinen Urgroßvater staunend an.

»Unbedingt.«

Die Augen von Elias Lewenstein funkelten. »Jedenfalls kann es nicht schaden, wie du siehst. Später, auf meiner Flucht quer durch Europa, habe ich diesen Talismann stets in der Hosentasche getragen. Wer weiß, wie es mir ohne ihn ergangen wäre ...«

Sachte legte Aaron die Hasenpfote vor sich auf den Tisch. »Und was haben nun diese Briefe mit all dem zu tun?«

»Sehr viel.« Elias Lewenstein brachte erneut die beiden Briefe zum Vorschein. »Dieses Schreiben hier, von der Israelischen Botschaft in Deutschland, lädt mich ein, an einer Zeremonie teilzunehmen. Der Bauer, der mir damals das Leben gerettet hat, soll posthum, also nachträglich, mit der Yad-Vashem-Medaille als ›Gerechter unter den Völkern‹ geehrt werden. Das finde ich großartig.«

»Nachträglich ...? Das bedeutet, er ist schon tot?«

»Schon lange. 2000 bekam ich die Nachricht von der Botschaft in Berlin, dass er gestorben sei. Ich hatte seit Kriegsende nichts mehr von ihm gehört. Auf die Briefe, die ich geschrieben habe, kam nie eine Antwort. Irgendwann habe ich es dann aufgegeben.«

»Schade eigentlich.«

»Stattdessen habe ich mich an die Holocaust-Gedenkstätte Yad Vashem gewandt und denen meine Geschichte erzählt. Die sind dann aktiv geworden – das hier ist das Ergebnis.« Er hielt den zweiten Brief in die Höhe. »Yad Vashem hat seit 1963 mehr als 26.000 Menschen als ›Gerechte unter den Völkern‹ geehrt und ihre Namen in Jerusalem auf einer Gedenkwand verzeichnet. Und jetzt ... jetzt kommt mein Lebensretter auch dazu.«

»Ich kenne die Gedenkwand«, antwortete Aaron aufgeregt. »Dass dein Lebensretter dort genannt werden soll, finde ich klasse.«

»In dem zweiten Schreiben geht es um die Flugtickets nach Hannover, den Transfer und Aufenthalt in Deutschland, die Betreuung durch eine Jüdische Gemeinde und so weiter. Außerdem muss ich vorher noch einen Corona-Test machen.«

»Das ist ja alles enorm spannend!« Aaron war begeistert. »Deutschland, das ist dein Geburtsland. Bist du aufgeregt?«

»Und wie.«

»Brauchst du nicht vielleicht einen Kofferträger?«, fragte er spitzbübisch. »Oder einen Leibwächter?«

»Ich kann ja mal fragen.« Elias Lewenstein strich seinem Urenkel liebevoll über den Oberarm. Dabei schweifte sein Blick zum offenen Fenster hinaus. Draußen auf dem Kibbuz-Gelände war es inzwischen stockdunkle Nacht.

»Leibwächter ist vielleicht gar nicht so verkehrt«, sagte er gedankenverloren.

# Neuntes Kapitel

Das unscheinbare Einfamilienhaus stand am Ortsrand von Ovelgönne, an der Straße namens Fuchsberg. Noch lagen Asphalt und umliegende Gärten im kühlen morgendlichen Schatten, doch laut Wetterprognose sollte es an diesem Freitag – wie am gesamten Wochenende – wieder sonnig heiß werden. Der Wetterbericht im Radio kommentierte das regelmäßig mit: »Für die Jahreszeit zu warm und viel zu trocken.«

Sie mussten zweimal klingeln, bis sich die Haustür öffnete. Ein großgewachsener älterer Mann, leicht nach vorn gebeugt, mit gestutztem aschgrauen Vollbart und Halbglatze stand vor ihnen. Seinen rundlichen Bauch überspannte ein zu enges Polohemd, begleitet von Khakishorts, Kniestrümpfen und Sandalen.

»Guten Morgen. Mendelski und Schnur von der Kripo Celle«, stellten sie sich vor, die Dienstausweise in Brusthöhe. »Herr Edgar Kruppa?«

Der Mann zog die buschigen Augenbrauen hoch. »Ja, der bin ich«, sagte er mit fester Stimme. »Womit kann ich dienen?«

Ein angenehmes, typisch pastorales Organ, ging es Robert Mendelski durch den Kopf. Zweifelsohne hat der pensionierte Geistliche seinerzeit einen imposanten Bass auf der Kirchenkanzel ertönen lassen. Maike Schnur hingegen, noch mit dem Äußerlichen ihres Gegenübers beschäftigt, hielt Kniestrümpfe und Sandalen für ein absolutes No-Go, insbesondere bei erwachsenen Männern. Und erst recht, wenn es sich, wie sie zuvor recherchiert hatte, um einen 81-Jährigen handelte.

»Wir möchten kurz mit Ihnen sprechen«, erwiderte Mendelski. »Es geht um Rolf Meinicke aus Meißendorf.«

»Ach ja.« Kruppa tippte sich mit dem Zeigefinger an die Schläfe. »Da stand ja gestern was in der Zeitung. Kommen Sie doch herein.«

Wenig später saßen sie im Wohnzimmer am Esstisch. Evelyn Kruppa, die Ehefrau des Pfarrers, gesellte sich zu ihnen. Klein, schmal, nahezu schmächtig wirkte sie äußerlich wie das genaue Gegenteil ihres Mannes. Für ihr Alter recht modern gekleidet, trug sie passend zu den angekündigten Temperaturen ein exotisch buntes, luftiges Sommerkleid.

»Darf ich Ihnen etwas zu trinken anbieten?«, fragte die aufmerksame Hausherrin.

Robert Mendelski und Maike Schnur lehnten dankend ab.

»Entschuldigen Sie bitte, wenn wir hier unangemeldet auftauchen«, sagte der Kommissar. »Aber wir hofften, dass Sie eventuell zu Hause anzutreffen sind.«

»Schon gut«, entgegnete Edgar Kruppa. Er faltete die Hände wie zum Gebet. »Sie kommen also wegen Rolf Meinicke.«

»Richtig.«

Macht für sein Alter einen wachen, frischen Eindruck, befand Mendelski. Das musste wohl am Beruf liegen. In seinem Bekanntenkreis gab es mehrere Theologen weit jenseits des Rentenalters, die geistig ähnlich rege waren.

»Es geht um den gestrigen Artikel aus der CZ«, fuhr er fort, »Um den Bericht vom Fund menschlicher Überreste im Wald bei Meißendorf. In der Zeitung stand lediglich das Namenskürzel. Sie wussten aber, wer gemeint ist, nicht wahr?«

»Ja, sofort. ›Rolf M. aus Meißendorf, der im Jahr 1990 aus unerklärlichen Gründen verschwunden war‹ – das ist für mich eindeutig. Als zuständiger Pastor in der fraglichen Zeit war ich natürlich mit dem Fall vertraut und konnte eins und eins zusammenzählen. Auch meine Frau hat gleich gewusst, wer da gemeint war.«

Evelyn Kruppa nickte. »Ja. Der Fall sorgte damals für reichlich Aufregung.«

»Diese Angelegenheit nach dreißig Jahren aufzuklären«, sagte Mendelski, »ist unser Anliegen.«

»Der Fund allein reicht anscheinend nicht aus, um das Rätsel zu lösen?« Edgar Kruppas Augen blitzten auf. »Da die Kripo nun in dem Fall ermittelt, gehe ich davon aus, dass Rolf Meinicke keines natürlichen Todes gestorben ist.«

Robert Mendelski und Maike Schnur warfen sich einen kurzen Blick zu.

»Sehr scharfsinnig von Ihnen gedacht«, bemerkte der Kommissar. »Aus ermittlungstechnischen Gründen dürfen wir Ihnen leider nicht mehr erzählen. Aber wir wären Ihnen dankbar, wenn Sie unsere Fragen über Rolf Meinicke beantworten würden. Auch, wenn es mehr als dreißig Jahre her ist, dass Sie ihn zum letzten Mal gesehen haben.«

Wie beiläufig schob Maike Schnur Schreibblock und Kugelschreiber vor sich auf den Tisch. Auf der Fahrt von Celle nach Ovelgönne hatten sie beschlossen, den Voice-Recorder erst einmal wegzulassen. Die Gespräche, die heute auf dem Plan standen, sollten nicht gleich wie ein Verhör wirken, sondern Vertrauen schaffen. Lediglich wichtige Details wollten sie mitschreiben.

Beinahe diabolisch schmunzelnd lehnte sich Edgar Kruppa in seinem Stuhl zurück. Die immer noch gefalteten Hände legte er genüsslich auf seinen runden Oberbauch.

»Es würde mich gar nicht wundern, wenn jemand dem Rolf Meinicke den Schädel eingeschlagen hat«, ließ der Pastor die Katze aus dem Sack.

Die Luft in Celle war heiß und stickig. Trotzdem fuhr Axel Schriewe nicht aufs Land, sondern blieb in der Stadt.

Nach dem Pleiten-Pech-und-Pannentag gestern zog er es vor, seine Hausaufgaben zu machen und im Internet zu recherchieren. Das Zeitungsarchiv der CZ hatte er bereits durchforstet. Heute würde er vom Schreibtisch aus auf Mörderjagd gehen und sich intensiver mit der Zeit um 1990 beschäftigen.

Außerdem wollte er die Göhrde-Morde von 1989 etwas genauer unter die Lupe nehmen. Er erinnerte sich, dass die zwei Doppelmorde in abgelegenen Waldgebieten verübt worden waren und dass der Täter seine Opfer durch Kopfschüsse mit einer Kleinkaliberwaffe regelrecht hingerichtet hatte. Das könnte eventuell zu dem aktuellen Fall in Meißendorf passen ...

Der Reporter startete eine Internet-Suche mit dem Begriff ›Göhrde-Morde‹. Dann las er:

*›... Fast dreißig Jahre blieb der Kriminalfall ungeklärt. Ende Dezember 2017 gab die Polizei Niedersachsen bekannt, dass sie den bereits 1993 durch Suizid verstorbenen Friedhofsgärtner Kurt-Werner Wichmann mit hoher Wahrscheinlichkeit als Täter festgestellt habe, bei dem es sich zudem wahrscheinlich um einen Serienmörder mit weiteren Morden handele ... Die Ermittler verdächtigten eine weitere bisher unbekannte Person, als möglicherweise Mittäter an den Morden und weiteren Taten beteiligt gewesen zu sein. Im Mai 2019 wurde bekannt, dass die Polizei die Ermittlungen wieder aufgenommen hat ...‹*

»Schau mal einer an«, murmelte Axel Schriewe. »Das klingt ja höchst interessant.« Er scrollte weiter nach unten:

*›... Analysten des Landeskriminalamtes Niedersachsen filterten daraufhin 24 ungeklärte Taten heraus, vor allem Tötungsdelikte und auch Vermisstenfälle ...‹*

Deshalb die Geheimniskrämerei der Kripo, mutmaßte der Reporter. Wahrscheinlich suchen die nach einem Mittäter, der noch am Leben ist.

Axel Schriewe stand auf, um seinen Chefredakteur aufzusuchen.

»Aber Edgar ...!«, tadelte Frau Kruppa ihren Gatten.

»Das ist die Wahrheit«, reagierte der ehemalige Seelsorger angriffslustig. »Es heißt zwar immer, man soll nichts Schlechtes über Tote sagen ... ›*de mortuis nihil nisi bene*‹ ... So ein Unfug! Als ob die Verstorbenen plötzlich alle zu Heiligen würden.«

»Rolf Meinicke war also nicht sonderlich beliebt in Meißendorf?«, forschte Robert Mendelski .

»Nein, ganz und gar nicht. Er war ein Querulant, ein Störenfried, ein Saboteur, ein ... ein regelrechter Gegenalles. Dazu noch - und das war wohl das kleinste Übel - ein Gotteslästerer. Sie brauchen nur mal die Alten im Dorf fragen.«

»Was hatten Sie denn mit ihm zu tun?«, fragte Maike Schnur. »Sie haben ihn offensichtlich nicht oft in der Kirche gesehen?«

»Da haben Sie recht. In Meißendorf gibt es ja keine eigene Kirche, sondern lediglich eine Friedhofskapelle. Mein ehemaliger Pfarrbezirk Winsen 1, zu dem Meißendorf und Walle gehören, hat in Winsen sein Gotteshaus, die Kirche St. Johannes der Täufer. Rolf Meinicke habe ich dort in den 35 Jahren meiner Pfarrstellentätigkeit nie gesehen. Bewusst begegnet sind wir uns nur einmal: bei der Beerdigung seiner Frau.«

»Wenn Sie ihn so selten getroffen haben«, hakte Maike Schnur nach, »wie kommen Sie dann zu so einem vernichtenden Urteil?«

»Gute Frage, junge Frau«, erwiderte Edgar Kruppa hintergründig lächelnd. »Außerhalb der Kirche hatte ich auf verschiedenen Versammlungen mit ihm zu tun. Forstbetriebsgemeinschaft, Jagdgenossenschaften, Ortsrat und so weiter. Solche Versammlungen hat er regelmäßig aufgemischt – mit abstrusen Einwänden und Vorschlägen.«

»Unter anderem ging es um einen Ruheforst für Meißendorf?«, warf Mendelski dazwischen.

»Oh! Sie sind ja gut informiert«, reagierte Edgar Kruppa erstaunt. »Ja, Rolf Meinicke wollte in seinem eigenen Wald einen dieser unchristlichen, neumodischen Naturfriedhöfe anlegen. Dagegen habe ich mich gewehrt – bis aufs Blut.«

Der Pastor stutzte kurz. »Upps, das war vielleicht etwas unpassend«, schob er ein. »So weit musste ich gottlob nicht gehen. Zum Glück hatte ich sowohl die Kirchengemeinde und die Landeskirche als auch die Kommune auf meiner Seite. Es war aber ein knappes Rennen, denn auch unter den Ortspolitikern gab es mehrere, die aus schnöder Geldgier die Waldbestattung in Betracht zogen.«

»Hat Ihre Ablehnung in dieser Sache Sie beide zu persönlichen Feinden gemacht?«

»Das kann man so sagen. Ich glaube, dass Rolf Meinicke dahinter steckte, als eines Nachts bei mir im Pfarrhaus mehrere Scheiben mit Steinen eingeworfen wurden. Gott sei Dank gab es nur Sachschaden.«

Da Mendelski sich einige Notizen machte, übernahm Maike Schnur. »Wir wissen, es ist schon lange her, aber ... können Sie sich noch an die Zeit erinnern, als Rolf Meinicke verschwand?«

»Aber sicher. Ganz Meißendorf stand Kopf. Es war die Zeit der Göhrde-Morde und die Leute haben wild spekuliert.«

»Wie war Ihre Meinung dazu?«

»An solchen Spekulationen habe ich mich nicht beteiligt. Ich habe mich auf meine seelsorgerischen Aufgaben konzentriert.«

»Können Sie sich noch daran erinnern, wann Sie Rolf Meinicke das letzte Mal vor seinem Verschwinden gesehen haben?«

»Nein. Ich nehme aber an, dass das auf einer der schon erwähnten Versammlungen war.«

Jetzt war es Maike Schnur, die schrieb. Robert Mendelski fuhr mit der Befragung fort:

»Wie stehen Sie zu den beiden Nachfahren, zu Gert und Lea Meinicke?«

»Ach, wissen Sie ...« Edgar Kruppa zählte die Jahre an seinen Fingern ab. »Seit ich im Ruhestand bin, also jetzt sechzehn Jahre, wohne ich hier in Ovelgönne. In Winsen bin ich selten, in Meißendorf noch seltener. Von Gert und Lea Meinicke habe ich Ewigkeiten nichts mehr gehört. Lea ist zu meiner Dienstzeit einige Male im Gottesdienst gewesen, Gert meines Wissens nie. Über die beiden kann ich also nicht viel sagen. Gert soll auch ein Einzelgänger und Sonderling wie sein Vater sein, wenn auch nicht annähernd so aggressiv und fordernd.«

»Sie sagten, Sie hätten seit Ewigkeiten nichts mehr von ihm gehört ...«, wandte Maike Schnur ein. »Dabei haben Sie gestern mit ihm telefoniert.«

Edgar Kruppa war zum ersten Mal für einen Moment sprachlos. »Was soll ich?«, fragte er verwundert.

»Haben Sie nicht gestern, nachdem Sie den Artikel in der CZ gelesen haben, mit Gert Meinicke telefoniert?«

»Nein! Warum sollte ich ...?«

»Das war ich«, unterbrach ihn seine Frau kleinlaut. Offenbar fühlte sich Evelyn Kruppa nicht wohl in ihrer Haut.

»Was hast du?« Der pensionierte Pastor starrte seine Frau an.

»Du wolltest ja nicht. Da habe ich es eben getan. Ich habe dort angerufen und unser gemeinsames Beileid ausgesprochen. Das gehört sich doch so. Schließlich zählen die Meinickes zu deiner ehemaligen Kirchengemeinde.«

»Na, jetzt brat mir einer 'nen Storch!«, knurrte Edgar Kruppa perplex. »Meine eigene Frau hintergeht mich.« Er schaute seine beiden Besucher an. »Deshalb sind Sie auch ausgerechnet zu uns gekommen, nicht wahr?«

»Ja.« Mendelski hatte schnell geschaltet. »Ja, gewissermaßen. Bei den Meinickes haben noch weitere Leute angerufen, die wir ebenfalls befragen werden. Denn wir möchten so viel wie möglich über den Toten erfahren. Dabei sind die Anrufe willkommene Anhaltspunkte.«

»Was versprechen Sie sich denn davon, in so alten Geschichten herumzustochern? Dreißig Jahre ... das ist eine lange Zeit. Das Wühlen und Schnüffeln macht Rolf Meinicke nicht wieder lebendig und reißt nur alte Gräben auf.«

Robert Mendelski zuckte bedauernd mit der Schulter.

»Ach ja, ich vergas«, lenkte Edgar Kruppa ironisch ein. »Aus ermittlungstechnischen Gründen sind Ihnen die Lippen verschlossen ... Was können wir sonst noch für Sie tun?«

Nach einem Tag Pause herrschte draußen am Dachsbau im Meißendorfer Wald wieder Betrieb. Die komplette Truppe von ArchaeoFirm war angerückt, verstärkt durch zwei Leute von der Kripo Celle.

Gordon Kobusch hatte überlegt, kurzfristig einen Tag Urlaub zu nehmen, um ein verlängertes Wochenende in seiner alten Heimat zu verbringen. In Bremen kannte er einen Antiquitätenhändler, dem er gern mal die Hasenpfote zeigen würde. Letztendlich hatte er sich aber dagegen entschieden. Seine Urlaubstage sparte er sich lieber für einen längeren Sommerurlaub im Ausland auf. Er träumte vom Wandern in Neuseeland, was bei ihm ganz oben auf der Wunschliste stand. Nicht nur wegen der Pandemie wusste nur der Himmerl, ob und wann er reisen konnte.

Seine nächtliche Recherche im Netz war ergebnislos geblieben. Frustriert hatte er irgendwann weit nach Mitternacht aufgegeben, eine viktorianische Hasenpfote mit Edelsteinaugen aus Rubinen war nirgendwo zu finden. Das Schmuckstück samt Foto auf einschlägigen Internetportalen zum Kauf anzubieten, erschien ihm zu riskant. Leicht könnte irgendwer einen Bezug zu seiner aktuellen Beschäftigung in Meißendorf herstellen. Er musste aufpassen, nicht ins Visier der Ermittler zu gelangen.

Vielleicht war es ja schlauer, wenn sein Bremer Bekannter, der Antiquitätenhändler, im Netz als Anbieter der Hasenpfote fungierte. Natürlich unter dem Mantel der Verschwiegenheit ...

»Na, träumst du schon wieder?«, unterbrach Vanessa seine Gedankenspiele. Sie warf eine Handvoll Heidesand nach ihm und traf seine nackten Knie.

»Mann, hast du mich erschreckt!« Gordon Kobusch wäre beinahe von seinem Hocker gefallen. Kurzerhand griff er nach dem nächstbesten Kienapfel zu seinen Füßen. Von den pieksigen Kiefernzapfen lagen Unmengen am Boden herum. Er warf ihn in Vanessas Richtung, doch sie hatte sich blitzschnell abgewandt.

»Was sich liebt, das neckt sich«, flachste eine Frauenstimme aus dem Schatten der Zeltplane. Ute Winkler trat in den Sonnenschein, das eingeschaltete Notebook in der Hand.

»Kommt mal in den Schatten«, rief sie ihnen zu. »Ich möchte euch was zeigen. Und sagt bitte Ben und Giulia auch Bescheid.«

Minuten später stand das Team von ArchaeoFirm an einem der Tische und schaute Fotos, die Ute Winkler auf dem Notebook wiedergab.

»Diese Aufnahmen hat gestern Abend unsere Überwachungskamera aufgezeichnet. Aus irgendeinem Grund wurde bei mir in Kirchhorst kein Alarm ausgelöst. Jedenfalls hab ich sie gerade erst entdeckt und auf meinen Rechner überspielt. Und ich finde es schon seltsam, was da zu sehen ist.«

»Etwa wieder der Wolf?«, fragte Giulia Pavone.

»Nein, schaut selbst.« Ute Winkler tippte auf den Bildschirm. Vier Köpfe näherten sich dem Bildschirm »Achtet auf die Uhrzeit: 18.05 Uhr«, kommentierte die Archäologin. »Und erkennt ihr die Frau am Bildrand?«

»Ja. Scheint schon älter zu sein«, stellte Vanessa Merz fest. »Um die sechzig. Was hält die in der Hand? 'nen Blumenstrauß?«

»Richtig.« Ute Winkler rief das nächste Foto auf. »Hier sieht man, was sie mit den Blumen macht.«

»Oh Mann, die legt sie neben den Eingang des Dachsbaus«, erklärte Gordon Kobusch. Ihn befiel ein beklemmendes Gefühl. »Als sollten die Blumen ein Grabschmuck sein ...«

»Den Eindruck hatte ich auch.« Ute Winkler klickte weiter. »Hier kniet sie nieder, als ob sie betet.«

»Verrückt!« Vanessa Merz war beeindruckt. »Vielleicht eine Angehörige von unserem Skelettmann.«

»Das ist wohl das Wahrscheinlichste«, sagte ihre Chefin. »Nur: Normalerweise lässt man Blumen, die man an einem Grab oder einem Gedenkstein ablegt, doch dort liegen. Oder nimmt man sie wieder mit?«

»Natürlich lässt man sie liegen.« Ben Schleswigs sonore Stimme erinnerte an die eines Opernsängers.

»Okay. Aber ... hat irgendjemand von euch heute Morgen hier Blumen gesehen?«, frage Ute Winkler.

Alle verneinten.

»Na dann ... ihr werdet euch wundern«, versprach Ute Winkler. »Denn: Es wird noch verrückter.«

»Das war doch mal 'ne Ansage«, meinte Maike Schnur, während sie ins Auto stiegen. »Mir ist diese Direktheit, diese geradezu brutale Ehrlichkeit tausend Mal lieber als ewiges Rumgeeiere oder schmierige Lobhudelei.«

»Na ja, von einem Pastor erwartet man eigentlich was anderes. Nächstenliebe, Vergebung, Demut ... etwas in dieser Richtung«, meinte Robert Mendelski.

Trotz der Wärme im Auto ließen sie die Seitenfenster noch geschlossen. Denn das, was sie gerade besprachen, war nicht für fremde Ohren bestimmt. »Er ist doch nur Pastor im Ruhestand«, entgegnete sie. »Da darf man wieder normal sein ...«

»Kannst los fahren. Sonst ersticke ich noch ...«

Maike startete den Motor und fuhr los. »Wohin jetzt?«

»Nach Winsen. Weißt du doch. Zu Bernd Wolkow, dem ehemaligen Jagdaufseher.«

»Hier lang?«

»Ja. Bis zur nächsten Straße und dann rechts.« Beide ließen die Seitenfenster herunter. Der Fahrtwind tat gut.

»Und?« Maike Schnur war neugierig. »Was hältst du sonst von Edgar Kruppa?«

»Tja«, seufzte er. »Schwer zu sagen nach einem solchen Gespräch. Aber eigentlich ...«

»... eigentlich traust du ihm ein Tötungsdelikt nicht zu, stimmts?«, fiel sie ihm ins Wort.

»Richtig.«

»Deshalb hast du dir auch die Frage nach einer Waffe geschenkt.«

Mendelski wiegte den Kopf. »Ich glaube kaum, dass Edgar Kruppa eine illegale Waffe besaß oder noch besitzt.«

»Wir hätten ihn ja ganz unauffällig fragen können, ob er mal im Schützenverein war.«

»Das kriegen wir auch anders heraus.«

»Oder ob er gedient und beim Bund das Schießen gelernt hat?«

»Angehende Theologen waren in der Regel nicht bei der Bundeswehr, die haben stattdessen Ersatzdienst geleistet. Aber auch das können wir auf anderen Wegen erfragen.«

»Du möchtest ihn also zunächst in Watte packen? Und in Sicherheit wiegen? Damit wir ihn nicht verprellen?«

»So in der Art. Ja.«

Wenig später erreichten sie die Oldauer Straße.

»Hier jetzt rechts?«, fragte Maike.

»Ja, genau.« Mendelski streckte seinen Arm zum Amaturenbrett aus. »Ich schalte mal lieber das Navi ein. In Winsen kenne ich mich nicht so aus.«

»Noch ein Besucher?«

Vanessa Merz schob ihren Kopf weit vor. Die übrigen Teammitglieder beschwerten sich, nichts sehen zu können.

»Genau.«

Ute Winkler trat einen Schritt zurück, um den anderen nicht im Weg zu stehen. »Schaut mal auf die Uhrzeit. Das hier passierte ziemlich genau eine Stunde später: 19.07 Uhr.«

»Ein älterer Mann, so um die siebzig«, schätzte Gordon Kobusch. »Der Kleidung nach ein Landwirt.«

»Sehe ich auch so ...« Ute Winkler rief das nächste Foto auf.

»*Diavolo!*« entfuhr es Giulia Pavone auf Italienisch. »Der vergreift sich an dem Blumenstrauß.«

»Gut erkannt. Er greift nach den Blumen, dabei schaut er sich um. Als ob er ganz sicher gehen will, dass ihn niemand beobachtet ...«

»Guckt mal seine Augen ...« Vanessa Merz lief es kalt über den Rücken. »Dieser panische Gesichtsausdruck.«

»Wirkt eher verzweifelt oder ratlos«, meinte Ben Schleswig. »Vielleicht auch unsicher und ängstlich. Aber das ist schwer zu erkennen bei der geringen Auflösung.«

»Das ist hier ist die letzte Aufnahme.« Ute Winkler klickte auf ihrem Notebook herum.

»Da geht er hin«, kommentierte Vanessa Merz. »Und mit ihm der schöne Blumenstrauß.«

»Ist doch höchst suspekt, findet ihr nicht?« Dr. Winkler klappte ihr Notebook zu. »Ich werde mal unsere beiden Leibwächter informieren. Die Herren Kommissare Strunz und Kleinschmidt. Wo stecken die eigentlich?«

»Die sind mit ihren Metalldetektoren unterwegs«, erklärte Gordon Kobusch. »Draußen an der Gudehäuser Straße.«

»Okay, danke, ich rede mal mit denen.«

Über Oldau erreichten sie Südwinsen, überquerten die Aller und passierten das Ortsschild von Winsen. Vor der roten Ampel an der großen Kreuzung stoppten sie.

»Da vorn ... die Eisdiele.« Maike Schnur zeigte auf die farbigen Sonnenschirme der Außenterrasse. »Wie wär's mit einem leckeren Eis-Kaffee?«

»Später. Auf'm Rückweg vielleicht«, entgegnete Robert Mendelski. »Du weißt doch: Erst die Arbeit, dann ...«

»Blablabla«, unterbrach sie ihn barsch. »Alter Spielverderber!«

»Außerdem müssen wir rechts abbiegen«, konterte er trocken.

Minuten später signalisierte das Navi, dass sie ihr Ziel im Mühlenweg erreicht hätten. Sie parkten vor einem Doppelhaus, dessen Vorgärten nicht unterschiedlicher hätten sein können. Der eine gepflegt, mit streichholzkurzem Golfplatzrasen, blühenden Rosenbeeten und akkurat geschorener Buchsbaumhecke – der andere verwildert, mit kniehohem Gras und mit von Efeu überwucherten Haselnusssträuchern. Ihr Ziel war das verwilderte Grundstück.

Die Haustür von Bernd Wolkow sah ebenfalls pflegebedürftig aus. Dem verwitterten Holz hätte ein wenig Farbe oder eine schützende Lasur sicher gut getan.

Sie klingelten, der Klingelton war deutlich im Hausinneren zu hören. Aber es blieb alles still. Kein Hundegebell, keinerlei Reaktion. Stattdessen hörten sie eine helle Frauenstimme aus dem Nachbargarten: »Herr Wolkow? – Der ist nicht zu Hause.«

Hinter dem dichten Strauchwerk war die Sprecherin nicht gleich zu sehen. Robert Mendelski und Maike Schnur kehrten einige Schritte in Richtung Straße zurück, um die Frau zu entdecken. Nur ein breitkrempiger Strohhut und eine Sonnenbrille lugten über den Sichtschutzzaun, der beide Grundstücke trennte.

»Haben Sie nicht gesehen, dass das Carport leer ist?«, fragte sie oberlehrerhaft. »Wenn ja, ist er unterwegs.«

›Maskulin!‹, schoss es Maike Schnur durch den Kopf. ›*Der* Carport, nicht *das* Carport.‹ Oberlehrer konnte sie auch. Aber sie verkniff sich jede Äußerung.

»Da haben wir noch nicht nachgeschaut«, erwiderte Mendelski. »Aber danke für den Tipp.«

»In dem Dschungel ist das Carport ja auch kaum zu sehen«, lästerte die Frau. »Es steht gleich neben dem Haus. Von Efeu übergewuchert ...«

Maike Schnurs grammatikalisches Seelenleben erlitt Qualen.

»Danke, wir ...«

»Er wird im Wald sein«, setzte die Frau nach. »Da ist er meist um diese Zeit. Der Wald und die Jagd ist sein Ein und Alles.«

›Mehrzahl! *Sind* - nicht *ist!*‹ Maike verdrehte genervt die Augen. ›Der Wald und die Jagd *sind* ...‹ Auch diesmal schwieg sie.

»Wissen Sie, wann er zurück ist?«

»Zum späten Mittag, gegen eins. Dann ist er meist wieder da.«

»Danke. Wir kommen später noch einmal vorbei.« Sie machten sich auf den Weg zum Auto.

»Sind Sie etwa vom Finanzamt?«, rief die Frau ihnen nach.

Mendelski blieb verdutzt stehen. »Wie kommen Sie darauf?«

»Na. Sie sehen so aus. So wie vom Amt ...«

»Nein, sind wir nicht.« Der Kommissar blieb erstaunlich höflich. »Schönen Tag noch.«

Bevor sie ihr Auto erreichten, platzte es aus Maike Schnur heraus: »Finanzamt!«, prustete sie. »Hat die nur dich gesehen?« Das klang boshaft.

»Mach endlich auf.« Mendelski trommelte laut mit der Hand aufs Autodach.

Beinahe hätte er das Brummen seines Handys in der Hosentasche überhört.

»Aaron, du schon wieder?« Elias Lewenstein saß gerade an seinem verspäteten Frühstück, als jemand ans Fenster klopfte. Es gab Porridge mit Pampelmuse.

»Bist du denn nicht in der Schule?«

»Wir haben geteilten Unterricht, Urgroßvater. Du weißt doch ... Ich bin erst heute Nachmittag dran.«

»Ach ja, das vergesse ich immer. Komm rein.«

»Du sitzt noch beim Frühstück?«, fragte der Junge, nachdem er die Fliegentür geöffnet und die Küche betreten hatte.

»Ja. Ich habe heute Nacht lange wach gelegen. Die Reise nach Deutschland ... was mich dort erwartet ... das lässt mir keine Ruhe. Ich weiß nicht mal, was ich anziehen soll.«

»Dasselbe wie hier. Wir haben Mai, da ist auf der ganzen nördlichen Halbkugel Sommer. Also auch in Deutschland.«

»Oh, glaub das nicht.« Elias Lewenstein schüttelte sich. »Brrr! Ich hab's am eignen Leib erlebt. In Deutschland konnte es auch im Sommer verflixt kalt sein. Kein Vergleich zu Israel.«

«Das hat sich geändert«, entgegnete Aaron, während er sich ein Glas Wasser einschenkte. »Durch den menschgemachten Klimawandel war es die letzten Jahre in Mitteleuropa extrem heiß und trocken. Das Thema hatten wir gerade in der Schule ...«

Sein Urgroßvater schob die Frühstücksschale von sich. »Ja, die Menschheit ist fürchterlich dumm«, ließ er leise verlauten. »Sie schaufelt sich ihr eigenes Grab. Wieder einmal ...«

»Eigentlich wollte ich mit dir über etwas Erfreuliches reden«, sagte der Junge. Er trank sein Glas mit einem Zug leer. »Nämlich über deine Reise.«

»Ja, und?« Elias Lewenstein schaute seinen Urenkel fragend an. »Sag nicht, dass du wirklich mitfahren möchtest.«

»Möchte schon. Aber das geht nicht. Schon wegen der Schule. Nein - ich wollte dich bitten, dass du mir täglich berichtest. Ich bin so neugierig ... auf das, was du dort im fernen Deutschland erlebst.«

»Meinetwegen. Ich kann dir schreiben. Aber jeden Tag ...?«

»Nicht schreiben. Sondern erzählen. Du nimmst dein Mobiltelefon mit, und wir telefonieren.«

»Ist das nicht furchtbar teuer?«

»Nein. Wir machen das über eine Messenger-App, das kostet nichts.« Aaron zog sein Mobiltelefon aus der Hosentasche. »Dabei können wir uns auch gegenseitig sehen. Und was ganz toll ist: Du kannst damit Fotos schicken.«

»*Gut gnedik!*« Elias Lewenstein schlug die Hände zusammen. »Was ist das denn für eine Teufelsmaschine?«

»Urgroßvater, du hast doch zu deinem 85. Geburtstag ein modernes Smartphone bekommen. Damit kannst du nicht nur telefonieren, sondern auch tausend andere Dinge tun. Ich installiere dir alles, was wir brauchen, dann zeig ich dir, wie das geht. Keine Angst, das ist kinderleicht.«

»Ich weiß nicht ...«

»Bitte, bitte!« Der Junge ließ nicht locker. »Wenn du mich schon nicht mitnehmen kannst, möchte ich wenigstens übers Smartphone mit dir in Verbindung bleiben. – Los, los! Hol dein Telefon. Wir fangen am besten gleich damit an.«

»Immer langsam mit den jungen Pferden.« Elias Lewenstein erhob sich schwerfällig. »Ein alter Mann ist ja kein D-Zug.«

Aaron geriet richtig in Fahrt. »Und bring auch gleich die Hasenpfote mit«, rief er ihm nach. »Ich möchte sie fotografieren.«

»Ja, was gibt's?«

Robert Mendelski hatte sich auf den Beifahrersitz fallen lassen und hielt sein Mobiltelefon ans Ohr. Maike Schnur saß neben ihm am Steuer und blätterte in ihrem Smartphone durch die Textnachrichten.

»Schon eigenartig, ja«, sprach der Kommissar ins Telefon. »Okay ... Sie sollen mir die Aufnahmen schicken ... Ja, wir fahren nachher noch mal hin ... Und ihr? Habt ihr schon wieder was gefunden?«

Mendelski lauschte aufmerksam. Maike Schnur nutzte die Zeit, um eine kurze Nachricht zu tippen.

»Gut. Bis später. Wenn die Zeit reicht, kommen wir nachher noch kurz vorbei.« Er beendete das Telefonat und zog die Autotür zu.

»Neuigkeiten?« Maike Schnur steckte ihr Handy weg.

»Wie's scheint, waren die beiden Meinickes gestern Abend am Dachsbau«, erzählte er. »Die Überwachungskamera hat zwei Personen aufgenommen, auf die deren Beschreibung passt.«

»Ja und?«

»Zunächst war anscheinend Lea Meinicke zu sehen, die einen Blumenstrauß ablegte. Eine Stunde später ist ihr Bruder aufgetaucht, der die Blumen wieder weggenommen hat. Er soll nicht gerade begeistert ausgesehen haben, meint Heiko. Seltsam, nicht wahr?«

»Jeder trauert auf seine Art«, wandte Maike ein. »Die Geschwister Meinicke sind schon ... na ja, ziemlich speziell.«

»Trotzdem. Ich möchte sie gern dazu befragen. Aber erst mal geht's zum Döpke-Hof.«

»Sonst war nichts weiter?« Maike Schnur legte den Zeigefinger auf den Anlassknopf.

»Ach, doch.« Mendelski schnallte sich an. »Die Archäologen haben noch eine Gürtelschnalle aus Metall und weitere Menschenknochen sichergestellt. So langsam müssten wir das Skelett von Rolf Meinicke zusammenhaben.«

»Nicht schlecht. Und unsere beiden Experten mit den Metalldetektoren?«

»*Nada!* Nichts! Die sind wohl Hunderte von Metern an der Gudehäuser Straße entlang gelaufen. Aber außer neuzeitlichem Wohlstandsmüll haben sie nichts gefunden.«

»Wär auch zu schön gewesen, nach dem Geschoss auch noch die Tatwaffe zu finden.« Sie startete den Motor. »Nach dreißig Jahren ...«

»Warum nicht!« Er deutete mit dem Daumen nach hinten. »Wir müssen wenden. Nach Meißendorf geht's dort entlang.«

# Zehntes Kapitel

Das Döpke-Anwesen in Meißendorf war deutlich größer als der Hof der Meinickes. Zudem wurde dieser Bauernhof noch bewirtschaftet, das sah man sofort.

Robert Mendelski und Maike Schnur fuhren auf den Platz vorm Haupthaus und parkten ihr Auto neben einem modernen Traktor, an den ein riesiger Kreiselmäher angekoppelt war. Eine dicke Schicht Blütenstaub bedeckte Gestänge und Schutzbleche des Mähwerks. Es roch nach frisch geschnittenem Gras.

»Typisches Heuwetter«, sagte Robert Mendelski, während er ausstieg. »Anscheinend erwarten die Bauern für längere Zeit schönes Wetter.«

Doch statt Maike Schnur antwortete eine männliche Stimme.

»Falsch geraten! Wir machen Silage, kein Heu. Da spielt das Wetter keine große Rolle.«

Ein Mann in Arbeitskleidung und derben Schuhen kam aus dem Führerhaus des Traktors geklettert. Um die fünfzig, kräftig, strohblond, mit rotem Gesicht.

»Guten Tag, die Herrschaften. Womit kann ich dienen?«

Sie stellten sich kurz vor und fragten nach Walter Döpke.

»Donnerwetter, die Kripo«, staunte der Landwirt. »Das ist ja 'n Ding. Ich bin Enno Döpke. Sie wollen zu meinem Vater? Ich hoffe, es ist nichts Ernstes?«

»Reine Routine«, beschwichtigte Mendelski. »Ist er zu Hause?«

»Kommen Sie mal mit.«

Wenig später saßen sie auf der Rückseite des Bauernhauses auf einer großzügig angelegten Terrasse. Bodenplatten aus edlem Naturstein und Gartenmöbel, die aus schwerem Meranti-Holz gefertigt waren, verrieten etwas vom Wohlstand dieses landwirtschaftlichen Betriebes. Ein riesiger Ampelschirm schützte die Besucher vor der spätvormittäglichen Maisonne.

»Mein Vater kommt gleich«, sagte Enno Döpke und verschwand hinter einem Fliegenvorhang im Haus.

»Tolles Anwesen«, murmelte Maike Schnur. »Wie es scheint, kann man auch als Bauer sein Auskommen haben.«

Ihr Blick streifte über das gut erhaltene, aufwendig renovierte niedersächsische Vierständerhaus. Das Eichengebälk und die Gefache aus rotem Ziegelstein machten einen gepflegten Eindruck, das riesige Walmdach schien neu gedeckt. Auf dem Scheunendach nebenan blinkten zahllose Module einer Fotovoltaikanlage.

»Gewusst wie«, erwiderte Mendelski lapidar. »Mit Spezialisierung, Biogas – und mit einer Nase für lohnende Trends kann man auch in der Landwirtschaft viel Geld verdienen.«

Durch den raschelnden Fliegenvorhang trat ein älterer Mann in jagdlich grüner Kleidung auf die Terrasse. Statur, Gang, Gesicht – die Ähnlichkeit mit seinem Sohn war frappierend. Nur das volle, sorgfältig gescheitelte Haar des Altbauern war nicht mehr blond, sondern tendierte in Richtung grau oder weiß. Seine 75 Jahre sah man Walter Döpke nicht an. Robert Mendelski und Maike Schnur erhoben sich und stellten sich vor.

»Hatte mir schon gedacht, dass Sie kommen«, begann der Hausherr ohne Umschweife. Seine Stimme klang kernig norddeutsch. »Aber bitte setzen Sie sich wieder.«

»Sie haben mit uns gerechnet? Warum?«, fragte Mendelski, nachdem er wieder Platz genommen hatte.

»Es geht um Rolf Meinicke, nicht wahr? Das stand ja gestern groß in der Zeitung.«

»Da liegen Sie richtig.«

»Dann ist Ihr Besuch ja nicht erstaunlich. Es ist schließlich Aufgabe der Polizei, in derartigen Fällen zu ermitteln. Und an wen wendet sich die Polizei? An Zeitzeugen, Nachbarn, Freunde und Bekannte oder ehemalige Berufskollegen des Opfers wie mich ...«

»Opfer?«, unterbrach ihn Maike Schnur. »Wie kommen Sie denn darauf? Von Opfer ist doch nur die Rede, wenn eine Straftat begangen wurde.«

»Vielleicht im juristischen Sinne«, konterte Walter Döpke ungerührt. Bei der Beantwortung der Frage schaute er nicht Maike an, sondern Mendelski. »Aber es gibt doch auch Unfallopfer, nicht wahr? Oder Opfer einer Krankheit, eines Schlaganfalls, eines Herzinfarktes. Oder liege ich da etwa falsch?«

»Was können Sie uns über Rolf Meinicke sagen?«, fragte Mendelski, ohne auf das Opfer-Thema einzugehen.

Die nächsten Minuten brachten nichts Neues. Im Grunde wiederholte Walter Döpke die Geschichten, die sie bereits von Edgar Kruppa, dem pensionierten Pastor, gehört hatten. Der Landwirt schilderte seinen ehemaligen Berufskollegen eine Spur weniger drastisch, nannte ihn einen ›sturen, beratungsresistenten Dickkopf und Besserwisser, der seinen Mitmenschen im Dorf das Leben schwer machte‹. Insbesondere als Jagdpächter wäre Walter Döpke des Öfteren mit Rolf Meinicke aneinander geraten. Einzelheiten wollte er sich ersparen, aber es gebe einen prall gefüllten Aktenordner über jene Vorfälle. Den könnte er der Kripo jederzeit zur Verfügung stellen.

»Ist dieses Material damals vor dreißig Jahren von unseren Kollegen eingesehen worden?«, wollte Mendelski wissen.

»Selbstverständlich. Zurückgekriegt habe ich meine Unterlagen erst nach mehreren Wochen.«

»Trotzdem würden wir sie gern noch mal sehen.«

»Sicher. Sie können den Ordner gleich mitnehmen.«

Mendelski machte sich eine Notiz in seinen Handblock. »Herr Döpke, Sie wissen, wo Rolf Meinicke gefunden wurde?«, fragte er.

»Ja. Das war für mich – als Meißendorfer Urgestein – nicht schwer herauszubekommen. Und anders als die Meinickes bin ich im Ort gut vernetzt. Glauben Sie denn, dass keiner hier die fremden Autos bemerkt hätte, die in den letzten Tagen die Gudehäuser Straße rauf und runter gefahren sind? Dass die Archäologen auf dem Platz gegraben haben, wusste ich natürlich auch. Schließlich liegt die Fundstelle am Rand meines Jagdreviers.«

»Ihre Jagd grenzt an den Truppenübungsplatz?«

»Ja.«

»Und der Dachsbau ... der war Ihnen bekannt?«

»Natürlich. Der ist doch uralt. Schon als Kinder haben wir da gespielt. Unerlaubterweise, aber das hatte gerade seinen Reiz.« Walter Döpke räusperte sich kurz. »Zur Abwechslung habe ich mal ’ne Frage.«

»Bitte.«

»Was genau haben Sie gefunden? Nach dreißig Jahren dürften von dem Meinicke doch nur noch Knochen übrig sein.«

Mendelski zog die Augenbrauen hoch. »Darüber dürfen wir Ihnen bei laufenden Ermittlungen leider keine Auskunft geben«, erwiderte er. »Jedenfalls solange nicht, wie die Ermittlungen laufen.«

»Sie wollen doch, dass ich Ihnen helfe.« Der Hausherr wirkte trotzig. »Sonst wären Sie doch nicht hergekommen, oder? Dann sollten Sie mir auch vertrauen und reinen Wein einschenken.«

Der Kommissar zuckte mit den Schultern. »Uns sind die Hände gebunden«, entgegnete er mit Bedauern in der Stimme. »Also, wenn wir dann noch die Akte bekommen könnten ...«

Nach kurzem Zögern erhob sich Walter Döpke aus seinem Stuhl. Mit einem »Bin gleich zurück« verschwand im Haus.

Auch Robert Mendelski und Maike Schnur standen auf und vertraten sich die Beine. Mit dem Rücken zum Haus blickten sie in den prächtig blühenden Garten.

»Zwei Punkte eventuell noch«, raunte Maike. »Bernd Wolkow und der Anruf.«

»Bernd Wolkow würde ich erst mal lassen«, antwortete Robert Mendelski leise. »Mir wäre es lieber, wenn der nicht vorgewarnt würde. Du hast doch gerade gehört, dass die sich gut kennen sollen.«

»Verstehe. Also nur der Anruf.«

»Okay, mach du das.«

Keine Minute später kam Walter Döpke mit einem dicken Leitz-Ordner zurück. Den übergab er förmlich an Mendelski.

»Eine kurze Frage noch, Herr Döpke«, sagte Maike Schnur. »Sie haben sich gestern bei den Meinickes gemeldet. Nachdem Sie den Artikel in der CZ gelesen haben, nehme ich an. Ihr Verhältnis zu Lea und Gert Meinicke ist ja nicht gerade das beste. Warum haben Sie trotzdem dort angerufen?«

»Sie sind ja gut informiert.« Sein Blick zeigte eine Spur Spott und war wieder nur auf Mendelski gerichtet. »Das gehört sich so auf dem Dorf. Wenn jemand von uns gestorben ist – und mag er zu Lebzeiten auch der größte Widersacher gewesen sein – dann kondoliert man.«

»Und wie haben die Meinickes reagiert?«, hakte Maike nach.

»So, wie ich's erwartet habe.« Walter Döpke schaute weiter an Maike vorbei, als ob sie Luft wäre. »Frostig und kurz angebunden.«

»Sie hören von uns«, verabschiedete sich Robert Mendelski knapp und wandte sich zum Gehen. Maike Schnur verkniff sich ein Abschiedswort. Die Art, wie Walter Döpke sie behandelt hatte, gefiel ihr ganz und gar nicht.

In der Mittagspause hastete Gordon Kobusch zu seinem Auto, um sich ein frisches T-Shirt zu holen. Vom Graben und Sandsieben war er verschwitzt und ziemlich dreckig. Deshalb hatte er an heißen Tagen wie diesem stets ein Ersatz-Shirt dabei.

Nachdem er sein schmutziges Shirt abgelegt hatte, überlegte er kurz, ob er nicht mit freiem Oberkörper weiter arbeiten sollte. Angesichts der Temperaturen konnte er es wagen, den anderen seinen ansehnlichen Waschbrettbauch zu präsentieren. Vanessa und Giulia würde das sicher gefallen - seiner Chefin Ute Winkler wohl weniger. Er besann sich eines anderen - und ging erst mal pinkeln.

Nahe der Grabungsstelle hatten sie zwar ein Dixi-Klo aufgestellt, doch zog Gordon Kobusch den Wald der engen, nach Chemie riechenden Kabine vor. Weit ab vom Schuss und in Gottes weiter Natur störte er niemanden damit.

Er hatte sich gut zehn Meter von den Autos entfernt zu einer knorrigen Kiefer begeben. Als er den Reißverschluss zuzog, fiel sein Blick auf etwas Buntes.

Wenige Schritte entfernt lagen am Boden verstreut Blumen. Keine Wildblumen, sondern Gartenblumen, die eigentlich nicht in den Wald gehörten. Die abgeschnittenen, gleich langen und bereits deutlich verwelkten Blumen mussten vom Vortag sein.

Er dachte an die Aufnahmen der Überwachungskamera von letzter Nacht - und zählte eins und eins zusammen. Das musste der Strauß von gestern Abend sein, den die Frau gebracht und der Mann eine Stunde später wieder weggenommen hatte.

Aber warum lagen die Blumen so lieblos weggeworfen zwischen den Bäumen?

Mit archäologischer Vorsicht näherte sich Gordon Kobusch den Blumen, um ja keine etwaigen Spuren zu zerstören. Er konnte nicht wissen, wie wichtig seine Entdeckung für die Kripo sein mochte.

In diesem Moment drangen Stimmen an sein Ohr. Die beiden Polizisten mit ihren Metalldetektoren kehrten gerade zu den Autos zurück. Anscheinend wollten sie ebenfalls eine Mittagspause einlegen.

Kurzentschlossen rief Gordon Kobusch sie zu sich.

»Mann, was für ein Kotzbrocken!« Maike Schnur konnte sich kaum beruhigen. »So eine machohafte Gutsherrenart ... das gehört ins letzte Jahrtausend.« Eine Staubwolke aufwirbelnd jagte sie den Dienstwagen vom Hof.

»Beruhige dich«, erwiderte Mendelski. »Sicher warst du ihm suspekt. Selbstbewusste junge Frauen in engen Jeans, mit Kurzhaarschnitt und Pistolenholster passen anscheinend nicht in Walter Döpkes Weltbild.«

»Kurzhaarschnitt? - Der hätte mich mal vor Corona sehen sollen! - Wohin jetzt?«

»Zu den Meinickes. Mit ein bisschen Glück erwischen wir sie in der Mittagspause.«

Doch Lea und Gert Meinicke hatten ihr Mittagessen längst hinter sich. Werk- wie sonntags gab es das stets um 11.30 Uhr.

Als der zivile Passat der Celler Kripo auf den Hof rollte, kam Lea Meinicke gerade mit einem Korb voller Eier aus dem Hühnerstall. Ihr Bruder stand auf einen Besen gestützt vor der Dielentür.

»Der Detektiv war wieder da!«

Lea Meinicke hatte sich mit schnellen Schritten dem Auto genähert, bevor die Besucher aussteigen konnten. Sie flüsterte Maike hinter vorgehaltener Hand zu: »Ich habe meinem Bruder nichts davon gesagt, sonst regt er sich wieder nur auf.«

Die Kommissarin schaute durchs geöffnete Seitenfenster. »Sie meinen den Reporter von der Zeitung?«, fragte sie ebenfalls im Flüsterton.

»Ja. Habe ihm aber nichts erzählt. Habe ihn getäuscht ...«

»Guten Tag«, unterbrach sie da Gert Meinicke mit lauter Stimme. Mit dem Besen in der Hand war er näher getreten. »Lea, nun lass die Herrschaften doch erst mal ankommen ...«

»Schon gut.« Mendelski war ausgestiegen und klappte die Autotür zu. »Es wird nicht lange dauern«, sagte er.

Plötzlich wurde ihm klar, dass es eigentlich unpassend war, mit beiden gleichzeitig zu sprechen, wenn Lea Meinicke etwas Vertrauliches zu sagen hatte. Doch jetzt war es zu spät. Er beschloss, seine Taktik zu ändern und zu improvisieren.

»Wir wollten Sie lediglich darüber informieren, dass Sie beide gestern von der Überwachungskamera an der Grabungsstelle am Dachsbau fotografiert worden sind. Eigentlich sollten Sie wissen, dass es untersagt ist, das Gelände unerlaubt zu betreten. Darauf weisen Schilder zur Genüge hin.«

Lea Meinicke guckte ihren Bruder mit großen Augen an. »Du warst auch da?«, fragte sie erstaunt. Ihr Bruder schwieg mit versteinerter Miene. Er zuckte lediglich mit den Schultern.

»Warum hast du mir das denn nicht erzählt?«

»Ist nicht so wichtig«, knurrte er.

»Ist es doch.«

Mit Interesse beobachteten Robert Mendelski und Maike Schnur die Auseinandersetzung der Geschwister.

»Wollen Sie uns jetzt etwa verhaften?«, wandte sich Gert Meinicke an den Kommissar. Sein grimmiger Gesichtsausdruck verriet wenig Entgegenkommen. Ohne eine Antwort abzuwarten, setzte er nach: »Und wie ist das mit der Beerdigung? Die Leute fragen schon. Wir würden das gern möglichst bald hinter uns bringen, damit endlich wieder Ruhe ist.«

»Die Freigabe der sterblichen Überreste Ihres Vaters liegt nicht in unserer Hand. Das entscheidet allein die Gerichtsmedizin. Aber ich kann gern nachfragen.«

»Ich bitte darum.« Gert Meinicke wandte sich an seine Schwester. »Geh jetzt rein und bring die Eier weg. Unser Besuch muss sicher auch wieder los.«

Lea Meinicke ging nur zögerlich.

»Ich habe aber noch 'ne Frage ...«, maulte sie.

»Nicht jetzt!« Ihr Bruder wurde deutlich. »Nicht heute. Ein anderes Mal. Geh jetzt rein.«

Erst als seine Schwester im Haus verschwunden war, sprach Gert Meinicke weiter: »Lea möchte unbedingt zur Verleihung dieser Medaille«, erklärte er. »Nach Hannover. Wie Sie ja wissen, will ich das nicht. Darüber haben wir Streit. – Was meinen Sie? – Ich kann sie da doch nicht allein hingehen lassen.«

»Warum eigentlich nicht?« Maike Schnur lehnte am Auto und verschränkte die Arme vor der Brust. »Ihr wird dort niemand ein Haar krümmen.«

»Nein, das ist es nicht ... aber sie würde sich blamieren, mit ihrer Art.«

»Kann es sein, dass Ihre Schwester Ihren Vater mehr gemocht hat als Sie es getan haben?«, überrumpelte ihn Mendelski.

Diese Frage schien für Gert Meinicke jedoch nicht unerwartet zu kommen. »Sie sagen das wegen der Blumen?«, hakte er rasch nach. »Das haben Sie fotografiert, oder? Nun, ich habe sie weggenommen, weil ich mich über Leas Alleingang geärgert habe. Sie ist so naiv und blauäugig. Unser Vater war bestimmt nicht der Held, wie sie sich das immer ausgemalt hat. Er war ... konnte auch ganz anders ... er ... Ach, lassen wir das.«

»Wollen Sie uns nicht mehr darüber erzählen?«

»Nein!« Gert Meinicke wirkte entschieden. »Ganz sicher nicht. Über Tote soll man nicht schlecht reden. Schon gar nicht über tote Angehörige.« Seine Finger umklammerten den Besenstiel immer fester. »Besser, wenn Sie jetzt fahren.«

Ohne eine Reaktion abzuwarten, drehte er sich um und ging zum Haus.

Als einzige aus dem Fachkommissariat 1 schob Ellen Vogelsang am Freitagmittag in der Hauptwache in Celle Dienst. Robert Mendelski und Maike Schnur führten in Hambühren, Winsen und Meißendorf Vernehmungen durch, Heiko Strunz und Jo Kleinschmidt versuchten, im Wald bei den Archäologen weitere ›Bodenschätze‹ aufzuspüren.

Am Vormittag hatte sie die menschliche Knochensammlung, die aller Wahrscheinlichkeit nach sämtlich dem Vermissten Rolf Meinicke zuzuordnen waren, von ArchäoFirm in Kirchhorst zur Gerichtsmedizin der Medizinischen Hochschule in Hannover gebracht.

Wäre sie nicht mit dem Dienstwagen unterwegs gewesen, hätte sie sich nach ihrer Rückkehr sogleich ins Homeoffice und in das anstehende Wochenende zurückgezogen. Doch um das Auto abzugeben, fuhr sie noch einmal in die Zentrale - und unternahm eine kurze Stippvisite im zweiten Stock.

Im Büro warf sie ihren PC an, um neu eingegangene Mails zu lesen. Eine Nachricht, die erst vor wenigen Minuten eingetroffen war, interessierte sie am meisten. Sie kam vom Schusswaffenerkennungsdienst beim Bundeskriminalamt in Wiesbaden. Es ging um das Projektil aus dem Meißendorfer Wald, welches Heiko Strunz und Jo Kleinschmidt aus dem Ebereschenstamm geborgen hatten. Leider gab es eine Fehlanzeige. Ihr Geschoss war aus einer bislang erkennungsdienstlich unbekannten Waffe abgefeuert worden.

Ellen Vogelsang schickte ihren Teamkollegen eine kurze Textnachricht über diesen Bericht, dann wünschte sie allen ein entspanntes und sonniges Wochenende. Denn das traumhafte Frühsommerwetter sollte anhalten.

Die Nachbarin mit der eigenwilligen Grammatik hatte recht gehabt. Als Robert Mendelski und Maike Schnur um Punkt 13.00 Uhr im Mühlenweg in Winsen eintrafen, war Bernd Wolkow gerade erst heimgekehrt. Unter dem Carport hantierte er an der offenen Heckklappe seines Lada Niva mit einer Motorsäge. Der hagere Mittsechziger überragte kaum das Autodach seines russischen Geländewagens. Trotz der hängenden Schultern machte er einen drahtigen Eindruck.

Die beiden Besucher bemerkte er erst, als sie bereits hinter ihm standen. Die Kripobeamten hielten ihre Dienstausweise hoch und stellten sich kurz vor. Mit schmalen, nervös zuckenden

Augen studierte Bernd Wolkow die Ausweise. »Können Sie mich nicht endlich in Ruhe lassen?«, zischte er kaum hörbar.

In einer fahrigen Bewegung wischte er sich mit dem Handrücken über die schweißnasse Stirn. Sein dünnes, strähniges Haar klebte am Schädel. Die Mittagshitze brachte ihn heftig zum Schwitzen. Vielleicht hätte er kein langärmeliges Bundeswehrhemd, keine NATO-olive Moleskinhose und keine schweren Springerstiefel anziehen sollen.

»Entschuldigen Sie bitte, wenn wir hier unangemeldet aufschlagen«, entgegnete Mendelski. Er tat so, als ob er den Protest seines Gegenübers nicht gehört hätte. »Können wir Sie kurz sprechen?«

»Um was geht's denn?« Die Gesichtszüge Bernd Wolkows verfinsterten sich zunehmend.

»Es geht um Rolf Meinicke.«

»Rolf Meinicke? Aus Meißendorf?« Seine Mimik wechselte von Feindseligkeit zu Überraschung. Das war echt, nicht gespielt, befand Maike Schnur. Sie beobachtete ihr Gegenüber mit Skepsis.

»Der Bauer, der damals plötzlich verschwunden ist?«, fragte er nach. »In den Neunzigerjahren?«

»Genau der.« Mendelski spürte ein seltsames Unbehagen. »Haben Sie gestern davon nichts in der Zeitung gelesen?«

»Nein. Ich lese keine Zeitung.«

»Anfang dieser Woche sind im Meißendorfer Wald menschliche Knochen gefunden worden«, erläuterte der Kommissar. »Mit einiger Sicherheit handelt es sich um die von Rolf Meinicke.«

»Und was soll ich damit zu tun haben?« Die Feindseligkeit war zurück.

»Können wir vielleicht ...?« Maike Schnur wies aufs Haus. »Oder auf der Terrasse ...? Es muss ja nicht unbedingt die Nachbarschaft mitbekommen, was wir hier gerade besprechen.«

»Das ist mir egal«, entgegnete Bernd Wolkow schroff. »Ich habe dazu nichts zu sagen. Da können wir uns die Formalitäten sparen und die Sache abkürzen.«

»Ist uns recht!« Mendelski wurde förmlich. »Dann werden wir Sie vorladen. Nach Celle zu uns in die Hauptwache.«

»Machen Sie das.« Bernd Wolkow schlug die Heckklappe des Lada Niva zu. »Was das bringen soll, weiß ich allerdings nicht. Sie haben doch sicher eine fette Akte über mich. Da drin steht haarklein alles, was damals passiert ist. Warum soll ich heute plötzlich mehr wissen als damals?«

»Ihre Akte liegt in Celle auf meinem Schreibtisch. Ja, sie ist ziemlich umfangreich. Urkundenfälschung, Betrug, Nötigung, Verstoß gegen das Tierschutzgesetz, unerlaubter Waffenbesitz und so weiter ... schon eine beachtliche Liste ...«

»Hören Sie doch damit auf!«, platzte es aus Bernd Wolkow heraus. »Wir sind quitt, Vater Staat und ich. Lappalien waren das! Nichts als Lappalien! Trotzdem habe ich all diese willkürlichen Strafen akzeptiert, die Bußgelder brav bezahlt, den Jagdschein abgegeben. Können Sie alles nachlesen.«

»Sie mussten Ihren Jagdschein abgeben?«

»Jetzt tun Sie doch nicht so ahnungslos«, höhnte Bernd Wolkow. »Das wissen Sie doch genau.«

»Verstehe. – Deshalb sind Sie auch kein Jagdaufseher mehr. In dieser Eigenschaft waren Sie ja öfter mit Rolf Meinicke aneinander geraten. Der hatte Sie mal angezeigt, wegen Nötigung – wenige Monate vor seinem Verschwinden. Können Sie uns sagen, warum er die Anzeige im letzten Moment zurückgezogen hat?«

»Weil ich gar nichts gemacht habe!« Seine Stimme wurde schrill. »Ich hatte lediglich eine Flinte auf der Schulter, als ich mit dem alten Meinicke gestritten habe. Daraus wird dann gleich eine Nötigung mit Waffengewalt konstruiert ...«

»Sie scheinen ja öfter aus der Haut gefahren zu sein ...«

»Wissen Sie was ... Sie können mich mal ...« Bernd Wolkow wandte sich ab. Bissig vor sich hin fluchend verriegelte er seinen Wagen und verließ den Carport.

»Schönen Tag noch!«, rief er seinen beiden verdutzten Besuchern zu und verschwand im Haus.

Über dem Gilboa-Tal kündigte sich ein malerischer Sonnenuntergang an.

Elias Lewenstein stand auf der Terrasse seines Hauses und hielt ein Smartphone in der Hand. Er wollte das Naturschauspiel sowie den Beginn des Sabbats mit einem Foto festhalten. Am Vormittag hatte er Aaron versprechen müssen, das Fotografieren und das Versenden digitaler Fotos zu üben.

Verkrampft hielt er das Smartphone in Kopfhöhe. Zunächst drückte er zu fest und überhastet auf den auslösenden roten Button auf dem Display, verwackelte Fotos waren die Folge.

Dann schoss er aus Versehen mehrere Selbstportraits. Bis er diesen Irrtum bemerkte, hatte er sich mit nicht gerade schmeichelhaften Gesichtsausdruck fotografiert. Umständlich löschte er die missratenen Bilder und startete einen neuen Versuch. Die Sonne war bereits zu zwei Dritteln hinter dem Horizont verschwunden, als ihm schließlich ein paar akzeptable Fotos gelungen waren.

Im Haus am Küchentisch übte er, die Fotos zu verschicken. Er sandte Aaron eine kurze Textnachricht, als Anhang fügte er das schönste seiner Sonnenuntergangsbilder bei. Im zweiten Anlauf klappte es.

Nur wenige Sekunden später traf die Bestätigung seines Urenkel ein: ›Super (-; Du kannst es. Das Foto ist große Klasse.‹

Elias Lewenstein seufzte erleichtert auf. Das wäre geschafft. Hoffentlich vergaß er nicht, wie das funktionierte.

Als Nächstes griff er nach Schreibblock und Kugelschreiber und begann zu schreiben. ›Packliste‹ schrieb er als Überschrift in großen Lettern.

Als ersten Gegenstand, den er mit auf die Reise nach Deutschland nehmen wollte, notierte er: ›Hasenpfote‹.

Bevor er weitere Dinge auflistete, unterstrich er das Wort zweimal.

Seine Laune war auf dem Tiefpunkt gelandet.

Der Chefredakteur hatte sich bemerkenswert wenig für seine These interessiert, die Göhrde-Morde könnten etwas mit dem Fall Meinicke zu tun haben. Stattdessen bekam der angeblich übereifrige Reporter weitere Ermahnungen zu hören: Sich in dem Fall defensiv zu verhalten und keinesfalls irgendwelche Alleingänge in der Sache zu unternehmen.

Axel Schriewe hätte seine letzten Stiefel darauf verwettet, dass Kriminaldirektor Steigenberger, ein Tenniskumpel seines Chefs, seine Finger im Spiel hatte und die CZ zurückpfiff.

Er brauchte Ablenkung. Und da an diesem Freitagabend relativ hohe Temperaturen für eine sommerlich-mediterrane Stimmung in Celle sorgten, beschloss der vom Pech verfolgte Reporter, sich in der Altstadt mit einem guten Glas Rotwein und einem Teller italienischer Pasta zu trösten.

Dumm nur, dass er nicht als Einziger auf solche Ideen kam. Als er gegen 19.00 Uhr am ›*San Marino*‹ ankam, waren sämtliche Tische im Außenbereich besetzt. Ein halbes Dutzend Leute standen Schlange, um einen der begehrten Plätze zu ergattern.

Axel Schriewe überlegte schon, es in einem anderen Lokal gleich um die Ecke zu probieren, als jemand seinen Namen rief. An einem der Restauranttische hatte sich ein Mann erhoben und winkte ihm zu.

»Mensch, Stefan, was machst du denn hier?«

Am Tisch angekommen, schaute Axel Schriewe seinen Gegenüber erstaunt an. »Was verschlägt dich nach Celle?«

»Meine bessere Hälfte«, erwiderte Stefan. Charmant lächelnd stellte er seine Partnerin vor, die neben ihm saß. »Marens Eltern leben hier. Setz dich doch.«

Dieser Einladung folgte Axel Schriewe nur zu gern. Denn er freute sich sehr darüber, seinen ehemaligen Kollegen Stefan Novottny wiederzusehen. Jahrelang hatten sie zusammen in der Redaktion der CZ gearbeitet. Bis Novottny einem Angebot nach Lüneburg gefolgt war, um bei der dortigen ›Landeszeitung‹ eine leitende Position zu übernehmen.

Das Paar hatte nichts dagegen und fand es sogar sehr angenehm, dass Axel Schriewe mit ihnen speiste. Alle drei genossen es, in netter Gesellschaft über alte Zeiten zu plaudern.

Nachdem sie die Bestellung aufgegeben hatten, wechselte die Unterhaltung rasch zu tagesaktuellen Themen – natürlich mit lokalem Bezug.

»Ich habe deinen Artikel über den Vermissten gelesen ... den im Wald«, erzählte Stefan Novottny.

»Was, du liest die CZ?« Axel Schriewe zeigte sich erstaunt.

»Ja klar. Online. Muss doch informiert sein, was in der Nachbarschaft passiert.«

»Tja, der Tote im Wald ... ich hänge da gerade ziemlich fest ...« In knappen Worten berichtete er vom Stand der Dinge. Ausführlicher erläuterte er seine Vermutung, die Göhrde-Doppelmorde könnten etwas mit der Dachsbau-Sache zu tun haben.

»Dazu kann Maren eventuell was sagen«, überraschte ihn Stefan Novottny mit einem Augenzwinkern. »Sie arbeitet für den NDR.«

So erfuhr Axel Schriewe von dem Filmprojekt, für das gerade an Originalschauplätzen in der Lüneburger Heide gedreht wurde. Das Thema: Die Göhrde-Doppelmorde, eventuelle weitere Taten des inzwischen verstorbenen Serienmörders Kurt-Werner Wichmann – und vielleicht noch lebende Mittäter.

»In dem ARD-Dreiteiler ›Das Geheimnis des Totenwaldes‹ – übrigens mit Matthias Brandt in der Hauptrolle – geht es um die Suche nach einer vermissten Frau«, erzählte Maren Novottny. »Birgit Meier aus Lüneburg verschwindet 1989 spurlos. Ihr Bruder, ehemals Chef des LKA Hamburg und mittlerweile im Ruhestand, gibt nicht auf und findet die menschlichen Überreste seiner Schwester nach 28 Jahren vergraben in der Garage von Wichmann. Dem werden noch weitere Taten zur Last gelegt, und die Kripo vermutet, dass der Friedhofsgärtner zumindest einen Mittäter hatte, der eventuell noch lebt. Das alles dröselt eine NDR-Dokumentation auf, die quasi im Vorfeld des TV-Spielfilms entstanden ist.«

»Wann wird die gesendet?« Axel Schriewes Aufregung wuchs.

»Im Herbst. November oder Anfang Dezember.«

»Das ist noch lange hin.« Der Reporter überlegte. »Für mich wäre es ungemein wertvoll, einen Kontakt zu dem Doku-Team oder noch besser zu diesem pensionierten LKA-Mann zu bekommen.«

»Kein Ding«, tönte Stefan Novottny, fing sich jedoch umgehend einen bösen Blick seiner Frau ein.

»Ich glaube kaum«, relativierte sie die Aussage ihres Mannes vorsichtig, »dass die Autoren vorab Interna oder Recherche-Ergebnisse an die Presse rausrücken.«

»Versuch macht klug«, entgegnete Axel Schriewe trotzig. »Vielleicht sind die Macher der Doku ja dankbar, wenn sie zu dem Thema noch etwas Neues erfahren.«

»Vielleicht.« Maren Novottny legte ihre Visitenkarte neben den Teller des Reporters. »Ruf mich Montag im Büro an. Vielleicht lässt sich ja was machen.«

Das Essen kam. Axel Schriewe spendierte eine Runde Rotwein. Seine anfangs so miese Stimmung war verflogen.

Gordon Kobusch hatte es eilig. Er wollte mit dem Auto nach Bremen ins Wochenende. Da er den Freitagabend gern im *Viertel* mit Freunden verbringen wollte, musste er sich sputen.

An der Shell-Tankstelle in Großburgwedel herrschte ziemlicher Andrang. Die Nähe zur Autobahn - die A7 lag nur 150 Meter entfernt - lockte Fernreisende an die günstigere Tanke in den Ort. Außerdem hatte der Wochenendverkehr eingesetzt. Wegen des schönen Wetters zog es an diesem Tag viele aus den Städten ins landschaftlich reizvolle Umland.

Von Großburgwedel bis in die Bremer Innenstadt brauchte er im Idealfall weniger als eine Stunde. Doch den Idealfall gab es schon lange nicht mehr. Auf der A7 in Richtung Norden wurde bei Schwarmstedt mal wieder gebaut. Es gab Staus ohne Ende, die Umleitungsstrecken waren regelmäßig dicht.

Gordon Kobusch hängte die Zapfpistole ein, verschloss den Tankdeckel und ging bezahlen. Als er zum Auto zurückkehrte, fiel sein Blick auf die Reisetasche auf dem Beifahrersitz, die er vorhin in Windeseile gepackt hatte. Hatte er auch alles dabei?

Verflucht! Wie dämlich war das denn! Er musste noch einmal zurück nach Hause. Zum Glück lag seine Wohnung gleich um die Ecke. Denn den Grund dafür, dass er nach Bremen fahren wollte, hatte er - gut - vergessen.

Die viktorianische Hasenpfote.

Immer wenn Lea Meinicke mit ihrem Bruder Streit hatte, versteckte sie sich. Für mehrere Stunden oder auch mal für einen ganzen Tag verkroch sie sich irgendwo auf dem Bauernhof. Sie hatte viele verschiedene Verstecke, etwa in ihrem Kleiderschrank, in der Speisekammer oder auf dem Dachboden. Überall auf dem Anwesen gab es weitere Schlupflöcher: im Kartoffelkeller, in der Scheune, im Geräteschuppen, ja sogar im Hühnerstall.

Im Grunde gab sie sich viel zu viel Mühe bei ihrem eigenwilligen Versteckspiel. Denn gewöhnlich suchte Gert sie gar nicht, weil sie mit schöner Regelmäßigkeit wieder von allein auftauchte, spätestens dann, wenn sie Hunger hatte oder weil sie fror.

Doch an diesem Abend war alles anders. Nachdem ihr Bruder sie ausgeschimpft hatte, war Lea Meinicke weinend fortgelaufen und heimlich auf den Dachboden des Haupthauses geklettert.

Sie hatten doppelt Streit miteinander. Zum einen bestand Gert Meinicke darauf, dass keiner von ihnen an der Verleihungszeremonie der Yad-Vashem-Medaille für ihren Vater teilnehmen würde - sie allein erst recht nicht. Zum zweiten hatte er sich maßlos darüber aufgeregt, dass sie heimlich zum Dachsbau gefahren war, um dort Blumen abzulegen. Noch mehr schien ihn aber zu ärgern, dass er dabei fotografiert worden war, wie er die Blumen entfernt hatte. Aber das war doch nicht ihre Schuld ...

Geschickt und lautlos wie eine Katze war sie die steile Holztreppe hinaufgeklettert. Sie kannte jede knarrende Stufe genau und wich ihnen aus. Auf dem Dachboden bahnte sie sich einen Weg durch Spinnengewebe und eine dicke Schicht Staub. Hier oben, direkt unter den Sparren, lagerten allerhand aussortierte Haushaltsgegenstände. Auf den Eichendielen standen verteilt Holztruhen, ein auseinander genommenes Ehebett, Spinnrad und Webstuhl von anno dazumal, Stühle mit nur noch drei Beinen, ein leeres Küchenregal und mehrere vorsintflutliche Koffer.

Lea Meinicke schnappte nach Luft. Trotz der Abendstunde war es hier oben noch immer stickig warm. Den ganzen Tag über hatte die Sonne das rote Ziegeldach aufgeheizt. Sie ärgerte sich, dass sie nichts zu trinken mitgenommen hatte. Hunger konnte sie ganz gut ertragen, aber Durst?

Sie verkroch sich auf einer Matratze hinter dem Ehebett. Hierhin hatte sie sich schon öfters zurückgezogen. Vor vielen Jahren war sie sogar mal eine ganze Nacht geblieben, als ihr Bruder - was er selten tat - zu viel getrunken hatte und ausfallend geworden war.

Damals hatte sie festgestellt, dass es hier oben noch andere Lebewesen gab. Vor allem Mäuse und Eulen. Durch die Uhlenflucht, eine Öffnung im Giebel, konnten die Schleiereulen ein- und ausfliegen. Letztes Jahr hatte oben im Gebälk ein Pärchen gebrütet und drei Junge aufgezogen.

Lea Meinicke mochte eine Stunde in ihrem Versteck gekauert haben, als sie jemanden rufen hörte. Es kam aus dem Haus unter ihr. Sie spitzte die Ohren. Das konnte nur ihr Bruder sein. Was rief er denn da? Ihren Namen etwa?

Die Treppenstufen knarrten. Sekunden später wurde die Tür zum Dachboden aufgestoßen.

»Lea?«

Eindeutig, das war ihr Bruder. Sie duckte sich weg.

»Lea ... ?«

Das Licht auf dem Dachboden war schummrig, elektrische Beleuchtung gab es hier oben nicht. Durch die Ritzen und Spalten im Dach drang nur wenig Tageslicht.

»Lea? Bist du hier?« Gert Meinicke konnte sie von seiner Position aus nicht sehen, er machte aber auch keinerlei Anstalten, den gesamten Dachboden abzusuchen.

»Verdammt noch mal, jetzt melde dich gefälligst!«

Lea Meinicke spürte weniger Angst - eher Überraschung. Ihr Bruder suchte sie! Das war noch nie vorgekommen. Weshalb tat er das? Was war bloß in ihn gefahren? Was wollte er von ihr?

Sie beschloss, sich auf keinen Fall zu zeigen. Ihre Gedanken schlugen Purzelbäume. Trotzig machte sie sich noch kleiner.

Kurze Zeit später knarrten Tür und Treppenstufen erneut. Gert Meinicke stieg unverrichteter Dinge wieder in die Wohnräume hinab.

# Elftes Kapitel

Für Montagmorgen war um 10.00 Uhr eine Lagebesprechung in der Jägerstraße 1 angesetzt. Bereits fünf Minuten vor der Zeit waren alle im Besprechungsraum im zweiten Stock versammelt. Jo Kleinschmidt verteilte Becher mit dampfendem Kaffee, Heiko Strunz schrieb noch schnell eine Nachricht in sein Notebook. Ellen Vogelsang war mit ihrem Smartphone beschäftigt, Maike Schnur blätterte durch die heutige Ausgabe der Celleschen Zeitung. Robert Mendelski hantierte an einem mobilen Flipchart.

»Können wir?«, sagte der Leiter des Fachkommissariats 1, nachdem er sich gesetzt hatte.

»Ich fasse mal zusammen.« Mendelski nahm ein Blatt Papier mit handgeschriebenen Notizen zur Hand. »Vor sechs Tagen sind wir zum Fundort einer skelettierten Leiche im Meißendorfer Wald gerufen worden. Auch wenn die DNA-Analyse noch aussteht, können wir davon ausgehen, dass es sich mit hoher Wahrscheinlichkeit um den damals 72-jährigen Rolf Meinicke handelt, der im Jahr 1990 als vermisst gemeldet worden war. Ein Einschussloch im mittleren Stirnbereich des Schädels lässt den Schluss zu, dass wir es mit einem Gewaltverbrechen zu tun haben.« Mendelski hob den Kopf und schaute zu Heiko Strunz hinüber. »Dass es sich um ein Einschussloch handelt, muss von der Gerichtsmedizin in Hannover noch bestätigt werden.« Strunz nickte knapp.

Mendelski setzte nach. »Untermauert wurde diese These durch das Auffinden eines 9-mm-Geschosses, welches in unmittelbarer Nähe des Fundorts geborgen werden konnte. Allerdings ist die Waffe, aus der das Geschoss stammt, bisher nicht erkennungsdienstlich in Erscheinung getreten.«

Der Kommissar trank einen Schluck Kaffee, bevor er fortfuhr. »Habgier, also Raubmord, schließen wir als Motiv für das Tötungsdelikt aus, denn Rolf Meinicke trug am Tag seines Verschwindens nach heutigem Kenntnisstand keine Reichtümer bei sich. Zudem wurden bei den sterblichen Überresten eine goldene Taschenuhr und der goldene Ehering gefunden. Als mögliche Mordmotive kommen daher eher Rache, Streit, Verschleierung anderer Straftaten oder ähnliches in Betracht. In diesem Zusammenhang sind uns von den Hinterbliebenen des Opfers Personen genannt worden, die mit Rolf Meinicke so ihre Probleme hatten. Zum Teil gravierende Probleme. Von diesen Leuten sind mehrere bereits gestorben. Drei der noch Lebenden haben Maike und ich aufgesucht und befragt.«

»Das ist das Dilemma in so einem Fall«, kommentierte Heiko Strunz. »Dass die Tat dreißig Jahre zurückliegt. Einmal - das hatten wir schon - verjährt Totschlag nach zwanzig Jahren. Jemandem einen Mord nachzuweisen ... das wird gemein schwierig werden. Zum anderen wäre die ganze Ermittlung für die Katz, wenn der Täter gar nicht mehr lebt. Denn laut Gesetz dürfen wir nicht gegen Tote ermitteln. Das schränkt die Zahl möglicher Ermittlungsziele enorm ein.«

»Völlig richtig«, pflichtete Mendelski ihm bei. »Deshalb konzentrieren wir uns zunächst auf die Lebenden.«

»Ihr habt da also drei Namen?«, hakte Ellen Vogelsang nach.

»Ja. Immerhin. Maike, bist du so nett und berichtest ...«

Maike Schnur erhob sich und ging zur Flipchart-Tafel. Mit einem schwarzen Filzstift schrieb sie: Edgar Kruppa, 81, pensionieter Pastor. Anschließend berichtete sie von dem Besuch dort, den gewonnenen Erkenntnissen und ihren Eindrücken. Das Gleiche folgte für Walter Döpke, 75, Landwirt im Ruhestand, und Bernd Wolkow, 66, ehemaliger Jagdaufseher.

»Drei Personen. Alle mit einem Motiv für eine mögliche Straftat«, schloss Maike. »Mit einer Bewertung halten Robert und ich uns erst mal zurück. Jetzt seid ihr dran.«

»Gibt's Erkenntnisse über die Alibis der drei?«, wollte Heiko Strunz wissen.

»Danach haben wir zunächst nicht gefragt«, erwiderte Mendelski. »Wir wollten unseren Gegenübern den Eindruck vermitteln, sie seien Zeugen, nicht Verdächtige. Da wäre die Frage nach einem Alibi unserer Ansicht nach kontraproduktiv gewesen. Zudem dürfte es nach dreißig Jahren schwierig sein, diese Frage eindeutig zu beantworten.«

Maike Schnur griff nach dem Aktendeckel, der neben ihr auf dem Tisch lag. »In den Akten von damals steht, dass lediglich einer aus diesem Trio nach einem Alibi befragt worden ist: der Jagdaufseher Wolkow. Er hatte keins – beziehungsweise ein fragwürdiges. Er gab an, an jenem Vormittag zur Jagd, im Meißendorfer Wald, gewesen zu sein.«

»Was wissen wir über die anderen beiden, vor allem bezüglich Waffenbesitz und Waffenhandhabung?«, fragte Ellen Vogelsang.

»Döpke besitzt als Jäger natürlich Waffen und er kann auch damit umgehen. Für Pastor Kruppa können wir dies wohl weniger annehmen, oder?«

»Eine 9-mm-Pistole war und ist auf keinen der drei eingetragen. Und natürlich hatte der Pastor in Bezug auf Schusswaffengebrauch die sauberste Weste.«

»Unterschätzt mir die Pfaffen nicht«, warnte Jo Kleinschmidt. »Denkt nur an den Pfarrer Klaus Geyer aus Wolfenbüttel, der seine Frau erschlagen hat …«

»Tun wir ja gar nicht.« Maike Schnur nahm wieder Platz. »Uns ist durchaus bewusst, dass er gleichberechtigt zu den Verdächtigten gehört.«

»Wie groß sind denn die drei Männer?« Heiko Strunz schaute in sein Notebook. »Ich frage das wegen einer möglichen Schussposition. Das Opfer war etwa 1,75 groß. Das Geschoss haben wir in rund 1,70 Meter Höhe aus dem Baum geholt. Anhand dessen ließe sich vielleicht die Geschossbahn rekonstruieren.«

»Das klappt doch nur im Idealfall«, meinte Ellen Vogelsang, »also dann, wenn sich beide Kontrahenten gegenüber gestanden haben, als der Schuss fiel.«

»Stimmt.«

»Was ist denn, wenn Rolf Meinicke noch auf dem Fahrrad saß, als ihn die Kugel traf?«, forschte Ellen Vogelsang weiter. »Oder wenn er aus einem Auto heraus beschossen wurde? Ich finde, da gibt es noch jede Menge Unwägbarkeiten.«

»Okay. Das mag ja alles sein. Trotzdem hätte ich gern mal die Größen gewusst.«

»Kein Problem«, antwortete Maike Schnur und schrieb die Größen zu den Namen an der Flipchart-Tafel. 1,90 bei Edgar

Kruppa, 1,75 bei Walter Döpke und 1,65 bei Bernd Wolkow. »Das sind ungefähre, weil geschätzte Werte«, kommentierte sie. »Robert, was meinst du?«

Mendelski nickte wortlos. Gedankenverloren drehte er seinen Zettel um, der auch auf der Rückseite Kugelschreibernotizen trug. »Keine weiteren Kommentare?«, wollte er nach einer kurzen Pause wissen.

Da sich niemand äußerte, sagte er: »Okay. Also ... zur weiteren Vorgehensweise ...«

In diesem Augenblick hörte man schnelle Schritte auf dem Flur. Die Tür wurde aufgestoßen, Steigenberger platzte herein.

»Guten Morgen zusammen«, rief er mit ernstem Gesicht in die Runde. »Es gibt Neuigkeiten.«

»Die Grabungsstelle hat übrigens schon wieder Besuch bekommen«, erzählte Dr. Ute Winkler während der Frühstückspause des Teams. »Am Wochenende, in der Nacht von Samstag auf Sonntag.«

Sie waren heute nur zu viert, Giulia Pavone hatte sich an diesem Montag einen Tag frei genommen. Die ArchaeoFirm-Leute saßen an einem der Tische im Schatten unter der Plane.

»Nee, wirklich?« Vanessa setzte ihre Kräuterteetasse ab.

»Doch. Sogar zwei Besucher.« Die Chefin guckte amüsiert in die neugierig fragenden Gesichter ihrer Mitarbeiter. »Sind sehr schöne Fotos dabei.«

»Doch nicht schon wieder das Bauern-Paar?«, fragte Gordon Kobusch. »Die Frau mit dem Strauß und der Blumendieb?«

»Nein.« Sie holte ihr Smartphone aus der Beintasche und rief das erste Foto auf. »Schaut selbst.«

»Was sind das denn? Marder?« Vanessa Merz hatte sich weit vorgebeugt, um besser sehen zu können. Ihre Frage ließ sie nicht gerade als Biologie-Leuchte erscheinen.

»Nein, ich denke, das sind Dachse«, klärte Ben Schleswig sie auf. »Wahrscheinlich Jungdachse.«

»Das sehe ich genau so«, stimmte Ute Winkler zu und klickte auf das nächste Foto. »Sie leben wahrscheinlich in dem Bau hinterm Berg. Jetzt im Mai ziehen sie los, um ihre Umgebung zu erkunden.«

»Haben sie an unserem Equipment was kaputt gemacht?«, wollte Gordon Kobusch wissen.

»Nicht, dass ich wüsste. Habt ihr was bemerkt?«

»An unseren Sachen nicht.« Gordon Kobusch überlegte. »Aber frische Tierspuren habe ich entdeckt. Und auch Losung.«

»Losung?« Vanessa Merz griente. »Was ist das denn?«

Gordon Kobusch spürte, wie sein Handy in der Oberschenkeltasche einmal kurz vibrierte. »Na – Kacke, Kot, Scheiße«, sagte er, während er mit spitzen Fingern das Smartphone zu Zweidritteln hervorzog. »Tierscheiße in der Jägersprache.«

Vanessa kicherte albern.

Gordon Kobusch schielte auf das Display. Er hatte eine Textnachricht bekommen. Von Sebastian aus Bremen.

Das ging aber schnell!

»Danke erst einmal für den umfangreichen Bericht«, begann Steigenberger, nachdem er sich gesetzt hatte. »Es ist ja keineswegs selbstverständlich, dass ich sogar aus dem Wochenende detailliert informiert werde. So bin ich stets auf dem Laufenden.«

Robert Mendelski, der für den Report der inoffiziellen MoKo ›Dachsbau‹ verantwortlich war, ließ das Lob seines Chefs unkommentiert. »Was gibt's denn so Dringendes?«, fragte er.

»Wir bekommen Besuch.«

Steigenberger rief mit seiner kryptischen Aussage einiges Erstaunen bei seinen fünf Untergebenen hervor. »Aus Israel. Der damals zwölfjährige Junge, der sich 1945 auf dem Meinicke Hof versteckt hatte, kommt nächste Woche zur Verleihung der Yad-Vashem-Medaille.«

»Der lebt noch?«, platzte Maike Schnur heraus.

»Ja. Elias Lewenstein ist Jahrgang 1932, also 87 Jahre alt, und erfreut sich nach Informationen der Botschaft bester Gesundheit. Er lebt in einem Kibbuz im Norden Israels und hat Deutschland, sein Geburtsland, seit seiner Flucht 1945 nicht wieder betreten. Jetzt kommt er auf Einladung der Israelischen Botschaft und der DIG, der Deutsch-Israelischen Gesellschaft.«

»Was geht das uns an?«, fragte Mendelski kritisch. »Der Mann hat doch mit unserem aktuellen Fall wenig zu tun.«

»Guter Einwand.« Steigenberger blickte ernst drein. »Wären da nicht ...« Er holte tief Luft, hob die Hände und nahm seine Finger zu Hilfe, um aufzulisten: »Wären da nicht 1. das Innenministerium in Hannover, 2. das Auswärtige Amt in Berlin, 3. das Amt für Verfassungsschutz, 4. die Israelische Botschaft, 5. die Jüdische Gemeinde in Celle ... und wer weiß, was noch ...«

»Wie bitte?« Heiko Strunz zog erstaunt die Augenbrauen hoch.

Der Kriminaldirektor erklärte: »All diese Institutionen haben bereits Kontakt mit uns aufgenommen. Denn der Besuch ist ein Politikum. Elias Lewenstein wird nicht nur die Zeremonie in Hannover, sondern auch den Landkreis Celle besuchen. Laut vorläufigem Protokoll sind folgende Stationen geplant: der Meinicke-Hof in Meißendorf, die KZ-Gedenkstätte Bergen-Belsen, die Synagoge hier in Celle und das Hotel ›Zur Heideblüte‹ in Ovelgönne/Hambühren. Wir werden aufgefordert, dazu beizutragen, dass es zu einem möglichst reibungslosen Ablauf des Besuchs kommt. Ohne Störungen, welcher Art auch immer.«

»Da ist das FK 1 aber definitiv nicht der richtige Ansprechpartner«, spielte Mendelski den Ball zurück.

»Nein, natürlich nicht. Für den Personen- und Objektschutz sind zweifellos andere Abteilungen in unserem Haus zuständig.« Nur langsam näherte sich Steigenberger dem heißen Brei, um den er die ganze Zeit herumgeredet hatte. »Trotzdem habe ich eine Bitte: Ich möchte, dass ihr eure Verbindungen im aktuellen Fall nutzt, um den Besuch bei den Meinickes in Meißendorf vorzubereiten. Ich hörte, dass die beiden Geschwister nicht so ... nicht so ganz einfach im Umgang wären.«

»Oha!« Mendelski hatte etwas in dieser Art geahnt. »Das wird nicht einfach. Gert Meinicke ist noch nicht mal bereit, zur Zeremonie nach Hannover zu kommen.«

»Eben. Das meinte ich.«

»Wann kommt denn der ... Herr aus Israel?«

»Er heißt Elias Lewenstein.«

»Gut. - Wann also?«

»Heute in einer Woche«. Steigenberger schaute auf die Datumsanzeige seiner Armbanduhr. »Am Montag, den 25. Mai.«

Mendelski fuhr sich nachdenklich mit beiden Händen durchs Haar. »Meinicke-Hof, Bergen-Belsen und Synagoge - okay. Das verstehe ich ja«, sagte er. »Aber was will er in der ›Heideblüte‹?«

»Dort wird er wohnen. Vier Nächte. Von Montag bis Freitag.«

»Warum gerade da?«

»Das weiß ich auch nicht. Das Ministerium ließ durchblicken, dass er sich das ausdrücklich gewünscht habe.«

»Okay ...«, lenkte Mendelski ein. »Wir werden es versuchen, versprechen kann ich aber nichts. Gert Meinicke ist angeblich ein ›sturer, kontaktscheuer und beratungsresistenter Bauer‹, ein typischer Heidjer eben. Ich hab' so meine Zweifel, ob das klappt, wie die Leute aus Berlin und Hannover sich das wünschen.«

»Mit der Schwester Lea ist schon etwas besser Kirschenessen«, meinte Maike Schnur. »Die möchte unbedingt zur Zeremonie.«

»Na, ich weiß nicht.« Mendelski wiegte den Kopf. »Lea Meinicke ist auch nicht ohne, die hat so ihre Marotten. Außerdem sollten wir vermeiden, einen Keil zwischen die beiden zu treiben.«

»Na dann ...« Steigenberger erhob sich. »Ich weiß die Angelegenheit in guten Händen. Und vielleicht tut sich ja diese Woche auch noch was in dem Fall Rolf Meinicke. Wäre schön.«

»Haben die Medien schon Wind bekommen von Lewensteins Besuch?«, fragte Maike Schnur.

»Ich denke nein.«

»Hoffentlich. Denn wenn die Journaille die Meinickes noch mehr bedrängt, dann machen die am Ende ganz dicht.«

»Da hat Frau Schnur recht«, pflichtete ihr Mendelski bei. »Bloß keine Presse. Sie sollten weiterhin Ihre guten Kontakte zur CZ nutzen.«

»Mach ich.« Steigenberger öffnete die Tür. Der Windzug brachte angenehme Kühlung. »Schönen Wochenstart!«

Am Montagvormittag bekam Axel Schriewe zwei Nachrichten: eine gute und eine schlechte. Er hockte in seiner Wohnung in Celle-Blumlage im HomeOffice. Der PC mit zwei Monitoren, Telefon und Kaffeemaschine liefen im Dauereinsatz.

Zuerst die schlechte Nachricht: Trotz intensiver Bemühungen hatte Maren Novottny vom NDR es nicht geschafft, jemanden von den TV-Doku-Kollegen, die an den Göhrde-Morden dran waren, an die Strippe zu kriegen. Das Produktionsteam sei gerade in einer zweiwöchige Drehpause, die verantwortlichen Redakteure befänden sich im Corona-Zwangsurlaub. Wenn sie zurück wären, wollte Maren Novottny aber noch einen weiteren Versuch unternehmen.

Die gute Nachricht: Jonathan Stern, ein alter Bekannter von der hiesigen Jüdischen Gemeinde, hatte den Reporter in aller Herrgottsfrühe angerufen und von dem anstehenden Besuch eines gewissen Elias Lewenstein berichtet. Er beschrieb detailliert die Hintergründe und die damit verbundenen Programmpunkte im Landkreis Celle. Das wäre doch sicher für den Zeitungsmann interessant.

»Auf jeden Fall! Danke für den Tipp. Gern komme ich heute Nachmittag bei Ihnen vorbei.«

Axel Schriewe war begeistert. Der Besuch des ehemaligen KZ-Häftlings, die Verleihung der Yad-Vashem-Medaille, dazu der mysteriöse Fund der sterblichen Überreste des zu ehrenden Rolf Meinicke - und das jetzt, wenige Tage vor der Zeremonie! Der Reporter witterte eine super Story. Wenn ihm die Kripo auch noch so viele Steine in den Weg legen sollte: Das öffentliche Interesse an dem Fall rechtfertigte seine Berichterstattung. Jede weitere Blockade war seiner Ansicht nach nicht hinzunehmen.

Axel Schriewe griff zum Telefonhörer und rief in der Redaktion an.

Hühner hielten sie noch, aber Großvieh gab es auf dem Meinicke-Hof schon lange nicht mehr. Das letzte Hausschwein war im Winter 2018/2019 geschlachtet worden, die letzten zwei Kühe hatten sie bereits vor sechs Jahren abgeschafft. Und für die Pferde, die lange Zeit den landwirtschaftlichen Betrieb geprägt hatten, war um die Jahrtausendwende Schluss gewesen.

Die Meinickes hielten sich Hühner lediglich für den Eigenbedarf. Hierfür die zweieinhalb Hektar große, direkt an den Hof angrenzende Grünlandfläche vorzuhalten, war bei lediglich zehn Hennen und einem Hahn nicht angemessen. Zumal das Federvieh im ein Morgen großen Obstgarten gleich neben dem Stall mehr als genug Auslauf hatte.

Die Wiese wie die anderen Ländereien verpachten, das wollten sie nicht. Dazu lag sie zu dicht am Hof. Wenn Pächter mit übermäßig Gülle, zu kurzer Mahd oder übertriebenem Walzen sichtbaren Schaden anrichteten, würde sich das direkt vor ihren Augen abspielen. So etwas tat weh, das musste man nicht haben.

Also hatten die Meinickes beschlossen, die Wiese selbst zu bewirtschaften. Das hieß, sie ließen das Grünland von einem Lohnunternehmer walzen, düngen, mähen, wenden und schließlich das Heu pressen. Das begehrte Futter verkauften sie dann für gutes Geld an die Pferdehalter in der Umgebung.

Nur den alten Stacheldraht, der einmal die Wiese eingezäunt hatte, damit Kühe und Pferde dort weiden konnten, brauchten sie nicht mehr. Daher hatten sich Gert und Lea Meinicke endlich aufgerafft, den ohnehin maroden Zaun abzubauen. Wenn sie sich sputeten, schafften sie das bis zur ersten Mahd, also in acht bis zehn Tagen. Ohne Draht und Pfähle wäre es für den Lohnunternehmer viel einfacher, die Wiese mit den jedes Jahr größer werdenden Maschinen zu bearbeiten.

Bis zum Mittag würden sie die eine Längsseite schaffen, hatte Gert Meinicke sich vorgenommen. Zunächst wollten sie den Stacheldraht von den Zaunpfählen lösen und aufwickeln. Die Eichenpfähle, trotz ihres hohen Alters meist noch erstaunlich gut in Schuss, kamen danach an die Reihe. Sie würden noch hervorragendes Brennholz abgeben.

Mit Bolzenschneider, Zimmermannshammer und Arbeitshandschuhen ausgestattet, standen sie im kniehohen Gras, als auf dem Wirtschaftsweg neben ihnen plötzlich ein Auto stoppte. Ein anthrazitfarbener Passat Kombi mit Celler Kennzeichen.

»Nee! – Nicht die schon wieder«, raunzte Gert Meinicke, ohne seine Tätigkeit zu unterbrechen. Während seine Schwester die Krampen aus dem Holz hebelte, rollte er den Stacheldraht auf.

»Guten Tag!«, riefen Robert Mendelski und Maike Schnur unisono, nachdem sie ausgestiegen waren. Bedachtsam traten sie näher. Das Geschwisterpaar Meinicke grummelte etwas Unverständliches als Antwort.

»Sie scheinen mit Ihrer Wiese ja noch richtig Glück zu haben«, begann Mendelski das Gespräch mit einem unverfänglichen Thema.

»Wie meinen Sie das denn?« Lea Meinicke hielt mit ihrer Arbeit inne.

»Na, das Gras steht doch gut. Wenn man sich mal die anderen Wiesen anschaut ... bei der Trockenheit ist woanders kaum was gewachsen.«

»Hier war immer Wasser«, erwiderte Gert Meinicke ziemlich mürrisch. »Von der Meiße. Die fließt ja gleich da unten.«

»Aber deswegen sind Sie doch nicht hier«, bemerkte Lea Meinicke listig. »Sie wollen bestimmt was anderes von uns.«

»Da haben Sie recht.« Mendelski setzte sein diplomatisches Lächeln auf. »Wir wollten Ihnen mitteilen, dass zur Verleihung der Medaille für Ihren Vater nächste Woche besonderer Besuch aus Israel kommt. Ein 87-jähriger Mann namens Elias Lewenstein. Das ist der Junge, dem Ihr Vater damals, 1945, das Leben gerettet hat.«

Vor Schreck fiel Lea Meinicke der Hammer aus der Hand.

»Oh Gott, oh Gott!« Sie schnappte nach Luft. »Ich wusste gar nicht, dass der noch am Leben ist.«

»Er scheint sich bester Gesundheit zu erfreuen.«

»Kann er uns denn von damals erzählen?«, fragte Lea Meinicke ganz aufgeregt. »Spricht er Deutsch? Kommt er vielleicht nach Meißendorf?«

»Lea, bitte!« Ihrem Bruder schienen ihre Fragen nicht in den Kram zu passen.

»Doch, doch! Ich würde ihn gern treffen. Sehr gern sogar.«

»Soweit ich weiß, ist auch ein Besuch von ihm in Meißendorf vorgesehen«, machte Mendelski einen behutsamen Versuch.

Er wollte nicht gleich mit der Tür ins Haus fallen. »Und ich glaube, er spricht noch immer seine Muttersprache.«

»Das ist ja prima«, frohlockte Lea Meinicke. »Dann laden wir ihn zu Kaffee und Kuchen ein.«

Gert Meinicke setzte gerade zu einem geharnischten Protest an, als ein weiteres Auto auf dem Wirtschaftsweg daher kam. Ein SUV, ein grüner Audi Q5. Er hielt direkt hinter dem Passat.

»Was will der denn hier?« Gert Meinickes Gesichtsausdruck verdüsterte sich noch mehr.

Den Weg zum Mittagessen unterbrach Elias Lewenstein an einer beige gestrichenen Baracke gleich neben der Kantine. Ohne zu klingeln oder anzuklopfen, öffnete er die Tür, über der ein rotes Kreuz prangte, und betrat das Gebäude.

Rachel Grigorescu, die Leiterin der Krankenstation, erwartete ihn bereits.

»Da bist ja endlich«, beschwerte sich die korpulente, kleine Frau mit osteuropäischem Akzent. Eine corona-obligate Gesichtsmaske verdeckte ihre untere Gesichtshälfte, konnte das brünette lockige Haar jedoch nur unzureichend zähmen. Ein weißer Kittel wies sie als medizinische Fachkraft aus - die einzige im Kibbuz. Ihre Sanitäter-Ausbildung beim israelischen Militär hatte sich in ziemlich harschen Umgangsformen niedergeschlagen. »Ich hatte dich viel früher erwartet.«

»*Shalom Aleichem* erst mal«, erwiderte er mit einem sanften Lächeln. »Mir hatte man ›Vormittag‹ gesagt. Und noch ist doch Vormittag, oder? Außerdem soll es ganz schnell gehen, hieß es.«

»Hast ja recht«, gab sie beschwichtigend nach. »Der Corona-Abstrich dauert nur Sekunden. Oder hast du noch andere Wünsche? Beschwerden vielleicht?«

»Nein. Mir fehlt nichts. Aber ich hätte noch eine Bitte.« Elias Lewenstein setzte sich ungefragt auf eine Untersuchungsliege. »Zum ersten Mal in meinem Leben werde ich fliegen«, erklärte er. »Ich habe keine Ahnung, was das mit mir macht. Sollte ich nicht vorsichtshalber Reisetabletten oder so was mitnehmen?«

»Ach, wenn's nur das ist. Da kann ich dir was besorgen. Wann fliegst du denn?«

»Heute in einer Woche.«

»Gut. Morgen bin ich in Afula, in der Apotheke. Von dort bringe ich dir was mit.«

»Dankeschön. Dann los jetzt. Ich muss zum Essen.«

Rachel Grigorescu hielt schon Wattestift und Röhrchen in der Hand. »Dann bitte mal den Mund weit öffnen. Wir machen einen Rachenabstrich.«

»Kurz vor dem Abflug wird ein zweiter Test gemacht, nicht wahr?«, forschte Elias Lewenstein, nachdem sie fertig waren.

»Ja, aber nicht hier, sondern in Tel Aviv am Flughafen.«

»Ist das alles kompliziert.«

»Ja. Sind verrückte Zeiten.«

»Und ausgerechnet jetzt fliege ich nach Deutschland ...«

Elias Lewenstein erhob sich. »Ich habe Hunger, mein Magen knurrt. Ich muss weiter.«

»Was gibt's denn heute?«

»Borschtsch, glaube ich.«

»Oh, lecker.« Rachel Grigorescu zog ihren Kittel aus. »Warte, ich komme gleich mit.«

»Guten Tag zusammen«, rief Walter Döpke mit markanter Stimme. Selbstgefällig blickte er in vier fragende Gesichter. »Anscheinend komme ich gerade richtig.«

»Kommt darauf an, zu wem Sie wollen«, entgegnete Mendelski, nachdem er den Gruß knapp erwidert hatte. »Zu den Meinickes oder zu uns?«

Walter Döpke schob die rote Schirmmütze, die seine weißblonde Haarpracht zu bändigen versuchte, ein Stück weit in den Nacken. Maike Schnur musste bei dem Anblick unwillkürlich an den US-Präsidenten Trump denken. Ihre Antipathie dem Landwirt gegenüber wurde nicht geringer.

»Das ist eigentlich egal. Es geht um eine Information, die mich heute Morgen aus Hannover erreicht hat. Direkt aus dem

Innenministerium. Der Ortsrat und meine Wenigkeit in Eigenschaft als stellvertretender Ortsbürgermeister sind in Kenntnis gesetzt worden, dass nächste Woche hier im Meißendorf hoher Besuch erwartet wird. Sie wissen davon?«

»Ich hab's geahnt«, stöhnte Gert Meinicke auf. »Von mir aus muss da überhaupt nichts stattfinden. Blast den Quatsch doch bloß ab!«

»Nein, bitte nicht.« Lea Meinicke flehte regelrecht.

»Herr Döpke, Sie kommen gerade etwas ungelegen«, wies Mendelski sein Gegenüber zurecht.

»Entschuldigung!«, lautete die prompte, aber völlig unbeeindruckte Antwort. »Ich konnte ja nicht ahnen, dass Sie hier etwas Vertrauliches besprechen. Bloß ... als Politiker muss ich mich jetzt kümmern. Wenn der Ministerpräsident, der Israelische Botschafter und weitere Hochkaräter hier in Meißendorf erscheinen, sollten wir vorbereitet sein.«

»Der Ministerpräsident ...?«, wunderte sich Mendelski. »Sind Sie sicher? Oder ist eher Ihr Wunsch der Vater des Gedankens?«

»Keineswegs!«, triumphierte Walter Döpke. »Vielleicht funktioniert mein Draht zur Landeshauptstadt doch besser als Ihrer. Mir kam zu Ohren, dass der KZ-Flüchtling, der sich hier 1945 auf dem Meinicke-Hof versteckt hat, von hochrangigen Persönlichkeiten aus der Politik begleitet wird. Also nicht nur vom Celler Landrat ...«

»Mir reicht's jetzt!« Gert Meinicke knallte die Drahtrolle, die er die ganze Zeit in den Händen gehalten hatte, auf den Boden. »Komm, Lea! Mittag!«

»Mensch ... Gert!«, versuchte Walter Döpke zu beschwichtigen. »Nun hör doch erst mal ...«

»Nichts da!«, ereiferte sich der Landwirt. »Zeitlebens hast du unserem Vater das Leben schwergemacht. Und nun willst du dich in seinem Andenken suhlen. – Pfui Teufel!«

»Aber ... das ist dreißig Jahre her. Außerdem wisst ihr doch genau, wie ... wie schwierig euer Vater war. Kannst du denn nicht einmal fünfe gerade sein lassen?«

Wütend winkte Gert Meinicke ab und stapfte davon, quer über die Wiese in Richtung Hofstelle. Werkzeug und Draht blieben auf der Wiese liegen. Mit schriller Stimme rufend folgte ihm seine Schwester. »Gert, nun warte doch ...«

»Oh Mann, ist das alles schwierig!« Walter Döpke zog ungerührt seine Schirmmütze zurück in die Stirn. »Ich hoffe, ich hab da jetzt nichts verbockt.«

»Doch, haben Sie!«, erwiderte Maike Schnur bissig. »Das war ein fulminanter Volltreffer. Mit Mühe und Not hatten wir die beiden gerade so weit, dass sie den Besuch akzeptieren. Jetzt steht alles wieder in den Sternen.«

Walter Döpke vermied es erneut, die Kommissarin anzuschauen. »Sie haben doch selbst mitgekriegt, wie kompliziert die Meinickes sind«, wandte er sich an Mendelski. »Genau wie der Alte. Verbohrt, eigensinnig und komplett unkooperativ.«

»Rolf Meinicke hat mit seinem verbohrtem Eigensinn einem jüdischen Jungen das Leben gerettet«, konterte Maike Schnur mit Vehemenz. »Nicht jeder hatte damals so viel Zivilcourage.«

»Vielleicht sollten wir besonnen sein, wenn es um die Beurteilung der Geschichte geht.« Walter Döpke rechtfertigte sich gereizt. »Es war Krieg, es war eine schlimme Zeit. Mein Vater ist im März '45, wenige Wochen vor Kriegsende, ums Leben gekommen – drei Monate vor meiner Geburt. Ich habe ihn nicht mehr kennengelernt.«

»Das tut uns leid«, murmelte Mendelski. Maike blieb stumm.

Doch Walter Döpke fand rasch wieder zu seiner stoischen Unbekümmertheit zurück. »Ach wissen Sie, wenn's nichts wird mit dem Besuch ... ich bin nicht traurig drum. Macht nur Arbeit, sowas. Und führt zu Scherereien. Sie sehen es ja ...«

Er wandte sich zum Gehen, blieb aber unvermittelt stehen. »Übrigens: Ich weiß inzwischen von dem Loch im Schädel. Das hat am Wochenende in Meißendorf schon die Runde gemacht.«

»So?« Mendelskis Reaktion beschränkte sich auf diese kurze Silbe. Seine Laune verschlechterte sich erkennbar. Auch wenn ihm bewusst war, dass es irgendwann ein Informationsleck geben würde. Da wussten einfach zu viele Personen von dem Einschussloch: die örtliche Polizei, die Archäologen, die Rechtsmediziner in Hannover und so weiter. Es war nur eine Frage der Zeit, wann erste Details nach außen dringen würden.

»War es denn ein größeres Kaliber?«, fragte Walter Döpke neugierig, offenbar völlig ohne Gespür für die Situation. »Ich meine, ein Jagdkaliber vielleicht?«

»Warum fragen Sie?« Trotz alledem bemühte sich Mendelski um neutrale Höflichkeit.

»Na, an dem Tag des Verschwindens von Rolf Meinicke war doch 'ne Drückjagd auf dem Truppenübungsplatz. Vielleicht hat da jemand aus Versehen ...« Er deutete mit dem Zeigefinger mitten auf die Stirn.

»Haben Sie an der Jagd teilgenommen?«

»Nicht direkt. Aber ich war nebenan in meinem Revier. Wir haben an den Fernwechseln angesessen.«

»Wer ist bitte ›wir‹?«

»Na, die Meißendorfer Truppe. Bernd Wolkow, meine Wenigkeit und noch ein paar mehr. Das ist damals doch alles zu Protokoll gegeben worden. Haben Sie die Akte nicht gelesen?«

»Die Akte liegt uns vor«, sagte Mendelski mit säuerlicher Miene. »Wenn Sie uns jetzt entschuldigen würden. Wir müssen weiter.« Ohne irgendeine Reaktion abzuwarten, marschierte er zum Passat, Maike Schnur folgte ihm wortlos auf den Fersen.

»Dann Horrido und Waidmannsheil!«, rief Walter Döpke ihnen unbekümmert hinterher.

Erst in der Mittagspause kam Gordon Kobusch dazu, sich ungestört mit seinem Smartphone zu beschäftigen. Bei geöffneter Tür - das Thermometer zeigte selbst hier im schattigen Wald bereits 28 Grad - saß er allein im Pick-up von ArchaeoFirm und daddelte im Internet. Die anderen vom Team waren an der Grabungsstelle geblieben.

Sebastian, sein Kumpel aus Bremen, hatte ihm einen Link geschickt, der auf die Seite von *Frey-Antiquitäten* führte. Dort wurden allerlei Gegenstände angeboten, von Möbeln über Gemälde bis hin zu Schmuck. Sebastian Frey, der Juniorchef, hatte ihm am Wochenende erzählt, dass sie erst kürzlich ihr Online-Geschäft ausgebaut hätten - mit beträchtlichem Erfolg.

Gordon Kobusch fand seine Hasenpfote unter der Rubrik *Varia*. Ein schönes Foto, eine Seitenansicht brachte die Details gut zur Geltung. Darunter stand: ›*Viktorianische Hasenpfote, Fassung in Silber, mit zwei Rubinen, Unikat.*‹ Darunter: ›*Preis Verhandlungssache.*‹

Dem folgte das Ganze noch einmal auf Englisch, denn laut stolzem Juniorchef kämen die Kunden von Frey-Antiquitäten aus aller Welt: ›*Victorian rabbit's foot with silver mounts and two ruby gemstones. Unique.*‹

Sie hatten abgesprochen, erst einmal den Markt zu checken, bevor sie eine Preisvorstellung formulierten. Ähnlich wie Goldschmied Hinnerk Witt aus Großburgwedel ging Sebastian Frey davon aus, dass der Sammlerwert den reinen Materialwert der Hasenpfote deutlich übersteigen würde. Zumal es sich bei den beiden Rubinen, die als Hasenaugen eingesetzt waren, um relativ kleine und somit auf den ersten Blick nicht besonders wertvolle Edelsteine handelte. Um sicher zu gehen, wollte Sebastian Frey einen befreundeten Juwelier noch um seine Einschätzung bitten.

Ein lauter Knall ließ Gordon Kobusch zusammenfahren. Vor Schreck ließ er das Smartphone fallen, das unsanft im Fußraum des Autos landete. Ohne sich um das Handy zu kümmern, sprang er aus dem Wagen.

Sei erster Gedanke war, dass der Knall etwas mit dem Truppenübungsplatz zu tun haben müsste, dass vielleicht ein Querschläger in der Nähe eingeschlagen war. Dann sah er das Malheur. Ein gut fünf Meter langer, voll belaubter Eichenast war auf die Ladefläche des Pick-ups gekracht.

›Puh, das ist gerade noch mal gut gegangen‹, stellte Gordon Kobusch mit Erleichterung fest. ›Vor wenigen Minuten noch bin ich an der Stelle vorbeigelaufen. Der hätte mich leicht erschlagen können.‹

Mit einiger Anstrengung gelang es ihm, den Ast vom Auto zu wuchten. Auf den ersten Blick hielt sich der Schaden in Grenzen. Lediglich einige kleinen Dellen an den Seitenwänden der Ladefläche und auf einem der Alukoffer zeugten von dem Crash.

Die Untersuchung der Bruchstelle des Astes ergab, dass es sich um gesundes Holz handelte – ohne Fäule, äußerlichen Pilzbefall oder andere Vorschäden. Als nächstes begutachtete er den Baum, aus dessen Krone der Ast herausgebrochen war. Auch hier fand er nichts Bemerkenswertes. Die Eiche war dicht belaubt, sie schien vital und kräftig.

Gordon Kobusch hatte erst kürzlich von dem Phänomen gehört. Äußerlich gesunde und vitale Bäume reagierten wegen des Wasserstresses mit sogenannten Grünastabwürfen. Um in außergewöhnlichen Trockenzeiten zu überleben, warfen sie Äste ab. Unvermittelt, ohne Windeinwirkung, ohne Blitzeinschlag oder andere äußerliche Einflüsse. Der Klimawandel hatte ungeahnte schwerwiegenden Folgen, ging es dem Archäologen durch den Kopf.

Erst jetzt fiel ihm sein Handy wieder ein, das noch im Fußraum des Pick-ups lag. Er beugte sich in den Fußraum des Fahrzeugs und hob es auf.

Er hatte zwei Anrufe verpasst.

Beide von seiner Chefin Dr. Ute Winkler.

»Der wird im Leben nicht mehr mein Freund!«, ätzte Maike Schnur, als sie durch Meißendorf fuhren. Sie saß mal wieder am Steuer. »So ein arroganter, selbstverliebter ...« Das letzte Wort erstarb in gehässigem Gemurmel.

»Aber in einem Punkt hat er recht«, entgegnete Robert Mendelski beschwichtigend. »Ich hätte die Akte vom Verschwinden damals genauer studieren sollen.«

»Ach, das ist doch Kinderkacke! Der macht sich doch nur wichtig.« Maike konnte sich nicht beruhigen. »Der Döpke soll mal schön den Ball flach halten, anstatt andere Jäger zu verdächtigen.« Nach einer Denkpause setzte sie etwas moderater nach: »War aber schon klar, dass das mit dem Einschussloch im Schädel irgendwann die Runde macht.«

»Tja, leider. Davon wussten inzwischen zu viele.«

»Dass es sich um ein 9-mm-Geschoss handelt, scheint er aber noch nicht zu wissen. Sonst hätte er anders gefragt.«

»Na immerhin ...« Er legte nach: «Was mich viel mehr ärgert, ist, dass er uns die Tour mit den Meinickes vermasselt hat.«

»Ja, das war superblöd. Dieser Vollpfosten! Hat sich aufgeführt wie ein Elefant im Porzellanladen.«

»Sei's drum ...« Mendelski überlegte kurz. Dann fuhr er fort: »Wir sollten die Meinickes für heute in Ruhe lassen. Es reicht, wenn wir morgen einen neuen Versuch ...« Er stockte, beugte sich vor und starrte durch die Windschutzscheibe. »Moment mal! Das Auto da vorn kennen wir doch ...«

Fünfzig Meter vor ihnen bog ein Geländewagen in die Gudehäuser Straße ein.

»Das ist doch der Lada von Jagdaufseher Wolkow«, rief Maike Schnur. »Was macht der denn hier?«

»Keine Ahnung.«

»Gert Meinicke hat uns doch erzählt, dass Wolkow sich in Meißendorf nicht mehr blicken lässt, seitdem sie ihm den Jagdschein abgeknöpft haben.«

»Lass es uns herausfinden ...« Mendelski klappte seine Sonnenblende herunter. »Mach deine auch runter«, forderte er Maike auf. »Und häng dich dran. Wollen mal sehen, wohin der fährt.«

Im Abstand von rund hundert Metern folgten sie dem Lada Niva. Da die Gudehäuser Straße schnurgerade war, konnten sie es sich leisten, einen relativ weiten Abstand zu halten.

»Den Täter zieht es immer wieder an den Tatort zurück«, grummelte Maike Schnur mit leicht rollendem ›R‹. »Alte ukrainische Kriminalisten-Weisheit.«

»Was brabbelst du da?« Mendelski war nicht zu Späßen zumute. »Pass' besser auf, dass er uns nicht bemerkt.«

»Aye, aye Sir!« Maike nahm den Fuß vom Gas. »Er verlässt das Dorf. In der Feldmark wird's sehr übersichtlich. Da gehen wir vorsichtshalber auf noch größeren Abstand.«

Mittlerweile hatten sie die Ortschaft hinter sich gelassen. Der Abstand zwischen den beiden Autos war auf zweihundert Meter angewachsen. Der Lada passierte die Hartmannshäusener Kreuzung und erreichte kurze Zeit später die Abzweigung zur Grabungsstelle.

»Er bremst«, sagte Maike und tat es ihrem Vordermann gleich.

»Rechts ran!«, kommandierte Mendelski. «Gleich hier!« Ihr Passat kam auf dem Grünstreifen im Schatten des Kiefernwaldes zum Stehen. Der Motor schaltete sich automatisch ab.

»Gut so.« Mendelski fischte ein Fernglas unter dem Sitz hervor und spähte zum Lada.

»Er biegt ab«, sagte er. »Und fährt tatsächlich zum Dachsbau. Wir warten fünf Minuten, dann hinterher.«

Neben dem Auto stehend telefonierte Gordon Kobusch mit seiner Chefin.

»Nein, mir ist nichts passiert«, sprach er in sein Handy. »Ja, ich weiß – der Knall war schon ziemlich laut. Aber der Ast ist zum Glück nur hinten auf die Pritsche gedonnert, nicht auf die Kabine. – Ja, einfach so. – Moment mal, hier kommt gerade ein Auto. Ich erklär dir das später.«

Der Lada Niva kam eine Fahrzeuglänge hinter dem Pick-up zum Stehen. Der Fahrer, ein älterer Mann in grüner Kluft, stieg aus und näherte sich zögernd.

»Hallo«, rief Gordon Kobusch ihm entgegen. »Kann ich Ihnen helfen?«

»Gehören Sie zu den Archäologen, die hier graben?«, fragte der Fremde. Er trat näher.

»Ja, das tue ich.«

»Mein Name ist Bernd Wolkow. Ich war früher Jagdaufseher hier in Meißendorf, daher kenne ich den Dachsbau. Ich würde ihn mir gern mal wieder ansehen.«

Gordon Kobusch, breitschultrig und gut einen Kopf größer als der schmächtige Lada-Fahrer, versperrte den Durchgang. Er überlegte, was zu tun sei. »Sie wissen, dass Sie sich hier im militärischen Sperrgebiet befinden?«, fragte er.

»Ja. Natürlich. Aber hier, diesseits der Meiße, sind wir sicher. Ich kenne die Gegend wie meine Westentasche.«

»Und Sie wissen, wonach wir hier graben?«

»Nicht so genau.« Bernd Wolkow ließ seinen Blick suchend durch den benachbarten Wald streifen. »Aber ich habe gestern von einem Bekannten erfahren, dass hier die sterblichen Überreste von einem lange vermissten Landwirt gefunden worden sind. Ich kannte den Mann, Rolf Meinicke hieß der.«

»Sie sind ja gut informiert.« Gordon Kobusch fühlte sich zunehmend unwohl. »Trotzdem: Wir haben von der Polizei Order, niemand Unbefugten an die Fundstelle zu lassen.«

»Unbefugten ...?« Bernd Wolkow musterte sein Gegenüber von Kopf bis Fuß. »Sie sind jung«, sagte er. Er deutete auf die beiden Autos von ArchaeoFirm. »Und Sie sind ja sicher nicht alleine. Wer hat denn hier das Sagen?«

»Meine Chefin. Sie arbeitet an der Grabungsstelle.«

»Dann soll sie das entscheiden.«

»Wie Sie meinen.« Notgedrungen griff Gordon Kobusch zum Handy. »Einen Moment ...!«

Doch er kam nicht zum Telefonieren. Ein weiteres Auto näherte sich.

»Weit ist der ja nicht gekommen«, meinte Maike Schnur, während sie den Autoschlüssel abzog und ausstieg.

Robert Mendelski ging vorweg und erreichte als Erster die beiden Männer.

»Guten Tag«, sagte er laut. »Können wir behilflich sein?«

»Gut, dass Sie kommen.« Gordon Kobusch, das Handy immer noch in der Hand, wirkte erleichtert. »Der Herr hier möchte unbedingt zur ... zum Dachsbau.«

»Herr Wolkow, so sieht man sich wieder«, übernahm Mendelski das Gespräch, so umgänglich es irgend ging. Der Kommissar erinnerte sich nur zu gut an den vorangegangenen Freitag, als Wolkow sie wutschnaubend im Garten hat stehen lassen. »Sie wollen also zum ... Dachsbau?«

»Ja, ganz richtig ...«, säuselte Bernd Wolkow. Urplötzlich hatte er vom Angriffsmodus auf Kuschelkurs umgeschaltet. »Nicht nur zum Dachsbau, sondern auch dorthin, wo man Rolf Meinicke gefunden hat. Schließlich kannte ich ihn gut. Denn trotz aller Reibereien, die wir miteinander hatten, sind wir letztendlich im Guten auseinander.«

»Weil er damals seine Anzeige wegen Nötigung gegen Sie zurückgezogen hat?«

»Ja, auch deshalb. Im Grunde war er kein schlechter Kerl.«

Aus den Augenwinkeln bemerkte Mendelski, dass Gordon Kobusch noch in der Nähe stand und zuhörte. »Sind Sie so nett und lassen uns bitte allein«, sagte er zu dem Archäologen. »Wir übernehmen das hier.«

Der Angesprochene war heilfroh, aus der Nummer raus zu sein. Bereitwillig räumte er das Feld. »Dann will ich mal zurück zur Grabungsstelle«, sagte er. Bevor er ging, warf er noch rasch einen anscheinend unverfänglichen Blick auf Maike Schnur. Der Kommissarin entging das nicht.

»Oder gab es da einen Deal, eine Vereinbarung zwischen Ihnen und Rolf Meinicke?«, setzte Mendelski die Befragung nach einer kurzen Pause fort.

»Was soll das denn heißen?«

»Na, Sie verstehen schon ...«

»Wollen Sie mir etwa unterstellen, dass ich mich freigekauft habe?«, brauste Bernd Wolkow auf. »Dass ich Rolf Meinicke bestochen habe?«

Mendelski blieb ruhig. »Ich frage Sie doch lediglich ...«

»Nein, verdammt!«, polterte der ehemalige Jagdaufseher grimmig. »Das passt Ihnen nicht in den Kram, stimmt's? Dass jemand eine Anzeige zurückzieht, weil er überreagiert hat? So war das aber. Bei Rolf Meinicke kam die Einsicht spät - aber sie kam schließlich.«

»Das alles ist wenige Wochen vor seinem Verschwinden passiert?«

»Kann möglich sein. Das weiß ich nicht mehr so genau.«

»An dem Tag, als Rolf Meinicke verschwand, fand auf dem Truppenübungsplatz eine Drückjagd statt. Sie, Walter Döpke und weitere Jäger aus Meißendorf saßen im Nachbarrevier an den Fernwechseln an. Erinnern Sie sich?«

»Ja natürlich. *So* einen Tag behält man in Erinnerung.«

»Und woran erinnern Sie sich?«, forderte Mendelski ihn auf.

Bernd Wolkow holte Luft. »Es war kalt ... es schneite«, begann er bedächtig. »Auf dem Platz fielen den ganzen Vormittag Schüsse, ohne Ende. Es gab eine Rekordstrecke. In erster Linie von Rotwild. Wir Meißendorfer haben auch ganz ordentlich zugelangt. Abends beim Schüsseltreiben kam dann die Nachricht, dass Rolf Meinicke verschwunden sei. Die halbe Nacht haben wir gesucht. Wir Jäger, die Feuerwehr, Freiwillige aus dem Dorf und so weiter. Das Ergebnis kennen Sie ja. – Übrigens müsste das alles auch in den Protokollen von damals stehen. Schauen Sie doch mal nach.«

Robert Mendelski und Maike Schnur warfen sich vielsagende Blicke zu.

»Könnte Rolf Meinicke aus Versehen erschossen worden sein? Von einem der Jäger vielleicht?« Der Kommissar stellte diese Frage scheinbar beiläufig, doch er achtete sehr genau auf die Reaktion seines Gegenübers.

Bernd Wolkow wiegte den Kopf. »Tja, sowas hat es alles schon gegeben«, sagte er ungerührt. »Und Rolf Meinicke war einer, der sich nie um Drückjagden geschert hat. Der lief in den Wald, wann und wie es ihm passte. Aber ...« Er stutzte und blickte misstrauisch von Mendelski zu Maike und zurück. »Wie kommen Sie denn darauf? Gibt es etwa Hinweise auf eine Schussverletzung?«

Alle Achtung, dachte Maike Schnur. Auch sie hatte Bernd Wolkow genau im Blick. Wenn der Jagdaufseher a. D. ihnen etwas vorspielte, dann war er darin ein Meister.

Mendelski kam zu einem ähnlichen Schluss. Kurzentschlossen deckte er weitere Karten auf. »Rolf Meinicke hatte einen Kopfschuss«, erklärte er. »Wir gehen davon aus, dass das die Todesursache war.«

Die weiteren Fakten

Bernd Wolkow pfiff durch die Zähne. »Jetzt verstehe ich. Darum dieser Aufwand, deshalb die Kripo. Und darum auch die Geheimniskrämerei.« Er trat zögernd zwei Schritte zurück. »Okay, deshalb ist auch der Fundort tabu. Schon klar. Ich will da auch gar nicht mehr hin.«

»Eine letzte Frage.« Mendelski fixierte sein Gegenüber. »Halten Sie es für möglich, dass es eventuell kein Unfall war, sondern dass jemand bewusst auf Rolf Meinicke geschossen hat?«

Bernd Wolkow ging langsam zwei weitere Schritte in Richtung seines Lada, dann blieb er stehen.

»Nee, nee! Lassen Sie mal stecken!«, rief er. Sein Gesicht verzog sich zur Grimasse. »Dazu sag ich nichts. Und so blöd bin ich auch nicht, dass ich mich da reinreite. Suchen Sie mal schön alleine weiter.« Aufgebracht winkte er ab. »Von mir können Sie keine Hilfe erwarten. Schönen Tag noch.«

Sprach's und lief zu seinem Lada.

Erst am Montagnachmittag trafen sie sich. Es war später geworden, als es Axel Schriewe geplant hatte, denn die Redaktionssitzung hatte wegen der Corona-Krise mal wieder unerwartet lange gedauert.

Jonathan Stern erwartete den Reporter in den Räumen der Jüdischen Gemeinde, wo sich auch die Synagoge befand.

»Ich habe für Sie alles vorbereitet«, erklärte der Mittsechziger mit angenehmer Stimme und einem sanften Lächeln. Er zog einen DIN-A4-Umschlag aus seiner Umhängetasche. »Ich glaube, das wird eine für Ihre Leser sehr interessante Geschichte.«

»Das sehe ich genauso.« Axel Schriewe nahm den Umschlag entgegen. »Zumal die sterblichen Überreste des zu Ehrenden, der dreißig Jahre lang als verschollen galt, gerade dieser Tage wieder aufgetaucht sind.«

»Wie bitte?« Jonathan Stern fiel aus allen Wolken. »Davon weiß ich ja gar nichts.«

»Lesen Sie denn keine CZ?«, fragte der Reporter mit gespielter Empörung.

»Doch, doch. Aber nicht alles. Vor allem nicht die ... diese Räuberpistolen ...«

Axel Schriewe lächelte milde. »Na dann ... ich werd's Ihnen erzählen ...«

# Zwölftes Kapitel

Am Dienstagvormittag stand bei Aaron Homeschooling auf dem Programm. Erst am Nachmittag hatte er Präsenzunterricht in der Schule. Seine Eltern arbeiteten beide, der Vater in der Orangenplantage, die Mutter im Kibbuz-Kindergarten.

Bei weit geöffnetem Fenster knobelte er an seinem PC an den Mathe-Aufgaben. Ihm machten solche Herausforderungen Spaß, er war ein sehr guter Schüler und liebte insbesondere die naturwissenschaftlichen Fächer. Seine Rechenaufgaben erledigte er in Rekordzeit. Daher blieb ihm einige Zeit, sich mit anderen Dingen zu beschäftigen. Mit seinen zwölf Jahren interessierte er sich neben Basketball mittlerweile auch für Computerspiele. Besonders hatten es ihm Strategiespiele wie *Age of Empires* angetan.

Doch an jenem Vormittag rief er zunächst die Seite einer bekannten Suchmaschine auf. Neben ihm auf dem Schreibtisch lag sein Smartphone. Das Display zeigte das Foto, das er bei seinem Urgroßvater von der Hasenpfote gemacht hatte.

Auf Englisch gab er ›*rabbit's foot*‹ ein. Ihm erschien es wenig sinnvoll, auf Hebräisch oder Jiddisch zu suchen. In Israel galt Englisch als erste Fremdsprache, außerdem wollte er weltweit suchen, vor allem in Europa.

Der zweite Eintrag in der Ergebnisliste zeigte einen Wikipedia-Beitrag. Diese freie, virtuelle Enzyklopädie war ihnen in der Schule empfohlen worden. Er klickte auf den Link – und starrte erstaunt auf das kleine Foto oben rechts auf der Seite.

Das war sie, die ›*Victorian silver mounted rabbit's foot charm*‹. Eine Seitenansicht. Allerdings leuchtete das sichtbare Hasenauge nicht ganz so intensiv rot wie auf seinem Handyfoto. Es wirkte eher unscheinbar, wie ein schlichtes braunes Glasauge. Mit Begeisterung las Aaron die gespenstischen Geschichten über die Hasenpfoten. Besonders spannend fand er den Abschnitt, in dem beschrieben wurde, welche Voraussetzungen so ein Glücksbringer erfüllen muss, damit die ihm zugesprochenen magischen Kräfte sich optimal entfalten. Es musste die linke hintere Pfote eines Hasen sein, der bei Vollmond an einem Freitag auf einem Friedhof getötet wurde. Am besten noch mit einer silbernen Kugel ... Aaron lief es gruselnd und kalt über den Rücken. Fasziniert las er weiter.

Nach der Wikipedia-Seite wechselte er zurück zu den Suchergebnissen auf ›*rabbit's foot*‹ aktivierte die Rubrik ›Bilder‹. Schon in der ersten Reihe tauchte das Foto auf, das er von der Wikipedia-Seite kannte.

In der zweiten Bilderreihe jedoch sah er etwas, das ihn aufschrecken ließ ...

Das Ergebnis der DNA-Analyse kam per Fax. Ellen Vogelsang, die als Einzige an diesem Vormittag im Fachkommissariat 1 Dienst hatte, stand zufällig gerade neben dem Faxgerät, als die Nachricht eintraf.

Auf dem Weg in ihr Büro las sie die Nachricht. Sie stammte vom Landeskriminalamt in Hannover. Deren Labor bestätigte, dass die an Mütze und Mantel sichergestellte DNA mit der von den menschlichen Knochen aus dem Dachsbau übereinstimmten. Bei den aufgefundenen sterblichen Überresten handelte es sich somit zweifelsfrei um Rolf Meinicke.

Des Weiteren waren die Forensiker vom LKA der Ansicht, das Einschussloch in der Stirnpartie sei von einem Geschoss des Kalibers 9 mm verursacht worden. Das im Baum sichergestellte Projektil würde diesem Kaliber entsprechen, eine eindeutige Identifikation als Verursacher der Schädelverletzung sei aber nicht möglich. Der Bericht schloss mit dem Hinweis, dass die Untersuchungen abgeschlossen seien. Die zusammengetragenen Knochenteile könnten nun zur Bestattung freigegeben werden.

Da hatte aber jemand mächtig Druck gemacht, mutmaßte die Kommissarin. Das ging ja plötzlich wie bei der Feuerwehr. Sie lief in ihr Büro und griff zum Telefon.

»Guten Morgen Robert, Ellen hier«, sagte sie, nachdem ihr Chef das Gespräch angenommen hatte. »Ich hab was für euch ...«

»Urgroßvater!«, rief Aaron, als er durch die Fliegentür ins Haus stürmte. »Wo bist du?«

Verwundert steckte Elias Lewenstein seinen Kopf aus der Toilettentür. »Was ist denn los? Brennt's irgendwo?«

»Ich ... ich hab da was gefunden«, japste der Junge. Er war vom schnellen Laufen ganz aus der Puste.

»Einen Moment, ich bin gleich bei dir.«

Aaron tippelte nervös um den Küchentisch herum, sein Smartphone in der Hand. Endlich erschien sein Urgroßvater.

»Guck mal hier! Was da im Internet zu sehen ist.« Er legte sein Handy auf den Küchentisch und drehte es so, dass man die Abbildung auf dem Display spiegelfrei sehen konnte.

»Im Internet?«, brummelte Elias Lewenstein, während er sich weit vorbeugte. »So erkenne ich nix. Wo ist meine Brille?«

Aaron schaute sich in der Küche um. Er schnappte sich eine Lesebrille von der Anrichte. »Hier, nimm diese.«

»Das kenn ich doch schon«, sagte sein Urgroßvater enttäuscht, nachdem er die Brille aufgesetzt und das Handybild betrachtet hatte. »Das ist genau das Foto von der Hasenpfote, das du gestern gemacht hast.«

»Nein, ist es nicht.«

Aaron vergrößerte das Bild mit den Fingern. »Schau doch mal, auf den Hintergrund ...«, sagte er. »Da sieht wie wertvolles Holz aus. Nussbaum, Mahagoni ... keine Ahnung. Sowas hast du hier nicht.«

Elias Lewenstein schüttelte unwirsch den Kopf. »Verstehe ich nicht. Das da *ist* doch meine Hasenpfote.«

»Nein, das ist sie eben nicht.« Sein Urenkel rief ein anderes Foto auf. »Das hier, das ist deine Hasenpfote. Fotografiert auf deinem Küchentisch. Von mir.«

»Ja, genau.«

Aaron wechselte zum ersten Foto zurück. »Dies ist aus dem Internet. Exakt die *gleiche* Hasenpfote. Der silberne Tierkopf mit den roten Augen. Wie deine.«

»Mein Lebensretter damals hat erzählt, es gäbe zwei«, murmelte Elias Lewenstein nachdenklich. Sein Interesse wuchs. »Dann ... dann muss das die andere sein. Das Schwesternstück.«

»Wahrscheinlich.«

»Und was ist daran so aufregend?«

»Die bietet jemand zum Verkauf an.«

»Wo? Im Internet?«

»In Deutschland. Im Internet steht nur das Angebot.«

»Na siehst du, passt doch.« Das Interesse seines Urgroßvaters schwand wieder.

»Aber ... warum passiert das gerade jetzt?« Aaron ließ nicht locker. »Genau zu der Zeit, wo du mit deiner Hasenpfote nach Deutschland reisen willst? Das kann doch kein Zufall sein.«

»Aber Junge, hör mal ...«

»Wie lange hat deine Hasenpfote bei dir im Schrank gelegen? 50, 60 Jahre?«

»75 Jahre.«

»Siehst du! Dass nach so langer Zeit ausgerechnet jetzt die andere Hasenpfote auftaucht ... das ist doch kein Zufall.«

Elias Lewensteins Stirn legte sich in Sorgenfalten. »Wer bietet sie denn an?«, wollte er nach einer Weile wissen. »Ein Juwelier?«

»Ein Antiquitätenhändler aus Bremen. Ich habe nachgeguckt. Das ist eine Stadt im Norden von Deutschland.«

»Bremen – das kenne ich. Ist nicht weit weg von Hannover und Celle, wo ich hinfahre. Wollen die viel Geld dafür?«

»Ein Preis steht da nicht. Der ist wohl Verhandlungssache.«

Sein Urgroßvater begann, nachdenklich in der Küche auf und ab zu gehen. »Ja, ja – es kann schon sein, dass es sich um das Schwesternstück handelt. Aber ... was soll ich machen?«

»Vorsichtig sollst du sein«, erwiderte Aaron mit verschwörerischer Miene. »Du hast ein Geheimnis erwähnt, dass du damals aus Deutschland mitgebracht hast. Du wolltest es mir irgendwann einmal erzählen. Deshalb mache ich mir Sorgen um dich.«

»Musst du nicht.« Elias Lewenstein zupfte seinen Urenkel schelmenhaft an den Locken. »Ich verspreche dir, ich werde vorsichtig sein. Und vielleicht erzähle ich dir mein Geheimnis noch, bevor ich abreise. – Ja, das ist eine gute Idee ...«, sagte er mehr zu sich selbst. »Du bist alt genug jetzt. Und für mich wäre es eine Erleichterung.«

»Du hast wirklich noch keinem einzigen Menschen davon erzählt? Auch nicht Urgroßmutter? Nicht Oma und Opa, nicht Mama und Papa?«

Elias Lewensteins Augen verengten sich zu Schlitzen. »Nein, niemanden«, raunte er.

Aaron steckte sein Smartphone ein. »Wow!«, erwiderte er ehrfürchtig. »Da bin ich aber gespannt.«

Nach dem Telefonat mit Ellen Vogelsang bestellte Mendelski Maike Schnur zu sich nach Boye. Im Dienstwagen fuhren sie weiter nach Meißendorf. Unterwegs brachte der Leiter des FK 1 seine Kollegin auf den neuesten Stand.

Um kurz nach 11.00 Uhr trafen sie auf dem Meinicke-Hof ein.

»Ich habe jetzt keine Zeit, muss Kartoffeln schälen«, empfing sie Lea Meinicke an der Dielentür. Sie trug eine dunkelblaue, knielange Schürze. »In einer halben Stunde gibt's Mittag.«

»Alles klar«, erwiderte Mendelski. »Könnten wir denn mit Ihrem Bruder zu sprechen?«

»Der ist noch hinten auf der Wiese und sammelt den Draht mit der Schubkarre ein. Er müsste aber jeden Augenblick zurück sein.«

»Wir könnten ihm entgegengehen«, schlug Maike Schnur vor.

»Können Sie. Es ist immer noch dieselbe Wiese wie gestern.«

»Okay.« Die beiden Besucher wandten sich zum Gehen.

»Ach, noch etwas ...«, rief Lea Meinicke ihnen nach. »Machen Sie sich mal keine unnötigen Sorgen. Das wird schon.«

»Was meinen Sie denn?«, hakte Maike Schnur nach.

»Na, das mit dem Besuchskomitee. Und die Feier nächste Woche. Wenn mein Bruder nicht will, mach ich das eben.«

»In Ordnung. Wie Sie meinen.«

»Ja, ich fahre dann eben allein nach Hannover. Ich habe mir schon einen schönen Rock und eine weiße Bluse rausgesucht.

Und das mit dem Besuch kriegen wir auch irgendwie hin. Soll mein Bruder doch …« Sie verstummte plötzlich. Ihr Blick richtete sich an Robert Mendelski und Maike Schnur vorbei zur Scheune, um deren Ecke gerade Gert Meinicke gebogen kam.

»Was soll dein Bruder …?«, knurrte er, während er die Schubkarre absetzte. Sie war voll beladen mit Rollen alten, rostigen Stacheldrahts.

»Ach nichts.« Lea Meinicke schürzte trotzig ihre Lippen. »Ich mach jetzt Mittag.« Ohne eine Reaktion ihres Bruders abzuwarten, verschwand sie im Dunkel der Diele.

»Wird aber auch Zeit«, rief er ihr noch nach. Und an die beiden Besucher gewandt: »Sie schon wieder! Hat die Kripo denn nichts Besseres zu tun?«

»Wir haben zwei wichtige Nachrichten für Sie«, antwortete Mendelski ohne Umschweife. »Zum einen ist das Ergebnis der DNA-Analyse eingetroffen. Das Labor bestätigt, dass die menschlichen Überreste aus dem Dachsbau von Ihrem Vater stammen. Zum zweiten können Sie die Beerdigung vorbereiten, denn seine Gebeine sind jetzt freigegeben.«

Gert Meinicke schwieg einen Moment lang, fand jedoch rasch wieder zu seiner bärbeißigen Art zurück. »Na, denn …«, blaffte er. »Jetzt haben wir wenigstens Gewissheit. Und können uns endlich darum kümmern, dass der Spuk ein schnelles Ende nimmt. Vorsorglich habe ich schon Kontakt mit einem Beerdigungsunternehmen aufgenommen. Die stehen Gewehr bei Fuß.«

»Das haben Sie gut gemacht.«

»Der Bestatter meint, das Ganze sei innerhalb einer Woche zu bewerkstelligen.« Gert Meinicke rechnete nach. »Heute ist Dienstag. Also nächste Woche Dienstag oder Mittwoch könnten wir ihn beerdigen.«

Robert Mendelski versuchte, die günstige Stimmung für einen erneuten Vorstoß in Richtung Besuch aus Israel zu nutzen. »Wir werden Sie dabei gern unterstützen, wenn Sie möchten.« So diplomatisch wie möglich schlug er vor: »Und wenn das alles geregelt ist, wäre es doch eine nette Geste, wenn Sie den alten Herrn, der Ihrem Vater sein Leben zu verdanken hat, zur Beerdigung einladen würden. Herr Lewenstein kommt nach 75 Jahren zum ersten

Mal wieder nach Deutschland und würde sich sicher sehr freuen, Sie und Ihre Schwester kennenzulernen.«

»Wir machen doch gar keine große Trauerfeier«, protestierte Gert Meinicke. »Es kommen nur eine Handvoll Leute. Der Bestatter und seine Helfer, ein Pfarrer, Lea und ich. Das war's!«

»Bitte schlafen Sie noch einmal eine Nacht darüber.«

»Muss ich nicht.« Gert Meinicke blieb stur. »Das ist alles so lange her. Vor dreißig Jahren ist mein Vater gestorben. Vor zwanzig Jahren wurde sein Name auf den Familiengrabstein eingraviert. Jetzt legen wir lediglich seine Gebeine dazu. Das ist alles.«

»Wie Sie möchten.« Robert Mendelski hielt es für klüger, in diesem Moment nicht weiter zu bohren. Mit seiner Bitte würde er nur auf Granit stoßen. »Wir wollen nicht länger stören ...«

»Was machen eigentlich Ihre Erkundungen?«, unterbrach ihn Gert Meinicke forsch. »Die Ermittlungen zum Tod meines Vaters? Gibt es neue Ergebnisse?«

Mendelski zögerte, bevor er antwortete. »Das gestaltet sich recht schwierig. Dreißig Jahre sind eine lange Zeit. Da kommt es bei den Zeitzeugen schon mal zu ... zu Erinnerungslücken.«

»Sie haben die drei befragt?«

»Die drei? – Sie meinen die Herren Döpke, Wolkow und Kruppa?«

»Ja, wen denn sonst ...«

»Nun, das haben wir. Aber ich kann Ihnen leider nichts darüber erzählen. Sie verstehen ...« Robert Mendelski stockte, denn Maike Schnur zupfte plötzlich an seinem Ärmel. Unauffällig deutete sie mit den Augen in Richtung Dielentor. Aus dessen Schatten war – leise und blass, wie ein Gespenst – Lea Meinicke getreten.

»Pastor Kruppa?«, fragte sie kaum hörbar. »Was ist mit ihm?«

»Du hast gelauscht!«, herrschte ihr Bruder sie an. Rigoros drängte er sie ins Haus zurück. »Pfui, schäm dich! Ab mit dir in die Küche!«

Das Kripo-Duo blieb allein auf dem Hof zurück.

Axel Schriewe war guter Dinge. Nach einer kurzen Stippvisite in der Redaktion, wo er grünes Licht für den Artikel bekommen hatte, war er nach Hause zurückgekehrt, um dort in Ruhe weiter zu arbeiten.

Endlich kam er weiter im Fall Rolf Meinicke - zwar nicht so wie gedacht, aber immerhin. Seine These, der Göhrde-Mörder oder ein wahrscheinlicher Helfershelfer könnte etwas mit dem Fall zu tun haben, konnte er derzeit zwar nicht weiter verfolgen. Doch er würde diese Spur wieder aufnehmen - spätestens dann, wenn er mit jemanden aus dem NDR-TV-Team sprechen konnte, das gerade eine Dokumentation über einen der spektakulärsten Kriminalfälle in Deutschland drehte.

Das Material, das ihm Jonathan Stern von der Jüdischen Gemeinde zur Verfügung gestellt hatte, erwies sich als recht umfangreich. In der kommenden Woche sollten in Hannover zusammen mit Rolf Meinicke fünf weitere ›Gerechte unter den Völkern‹ mit der Yad-Vashem-Medaille geehrt werden - allesamt posthum. Die Angehörigen, die stellvertretend die Ehrung entgegen nehmen sollten, lebten alle in Niedersachsen, daher war für die Feierstunde die Landeshauptstadt als geeigneter Ort ausgesucht worden.

Axel Schriewe hatte sich den Termin - Donnerstag, den 28. Mai - bereits in seinem Kalender eingetragen. Als Pressevertreter der CZ würde er in Hannover dabei sein. Er war sehr gespannt, ob überhaupt, und wenn ja, wie sich Lea und Gert Meinicke bei der Zeremonie präsentieren würden.

Aber sie wären sicher nur Randfiguren. Die unumstrittene Hauptrolle des Festaktes würde der 87-jährige Gast aus Israel einnehmen. Die Geschichte eines Zeitzeugen war das Interessante, nicht die der beiden Angehörigen. Sie waren ja erst etliche Jahre nach dem Krieg und den denkwürdigen Ereignissen geboren worden.

Elias Lewenstein galt sein Interesse, er war der Brennpunkt seiner Reportage: der Geschichte, die von der Inhaftierung in Bergen-Belsen, über die Flucht, die Monate in Meißendorf bis zur Ankunft in Israel reichte. Ausgehend von diesen bemerkenswerten Geschehnissen würde er den Bogen zu Rolf Meinicke spannen - und zu dessen tragischem wie mysteriösem Ende.

Axel Schriewe schob die PC-Tastatur beiseite und wischte sich den Schweiß von der Stirn.

In seiner Mansardenwohnung herrschten trotz der weit geöffneten Fenster tropische Temperaturen. Die Mittagssonne hatte die stickigen Räume im suboptimal isolierten Dachgeschoss ordentlich aufgeheizt.

Nur mit Boxershorts und T-Shirt bekleidet schlurfte er zum Kühlschrank, um sich ein gut gekühltes Mineralwasser zu holen. Als er gerade ein Glas einschenkte, klingelte sein Telefon. Das Diensthandy. Er schaute aufs Display, doch die Nummer des Anrufers war unterdrückt. Von Berufs wegen schon neugierig, nahm er das Gespräch trotzdem an.

»Schriewe«, meldete er sich.

»Axel Schriewe? Von der Celleschen Zeitung?«

Der Reporter bekam eine Gänsehaut. Die Stimme kam von weit her, klang gedämpft, als ob jemand durch ein Kissen sprach, und war dadurch schlecht zu verstehen. Auf die Schnelle ließ sich nicht mal beurteilen, ob es sich um eine männliche oder weibliche Stimme handelte.

Als Privatmensch hätte Axel Schriewe das Gespräch sofort beendet. Doch der Investigativ-Reporter blieb am Apparat.

»Ja«, antwortete er. »Wer spricht denn da bitte?«

»Das ist egal. – Es geht um Rolf Meinicke. Sie haben über ihn geschrieben.«

Der Reporter zögerte einen Moment, antwortete dann aber. »Ja, das stimmt.«

»Hören Sie genau zu, ich sage das nur einmal: Sein Mörder kommt vom eigenen Hof.«

»Bitte? – Was meinen Sie damit ...?«

Doch aus dem Telefon war nur noch ein Tuten zu hören. Sein Gegenüber hatte das Gespräch beendet.

»Mist! So ein Mist! So ein verdammter Mist!«, fluchte der Reporter laut. Er starrte auf das Handy in seinen Händen. »Was sollte das denn ...?«

Wie von einem Reflex gesteuert, ging er zum Fenster und schaute auf die Straße hinab. Dort gähnte wegen der Mittagspause nur heiß flimmernde Leere. Kein Verdächtiger lugte verstohlen um eine Hausecke, niemand radelte hektisch davon, weit und breit setzte sich kein Auto in plötzliche Bewegung.

Erschöpft ließ sich Axel Schriewe in einen Korbsessel neben dem Fenster fallen. »›Sein Mörder kommt vom eigenen Hof‹«, wiederholte er heiser.

Wer hatte ihn angerufen? Was für einen Sinn hatte diese absurde Anschuldigung? Wen hatte der Anrufer gemeint? Etwa Gert oder Lea Meinicke? - Und was wollte der Anrufer von ihm, dem CZ-Reporter? Hegte der oder die Unbekannte die naive Hoffnung, seine durch nichts untermauerte Verdächtigung würde morgen in der Zeitung stehen? Von Unruhe getrieben sprang er aus dem Sessel und setzte sich wieder an den PC. Gedankenvoll starrte er auf den Monitor.

Warum hatte der anonyme Anrufer ihn und nicht die Polizei angerufen?, fragte er sich. Ausgerechnet ihn? In seinem Kopf brummte es. Was sollte er tun? Sollte er die Polizei informieren?

Nö, fasste er einen spontanen Entschluss. So schnell nicht. Jetzt sollten die Leute von der Kripo, die ihn mehrmals hatten auflaufen lassen, auch mal warten ...

Es zog ihn noch einmal zum Fundort von Rolf Meinicke, zum Dachsbau. Robert Mendelski wusste auch nicht, warum. Vielleicht gab es Neuigkeiten von den Archäologen. Außerdem hatten sie sowieso gerade in Meißendorf zu tun.

Der Besuch bei den Meinickes war wieder sehr kurz ausgefallen - mit unbefriedigendem Ergebnis. Morgen wollten sie es erneut versuchen, nach der Devise: Steter Tropfen höhlt den Stein.

Sie bogen von der Gudehäuser Straße in den Waldweg ein, doch dort fanden sie keines der bereits bekannten Fahrzeuge. Anscheinend war heute niemand von ArchaeoFirm hier draußen.

»Die machen vielleicht hitzefrei«, mutmaßte Maike Schnur und strich sich eine hartnäckige Haarsträhne aus der Stirn. »So was sollten wir unserem Chef auch mal vorschlagen.«

Mendelski blinzelte durch die Baumkronen gen Himmel. »Für heute haben wir das Schlimmste hinter uns. Die Sonne neigt sich bereits gen Westen.«

»Na denn ...«

Sie stiefelten den Pfad entlang zum Dachsbau. Die Grabungsstätte lag verlassen, alles schien in Ordnung. Tische und Bänke waren bis auf wenige Kiefernnadeln blitzblank, die Werkzeuge diebstahlfest in einer Gitterbox eingeschlossen oder mit Kettenschlössern gesichert. Es sah nicht aus, als ob jemand von den Archäologen heute hier gewesen wäre.

»Sieht ein bisschen wie eine verlassene Goldgräbergrube aus«, befand Maike Schnur. »Indiana Jones lässt grüßen ...«

Beiläufig winkten sie in die Wildkamera, die am Rand der Lichtung in fünf Meter Höhe an einem Eichenstamm befestigt war.

»Sieh mal einer an, hier sind frische Tierspuren«, stellte Robert Mendelski fest. Sie standen am Eingang des Dachsbaus. »Wie es scheint, lassen sich die Dachse durch die Graberei nicht groß stören.«

»Du meinst, das waren Dachse?« Maike ging in die Knie.

»Ja, ganz sicher. Die Dachsspur ist ziemlich einmalig. Schau dir die Krallenabdrücke oberhalb der eigentlichen Ballenabdrücke an, so was gibt's nur beim Dachs. Der hat nämlich enorm lange Krallen an den Vorderpfoten, damit er gut graben kann.«

»Wie alt schätzt du die Spuren denn?«

»Na, die werden von letzter Nacht sein. Trotz der Grabungen scheinen die Dachse den Bau auch noch auf dieser Seite zu benutzen.«

»Vielleicht sind sie ja wieder auf der Überwachungskamera zu sehen.«

»Ja, das müssten sie.« Mendelski schaute erneut zur Kamera in der Eichenkrone hinauf – deutlich länger als vorhin beim ersten Mal.

Er stutzte: »Sieh mal, da stimmt doch was nicht.«

Mit der flachen Hand schürzte Maike ihre Augen, um nicht von der Sonne geblendet zu werden.

»Die ist hin«, sagte sie. »Die Antenne ist abgeknickt, außerdem hängen da Kabel raus. Würde mich sehr wundern, wenn die noch Bilder macht.«

Sie suchten den Boden um die Eiche herum ab. Im Gras fanden sie einige grüne Plastiksplitter und frische Rindenteile.

»Das war kein Specht«, meinte Mendelski. »Und auch sonst kein Tier. Da hat jemand gezielt Steine geworfen ... oder so was in der Art.«

»Ich ruf mal die Frau Winkler an.« Maike Schnur hatte bereits ihr Smartphone am Ohr. »Die müsste doch wissen, ab wann das Gerät ausgefallen ist.«

Dr. Ute Winkler hatte gerade einen Termin beim Steuerberater in Isernhagen und konnte den Anruf nicht gleich entgegennehmen. Erst als sie gegen 14.30 Uhr wieder im Auto saß, hörte sie die Mailbox ab, die neben zwei anderen Nachrichten die von der Kripo enthielt. Ute Winkler rief sofort zurück.

»Ja, das habe ich auch schon gemerkt«, erklärte sie. Maike Schnur und Robert Mendelski waren bereits wieder unterwegs zurück nach Celle. »Wann? - Also, die App meldete, dass die Kamera heute früh gegen 7.00 Uhr ausgefallen ist. Ich hatte mir aber nichts weiter dabei gedacht, da das schon zweimal passiert ist. - Mutwillig zerstört, sagen Sie? Da oben im Baum? Das wäre ein akrobatisches Kunststück. - Nein, ohne Leiter kommen Sie da nicht dran. - Und wurde sonst noch etwas zerstört oder gestohlen? - Na, dann bin ich ja beruhigt. - Leider hab ich mich bisher noch nicht weiter darum kümmern können. Wollte das sogleich machen, wenn wir wieder in Meißendorf sind. - Ja, morgen fahren wir wieder raus ... so ist es jedenfalls geplant. - Okay, dann sprechen wir uns morgen wieder. Schönen Feierabend noch.«

An diesem milden Maiabend strömten die Leute durch die Straßen Großburgwedels. Vor allem Restaurants, Kneipen und Eisdielen, die über genügend Außentische verfügten, erlebten regen Zulauf.

Gordon Kobusch verließ die Heinrich-Wöhler-Straße zu Fuß. Sein Fahrrad blieb daheim. Sein Ziel war bequem fußläufig zu erreichen, außerdem wollte er sich offen halten, wie viele Biere er heute Abend trinken würde.

Das Grübeln allein zu Hause behagte ihm nicht. Er musste raus, brauchte Ablenkung. Das, was er gestern mit dem merkwürdigen Jagdaufseher und den Kripo-Beamten im Wald bei Meißendorf erlebt hatte, machte ihm zu schaffen. Die suchten also immer noch den Todesschützen, von Grabesruhe konnte keine Rede sein. Die Ermittlungen liefen auf Hochtouren, was plötzlich so dubiose Gestalten wie diesen Wolkow auftauchen ließ.

Gordon Kobuschs sonstige Skrupellosigkeit war erheblich geschwunden. Von der goldenen Taschenuhr und dem Ehering des Getöteten hatte er sich - Gott sei Dank - gerade noch rechtzeitig getrennt. Nur die Hasenpfote hatte er behalten - unrechtmäßig, das war klar. Sich einzureden, das kleine Schmuckstück könnte ja eventuell jemand anderem als dem Opfer gehören, war Schwachsinn. Und was ist, wenn es sich bei der Hasenpfote um ein wichtiges Indiz, ein Beweisstück handelte? Ein Beweisstück in einem Mordfall?

Gordon Kobuschs Stimmung verdüsterte sich.

Rasch passierte er die beiden mediterranen Restaurants. Das *Il Casale* und wenige Meter später dann die *Trattoria Pasta e vino*. Burgwedels berühmtester Bürger, ein ehemaliger Bundespräsident, betrat gerade den beliebten Italiener.

Das Ziel von Gordon Kobusch, die Gaststätte Am Markt, lag hundert Meter weiter. Die urige Dorfkneipe war berühmt für ihre Hausmannskost, insbesondere für die selbstgemachten Frikadellen. Auch hier wurde nur an Außentischen bedient, an einem riesengroßen und zwei kleinen. Sie waren - wie kaum anders zu erwarten - voll besetzt.

Das störte Gordon Kobusch allerdings nicht. Er hatte bereits zu Abend gegessen, sein Frust-Bier konnte er auch im Stehen trinken - so wie einige weitere Gäste, die ebenfalls im Freien stehend den milden Frühlingsabend genossen.

Er hatte sich ein großes Bier geholt und gerade unter einer der Linden gestellt, als sein Handy summte. Er stellte das Glas auf die Betonumrandung eines Pflanzkübels und nahm das Gespräch an.

Es war Sebastian, sein Kumpel aus Bremen. Der Antiquitätenhändler rief wegen der Hasenpfote an. Wie besprochen hatte er sie einem Juwelier zur Begutachtung vorgelegt. Der fragte nun, ob er die Edelsteine, die ›Augen‹ des Hasen, aus der Silberfassung lösen dürfe, um die Edelsteine exakt taxieren zu können.

»Das finde ich nicht so gut«, zweifelte Gordon Kobusch. »Am Ende zerstört er dabei das gute Stück ...«

Sebastian Frey begründete die Idee damit, dass es sich bei den Edelsteinen eventuell um zwei wertvolle Blutrubine handeln könnte. Die Steine hätten eine kräftige rote Farbe mit einem Stich ins Bläuliche, die der Farbe von Taubenblut ähnelte – eine besonders wertvolle Variante.

»Trotzdem ...« Gordon Kobusch ging ein paar Schritte Richtung Straße. »Ich finde, wir sollten damit noch warten. Auseinandernehmen können wir sie doch immer noch.«

Insgeheim bereute er es längst, die Hasenpfote nach Bremen gebracht und in der Obhut seines Freundes gelassen zu haben. Jetzt konnte jedermann das Schmuckstück im Internet sehen.

Verflucht, wie naiv war das eigentlich, schalt sich Gordon Kobusch. Sein ungutes Bauchgefühl nahm zu.

»Gibt es denn schon Interessenten aus dem Netz?«, fragte er.

Sebastian Frey sprach von vier Anfragen, alle aus dem Ausland. Aus Holland, aus der Schweiz, aus den USA und aus Israel.

Zum Glück kam keine aus Deutschland, dachte Gordon Kobusch. Noch fahndete die hiesige Polizei anscheinend nicht nach dem Sammlerstück.

Alle hätten nach dem Preis gefragt, berichtete Sebastian Frey weiter. Nur die Anfrage aus Israel war anders.

Gordon Kobusch wurde hellhörig.

»Wie, anders ...?«

Gebannt lauschte er ins Mobiltelefon.

»Wiederhole das bitte«, sagte er mit belegter Stimme. Erneut hörte er konzentriert zu, als Frey die in englischer Sprache gesendete Anfrage erneut vorlas.

»Das ... das verstehe ich nicht«, stammelte er danach. Es lag sicher nicht an seinen mangelnden Englisch-Kenntnissen, ihm blieb schlicht die Spucke weg.

»Muss ... muss jetzt Schluss machen«, krächzte er kurzerhand. »Der Akku ...«

Gordon Kobusch schaltete sein Smartphone aus und steckte es in die Gesäßtasche. Wie in Trance kehrte zu seinem Platz unter der Linde zurück. Er nahm das Bierglas auf und leerte es in einem Zug.

# Dreizehntes Kapitel

Als sie am Mittwochmorgen die Grabungsstelle erreichten, kümmerten sie sich als Erstes um die Überwachungskamera. Sie waren nur zu dritt, Dr. Ute Winkler, Vanessa Menz und Ben Schleswig. Der vierte im Bunde, Gordon Kobusch, hatte sich früh am Morgen telefonisch krank gemeldet. Er hätte einen Magen-Darm-Infekt.

Die zweiteilige, zusammenschiebbare Aluleiter war an einer der Gitterboxen angekettet. Ben Schleswig, ein stämmiger, wortkarger Sauerländer, öffnete das Kettenschloss und schleppte die Leiter zur Eiche mit der Kamera.

»Wahrscheinlich ein Böse-Buben-Streich«, brummte er, während er die Leiter ausfuhr und an den Stamm lehnte.

»Der oder die Übeltäter müssen aber ziemlich gut im Steinewerfen sein.« Ute Winkler bückte sich nach den Plastiksplittern am Fuß des Baumes. Robert Mendelski und Maike Schnur hatten sie dort abgelegt. »Vielleicht haben die eine Zwille benutzt.«

Ben Schleswig stieg die ersten Sprosse hinauf. »Oh oh, da hat sich aber jemand ausgetobt«, sagte er, während er nach oben blickte. »Die ganzen Innereien hängen ja heraus.«

»Wieder ein 300-Euro-Schaden«, stöhnte die Archäologin entnervt. »Die Versicherung wird sich freuen.«

»Nicht nur die Kamera wurde getroffen«, wunderte sich Ben Schleswig, als er oben angekommen war. »Hier sind auch Einschläge im Baumstamm. – Steinwürfe dürften das nicht gewesen sein ...«

»Was denn dann?«, rief sie nach oben. »Stahlkugeln von einer Zwille vielleicht?«

»Schlimmer.« Ben Schleswig zog ein Multi-Tool aus der Gürteltasche und begann, damit in der Rinde zu bohren. »Stahlkugeln – das war schon gar nicht schlecht. Aber ... ich tippe eher auf Blei.«

»Auf Blei? Du meinst ...?«

»Ja. Genau das meine ich.« Triumphierend hielt er etwas Kleines zwischen Zeigefinger und Daumen ins Licht.

»Wenn ihr mich fragt: Das ist eindeutig ein deformiertes Bleigeschoss.«

»Du meine Güte!« Ute Winkler hielt bereits ihr Smartphone in der Hand. »Da rufe ich doch lieber die Kripo an.«

»Was hast du gemacht?« Elias Lewenstein war verärgert. Derart böse hatte Aaron seinen Urgroßvater noch nie gesehen.

Sie saßen am späten Vormittag auf der Veranda. Der Junge hatte einen Korb frisch gepflückter Orangen mitgebracht. Und von seinen Aktivitäten im Internet erzählt ...

Elias Lewenstein erhob sich aus seinem Schaukelstuhl und lief aufgebracht hin und her.

»Wie konntest du das nur machen ... ohne mich zu fragen!«

»Aber Urgroßvater. Ich ... ich habe es doch nur gut gemeint.« Aaron verstand die Welt nicht mehr.

»Trotzdem ...« Er fasste den Jungen an der Schulter. »Was genau hast du geschrieben?«

Aaron holte sein Smartphone hervor und startete die Mail-App. Dann las er vor und übersetzte: »Kann es sein, dass die von Ihnen angebotene Viktorianische Hasenpfote aus Meißendorf, Deutschland, stammt?‹ Das war alles.«

»Und? Haben sie schon geantwortet?«

»Nein. Bisher nicht.«

»Du hast keine Namen genannt?«

»Nein.«

»Deinen nicht? Und auch nicht meinen?«

»Nein. Meine E-Mail-Adresse ist ein Fantasiename.«

»In welcher Sprache hast du geschrieben?«

»Na, in Englisch. Hebräisch wäre Quatsch. Und Deutsch kann ich ja nicht.«

»Gut. Wenigstens etwas.« Elias Lewenstein schien sich ein wenig zu beruhigen.

»Urgroßvater ...«

»Aber die wissen«, wurde er unterbrochen, »dass die Anfrage aus Israel stammt.«

»Ja, klar.«

»Das ist nicht gut.«

Aaron nahm allen Mut zusammen und fragte mit klopfendem Herzen: »Urgroßvater, was ist los mit dir? Warum ist es so schlimm, dass ich nach der Hasenpfote gefragt habe? Woher sie stammt?«

Elias Lewenstein nahm behutsam den Kopf des Jungen in beide Hände. Sein Gesichtsausdruck hatte sich verändert, er wirkte wieder wie gewohnt - milde, gelassen, so wie Aaron ihn kannte.

»Alles gut«, besänftigte er seinen Urenkel. »Du kannst ja nichts dafür. Das ist mein Problem.«

»Was denn für ein Problem?«

Sein Urgroßvater setzte sich wieder in seinen Schaukelstuhl. »Es wird Zeit, dir von meinem Geheimnis zu erzählen«, begann er. »Setz dich. Hast du Zeit?«

Aaron hatte Zeit. Die Schule war ja erst nachmittags.

Es war keine Stunde vergangen, da trafen sie an der Grabungsstelle ein.

Sie kamen mit zwei Autos, Robert Mendelski und Maike Schnur im Dienst-Pkw, Heiko Strunz und Jo Kleinschmidt mit dem Tatortwagen.

»Kein Zweifel, das ist ein 9-mm-Geschoss«, stellte Heiko Strunz fest, nachdem er das Stück Blei begutachtet hatte. »Leider eines der Kaliber, die für Selbstladepistolen weltweit am weitesten verbreitet sind.«

»Wird aber auch aus Maschinenpistolen verschossen«, gab Maike Schnur zu bedenken. »Vergesst nicht: Wir sind hier auf einem Truppenübungsplatz.«

»Diesseits der Meiße haben die Soldaten nichts zu suchen.« Dr. Ute Winkler war sich sicher. »Das wurde unserem Grabungsteam von der Platzverwaltung zugesichert. Insofern ...«

Nach oben schauend umrundete Robert Mendelski die Eiche, an der die Kamera angebunden war. »Trotzdem«, sagte er. »Wir können nicht ausschließen, dass sich während einer Übung einige

Militärs hierher verirrt und ihr Mütchen an der Kamera gekühlt haben. Wir werden das überprüfen.«

»Ich schau mir das da oben mal an.« Trotz seiner Borreliose-Beschwerden begann Heiko Strunz, die Leiter zu erklimmen. »Vielleicht finde ich ja noch mehr Geschosse.«

»Da müssten sicher noch einige im Baum stecken«, rief ihm Ben Schleswig nach. »So, wie die Kamera aussieht, hat die mehrere Treffer abgekriegt.«

»Sie bekommen doch die Bilder in Echtzeit auf Ihr Smartphone übertragen?«, wandte sich Mendelski an Ute Winkler. »Was ist denn auf dem letzten Foto zu sehen?«

»Ein Reh«, erwiderte die Archäologin. Sie musste unfreiwillig schmunzeln. »Ein unschuldiges Rehlein. – Ja, ich weiß schon, worauf Sie jetzt hinaus wollen. Aber die Vandalen, die die Kamera auf dem Gewissen haben, waren schlau genug, sich nicht ablichten zu lassen.«

»Hat die Kamera denn kein Weitwinkelobjektiv?«

»Doch, aber keines mit 180 Grad. Wenn man sich der Kamera von der Seite nähert, wird das auf der Aufnahme nicht erfasst.«

»Wann war denn das Signal eingetroffen, dass die Kamera ausgefallen ist?«

»Um 7.00 Uhr gestern Morgen.« Ute Winkler zuckte bedauernd mit den Schultern. »Ja, ich weiß. Ich hätte mich eher kümmern sollen. Doch gestern hatten wir im Betrieb einigen Stress. Ein kleiner Wasserschaden ...«

»Schon gut. Niemand macht Ihnen einen Vorwurf.« Mendelski lächelte verständnisvoll. »Immerhin kennen wir zumindest den Zeitpunkt der Zerstörung ...«

»Hier stecken mindestens noch drei weitere Geschosse im Baum«, rief Heiko Strunz von oben. »Zum Glück ist das eine Eiche, keine Eberesche oder Kiefer. Deren Holz ist viel weicher, da dringen die Geschosse tiefer ein. Im harten Eichenholz bleiben sie eher an der Oberfläche.«

Heiko Strunz ließ sich von Jo Kleinschmidt ein geeignetes Werkzeug reichen und begann mit der Arbeit. »Dem Einschusswinkel nach ist tatsächlich von da unten geschossen worden«, rief er, »etwa von dort, wo ihr jetzt steht.«

Maike Schnur trat einen Schritt zur Seite. »Prima. Mögliche Fußspuren haben wir natürlich längst platt gemacht«, sagte sie lakonisch, während sie den Erdboden um sich herum mit Blicken absuchte. »Wer konnte auch ahnen ...«

Mendelski ergänzte: »Als wir gestern hier waren, ist uns außer den frischen Dachsspuren nichts aufgefallen, oder ...?«

»Nee, nicht, dass ich wüsste.« Maike schaute weiter in die Runde. »Der oder die Schützen haben wahrscheinlich dafür gesorgt, dass sie sich nicht verraten. Keine leeren Patronenhülsen, keine verwertbaren Fußabdrücke, keine Zigarettenstummel ...«

»Haben Sie eine Idee, wer - mal abgesehen von der Idee mit den Soldaten - das gewesen sein könnte?«, wollte Mendelski von Ute Winkler wissen. »Haben Sie so etwas schon mal erlebt?«

Die Archäologin schüttelte den Kopf. »Ab und zu hatten wir ein wenig Vandalismus. Das Übliche ... Aber dass jemand auf unsere Kamera schießt? - Nein, das gab es noch nicht. - Gegenfrage: Meinen Sie nicht, dass dieser Anschlag etwas mit dem Toten zu tun hat, den wir gefunden haben?«

»Schon möglich.«

»Nicht mindestens wahrscheinlich?«

»Na ja, schon irgendwie ...« Mendelski wand sich wie ein Aal.

»Könnte das nicht der Bauer gewesen sein, den wir neulich auf der Kamera hatten? Ich meine den Sohn des Opfers. Der die Blumen aufgehoben und weggeworfen hat. Dem haben Sie doch sicher von den Aufnahmen erzählt ...«

»Ja, schon ... aber so einfach wird das nicht sein ...« Der Kommissar wiegte nachdenklich den Kopf. »Möglich ist's, aber wir sollten nicht voreilig ...«

»Habe noch drei Geschosse geborgen«, rief da Heiko Strunz von oben herab. »Soll ich die Kamera gleich mit runterbringen?«

»Ja, bitte«, antworteten Ute Winkler und Robert Mendelski unisono.

»Die Versicherung möchte sicher, dass ich die Trümmer einschicke.« Die Archäologin seufzte. »Erst der Wasserschaden, jetzt auch noch das. Viel Arbeit für nichts.«

»Wir können Ihnen den Schaden gern bestätigen«, bot Mendelski an. »Falls das etwas nützt.«

»Danke. Ich melde mich.«

Heiko Strunz hatte die Kamera vom Baum gelöst, jetzt kletterte er die Leiter hinab. Zurück am Erdboden präsentierte er den anderen seine Ausbeute: drei fast bis zur Unkenntlichkeit deformierte Bleibatzen.

»Kaum zu glauben, dass das Geschosse sind«, kommentierte Ute Winkler. »Was machen Sie jetzt damit?«

»Die wandern ins Labor«, antwortete Heiko Strunz. »Zur erkennungsdienstlichen Untersuchung. Wenn wir Glück haben, ist die Waffe, aus der die Schüsse stammen, bei uns registriert.«

»So weit, so gut.« Mendelski wurde unruhig. »Ich habe da eine Vermutung.« An Heiko Strunz und Jo Kleinschmidt gerichtet: »Schaut euch hier bitte noch einmal genau um. Nach fremden Autospuren, Schuhabdrücken und so, ihr wisst schon. Vielleicht liegen ja doch irgendwo die leeren Patronenhülsen im Gras. Maike und ich fahren noch mal zu den Meinickes.«

Kurz vor dem Bremer Kreuz gab es auf der A27 einen Stau – nach einem Unfall. Der musste erst vor kurzer Zeit passiert sein, denn weder Navi noch Verkehrsfunk hatte ihn angekündigt.

»So ein blöder Mist, verfluchter!«, schimpfte Gordon Kobusch laut. Er schaute auf die Uhr am Armaturenbrett. 10.38 Uhr. Für 11.00 Uhr hatte er sich mit Sebastian Frey in der Bremer Innenstadt verabredet.

Vor Frust hämmerte er mit den Fäusten auf das Lenkrad. Er drehte das Autoradio lauter, um etwas über die Verzögerung zu erfahren. Auf der rechten Spur neben ihm reihte sich Lkw an Lkw. Auf der linken Spur ging es im Schneckentempo vorwärts.

Zum Glück kein Stillstand, dachte Gordon Kobusch. Trotzdem war er nervös. Sebastian hatte geschrieben, dass er ihm nur eine halbe Stunde Zeit widmen könnte. Um 11.30 Uhr stünde ein wichtiger Kundentermin an.

Im Schleichgang rollte sein Auto voran. Hungrig griff er in die Bäckertüte neben sich auf dem Beifahrersitz. Das Brötchen mit Salami, Remoulade und Salatblättern kam ihm gerade recht.

Von wegen Magen-Darm! Er grinste hämisch. Solch eine Ausrede zog immer - und sorgte für Distanz. Wer wollte sich schon Montezumas Rache einfangen.

Wegen der kleinen Flunkerei empfand Gordon Kobusch seiner Chefin gegenüber kein schlechtes Gewissen. Denn bisher hatte er sich bei ArchaeoFirm noch nie krank gemeldet.

Google Maps meldete, dass es sich um einen relativ harmlosen Auffahrunfall unter Lkws handelte. Der würde eine Verzögerung von gut zehn Minuten verursachen.

Noch, so schätzte er, konnte er es schaffen, halbwegs pünktlich anzukommen. Zumal er ja lediglich die Hasenpfote abholen wollte. Eine ausführliche Erklärung für seinen plötzlichen Sinneswandel - auch wenn sie nicht ganz der Wahrheit entsprach - konnte er später telefonisch nachreichen.

Per Mail hatte ihm sein Freund Sebastian am Morgen noch einmal den Satz geschickt, den er ihm gestern Abend am Telefon vorgelesen hatte. Die kuriose Internet-Anfrage aus Israel zur Hasenpfote, die auf der Seite von Antiquitäten-Frey zum Verkauf angeboten wurde:

*›Could it be, that the Victorian rabbit's foot, that you offer, is from Meißendorf, Germany?‹*

Zack! Das hatte gesessen. Die halbe Nacht hatte Gordon Kobusch herumgegrübelt, sich alle möglichen Szenarien ausgemalt. Ihm war völlig rätselhaft, wie jemand im fernen Israel etwas von seinem heimlichen Fund im Meißendorfer Wald wissen konnte.

Sein ansonsten stabiles Nervenkostüm zeigte sich angegriffen. Den Spitznamen ›Pokerface-Gordon‹ verdiente seine angekratzte Selbstsicherheit nicht mehr. Erst die Mordermittlungen, dann die aufwendige, heimliche Rückgabe der unterschlagenen Fundstücke - und jetzt diese verrückte Geschichte. Nein, er musste die Reißlinie ziehen - bevor es zu spät war.

In den schlaflosen Stunden der letzten Nacht hatte er beschlossen, sich von der Hasenpfote zu trennen - schnellstmöglich. Er würde sie dorthin zurückbringen, wo er sie gefunden hatte: in den Sand des Dachsbaus.

»Glücksbringer!«, nuschelte Gordon Kobusch mit vollem Mund. »So'n Blödsinn! Das mag glauben, wer will - ich nicht ...«

Langsam löste sich der Stau auf, der Verkehr begann, wieder etwas schneller zu fließen. Gordon Kobusch legte das Brötchen beiseite und schaltete in den dritten Gang.

»Wenigstens ein Lichtblick«, murmelte er.

Als sie die Winsener Straße erreichten, stoppte Maike Schnur den Dienstwagen. Eine von rechts kommende Fahrradfahrerin hatte Vorfahrt.

»Ist das nicht Lea Meinicke?«, fragte Maike.

»Bitte?« Robert Mendelski hatte sich gerade ein Minz-Bonbon aus der Mittelkonsole gefischt und nicht aufgepasst.

»Na, die Frau da vorne, die auf dem Fahrrad.«

Mendelski streckte den Kopf vor. »Ja. Stimmt, das ist sie«, erwiderte er. »Warte! Mal sehen, wohin sie fährt.«

Eigentlich hätten sie rechts abbiegen müssen, um zum Meinicke-Hof zu gelangen.

»Was nun?« Maike hielt die Kupplung getreten.

»Vielleicht sollten wir mal allein mit ihr reden, ohne ihren Bruder«, sagte er.

»Also – hinterher?«

»Ja.«

Maike Schnur blinkte links und fuhr an.

»Wo ist die denn so schnell hin?«, fragte sie verwundert, als der VW-Passat auf die Winsener Straße rauschte.

»Stopp! – Gleich wieder links.« Er deutete in die nächste Seitenstraße. »In den Kapellenweg. Da hinten ... da radelt sie.«

Maike bog erneut ab. »Ganz schön flott für ihr Alter«, sagte sie.

»Die will anscheinend zum Friedhof.« Mendelski ließ sein Seitenfenster herunter. »Im Fahrradkorb hat sie eine Gießkanne.«

»Soll ich sie vorher einholen?«

»Nein, der Friedhof ist gleich da vorne. Bleib besser bei den vorgeschriebenen 50 km/h.«

»Jawohl, Herr Wachtmeister.«

Wenige Augenblicke später erreichten sie gemeinsam die Einfahrt zum Friedhof.

»Hallo Frau Meinicke«, rief Mendelski durchs offene Seitenfenster, als sie neben dem Friedhofszaun zum Stehen kamen.

Lea Meinicke fuhr herum: »Meine Güte! Haben Sie mich aber erschreckt ...«, japste sie, während sie vom Fahrrad stieg. »Sind Sie mir etwa gefolgt? So, wie der Detektiv neulich?«

Mendelski und Maike stiegen aus. »Nein, nein. Wir haben Sie nur zufällig auf der Straße gesehen«, sagte der Kommissar. »Und da wir sowieso gerade zu Ihnen wollten, da ...«

»Ja, das geht jetzt aber nicht.« Lea Meinicke stellte ihr Zweirad am Holzzaun ab. Ohne es abzuschließen, griff sie nach Gießkanne und Handschaufel im Fahrradkorb. »Ich habe zu tun.«

»Wir möchten doch nur ganz kurz mit Ihnen sprechen«, versuchte es Maike von Frau zu Frau. »Es dauert auch nicht lange.«

»Nein!« Lea Meinicke wurde zornig. »Jetzt lassen Sie mich gefälligst in Ruhe.«

»Entschuldigung!« Maike trat einen Schritt zurück. »Wir dachten ja nur ...«

»Es ist wegen Gert«, unterbrach Lea Meinicke sie. Widerborstig warf sie ihren Kopf in den Nacken. »Ich musste meinem Bruder versprechen, dass ich nicht mehr allein mit Ihnen spreche. Ohne, dass er dabei ist ... Sie verstehen?«

»Okay, okay.« Mendelski hob beschwichtigend die Hände. »Ist ja gar nicht schlimm. War nur ein Versuch. Dann sehen wir uns eben später bei Ihnen auf dem Hof.«

In diesem Moment näherte sich vom Friedhof her ein Mann. Ein älterer Herr - groß, leicht nach vorn gebeugt, mit frisch gestutztem grauen Vollbart, buschigen Augenbrauen und Halbglatze. Trotz der Hitze trug er schwarze Kleidung. Mendelski und Maike erkannten ihn sofort, auch wenn er bei ihrer letzten Begegnung deutlich anders ausgesehen hatte - mit Polohemd, Khakishorts, Kniestrümpfen und Sandalen.

»Pastor Kruppa«, rief Lea Meinicke erstaunt. »Was machen Sie denn hier?«

»Ach, wen haben wir denn da ...«

Die sonore, weit tragende Stimme des pensionierten Geistlichen klang beeindruckend. »Lea Meinicke, begleitet von der geballten Staatsgewalt.«

Sie begrüßten sich mit vorsichtigem Abstand.

»Sie wohnen doch jetzt in Hambühren, oder?«, fragte Lea Meinicke. »Was verschlägt Sie nach Meißendorf?«

»Ich bin Ihretwegen hier«, antwortete Edgar Kruppa. »Oder besser ausgedrückt, wegen Ihres Herrn Vater.« Er deutete eine Beileidsgeste an und faltete die Hände vor seinem dicken Bauch. »Ich soll nämlich die Beerdigung nächste Woche leiten.«

»Sie?« Lea Meinicke bekam große Augen. »Aber ... Sie sind doch längst im Ruhestand.«

»Ja, das stimmt. Aber zuweilen muss ich noch einspringen, etwa wenn die jungen Kolleginnen in Elternzeit oder die Herren Kollegen im Urlaub sind. Und da Ihr Bruder dem Pfarramt gegenüber gewünscht hat, dass die Bestattung unbedingt nächste Woche erfolgen solle, hat man mal wieder mich reaktiviert.«

Lea Meinicke schlug sich erstaunt die Hand vor den Mund. »Weiß Gert schon, dass Sie ...?«, fragte sie aufgeregt.

»Nein.« Edgar Kruppa ließ sich zu einem Schmunzeln hinreißen. »Aber ... da muss er wohl in den sauren Apfel beißen. Entweder ich – oder die Beerdigung eine Woche später.«

»Nein, nein!«, entgegnete sie rasch. »Von mir aus dürfen Sie gern unseren Vater beerdigen.«

»Schön zu hören.« Der Pastor wies zur Kapelle. »Ich habe mich dort schon mal umgeschaut, auch an Ihrem Familiengrab.«

»Da wollte ich gerade hin ...« Lea Meinicke schwenkte zum Abschied Gießkanne und Schaufel. »Soll doch alles schön aussehen nächste Woche.«

»Dann komme ich am Freitagvormittag zu Ihnen«, rief er ihr nach. »Da können wir alles Weitere besprechen. Richten Sie das bitte Ihrem Bruder aus? Ich komme um 11.00 Uhr ...«

Doch Lea Meinicke war schon hinter der Friedhofskapelle verschwunden. Der Pastor wandte sich wieder Robert Mendelski und Maike Schnur zu.

»Wie das Leben so spielt ...«, philosophierte er.

»Jetzt bin ich aber mal gespannt, was Gert Meinicke dazu sagen wird«, äußerte Mendelski Bedenken. »Dass ausgerechnet Sie seinen Vater beerdigen werden, entbehrt nicht einer gewissen Ironie.«

»Da haben Sie zweifellos recht.« Edgar Kruppa strich sich genüsslich mit der Hand über den Vollbart. »Schon seltsam: Ich bestatte Rolf Meinicke genau dort, wo er zeitlebens nicht hin wollte. Auf einem herkömmlichen Friedhof, einem kommunalen Gottesacker. Dabei wollte er mit aller Macht einen Ruheforst für Meißendorf und auch dort begraben werden.«

»Für die ersten dreißig Jahre hat er das auch geschafft«, bemerkte Maike Schnur trocken. »Das mit der Waldbestattung ...«

Mendelski warf seiner Kollegin einen tadelnden Blick zu. Genau so kannte er sie ...

»Es sei ihm vergönnt«, erwiderte der Pastor mit einem Hauch Pathos. »Am Ende wird er hier seine letzte Ruhe finden. Mit seinen vielen Bäumen kommt der Meißendorfer Friedhof einem Waldfriedhof doch sehr nahe.«

Edgar Kruppa ging ein paar Schritte auf sein Auto zu. »Wie kommen Sie denn mit Ihren Ermittlungen voran?«, fragte er beiläufig.

Dieses Mal hatte er sein Auto im Ort abgestellt. Axel Schriewe wollte nicht so leicht entdeckt werden, wenn er in der Nähe des Meinicke-Hofs auftauchte. Klüger schien es ihm daher, sich zu Fuß dem landwirtschaftlichen Anwesen zu nähern.

Er wählte einen - wie man am hohen Bewuchs sehen konnte - selten benutzten Feldweg, der durch weitläufige Wiesen verlief. Das Gras stand jetzt im Mai kurz vor der Mahd knapp einen Meter hoch und bot einen hervorragenden Sichtschutz.

Axel Schriewe präsentierte sich als Tagestourist, als Wanderer, wie sie rund um Meißendorf insbesondere wegen der bekannten Teichlandschaft in großer Zahl anzutreffen waren. An seinem Hals baumelte - für einen Wanderer nicht ungewöhnlich - ein kleines, aber leistungsstarkes Fernglas. Seine Fototasche hatte er wohlweislich im Auto gelassen, denn er wollte nicht gleich wieder als Papparazzo eingestuft werden. Die Fotos, die er mit seinem Smartphone schoss, reichten ihm für seine Zwecke völlig aus.

Den gesamten gestrigen Tag geisterte die Frage durch seinen Kopf, wie er mit dem anonymen Anruf umgehen sollte. Er hatte noch immer mit keiner anderen Menschenseele über die ungeheuerliche Anschuldigung gesprochen. Sein Chefredakteur wäre der Erste gewesen, den er informiert hätte. Doch dessen Reaktion war voraussehbar: Der würde umgehend zum Telefon greifen und seinen Tenniskumpel, den Kriminaldirektor Hans Steigenberger anrufen. Und er, Axel Schriewe, wäre aus der Sache raus. Also hatte er es vorgezogen, lieber weiter an dem Artikel über die Verleihung der Yad-Vashem-Medaille und den Besuch von Elias Lewenstein zu basteln. Obendrein war es ihm gelungen, ein Telefon-Interview mit Jonathan Stern von der Jüdischen Gemeinde zu führen, das er anschließend in geglätteter Textform zu Papier gebracht hatte. Auch wenn es an Schreibtischarbeit eigentlich nicht mangelte, trieb ihn ...

Ein Geräusch unterbrach seine Gedanken.

Den Dieselmotor des Autos hörte er, bevor er den Wagen sah. Instinktiv duckte er sich. Der Meinicke-Hof lag jetzt keine hundert Meter mehr entfernt. Zwar sah er nur das Dach des Fahrzeugs, doch er erkannte sofort, wer da die Hofstelle ansteuerte: seine beiden Spezies von der Kripo Celle.

Geduckt schlich Axel Schriewe sich an den Hof heran. Er wollte unbedingt beobachten, was sich dort abspielte. Vielleicht würde er ja gleich zufällig Zeuge einer spektakulären Verhaftung, die er dann brühwarm mit seinem Smartphone fotografieren konnte.

Vor Anstrengung keuchend, erreichte er die Rückseite der Scheune. Deutlich waren Stimmen auf dem Hof zu hören. Als er um die Ecke lugte, sah er gerade noch, wie Robert Mendelski und Maike Schnur im dunklen Dieleneingang verschwanden.

»Wollen doch mal sehen, was da passiert«, flüsterte er sich Mut zu.

»Geschossen? Wie das?« Gert Meinicke guckte ungläubig.

Zu dritt saßen sie in der guten Stube. Die Luft war angenehm kühl in dem Raum, roch allerdings leicht säuerlich. Zum Bedauern der beiden Besucher blieben trotz des schönen Wetters sämtliche Fenster verschlossen.

»Ja, nicht mit Schrot, sondern mit Kugeln, mindestens vier Schuss«, erwiderte Robert Mendelski. »Da hatte wohl jemand ordentlich Wut auf die Kamera.«

»Sie glauben doch nicht, dass ich ...?« Gert Meinicke drückte beide Hände auf die Tischplatte, als wollte er aufspringen. »Ich habe gar keine Waffe. Und schießen kann ich auch nicht.«

»Aber vielleicht haben Sie eine Idee, wer das gewesen sein könnte ...«, fragte Maike Schnur in beruhigendem Tonfall.

»Nein. Keine Ahnung. Vielleicht welche von der Bundeswehr, die da rumballern. Ist doch naheliegend.«

»Das lassen wir gerade klären. Sonst eine Idee?«

Gert Meinicke dachte nach. Das sachliche Gespräch beruhigte ihn etwas. »Sie meinen die Jäger?«, sagte er. »Die schießen doch auf alles Mögliche. Aber ... nein, keine Ahnung.«

»Wir haben die Geschosse sichergestellt«, erklärte Mendelski, »und werden sie untersuchen lassen. Dann sehen wir weiter.«

Nach einem mehrmaligen Räuspern wechselte der Hausherr das Thema. »Wir ... wir haben uns jetzt festgelegt«, gab er bekannt. »Nächsten Mittwoch ist die Beerdigung. 14.00 Uhr. Erst wollte das Pfarramt nicht, wegen Personalengpässen oder so. Da habe ich denen aber Dampf gemacht, und plötzlich klappte es doch. Sie werden wohl irgendeine Vertretung gefunden haben.«

Robert Mendelski und Maike Schnur schauten sich kurz an, sagten aber nichts. Die heikle Nachricht, dass Pastor i. R. Kruppa die Beerdigung leiten würde, sollten ruhig andere überbringen.

»Wir würden auch gern dabei sein«, sagte der Kommissar mit aller Vorsicht. »Frau Schnur und ich. Wäre Ihnen das recht?«

Gert Meinicke guckte unschlüssig. »Dienstlich? Oder etwa privat?«, wollte er wissen.

»Dienstlich«, gab Mendelski ohne Umschweife zu. »Solange wir nicht wissen, wer auf Ihren Vater geschossen hat, müssen wir die Sache weiter verfolgen. Deshalb möchten wir zur Beerdigung kommen. Wir werden auch diskret im Hintergrund bleiben.«

»Na gut, wenn's denn unbedingt sein muss.«

»Danke.«

Mendelski setzte gerade nur nächsten Frage an, als sie plötzlich Schritte im Flur hörten.

Um ein Haar hätte Axel Schriewe nicht mitbekommen, wie sie auf den Hof fuhr. Denn sie kam nahezu geräuschlos durch die Einfahrt geradelt.

Vom hohen Gras verborgen, beobachtete der Reporter, wie Lea Meinicke ihr Fahrrad neben der Dielentür abstellte und nach dem Korb auf dem Gepäckträger griff. Wie schon bei vorherigen Begegnungen wirkte sie fahrig und ungeschickt. Sie löste den Fahrradkorb vom Gepäckträger und blieb einen Moment unschlüssig stehen. Nach Atem ringend stierte sie in den Korb, den sie mit beiden Händen festhielt. Selbst mit seinem Fernglas konnte der Reporter nicht erkennen, was sich Aufregendes im Korb befand.

Da machte Lea Meinicke unvermittelt auf den Hacken kehrt und hastete ins Haus.

Sie stand in der Tür zur guten Stube. Ausgepumpt, leichenblass, stumm. Maike Schnur und Robert Mendelski hatten sich zu ihr umgedreht. Lea Meinicke wirkte abwesend, schaute an ihnen vorbei zum Fenster hinaus. In den Garten, zu dem alten Zwetschgenbaum, der dicht am Haus stand.

Ihr Bruder unterbrach das Schweigen: »Lea, was ist denn?«

Sie sagte immer noch nichts, atmete schwer – und hielt ihrem Bruder den Fahrradkorb entgegen. Gert Meinicke erhob sich langsam und ging seiner Schwester entgegen.

Als er in den Korb guckte, verschlug es ihm den Atem.

»Lea. Um Gottes Willen! Wo hast du das denn her?«

»Vom Friedhof«, antwortete sie leise. Robert Mendelski und Maike Schnur konnten kaum verstehen, was sie sagte. »Von unserem Grab. Hab ich ausgegraben.«

Zaghaft zupfte sie ihren Bruder am Ärmel. »Gert, ist das deine?«

# Vierzehntes Kapitel

»Aaron, träumst du?«

Die neue Lehrerin für Fremdsprachen, Yael Asulai, hatte diese Frage auf Englisch gestellt. Die junge Frau mit der schwarzen Kurzhaarfrisur und der neumodischen Brille, die erst letzte Woche nach ihrer zweijährigen Militärzeit in den Kibbuz zurückgekehrt war, tippte den Jungen an der Schulter.

Er hatte nicht bemerkt, dass sie von hinten an ihn herangetreten war.

Die Klasse schrieb einen Test, eine Nacherzählung, und die Lehrerin ging durch die Reihen, um ihren Schülern über die Schulter zu gucken.

»Du hast ja noch kein Wort geschrieben«, sagte sie leise, während sie sich zu ihm hinab beugte und auf das leere Blatt auf dem Tisch deutete. »Geht es dir nicht gut?«

Aaron schüttelte heftig mit dem Kopf. Dabei lag Yael Asulai ganz richtig, er fühlte sich nicht gut. Und er war mit seinen Gedanken woanders, weit weg vom Englischtest.

»Geht schon«, murmelte er. Die Lehrerin ging weiter.

Ihn ließ die Geschichte nicht los, die ihm sein Urgroßvater heute Vormittag erzählt hatte: das Geheimnis von dem Bauernhof in Deutschland, das Elias Lewenstein seinem Urenkel auf dessen Verschwiegenheit bauend anvertraut hatte.

Das Gehörte hatte Aaron derart aufgewühlt, dass er beim anschließenden Mittagessen kaum einen Bissen herunterbekommen konnte.

»Bitte, fliege nicht nach Deutschland!«, hatte er seinen Urgroßvater bekniet. »Das kann doch eine Falle sein. Und dann wirst du verhaftet und landest im Gefängnis.«

»Ach, Junge«, erwiderte Elias Lewenstein mit einem Lächeln. »Ich habe schon so viel erlebt, da wird mich dieses Abenteuer so kurz vor Toresschluss auch nicht umbringen.«

»Und wenn doch?«

»Es kommt, wie es kommen soll. Hätte ich mein Geheimnis besser für mich behalten sollen?«, lautete seine Frage. »Es mit ins Grab nehmen?«

»Nein ... nein, das wäre auch nicht gut gewesen«, erwiderte der Junge zaghaft. »So etwas kann krank machen.«

»Siehst du. Deswegen habe ich dir von den Ereignissen jener Nacht erzählt - und mir die Geschichte von der Seele geredet. Es tat gut, über das zu sprechen, was ich Jahrzehnte niemandem anvertraut habe.«

Aaron fühlte sich geehrt, trotzdem hatte er Bauchschmerzen: »Aber ... jetzt mache ich mir Riesen-Sorgen um dich.«

Elias Lewenstein schüttelte entschieden den Kopf. »Das musst du nicht. - Ich werde gesund und munter in mein geliebtes Israel zurückkehren. Ganz sicher. Das verspreche ich dir.«

Den Englischtest versemmelte Aaron mit Pauken und Trompeten. Er hatte schließlich doch ein leeres Blatt abgegeben.

Sie lag auf dem Esstisch in der guten Stube, mitten auf der eierschalenfarbenen Brokatdecke. Die Mündung deutete in Richtung Glasvitrine.

Eine Luger Parabellum, auch Pistole 08 genannt.

Die schwarz brünierten Metallteile schimmerten matt, die Griffschalen aus dunkelbraunem Holz sahen abgeschabt aus. Den massiven Gebrauchsspuren nach zu urteilen, handelte es sich um eine betagte Handfeuerwaffe, die aus dem Zweiten Weltkrieg oder aus der Zeit davor stammen musste.

»Frau Meinicke! Haben wir Sie richtig verstanden?« Robert Mendelski beugte sich auf seinem Stuhl weit vor. »Diese Waffe haben Sie gerade aus Ihrem Familiengrab ausgegraben?«

»Ja.« Lea Meinicke guckte unsicher und ein wenig pikiert. »Sie wissen doch, dass ich auf dem Friedhof war. Ich wollte das Grab für nächste Woche herrichten. Für die Beerdigung ... von unserem Vater ... wegen ...« Ihre Stimme stockte.

»Sie haben also dort mit Ihrer Handschaufel gegraben«, kam ihr Mendelski zur Hilfe.

»Ja, ich wollte die Heidebüsche umpflanzen. Die mussten da weg, damit der Totengräber am Montag das Grab ausheben kann. Und dabei ... bin ich auf etwas Hartes gestoßen ... auf diese Pistole da.«

Sie deutete auf den Tisch.

»Die Waffe sieht aber ziemlich sauber aus«, warf Maike Schnur ein, »dafür, dass sie in der Erde gelegen haben soll.«

»Glauben Sie mir etwa nicht?« Lea Meinicke wirkte beleidigt »Die war natürlich eingewickelt, erst in einem Tuch und dann in einer Art ... Gummischlauch. So was haben wir hier auf dem Hof auch. Von den alten Anhängerreifen.«

Ihr Bruder guckte irritiert. »Was redest du denn da!«, schimpfte er. »Am Ende kommen die Polizisten noch auf dumme Gedanken.«

»Und das ... dieses Verpackungsmaterial haben Sie auf dem Friedhof zurückgelassen?«, fragte Maike Schnur.

»Ja. Ich war ja so verdattert, als ich die Pistole ausgewickelt hatte, da hab ich erst mal geschrien vor Schreck. Dann habe ich alles stehen und liegen gelassen und bin losgelaufen, zu meinem Fahrrad. Hab die Pistole in den Korb gelegt und bin hierher gefahren.«

»Wie tief in der Erde hat sie denn gelegen?«, wollte Mendelski wissen.

»Nicht sehr tief.« Lea Meinicke deutete mit ihren beiden Zeigefingern eine Distanz von ungefähr zwanzig Zentimetern an. »So etwa. Tiefer reichen die Wurzeln der Heidebüsche nicht.«

»Sie beide sind sicher«, wandte sich Mendelski an die Geschwister, »dass Sie diese Waffe noch nie zuvor gesehen haben?«

»Ganz sicher!« Gert Meinicke nickte entschieden. Seine Schwester stimmte ihm zu: »Noch niemals.«

»Sie haben auch keine Idee, wie die Pistole in das Grab gelangen konnte?«

Beide schüttelten den Kopf.

»Okay.« Mendelski erhob sich. »Wir müssen uns beeilen und zum Friedhof fahren. Da können wir das Verpackungsmaterial und etwaige weitere Spuren sichern. Und die Pistole ... die ist erst mal beschlagnahmt!«

Maike Schnur stülpte sich Plastikhandschuhe über und nahm die Waffe vom Tisch.

»Soll ich nicht mitkommen?«, fragte Lea Meinicke vorsichtig. »Und Ihnen das Grab zeigen? Sie wissen doch gar nicht, wo ...«

Gert Meinicke schien nicht begeistert. »Aber Lea ...«

»Das ist eine sehr gute Idee«, unterbrach ihn Maike Schnur. Sie ließ Lea Meinicke den Vortritt. »Ja, kommen Sie ruhig mit. Wir bringen Sie nachher wieder nach Hause.«

Fast hätte er die drei verpasst. Axel Schriewe stand mit dem Rücken an die Scheunenwand gelehnt und daddelte auf seinem Smartphone, als er Stimmen hörte. Vorsichtig lugte er um die Ecke.

Was er zu sehen bekam, ließ ihn zusammenzucken. Vorneweg ging der Kommissar Mendelski, gefolgt von Lea Meinicke, hinter ihr die Kommissarin Schnur. Letztere hielt eine Pistole in der Hand. Mendelski öffnete die Autotür hinten rechts und ließ Lea Meinicke einsteigen. Das Kripo-Duo nahm vorne Platz.

Die haben Lea Meinicke verhaftet, schoss es dem Reporter durch den Kopf. - Du meine Güte! Wer hätte das gedacht! Sofort fiel ihm der anonyme Anrufer von gestern ein. ›Der Mörder kommt vom eigenen Hof!‹, hatte der behauptet.

Na, wenn das keine Sensation ist ...

Jäh wurden Axel Schriewes Gedanken unterbrochen. Mit quietschenden Reifen raste der zivile Polizeiwagen vom Hof.

Während Maike Schnur das Auto steuerte, griff Robert Mendelski zum Telefon.

»Heiko? - Seid ihr noch an der Grabungsstelle? - Gut. Kommt bitte mit dem Tatortwagen sofort zum Friedhof hier in Meißendorf. Es ist dringend. - Ja, genau. - Kapellenweg. - Wir erwarten euch dort.«

Mit deutlich mehr Tempo als den erlaubten 50 km/h rasten sie durch Meißendorf.

»Sollten wir nicht mit Blaulicht ...?«, fragte Maike.

»Ach, lass mal gut sein. Ist ja fast nichts los auf den Straßen. Außerdem sind wir schon so gut wie da.«

»Aber den Friedhof müssen wir absperren. Oder? Wäre da nicht die Hilfe einer Streife angebracht ... ?« Mit einem waghalsigen Schlenker wich Maike einer Katze aus.

»Gute Idee.« Mendelski griff erneut zum Handy.

Auf der Rückfahrt landete er erneut in einem Stau. Dieses Mal aber richtig.

Auf der A7 Richtung Süden staute sich der Verkehr auf sage und schreibe 14 Kilometer - wegen einer Dauerbaustelle. An der Einfädelung von der A27 Richtung Süden, kurz vor Westenholz, herrschte erst einmal Stillstand.

Gordon Kobusch hatte selber Schuld. Es war seiner Schludrigkeit zuzuschreiben, dass er jetzt im Stau festsaß. Vor weniger als zwei Stunden hatte er auf dem Hinweg bereits registriert, dass es auf der Gegenfahrbahn erheblich stockte, und sich vorgenommen, diesen Streckenabschnitt zurück weiträumig zu umfahren.

Sein Besuch in Bremen hatte ihn aufgeregt, die mürbende Diskussion mit Sebastian Frey seine Entschlossenheit ins Wanken gebracht. Denn sein Freund, der Antiquitätenhändler, drängte weiterhin, die Rubine aus dem Silber der Hasenpfote lösen zu lassen. »Das kriegt der Juwelier 100-prozentig sauber hin«, hatte er beteuert. »Und der setzt sie dir auch wieder ein, wenn du das unbedingt willst. Hinterher siehst du keinen Unterschied.«

Beinahe wäre er schwach geworden.

»Die Edelsteine können ein paar Tausend Euro wert sein«, hatte Sebastian gemeint. »Nur die Steine allein. Ohne die paar Gramm Silber drum herum.«

Doch am Ende war Gordon Kobusch standhaft geblieben und hatte die Hasenpfote wieder mitgenommen. Jetzt lag sie neben ihm auf dem Beifahrersitz, verpackt in einer kleinen schwarzen Schmuckschatulle, neben halb leerer Bäckertüte und Smartphone.

Um dem Stau zu entgehen, wäre es besser gewesen, in Verden die A27 zu verlassen und auf der Landstraße über Nienburg und Neustadt nach Hause zu fahren. Doch jetzt war es zu spät.

Er überlegte. Er könnte immer noch in Westenholz runter von der Autobahn und über Ostenholz, die Panzerringstraße und Meißendorf nach ...

»Meißendorf? - Um Himmels Willen!« Gordon Kobusch schnappte nach Luft. Da durfte er sich heute auf gar keinen Fall blicken lassen.

Er hatte ja schließlich Magen-Darm.

Am Familiengrab auf dem Friedhof war noch alles so, wie Lea Meinicke es vor knapp einer halben Stunde verlassen hatte. Jedenfalls behauptete sie das.

»Da liegt der Gummischlauch, da das Tuch, dort meine Schaufel und die Gießkanne«, zählte Lea Meinicke auf. »Seit dem ich hier weg bin, hat sich nix geändert. Da hat keiner was geklaut.«

»Bitte bleiben Sie auf dem Weg«, forderte Robert Mendelski. »Wir müssen die Spuren sichern.« Maike Schnur und er zogen Einweghandschuhe über.

Vor ihnen lag die Grabstelle der Familie Meinicke. Auf dem drei mal drei Meter großen Quadrat standen, symmetrisch auf der ganzen Fläche verteilt, etwa zwei Dutzend Heidebüsche. Die Zwischenräume hatte jemand vom Unkraut befreit und den sandigen Boden fein säuberlich geharkt. An drei Seiten umgab eine kniehohe, leicht lückige Buchsbaumhecke das Grab. Der Gedenkstein aus grauem Granit trug groß den eingemeißelten Familiennamen, darunter, etwas kleiner, einige Namen und Zahlen. Als letzten Eintrag sah man »Rolf Meinicke, geb. 12.10.1918 - « ... ein Sterbedatum fehlte.

»Bevor Sie angefangen haben, die Heidebüsche auszugraben«, fragte Maike Schnur, »ist Ihnen da was aufgefallen? Hatten Sie den Eindruck, dass schon vor Ihnen jemand hier gegraben hat?«

Lea Meinicke konzentrierte sich. »Nein«, antwortete sie nach kurzer Denkpause. »Manchmal kratzen Kaninchen hier im Sand. Hab aber lange keine mehr gesehen.«

»Wie oft sind Sie denn hier?«, wollte Mendelski wissen.

»Jetzt im Frühling, wo alles so schön wächst, jede Woche. Ich muss ja schließlich gießen und das Unkraut jäten.«

»Dann waren Sie also letzte Woche auch hier?«

»Ja, natürlich.«

»Und da ist Ihnen auch nichts aufgefallen?«

»Nein, nein, nein!« Lea Meinicke wurde es allmählich zu bunt. »Sie können fragen, so viel Sie wollen, aber ich habe wirklich nichts gesehen.«

»Ist alles okay!« Mendelski gönnte ihr erst einmal eine Pause. »Setzen Sie sich bitte dort drüben auf die Bank«, sagte er. »Wir melden uns gleich wieder.«

»Und meine Schaufel und die Gießkanne?«

»Die bekommen Sie gleich zurück.«

Maike Schnur hatte begonnen, Fotos zu schießen, während Mendelski die Grabstelle langsam und genau beobachtend umkreiste. Er schaute auch hinter den Gedenkstein und auf die angrenzenden Gräber jenseits der Buchsbaumhecke.

Wie aus dem Nichts tauchten plötzlich Heiko Strunz und Jo Kleinschmidt auf. Im Schlepptau hatten sie eine zweiköpfige Streifenbesatzung, die aus Winsen gekommen war. Mendelski schilderte den Kollegen knapp, was vorgefallen war.

»Eine 08?«, staunte Heiko Strunz. »Eine alte Parabellum?«

»Genau die. Ich habe auch Ellen herbestellt. Die Waffe muss heute noch nach Hannover, ins LKA.«

»Kann ich sie mal sehen?«

»Gleich. Die Pistole liegt im Auto. Lasst uns hier erst den Fundort sichern.«

Die beiden Streifenpolizisten umspannten die Grabstelle großräumig mit weißrotem Absperrband. Bei jedem Schritt achteten sie darauf, etwaige Spuren nicht zu zerstörten. Heiko Strunz und Jo Kleinschmidt nahmen sich das Material vor, in das die Pistole eingewickelt gewesen war, ein Baumwolltuch und die Hälfte eines Gummischlauchs. Das etwa handtuchgroße, graue Stück Stoff war mit Öl getränkt. Den Schlauch hatte jemand mit einer Schere oder einem Messer aufgeschnitten, das Gummi war porös und schmutzig.

»Beides hat schon ein paar Jährchen auf dem Buckel«, kommentierte Jo Kleinschmidt. »Ab ins Labor damit.« Er schickte sich an, die beiden Sachen in Beweismitteltüten zu stopfen, als Heiko Strunz ihn stoppte.

»Warte. Gib mir das Tuch bitte. Möchte mal schnuppern ...«

»Da ... Und jetzt?«

»Riecht nach Waffenöl - und nach Schmauch!« Heiko Strunz zog die Augenbrauen hoch. »Da bin ich aber auf die Laborergebnisse gespannt ...«

Maike Schnur und Robert Mendelski untersuchten derweil das Erdloch, in dem Lea Meinicke die Pistole gefunden haben wollte. Dabei benutzten sie deren kleine Schaufel.

»Also, bevor wir hier weiter im Nebel stochern ... vielleicht sollten wir den Metalldetektor einsetzen«, schlug Maike vor.

»Hab's gehört«, rief Jo Kleinschmidt. »Bin schon unterwegs. Wollte eh gerade zum Auto.«

»Ich muss jetzt nach Hause«, rief plötzlich Lea Meinicke hinter ihnen. Sie saß immer noch auf der Bank, wohin Mendelski sie geschickt hatte. Nun schien ihr langweilig zu werden. »Sonst schimpft Gert mit mir.«

»Okay. Wir fahren Sie.« Mendelski wandte sich an Maike. »Bist so nett?«

Seine sonst alltägliche Mittagsruhe fiel heute aus. Dementsprechend schlecht war seine Laune.

Elias Lewenstein war zu aufgewühlt, um einschlafen zu können. Nach zehn Minuten unruhigen Wälzens auf der Couch im Wohnzimmer stand er wieder auf und ging in die Küche. Zur Beruhigung wollte er sich einen Passionsblumentee kochen.

›Hätte ich noch warten sollen?‹, fragte er sich, während er den Wasserkocher füllte. Wäre es besser gewesen, seinem Urenkel das Geheimnis zu ersparen?

Vielleicht war Aaron mit seinen zwölf Jahren noch zu jung, um das Erzählte zu verarbeiten. Andererseits blieb ihm nicht mehr viel Zeit. Mit 87 Jahren musste er damit rechnen, in absehbarer Zeit aus dieser Welt zu scheiden. Und was wäre, wenn Aaron mit seiner Befürchtung recht hätte, und er – aus welchen Gründen auch immer – nicht von seiner Reise zurückkehren würde? Jetzt gab es wenigstens einen Menschen in der Familie, der davon wusste.

Es hatte ihm gut getan, diesen Ballast abzuwerfen.

Zum ersten Mal in seinem Leben hatte Elias Lewenstein jemanden von den Ereignissen in jener Nacht erzählt. Selbst seiner geliebten Frau Ethel hatte er nie ein Sterbenswörtchen von der Meißendorfer Geschichte verraten ... höchstens in seinen Albträumen ...

Der Wasserkocher brodelte so laut, dass er das Klopfen an der Fliegentür überhörte.

»Elias?«, rief eine Frauenstimme. »Bist du da?«

Er schlurfte zur Tür und ließ seine Besucherin herein. Es war Rachel Grigorescu, die Leiterin der Krankenstation.

»Wenn du nicht zu mir kommst, dann komme eben ich zu dir ...«, sagte sie mit leichtem Vorwurf in der Stimme.

»Ach ja, unsere Verabredung«, entschuldigte er sich. »Das hatte ich ganz vergessen.«

»Hier sind deine Reisetabletten, ein Paket FFP2-Mund-Nasen-Masken und – das Wichtigste – das Ergebnis vom Corona-Test.« Sie legte alles auf den Küchentisch.

»Und? Habe ich bestanden?«

»Ja. Du bist negativ. Wenn jetzt der Test am Flughafen genau so verläuft, kannst du nach Deutschland fliegen.«

»Na, dann gibt's wohl kein Zurück mehr«, meinte er. Doch seine Stimme klang alles andere als euphorisch.

»Elias?« Rachel Grigorescu wurde hellhörig. »Ist was mit dir? Freust du dich gar nicht mehr auf die Reise?«

»Doch, doch«, erwiderte er. »Ich bin nur ein wenig müde. Mir fehlt der Mittagsschlaf ...«

»Da will ich dich nicht länger stören«, verabschiedete sie sich und ging zur Tür. »Schönen Nachmittag noch. Schalom!«

Vor dem Friedhof in Meißendorf stoppte ein Traktor. Ein grüner, nagelneuer Fendt 700 Vario ohne Anhänger, Mähwerk oder dergleichen.

Der Fahrer, ein älterer Herr in Grün mit auffallend weißblonder Haarpracht, stieg aus der Führerkabine und schaute sich um. Die recht unorthodox geparkten Fahrzeuge - Streifenwagen, Tatort-VW-Transporter und ziviler Passat - erweckten anscheinend sein Interesse.

Nach kurzem Zögern betrat er das leicht überschaubare Friedhofsgelände und stand schon bald vor dem rotweißen Absperrband der Polizei.

»Ach, der Herr Döpke«, begrüßte ihn Mendelski und trat ihm entgegen. »Was können wir für Sie tun?«

»Ich wollte schauen, was hier los ist. Die vielen Autos ...« Der Landwirt schickte sich an, das Absperrband hochzuheben.

»Bitte bleiben Sie hinter der Absperrung«, sagte der Kommissar freundlich, aber bestimmt. »Wir ermitteln hier ...«

»Was ermitteln Sie denn bitteschön?«, unterbrach ihn Walter Döpke gereizt. Er schien es nicht gewohnt zu sein, zurückgewiesen zu werden.

»Das darf ich Ihnen nicht sagen.« Mendelski hob bedauernd beide Schultern. »Selbst wenn Sie Bürgermeister und nicht nur der Stellvertreter wären.«

»Und als Kirchenvorstandsvorsitzender? Schließlich ist das hier Friedhofsgelände.«

»Soweit ich weiß, handelt es sich um einen kommunalen, nicht um einen kirchlichen Friedhof. Oder irre ich mich?« Mendelski hielt den Kopf schief und wartete auf eine Reaktion.

»Ach, lassen Sie mich doch mit Ihren Belehrungen in Ruhe.« Aufgebracht stapfte Walter Döpke davon. Nach wenigen Metern drehte er sich noch einmal um. »Wann bekomme ich eigentlich die Akte zurück, die ich Ihnen geliehen habe?«

»Nächste Woche«, antwortete Mendelski knapp.

Die beiden Männer wandten sich den Rücken zu.

Zurück in Celle, holte er sich als erstes die Rückendeckung seines Chefredakteurs. Dann ging er an seinen Arbeitsplatz, startete den PC und griff zum Telefon.

Doch Axel Schriewe hatte kein Glück. Kriminalhauptkommissar Robert Mendelski ging nicht ans Telefon, weder an den Festnetzanschluss noch an sein Handy.

Die werden gerade Lea Meinicke in die Mangel nehmen, mutmaßte der Reporter. Er überlegte, ob er die Zentrale oder die Pressesprecherin der Polizeiinspektion anrufen sollte, verwarf jedoch den Gedanken. Von dort bekam er in der Regel nur den Hinweis zu hören, sich bitteschön an das zuständige Fachkommissariat zu wenden - oder die nächste Pressekonferenz abzuwarten.

Dabei hatte es sich Axel Schriewe genau überlegt, wie er vorgehen würde. Er wollte damit drohen, über die Festnahme von Lea Meinicke in der morgigen Ausgabe zu berichten, wenn er nicht endlich weitere Details zum Fall Rolf Meinicke erhalten würde. Sein Chefredakteur hatte ihm für diesen Plan grünes Licht gegeben.

Immer wieder versuchte er es, den Kommissar zu erreichen. Doch erst gegen halb fünf nahm Robert Mendelski endlich seinen Anruf entgegen.

Für 17.00 Uhr hatte Mendelski zu einer außerordentlichen Lagebesprechung in den Versammlungsraum des FK 1 geladen. Obwohl am nächsten Tag ein Feiertag anstand - Himmelfahrt - und manche Kollegen diese Gelegenheit samt Brückentag für ein verlängertes Wochenende nutzen wollten, waren alle fünf ohne Murren erschienen.

»Axel Schriewe von der Celleschen hat gerade angerufen«, begann Mendelski ohne Umschweife. »Er behauptete steif und fest, wir hätten Lea Meinicke verhaftet und forderte mich auf, eine Erklärung abzugeben. Kann mir einer von euch verraten, wie er auf so einen Schwachsinn kommt?«

»Einer der Streifenpolizisten hat ihn heute in Meißendorf gesehen«, erklärte Maike Schnur. »Zu Fuß, als Wanderer getarnt. Vielleicht hat Schriewe mitgekriegt, wie Lea Meinicke bei uns im Wagen saß und sich einen falschen Reim darauf gemacht.«

»Egal. Ich habe ihm nur mit einiger Mühe diesen Quatsch ausreden können. Er würde sich restlos lächerlich machen, wenn er solchen Unfug veröffentlicht, habe ich ihm gesagt, und er müsste mit erheblichen rechtlichen Konsequenzen rechnen, Gegendarstellung inklusive. Das hat ihn zumindest etwas beeindruckt.«

»Dieser Möchtegern-Sherlock-Holmes!« Das war Jo Kleinschmidt, der da lästerte. »Der hat überall seine Informanten. Sicher auch in Meißendorf.«

»Wie dem auch sei ...«, Mendelski stöhnte auf. »In jedem Fall schulden wir ihm noch ein Exklusiv-Interview zum Fall Rolf Meinicke. Das hatte ich Steigenberger ja versprochen.«

»Zum Glück gibt's noch die Geschichte mit dem israelischen Besucher«, meinte Heiko Strunz. »Das ist doch sicher eine lohnende Story für die CZ. Vielleicht können wir ihn damit erst mal abspeisen, und er lässt uns bei der Mordermittlung in Ruhe.«

Ellen Vogelsang lachte auf. »Wer's glaubt, wird selig. Der Schriewe ist wie 'ne Klette. Den kriegst du nicht so leicht abgeschüttelt ...«

»Okay! Genug der Pressearbeit!« Mendelski schlug seinen Notizblock auf. »Kommen wir zu den Fakten des heutigen Tages. Da gibt es nämlich so einiges.«

Maike Schnur berichtete von den vier sichergestellten Projektilen im Baum, die der Überwachungskamera an der Grabungsstelle gegolten hatten, und dem sensationellen Waffenfund auf dem Meißendorfer Friedhof. Sämtliche Fundstücke waren mittlerweile zur weiteren Untersuchung beim Landeskriminalamt in Hannover. Ellen Vogelsang hatte sich beeilt, sie höchstpersönlich dort abzugeben. Ihr war mitgeteilt worden, dass wegen des morgigen Feiertages frühestens am Freitag mit Ergebnissen zu rechnen wäre.

Die Untersuchung der Fundstelle auf dem Grab hatte nicht viel gebracht. Da der Sandboden pulvertrocken war, ließen sich keine Schlüsse darüber ziehen, wie lange die Waffe dort bereits gelegen hatte.

»Ihr wisst, ich mag keine Spekulationen«, ließ Heiko Strunz verlauten, »aber ich könnte darauf wetten, dass die beiden Funde zusammen gehören.«

«Du meinst die Projektile bei der Kamera im Wald und die alte Luger im Grab?«, wollte Robert Mendelski wissen.

»Genau.«

»Hm ...« Der Leiter des FK 1 blickte skeptisch. »Du denkst also, dass mit der 08 auf die Kamera geschossen worden ist?«

»Richtig. Ich meine, sowohl am Tuch als auch an der Waffe frischen Schmauchgeruch festgestellt zu haben.«

»Warten wir's ab ... Was wissen wir über die Pistole?«

Heiko Strunz holte Luft: »Na, die Parabellum ist eine ziemlich alte Waffe. Soweit ich mich erinnere, war das eine der ersten Selbstladepistolen. Die gibt es schon über hundert Jahre. 1908 - deshalb das Kürzel 08 - wurde sie im Deutschen Reich als Ordonnanzwaffe eingeführt, wurde also den Soldaten persönlich zugeteilt. Im Ersten und Zweiten Weltkrieg hat sie eine große Rolle gespielt, wurde oft modifiziert und ist eine der meistgebauten Kurzwaffen. Ihr Erfinder - ein Österreicher, wenn ich mich nicht täusche - hieß Georg Luger.«

»*Si vis pacem, parabellum*«, murmelte Ellen Vogelsang. Als alle zu ihr rüberschauten, sagte sie etwas lauter: »Daher rührt der Name für die Pistole: Parabellum.«

»Was bedeutet das?«, fragte Maike Schnur. »Ist lateinisch, wie ich annehme?«

»Ja. - Das heißt übersetzt: ›Wenn du den Frieden willst, bereite dich auf den Krieg vor‹.«

»Oh Mann ...!« Maike Schnur schüttelte sich. »Das klingt ja schaurig ... und pathetisch.«

»Eine so alte Waffe wird nicht registriert sein«, vermutete Mendelski. »Wahrscheinlich handelt es sich um ein inoffizielles Überbleibsel aus dem letzten Krieg. Aber ... Schluss mit Spekulationen. Lasst uns über Fakten sprechen.«

Jo Kleinschmidt nahm den Faden auf und rekapitulierte: »Die Schüsse auf die Kamera sind gestern Morgen gegen sieben gefallen. Die Pistole wurde heute Mittag, also dreißig Stunden später, gefunden. Mag sein, dass das zusammenhängt, wie wie du vermutest, Heiko – doch was zum Teufel soll das Ganze? Warum schießt jemand auf die Kamera und versteckt die Waffe danach ausgerechnet in dem Familiengrab der Meinickes?«

Einen Moment herrschte Stille. Vogelgezwitscher und ferner Straßenlärm drangen durch die weit geöffneten Fenster.

»Okay, der Reihe nach.« Mendelski erhob sich und ging zum Flipchart. »Wer hatte genug Wut auf die Kamera, um sie abzuschießen?« Mit einem schwarzen Filzer schrieb er den Namen ›Gert Meinicke‹.

»Er kann aber gar nicht schießen«, hielt Maike Schnur dagegen. »Behauptet er jedenfalls.«

»Der kann viel erzählen. Er hatte ein Motiv: Die Aufnahmen von der Blumengeschichte haben ihn entlarvt und bloßgestellt.«

Jo Kleinschmidt zweifelte: »Und dann ist er so dämlich und versteckt die Waffe auf der eigenen Grabstelle, wo er doch genau weiß, dass dort in den nächsten Tagen gegraben wird?«

»Wir wissen doch noch gar nicht«, warf Ellen Vogelsang ein, »dass mit der Parabellum auf die Kamera geschossen wurde. Wir sollten erst mal das Laborergebnis abwarten.«

»Zustimmung. Also weiter.« Mendelski schrieb einen weiteren Namen.

»Edgar Kruppa?«, staunte Maike Schnur. »Der Pastor ...?«

»Ja. Der war gestern auf dem Friedhof«, ergänzte Mendelski. »Und auch beim Grab der Meinickes. Das ist nur ein Indiz, mehr erst mal nicht. Aber ausschließen können wir den Pastor nicht.«

Der Kommissar schrieb den nächsten Namen: »Walter Döpke. Der kam heute – ganz zufällig – am Friedhof vorbei und wollte auf den Busch klopfen. Zufällig ...?«

»Als Jäger kann er sehr wohl mit Waffen umgehen«, bemerkte Maike Schnur.

»Und *last but not least* Bernd Wolkow.« Mendelski schrieb auch diesen Namen ans Flipchart. »Wir haben ihn vorgestern am Dachsbau getroffen und weggeschickt. Er könnte heimlich zurückgekehrt sein - zu welchem Zweck auch immer - und die Kamera zerstört haben, damit niemand erfährt, was er dort zu erledigen hatte.«

»Als ehemaliger Jagdaufseher kann auch er schießen.« Maike Schnur machte sich eine Notiz.

»Wenn ihr meine Meinung wissen wollt: So kommen wir nicht weiter. Wir sollten erst mal Freitag abwarten«, schlug Heiko Strunz vor. »Dann wissen wir mehr.

Mendelski legte den schwarzen Filzer auf den Tisch vor sich. »Heiko hat recht. Und mehr wollte ich auch gar nicht von euch. Genießt den freien Tag, genießt Himmelfahrt oder Vatertag. Übermorgen geht's weiter.«

# Fünfzehntes Kapitel

Aaron hatte schon wieder einen Brief für seinen Urgroßvater.

»So viel Post wie in den letzten Tagen bekommst du sonst nicht mal im ganzen Jahr«, rief der Junge aufgeregt. Elias Lewenstein saß draußen in der Nähe seines Hauses auf der Bank unter einem Olivenbaum, einem seiner Lieblingsplätze im Kibbuz. Angeblich war der Baum doppelt so alt wie er selbst. Schon lange vor der Kibbuzgründung im Jahr 1922 habe er hier gestanden, hieß es.

»Der Brief kommt wieder aus Deutschland.«

»Oh, das ist jetzt sicher die Absage«, orakelte Elias Lewenstein mit einem verschmitzten Grinsen. »Wegen der Pandemie, wegen Schneegestöber oder aufziehendem Antisemitismus.«

»Schneegestöber!« Der Junge kicherte. »Doch nicht im Mai. Jetzt mach schon auf. Ich will wissen, was in dem Brief steht.«

»Nein!«, erwiderte sein Urgroßvater bockig. »Dazu brauche ich meine Ruhe.«

»Die hast du hinterher zur Genüge. Ich muss doch gleich wieder weg.«

»Aber ich habe meine Brille nicht dabei.«

»Stimmt gar nicht. Die steckt in deiner Brusttasche.« Aaron fingerte kurzerhand die Lesebrille aus dem Hemd und setzte sie seinem Urgroßvater auf.

»Schon gut ... schon gut!«, beklagte sich Elias Lewenstein. »Der Klügere gibt nach.« Vorsichtig riss er das Kuvert auf. »Das kommt davon, wenn man seinem Urenkel alte Geschichten erzählt. Du platzt ja förmlich vor Neugier.«

»Genau. Lies endlich!«

Sein Urgroßvater zog das Blatt aus dem Kuvert und faltete es auseinander. Er deutete auf den Briefkopf.

»Der Brief ist wieder von der Israelischen Botschaft in Berlin«, erklärte er. Ein bisschen nervös war er schon, seine Hände zitterten etwas, als er den Text zu lesen begann. Dann kehrte

Stille ein. Aaron, in solchen Situationen sensibel genug, ließ ihn in Ruhe.

»Sie haben ihn endlich gefunden«, sagte Elias Lewenstein mit belegter Stimme, nachdem er den Brief auf die Knie hat sinken lassen. Sein Blick richtete sich auf den Horizont in der Ferne.

»Wen haben sie gefunden?«

»Meinen Lebensretter, Rolf Meinicke. Man hat seine Gebeine in einem Wald ausgegraben.«

»Sehr seltsam ... !«, erwiderte Aaron. »Du hattest mir erzählt, dass er 1990 plötzlich verschwunden ist. Zehn Jahre danach hat man ihn für tot erklärt. Und nun, zwanzig Jahre später, findet man ihn? Genau zu dem Zeitpunkt, an dem er die Yad-Vashem-Medaille bekommen soll? Das klingt doch schon ziemlich eigentümlich ...!«

Der Junge kam auch aus anderen Gründen ins Grübeln. Dass die Gebeine von Rolf Meinicke gerade jetzt gefunden worden waren, verlieh seiner Frage nach der Herkunft der Hasenpfote unerwartete Brisanz.

»Es wird sogar eine Beerdigung geben«, berichtete sein Urgroßvater weiter. »Genau zu der Zeit, in der ich in Deutschland sein werde. Man fragt mich, ob ich dabei sein möchte.«

»Und? Möchtest du?«

»Langsam, langsam.« Elias Lewenstein nahm die Brille ab und steckte sie zurück in die Hemdtasche. »Das muss ich erst mal verdauen. Jetzt, wo du mein Geheimnis kennst, kannst du dir ja vorstellen, was mir durch den Kopf geht.«

»Okay. Das verstehe ich.« Aaron erhob sich von der Bank. »Dann ... denk in Ruhe darüber nach. Wir können uns ja morgen weiter unterhalten.«

»Haltet euch fest!«

Ohne anzuklopfen kam Heiko Strunz ins Büro von Robert Mendelski gestürzt.

Es war Freitagvormittag, 9.45 Uhr. Der Leiter des Fachkommissariats und Maike Schnur beratschlagten gerade, inwieweit das FK 1 bei der für Montag angekündigten Ankunft von Elias Lewenstein aus Israel involviert wäre.

»Hier steht's schwarz auf weiß!« Heiko Strunz wedelte aufgeregt mit einem Blatt Papier. »Frisch eingetroffen vom LKA.«

»Dann spuck's schon aus!«, forderte Maike ungeduldig.

»Ich hatte richtig gelegen. Die Geschosse auf die Kamera im Wald stammen aus der Parabellum, die wir auf der Grabstelle Meinicke sicher gestellt haben.«

»Glückwunsch!« Mendelski reagierte nicht gerade euphorisch. Insgeheim hatte er mit diesem Ergebnis gerechnet.

»Aber das ist längst nicht alles«, tönte Heiko Strunz, der ansonsten für seine Besonnenheit bekannt war. »Jetzt werdet ihr gleich Bauklötze staunen ...!«

»Die Waffe war registriert«, fiel ihm Maike ins Wort. »Auf den Namen von ...«

»Nein, nein!« Jetzt war es Heiko Strunz, der sie unterbrach. »Hört zu: Das dreißig Jahre alte Geschoss aus der Eberesche, das wir an der Grabungsstelle geborgen haben ... das stammt ebenfalls aus dieser Pistole.«

Robert Mendelski und Maike Schnur fiel vor Erstaunen die Kinnlade herunter.

»Wow!«, war Maikes einzige Äußerung.

»Das ist ja mal 'n Ding!« Robert Mendelski fand erst langsam zur Sachlichkeit zurück. »Gibt's Fingerabdrücke oder DNA-Spuren?«

»Außer denen von Lea Meinicke wahrscheinlich nicht. Da fehlt noch der Abgleich. Die LKA-Leute sagten, die Pistole sei akribisch gereinigt und gepflegt worden. Trotz des Alters ist sie in einem bemerkenswert guten Zustand. «

Voller Tatendrang erhob sich Mendelski von seinem Stuhl. »Ellen und Jo sind im Homeoffice?«, fragte er.

»Richtig.«

»Okay. Videokonferenz also.« Er schaute auf seine Armbanduhr. »Um 10.30 Uhr. Heiko, du informierst die beiden bitte.«

Nicht nur wegen der Pandemie, sondern auch wegen seines angeblichen Magen-Darm-Infekts von vor zwei Tagen hielten seine Kolleginnen und Kollegen mehr Abstand zu ihm als gewöhnlich. Das kam Gordon Kobusch sehr entgegen. Galt es doch, heute ein weiteres, nicht ganz rechtmäßig ›ausgeliehenes‹ Fundstück heimlich in den Dachsbau zurückzubringen. Da konnte er keine Zeugen gebrauchen.

Okay, die Hasenpfote war winzig. Es müsste daher eigentlich ein Leichtes sein, den Gegenstand unbemerkt in den Sand fallen zu lassen, der als nächstes gesiebt werden sollte. Anders als bei Taschenuhr und Ehering wollte er dieses Mal nicht selber den Finder spielen. Sein Ziel war es, so weitreichend wie möglich von seiner Person abzulenken. Diese dämliche Internetaktion hatte schon genug Schaden angerichtet. Jeder weitere Hinweis auf ihn könnte fatale Folgen haben.

So kam es, dass Vanessa Merz, die heute mit Sandsieben an der Reihe war, kurz nach der Frühstückspause von ihrem Hocker aufsprang und laut rief: »Oh, wie süß! Ein kleiner Hasenkopf!«

Ihre Chefin, Dr. Ute Winkler, stand in der Nähe und wunderte sich über den Gefühlsausdruck ihrer Mitarbeiterin.

»Davon haben wir doch schon Hunderte«, antwortete sie lakonisch. Gordon Kobusch verfolgte das Geschehen – äußerlich teilnahmslos – mit großem Interesse.

»Nee, so einen noch nicht.« Vanessa Merz reinigte ihr Fundstück mit einem Pinsel. »Der ist aus Metall. Könnte Silber sein.«

Ute Winkler trat näher und ließ sich den Hasenkopf zeigen. »Du hast recht. Das könnte vielleicht zur Gürtelschnalle des Toten gehören.«

»Die Augen leuchten rot«, sagte Vanessa Merz. Sie hielt das daumengroße Fundstück ins Sonnenlicht. »Blutrot. Sieht richtig gruselig aus.«

»Das werden Glasaugen sein«, erwiderte ihre Chefin. »Pack das Stück zu den Sachen für die Kripo.«

Damit war die Angelegenheit für die Archäologin erledigt. Vanessa Merz tat, wie ihr aufgetragen, und legte die Hasenpfote in die Plastikschale für die Polizei. Dort lagen bereits weitere Fundstücke, die Rolf Meinicke oder einem anderen menschlichen

Ursprung zugeordnet wurden. Zwei Hirschhornknöpfe, ein metallener Hut- oder Mützenanstecker, mehrere kleine Kunststofföesen, wahrscheinlich von Schuhen, und ein Ein-DM-Geldstück.

Gordon Kobusch fand die Reaktion auf den Fund enttäuschend. Klar, er hatte keinen Hype erwartet, aber so wenig Aufmerksamkeit ... Das wollte nicht zu der Aufregung passen, die ihm dieses kleine Ding in den letzten Tagen eingebrockt hatte.

Egal. Jetzt hatte er eine Sorge weniger.

Dachte er jedenfalls.

»Brainstorming!«

Damit eröffnete Robert Mendelski die Besprechung, nachdem er festgestellt hatte, dass sein Team vollzählig online war. Er, Heiko Strunz und Maike Schnur saßen jeweils in ihren Büros in der Jägerstraße vor den PCs, Ellen Vogelsang und Jo Kleinschmidt arbeiteten von daheim.

»Dann fange ich einfach mal an«, sagte Jo Kleinschmidt lebhaft. »Ist das okay?«

»Okay«, kam es erleichtert von den anderen. Das einsame Homeoffice war für Jo Kleinschmidt - Single seit einem Jahr – nicht gerade das Gelbe vom Ei.

»Die Fakten: Mit der aufgefundenen Pistole wurde 1990 auf Rolf Meinicke und jetzt, an gleicher Stelle, dreißig Jahre später auf die Kamera geschossen. Aber: Gleiche Waffe bedeutet nicht automatisch gleicher Schütze. Das kam mir als Erstes in den Sinn, als ich vorhin diese Neuigkeiten hörte.«

»Und: Die Taten sind nicht vergleichbar«, ergänzte Ellen Vogelsang. »Das eine war ein kapitales Tötungsdelikt, das andere gerade mal eine Sachbeschädigung. Ich kann mir nicht vorstellen, dass jemand, dessen Verbrechen so viele Jahre unentdeckt geblieben war, dreißig Jahren später die Tatwaffe von damals leichtfertig dafür einsetzt, um an gleicher Stelle eine Überwachungskamera kurz und klein zu schießen.«

Heiko Strunz übernahm den Gesprächsfaden wie gewohnt sachlich. »Warum kompliziert, wenn's einfach geht? Nach meinem

Dafürhalten ist die Wahrscheinlichkeit, dass wir es nur mit einer Person zu tun haben, sehr groß. Entweder ist sie unglaublich dreist oder dumm – oder beides. Und: Der Täter fühlt sich offenbar sehr sicher und hält sich für unangreifbar. Davon bin ich überzeugt.«

»Das passt doch zu meiner Theorie«, merkte Jo Kleinschmidt an. »Der Täter von damals lebt nicht mehr, hatte aber einen Mitwisser, der – warum auch immer – die Tatwaffe aufbewahrt hat. Jetzt wagt er sich aus der Deckung, etwa um alte Rechnungen zu begleichen ...«

»Was haltet ihr von einem Ablenkungsmanöver«, fragte Maike Schnur dazwischen, »um jemandem die Schuld von damals in die Schuhe zu schieben? Damit wir Gert Meinicke verdächtigen ... wegen der Sache mit der Kamera und dem Fund der Pistole auf dem Grab.«

»Ja. Klingt auch plausibel.« Das kam von Ellen Vogelsang.

»Vorsicht!«, warnte Heiko Strunz. »Wir sollten Gert Meinicke nicht unterschätzen und ihn unbedingt in den möglichen Täterkreis einbeziehen. Er könnte seinen Vater im Affekt oder Streit erschossen haben. Wie wir ja von euch beiden erfahren haben, gab es genügend innerfamiliäre Streitpunkte bei den Meinickes. Und die Sache mit der Kamera war genau so ein impulsiver, unkontrollierter Ausbruch.«

»Aber warum versteckt er dann die Waffe ausgerechnet in dem Grab? Er wusste doch, dass dort nächste Woche eine Beerdigung stattfinden wird.«

»Das muss er doch gar nicht gewesen sein«, bemerkte Jo Kleinschmidt listig. »Vielleicht lag die Pistole die ganze Zeit woanders und unsere Finderin ...«

»Du meinst ... Lea Meinicke ...?«, unterbrach ihn Ellen Vogelsang. »Dass die uns was vorgespielt hat?«

»Warum denn nicht?«

Ellen Vogelsang blieb skeptisch. »Ich glaube, die können wir außen vor lassen. Was sagen die anderen?«

Von allen kam Zustimmung, nur von Robert Mendelski nicht. »Zieht bitte keine voreiligen Schlüsse«, befand er. »Bevor wir jemanden nicht zu hundert Prozent ausschließen können, bleibt er auf der Liste.«

»Gut. Wen haben wir denn da alles?« Maike Schnur zählte auf. »Gert und Lea Meinicke. Dann unsere drei Verdächtigen, Walter Döpke, Bernd Wolkow, Edgar Kruppa. Nehmen wir erst mal die. Können wir einen von denen ausschließen?«

»Am ehesten wohl den Pastor, oder ...?« Das Bild von Ellen Vogelsangs Webcam war auf einmal verschwunden, der Ton lief jedoch weiter. In Sachen Internet-Bandbreite schien es in Adelheidsdorf noch viel Luft nach oben zu geben.

»Ellen am A... der Welt«, lästerte Jo Kleinschmidt boshaft. »Ach, da bist du ja wieder.«

»Ja, bin wieder da. – Also den Kruppa ... den würde ich am ehesten streichen, da wir bei ihm keine Verbindung zu Waffen und/oder deren Handhabung herstellen können. Die anderen beiden Aspiranten halte ich allerdings schon wegen ihrer Jagdscheine und dem relativ leichten Zugang zu Munition für deutlich verdächtiger.«

»Pass bloß auf, was du sagst. Unser Chef hat auch einen Jagdschein ...!«

»Ja, aber der jagt waidgerecht ... jedenfalls soweit ich weiß ...«

Allgemeines Gelächter.

»Leute, bleibt sachlich«, kam es da streng aus dem Off.

»Ich bleibe dabei.« Mendelski sprach Klartext. »Wir sollten keinen der fünf ausschließen. Weitere Kommentare?«

Heiko Strunz meldete sich zu Wort: »Macht es Sinn, nach Schmauchspuren bei dem Schützen zu suchen, der auf die Kamera geschossen hat? Die Schüsse sind zwar schon Dienstagfrüh gefallen, aber eventuell lässt sich da noch was finden.«

»Wenn überhaupt, dann doch nur an Kleidungsstücken«, gab Jo Kleinschmidt zu bedenken. »Also an Handschuhen, Jacken- oder Hemdsärmeln. Vier Tage nach den Schüssen dürften Hände und Unterarme gewaschen sein.«

»Und wie sollen wir dabei vorgehen?«, forschte Mendelski. »Sollen etwa die Verdächtigen sämtliche zuletzt getragenen Kleidungsstücke abgeben? Das ginge nur freiwillig, denn einen richterlichen Beschluss kriegen wir bei der dünnen Beweislage nie und nimmer.«

»Okay.« Heiko Strunz gab klein bei. »War ja nur ’ne Idee.«

»Vielleicht noch ein Gedanke zum Fundort der Waffe«, brachte Ellen Vogelsang vor. »Sicherlich hat sie nicht dreißig Jahre dort im Beet der Grabstelle gelegen, oder?«

Jo Kleinschmidt war der gleichen Meinung. »Das sehe ich ähnlich. So intensiv, wie Lea Meinicke das Grab gepflegt hat, wäre sie schon vorher auf die Pistole gestoßen. Aber das können wir klären. Es gibt da doch sicher einen Friedhofsgärtner oder so was.«

»Habe ich schon notiert«, war Maike Schnur zu hören. »Klären wir.«

»Also hat die Pistole wahrscheinlich dreißig Jahre lang in einem stillen Kämmerlein geschlummert«, fuhr Ellen Vogelsang fort. »Dann stellt sich mir die Frage, warum der Täter das Risiko einer Entdeckung eingegangen ist und die Waffe nicht längst hat verschwinden lassen.«

»Weil er sich sicher fühlte.« Heiko Strunz blieb seiner Version treu. »Aus dem gleichen Grund, warum er ohne Skrupel auf die Kamera geschossen hat. Der glaubt, ihm kann keiner was.«

»Oder, weil er - oder sie - ziemlich einfältig ist«, gab Jo Kleinschmidt zu denken. »Ihr wisst schon, wen ich meine ...«

Maike Schnur stöhnte auf. »Puh! Also nee ... ich glaube, wir drehen uns im Kreis.«

Eine kurze Zeit herrschte Stille, bevor Robert Mendelski wieder übernahm:

»Okay, wenn es im Moment keine weiterführenden Ideen gibt, möchte ich gern den Plan für die nächste Woche besprechen.«

Der Osten Jerusalems war von 1948 bis 1967 von Jordanien besetzt und somit in arabischer Hand. Im Sechs-Tage-Krieg wurde er von den Israelis erobert. Seitdem haben die Juden wieder Zugang zur Altstadt und zur Klagemauer - zum ersten Mal seit dem Jahr 70 n. Chr., als die Römer die Stadt zerstört hatten. Im Gedenken an die Eroberung Ostjerusalems wird jedes Jahr am Eroberungstag, dem 28. Ijjar des jüdischen Kalenders, ein gesetzlicher Feiertag begangen, der Jerusalem-Tag.

Mit 35 Jahren war Elias Lewenstein als Stabsunteroffizier der Reserve in den Sechs-Tage-Krieg eingezogen worden. Seine Einheit zählte zu denjenigen, die damals in Jerusalem die israelische Fahne auf dem Tempelberg hissten. Jahr um Jahr war er zu den Feierlichkeiten nach Jerusalem gereist. Doch dieses Jahr würde er das erste Mal im Kibbuz bleiben.

»Fällt dir das nicht schwer?«, fragte ihn Aaron, als sie sich beim Mittagessen in der Kantine trafen.

»Nein, ganz und gar nicht«, erwiderte der Urgroßvater. »Schau, ich bin jetzt 87 Jahre alt. Schon bei den letzten Treffen habe ich mich gefragt: Was machst du hier eigentlich? Von meinen damaligen Kameraden, die mir wichtig waren, kommt so gut wie niemand mehr. Außerdem wird wegen der Pandemie dieses Jahr sowieso alles anders sein.«

»Oder hängt das mit deiner Reise nach Deutschland zusammen? Übermorgen geht's los.«

»Ach, papperlapapp!« Elias Lewenstein schenkte sich und seinem Urenkel Wasser aus einer Karaffe ein. »Aber gut, dass du mich daran erinnerst. Ich muss noch packen.«

»Ich könnte dir ja helfen ...«

»Bloß nicht. - Lieb gemeint, aber ... du bringst nur alles durcheinander. Ich habe meine spezielle Ordnung.«

Aaron grinste. Er leerte sein Glas mit einem Zug. »Und? Hast du dich inzwischen entschieden?«, fragte er vorsichtig.

»Entschieden? Wozu?«

»Na, ob du zu der Beerdigung gehst.«

Elias Lewenstein nippte an seinem Wasser. »Das wird sich in Deutschland entscheiden«, sagte er schließlich. »Die Nachfahren von Rolf Meinicke haben nie auf meine Briefe geantwortet. Vielleicht wollen sie ja gar nicht, dass ich dabei bin.«

»Aber die Yad-Vashem-Medaille ... die nehmen sie an?«, staunte Aaron. »Oder auch das nicht?«

»Davon gehe ich mal aus. Sonst hätte man mich ja gar nicht eingeladen.« Elias Lewenstein wischte sich mit dem Handrücken den Mund ab. »Aber das spielt auch keine große Rolle. Ich fahre ja nicht wegen der Nachfahren nach Deutschland, sondern wegen meines Retters Rolf Meinicke. Das bin ich ihm schuldig.«

»Vergiss aber deinen Glücksbringer nicht.« Aaron zwinkerte ihm verschwörerisch zu. »Du weißt schon ...«

»Natürlich nicht. Das ist mein wichtigstes Gepäckstück. Aber - darf ich die Hasenpfote überhaupt mit ins Handgepäck nehmen?«

»Das ist doch keine Waffe«, flachste der Junge. »Oder beißt der Hase noch?«

Da musste auch sein Urgroßvater lachen.

Nicht erzählt hatte Aaron, dass er eine Antwort auf die Anfrage im Internet bekommen hatte. Die Hasenpfote sei verkauft, war ihm berichtet worden, weitere Informationen wären aus Datenschutzgründen nicht möglich.

Schon wieder so eine Pleite. - Axel Schriewe begann, an seinen journalistischen Fähigkeiten zu zweifeln. Erst dieser Fauxpas mit der Armprothese des Toten, dann die zähe Recherche in Sachen Göhrde-Morde und jetzt die ›Verhaftung‹ von Lea Meinicke, bei der er völlig daneben gelegen hatte. Wie peinlich!

Wurde er alt? Wo war seine bislang untrügliche Spürnase geblieben, die ihn jahrelang treu begleitet hatte?

Dazu passte sein Pech im *San Marino*. Alle Tische waren und blieben besetzt. Niemand stand für ihn auf, niemand rief ihn, weit und breit kein bekanntes Gesicht. Freitagabend in der Celler Innenstadt bei traumhaftem Wetter - eigentlich ideal für einen gelungenen Einstieg ins Wochenende.

An der Aller ist es eh schöner als in der stickigen Altstadt, entschied er sich für sein Alternativlokal. Das *Divino*, ebenfalls ein italienisches Restaurant, lag zweihundert Meter Fußweg entfernt direkt am Fluss.

Hier hatte er Glück. Er bekam einen Tisch an der Brüstung zugewiesen, mit herrlichem Blick auf die Pfennigbrücke. Auf der Aller tummelten sich Ruderer, Paddler und Kanuten.

Seine Stimmung besserte sich deutlich.

Nachdem er Wein, ein Glas *Pinot Grigio* und frische Pasta, *Tagliolini al Tartufo*, bestellt hatte, zog er sein Smartphone aus der Jackentasche und rief den Kalender auf.

Die nächste Woche hatte es in sich. Montag die Ankunft von Elias Lewenstein aus Israel. Dienstag dessen Besuch in Celle und Bergen-Belsen. Mittwoch die Beerdigung von Rolf Meinicke in Meißendorf. Und Donnerstag die Verleihung der Yad-Vashem-Medaille in Hannover.

Zum Glück hatte er vorgearbeitet, auch dank des ergiebigen Materials, das ihm Jonathan Stern von der Jüdischen Gemeinde zur Verfügung gestellt hatte. Damit kriegte er schon einige Zeitungsspalten zusammen.

In der kommenden Woche würde er jeden Tag einen Exklusivbericht in der CZ bringen, auch ohne die Unterstützung der Kripo. Die konnten ihn mal ...

Wozu auch der Ärger! Wahrscheinlich verliefen die Nachforschungen nach der Todesursache von Rolf Meinicke sowieso im Sande. Nach so vielen Jahren war es höchst zweifelhaft, dass die Ermittlungen von Erfolg gekrönt wurden.

Axel Schriewe hatte sich auf der Seite des Landeskriminalamtes schlau gelesen. Im Jahr 2020 wurde allein in Niedersachsen in 341 alten, ungelösten Fällen, sogenannten *Cold Cases*, ermittelt. Spezielle Abteilungen widmeten sich ausschließlich diesen Uraltfällen. Die niedersächsische Vermisstenkartei – Datei ›Vermi/uTot‹ – listete sage und schreibe 1.300 Personen auf. Allerdings reichte der älteste Fall darin ins Jahr 1964 zurück.

*»Pinot Grigio?«* Die hübsche Kellnerin riss ihn aus den Gedanken.

»Ja, bitte.« Axel Schriewe legte sein Smartphone beiseite und schaute auf. Dabei fiel sein Blick auf ein Paar, das sich gerade drei Tische weiter niederließ.

Eine schlanke, zierliche Frau mit peppiger Frisur und ein sportlicher Mann mit verwegen langen Haaren, die zu einem kleinen Zopf geflochten waren.

Die Kommissarin, schoss es ihm durch den Kopf. Eindeutig. Das war Maike Schnur, die rechte Hand von Robert Mendelski, dem Leiter des FK 1. Begleitet von ihrem englischen Freund, dem Taxi-fahrenden Unternehmer.

Reflexartig hielt Axel Schriewe die Speisekarte vors Gesicht. Er wollte nicht erkannt werden. Vielleicht ergab sich ja was ...

Obwohl die Sonne bereits hinter den Dächern der Altstadt untergegangen war, kramte er seine Sonnenbrille hervor und setzte sie auf. Als er über den Rand der Speisekarte lugte, registrierte er, dass Maike Schnur mit dem Gesicht zu ihm saß. Ihr Freund hatte ihm den Rücken zugewandt.

Ob sie sich noch daran erinnerte, dass er die Kunst des Lippenlesens beherrschte, fragte er sich. Es war schon einige Tage her, dass die Kripo von seiner Fähigkeit profitiert hatte[2]. Vielleicht erzählte sie ihrem Freund von der Arbeit. Vom aktuellen Stand der Dinge im Fall Rolf Meinicke. Möglichst unauffällig fixierte er ihren Mund. Ob das gut ging?

Es ging nicht gut.

Der Reporter im vermeintlichen Inkognito las Folgendes von ihren Lippen ab: »Dreh dich jetzt besser nicht um. Drei Tische weiter sitzt dieser Möchtegern-Sherlock-Holmes von der Celleschen und beobachtet uns. Axel Schriewe heißt der. Der denkt wohl, dass ich vergessen habe, wie gut er von den Lippen lesen kann, und hofft auf Dienstgeheimnisse. Komm, lass uns über letzte Nacht reden. Du weißt schon ... mal sehen, ob er dann einen roten Kopf kriegt ...«

---

[2] Christian Oehlschläger: Der Kohlfuchs, 2006

# Sechzehntes Kapitel

Sein Wecker klingelte am Montagmorgen um 5.45 Uhr.

Es war kurz nach Sonnenaufgang. Wie jeden Morgen lag die weitläufige Kibbuz-Siedlung noch einige Zeit im Schatten des gewaltigen Gilboa-Höhenzuges im Osten. Der wolkenlose azurblaue Himmel versprach einen sommerlich heißen Tag - wie in diesen Breiten und um diese Jahreszeit üblich.

Ungewaschen schlüpfte Aaron in Shorts, T-Shirt und Sandalen. In der Küche trank er im Stehen ein Glas Wasser, dann schlich er durch die Seitentür hinaus.

Er liebte die Stimmung so früh am Morgen, die Stille, die angenehmen Temperaturen, das Licht und die Reinheit der Luft. In zwei Stunden würde es schon wieder ganz anders aussehen.

Trotz dieser Vorzüge war es für den Jungen die Ausnahme, so früh auf den Beinen zu sein. Die Schule begann - abgesehen von den aktuellen Corona-Bestimmungen - um 8.00 Uhr, so reichte es gewöhnlich, wenn er um 7.00 Uhr aufstand.

Die ersten Volunteers kreuzten seinen Weg. Das war die Gruppe, die für die Fischteiche zuständig war. Sie grüßten freundlich und waren erstaunt, den Jungen so früh auf den Beinen zu sehen.

»Hi Aaron«, rief Bjarne, ein Däne, der schon über ein Jahr im Kibbuz arbeitete. »Hilfst du uns heute beim Abfischen?«

»Nein, ein anderes Mal«, erwiderte der. »Ich muss mich von meinem Urgroßvater verabschieden.«

Er schaffte es gerade noch rechtzeitig. Isaac, der Fahrer des Kibbuz-eigenen Peugeot-Kombi, hatte den Koffer bereits verstaut und half Elias Lewenstein beim Einsteigen.

»Was machst du denn hier?«, fragte der erstaunt. »So früh am Morgen?«

»Ich wollte dir noch alles Gute wünschen.« Den Pandemie-Abstandsregeln zum Trotz nahm Aaron seinen Urgroßvater fest in die Arme. »Und dich fragen, ob du auch alles dabei hast, damit wir in Verbindung bleiben können.«

»Ja, habe ich«, antwortete Elias Lewenstein. »Glaube ich jedenfalls.«

»Das Smartphone?«

»Habe ich.«

»Netzteil und USB-Kabel?«

»Habe ich auch.«

»Und ...« Aaron zwinkerte. »Und ... du weißt schon?«

Sein Urgroßvater klopfte mit der flachen Hand auf seine Hosentasche.

»Habe ich ebenfalls«, flüsterte er mit einem Zwinkern.

»Wir müssen los«, drängelte Isaac. »Ben Gurion wartet nicht.«

»Dann stimmt es also doch, was die Leute erzählen.«

Friedel Bornemann wischte sich die Hände an seiner grünen Gärtnerschürze ab.

»Was meinen Sie?«

»Na, dass die Lea eine Pistole auf dem Familiengrab gefunden hat.«

»Genau. Deswegen sind wir hier.«

Zu dritt standen sie im Schatten der Friedhofskapelle. Robert Mendelski und Maike Schnur waren schon früh nach Meißendorf aufgebrochen, mit einem strammen Tagesprogramm. Zudem trieben sie die überraschenden Ereignisse im Fall ›Dachsbau‹ an, die sich Ende der letzten Woche zugetragen hatten.

»Und was kann ich nun für Sie tun?«, fragte der Friedhofsgärtner. »Wollen Sie etwa von mir wissen, ob ich jemanden beim Verbuddeln der Waffe auf der Grabstelle beobachtet habe?«

»So in etwa«, erwiderte Mendelski. »Oder ist Ihnen dazu irgendjemand oder irgendetwas Außergewöhnliches aufgefallen?«

Friedel Bornemann lachte auf. »Jemand mit einer Pistole auf dem Friedhof ...? Dann hätte ich sofort die 110 angerufen. Ich bin ja nicht blöd.«

Maike Schnur verkniff sich einen gehässigen Kommentar. »War Lea Meinicke die einzige, die auf der Grabstelle gearbeitet hat?«, fragte sie stattdessen.

»Soweit ich das weiß, ja. Nicht ihr Bruder, ich auch nicht. Sie hat alles selbst gemacht. Unkraut gejätet, gepflanzt, gegossen, geharkt und so weiter. Sie ist fast jede Woche hier.«

»Und Sie arbeiten hier auch täglich?«

»So ziemlich. Meist aber nur halbe Tage. Ich hab ja noch einen Hausmeisterjob in Bergen.«

»Wie lange machen Sie das schon?«

»Och, bestimmt an die 20 Jahre.« Friedel Bornemann blickte gen Himmel. »Lassen Sie mich rechnen. Seit 1999 ... nach Adam Riese 21 Jahre.«

»Dann kennen Sie die Grabstelle der Meinickes gut?«

»Natürlich. Der Meißendorfer Friedhof ist übersichtlich, ich kenne jede Grabstelle wie meine Westentasche.«

»Auch die Gräber, die Sie nicht pflegen?«

»Ja. Ich kontrolliere jährlich die Standfestigkeit der Grabsteine, gucke nach Erdabsackungen, halte die Wege in Ordnung und so weiter.«

»Apropos Erdabsackungen.« Jetzt war es Mendelski, der nachhakte. »Da ist Ihnen auf dem Meinicke-Grab in der letzten Woche wirklich nichts aufgefallen?«

Friedel Bornemann verdrehte genervt die Augen. »Sagte ich doch bereits.« Dann setzte er nach. »Wenn Lea die Pistole nicht gefunden hätte, wäre die spätestens morgen ans Tageslicht gekommen. Da wird nämlich mit dem Bagger das Grab für Mittwoch ausgehoben.«

»Bagger?« Maike Schnur guckte ungläubig.

»Na, so'n Schmalspur-Minibagger.«

»Da sollte besser jemand von uns dabei sein«, sagte sie. »Wer weiß ... Können Sie uns bitte die genaue Uhrzeit nennen?«

»Kriegen Sie.«

»Haben Sie sonst noch mit der Beerdigung am Mittwoch zu tun?«, fragte Mendelski.

»Nö. Das macht alles der Bestatter.«

»Okay ... Und kennen Sie den Pastor a. D. Edgar Kruppa?«

»Natürlich. Der war ja hier jahrelang zuständig. Dass ausgerechnet der jetzt die Beerdigung von Rolf Meinicke macht, finde ich schon ... na ja, merkwürdig finde ich das.«

»Wieso merkwürdig?«

Friedel Bornemann schien die Frage unangenehm zu sein. »Na, die konnten ja nicht miteinander. Zu Lebzeiten, meine ich. Rolf Meinicke wollte unbedingt diesen Ruheforst bei sich im Wald. Da gab's ordentlich Knatsch mit der Kirche.«

»Woher wissen Sie das denn so genau?« Maike Schnur wurde stutzig. »Sie haben doch erst 1999 als Friedhofsgärtner angefangen?«

»Ja, aber ich bin alter Meißendorfer, lebe hier seit 61 Jahren – mein ganzes Leben. Von den Querelen damals habe ich einiges mitbekommen.«

»Was ist mit Bernd Wolkow?«, fragte Mendelski unvermittelt.

Friedel Bornemann runzelte die Stirn. »Der ehemalige Jagdaufseher? – Der wohnt doch schon lange nicht mehr in Meißendorf, hat aber noch ein Familiengrab auf diesem Friedhof.«

»Ach ja? Und deswegen lässt er sich zuweilen hier blicken?«

»Nur äußerst selten. Das Grab seiner Eltern sieht schlimm aus, ist völlig überwuchert mit Efeu. Aber – letzte Woche ist er hier gewesen.«

»Bitte?«

»Ja, Dienstag, glaube ich. Habe mich auch gewundert. So selten, wie der herkommt.«

»Und ... was wollte er?«

»Hatte keine Zeit, mit ihm zu sprechen. Den habe ich nur von weitem gesehen.«

Robert Mendelski und Maike Schnur schauten sich vielsagend an.

Der Kommissar griff in seine Hemdtasche. »Hier meine Karte«, sagte er. »Rufen Sie uns bitte an, wegen des Baggertermins morgen – und falls Ihnen noch was einfällt.«

»Eine Sache hätte ich noch.« Friedel Bornemann räusperte sich.

»Ja bitte?«

»Es wird so einiges gemunkelt im Dorf.«

»Was denn?«

»Am Mittwoch zur Beerdigung soll angeblich hoher Besuch kommen. Der Ministerpräsident aus Hannover, ein Botschafter aus Berlin ...«

»Das kann ich mir kaum vorstellen«, erwiderte Mendelski distanziert. »Da hat Ihnen jemand einen Bären aufgebunden.«

»Ich weiß das aber aus verlässlicher Quelle.« Friedel Bornemann druckste herum. »Von einem hochrangigen Ortspolitiker und Mitglied im Kirchenvorstand.«

»Von Walter Döpke etwa?«, platzte Maike Schnur heraus.

»Das haben jetzt aber Sie gesagt ...«

»Machen Sie sich keine unnötigen Gedanken«, beruhigte ihn Mendelski. »Da war wohl eher sein Wunsch der Vater des Gedanken. Der gute Herr Döpke sollte besser den Ball flach halten.«

»Ja, ganz flach«, schob Maike grimmig nach.

»Da kommen sie ja schon ...« Dr. Ute Winkler erhob sich von der Bank und ging ihnen ein paar Schritte entgegen.

Das Team von ArchaeoFirm hatte sich gerade zur Frühstückspause niedergelassen, als Robert Mendelski und Maike Schnur an der Grabungsstelle eintrafen. Heute waren sie wieder zu fünft, also mit der kompletten Mannschaft vor Ort.

»Wir stören hoffentlich nicht gerade«, sagte der Kommissar.

»Nein, ganz und gar nicht. Im Gegenteil, Sie können gern einen Kaffee mit uns trinken.«

»Danke, das ist sehr nett, aber ich nehme lieber einen Schluck Wasser, wenn Sie haben. Bei der Wärme ...«

»Ich nehme gern einen Kaffee«, meldete sich Maike Schnur zu Wort. Dabei schielte sie zu Gordon Kobusch, der sich gerade aus seiner Thermoskanne bediente.

»Das hier ist Tee«, sagte dieser stur.

»Außerdem war ja ich diejenige, die Sie heute früh angerufen hat«, erklärte Ute Winkler, während sie nach sauberen Bechern Ausschau hielt. Vanessa Merz half ihr dabei. »Wer um ein Treffen bittet, darf sich nicht beschweren, wenn er Besuch bekommt ...« erklärte sie lächelnd.

»Ja, manchmal reagieren wir prompt ...« gab Mendelski gut gelaunt zurück und setzte sich auf den ihm angebotenen Platz auf der Bank. »Ich hoffe, es ist nichts Ernstes.«

»Ganz wie man's nimmt«, orakelte Ute Winkler. Sie schenkte ihm Mineralwasser in einen Metallbecher ein. »Es gibt zwei Gründe.«

Ben Schleswig versorgte derweil Maike Schnur mit Kaffee. Giulia Pavone bot ihr dazu ein paar knochenharte *Cantuccini* aus ihrer Heimat Italien an. Gordon Kobusch hielt sich ungewöhnlich bedeckt.

»Gab es etwa wieder Vandalismus?« Mendelski schaute in die Runde, konnte jedoch nichts Auffälliges entdecken.

»Nein, Gott bewahre.« Die Archäologin winkte ab. »Im Grunde haben wir nichts Schlimmes zu melden. Zum einen möchten wir uns von Ihnen verabschieden. Ende dieser Woche ist erst mal, also für dieses Jahr, Schluss mit der Grabung hier. Am Donnerstag, spätestens Freitag brechen wir unsere Zelte ab.«

»Oh - woran liegt's? Nicht dass unsere Ermittlungen Sie vertrieben haben.«

»Nein, ganz im Gegenteil. Ihr Einsatz war mal eine angenehme - nein, das Wort ist zu makaber - es war eine ungewöhnliche Abwechslung in unserer täglichen Grabungsroutine. Und vertrieben haben Sie uns sicher nicht, nur ... wir haben schlichtweg genug Material zusammen. Wir wissen gar nicht, wohin mit den vielen Fundstücken. Unsere Lagerkapazitäten sind erschöpft, Knochen, Knochen ohne Ende. Jetzt kommen die Analyse daheim im Labor, die Katalogisierung und schließlich die Übergabe an unsere Auftraggeber. Allein damit können wir uns schon monatelang beschäftigen.«

»Dann müssen Sie bei herrlichstem Sommerwetter drinnen arbeiten?« Maike Schnur hatte diese Bemerkung eingeworfen. Wieder schielte sie zu Gordon Kobusch hinüber. »Das ist aber sehr schade.«

Der regierte endlich. »Nein, wir habe noch genügend andere Outdoor-Projekte«, gab er zurück. »Interessante Grabungen an Baufeldern zum Beispiel. Da geht's dann in die Römerzeit ...«

»Das klingt ja spannend.« Maike ließ sich von Ben Schleswig bereitwillig Kaffee nachschenken.

»Und der zweite Grund für unser Kommen?«, wollte Mendelski von Ute Winkler wissen.

»Wir haben noch was für Sie.« Die Archäologin schob ihm eine Plastikschale hin. »Fundstücke, die Ihrem Toten zuzuordnen sind. Oder anderen menschlichen Wesen. Jedenfalls haben sie nichts mit Tierknochen zu tun.«

Das Kripo-Duo schaute neugierig in die Schale.

»Gürtelschnalle, Knöpfe, Metallösen«, zählte Mendelski auf. »Dazu ein Hutanstecker, ein 1-DM-Geldstück und ...«

»Eine Deutsche Mark?« Maike Schnur nahm sich die Münze. »Wann war noch mal die Währungsumstellung auf den Euro?«

»Im Januar 2002.«

»Dann könnte die Münze tatsächlich Rolf Meinicke gehört haben.« Maike griff erneut in die Schale. »Und das hier?«

Gordon Kobusch hielt kurz die Luft an. Die Kommissarin hielt die Hasenpfote - oder besser die metallene Hülse in der Form eines Hasenkopfs - zwischen Daumen und Zeigefinger. Das Silber war dunkel angelaufen und somit nicht leicht als Edelmetall zu erkennen.

»Putzig. Ein niedlicher Hasenkopf mit leuchtenden Augen.« Sie reichte es Mendelski.

»Hm«, murmelte dieser. »Könnte die Halterung für einen Saubart sein. Aber ... die Öse macht mich stutzig.«

»Ich dachte, Rolf Meinicke war gar kein Jäger?«, entgegnete Maike Schnur. »Dann hat er wohl auch keinen Saubart am Hut getragen.«

»Das werden wir schon herausfinden«, sagte Mendelski und legte das Schmuckstück zurück in die Schale. Und an Ute Winkler gerichtet. »Dankeschön. Dieses Fundstück nehmen wir gerne mit. Sonst noch was?«

»Nein, das wäre erst mal alles. Wenn wir bis zum Wochenende noch was finden sollten, was dem Toten zuzuordnen ist, melden wir uns natürlich.«

Sehr aufschlussreich, die Reaktion der zwei Ermittler, befand Gordon Kobusch im Stillen. Er vermutete, dass die Kripo bisher nicht nach der Hasenpfote gefahndet hatte. Sonst hätten die beiden sicher anders reagiert. Hoffentlich verschwindet das wertvolle Stück nicht sang- und klanglos in einer Asservatenkammer. Dann würde er sich schwarz ärgern.

»Entschuldigung!« Maike Schnur riss ihn unsanft aus seinen Gedanken. Sie grinste ihn frech an: »Zum Abschied nehme ich gern einen Schluck Tee.«

Bisher war es ein ausgesprochen ruhiger Flug. Ohne Turbulenzen, Luftlöcher, Schlechtwetterzonen und dergleichen. Die Boing 737 der *El Al* hatte das Mittelmeer überquert und flog nun über Griechenland in Richtung Balkan.

Elias Lewenstein döste vor sich hin. Das lag zum einen an der unruhigen Nacht, die hinter ihm lag. Wegen des Reisefiebers hatte er erst gegen 1.00 Uhr in den Schlaf gefunden, schon um 4.30 Uhr war er wieder aufgestanden. Zum anderen wirkten die Reisetabletten. Er hatte vorsichtshalber gleich zwei genommen, dementsprechend matt und schläfrig war er nun.

Die 120 Kilometer lange Autofahrt vom Kibbuz zum Ben-Gurion-Airport in Tel Aviv hatte nur eineinhalb Stunden gedauert. Daher war er viel zu früh angekommen. Im Grunde hätte er auch mit dem Bus fahren können, so wie anfänglich geplant. Die Linien 412 und 832 hielten mehrmals täglich am Kibbuz. Doch die Kibbuz-Leitung hatte entschieden, dass ihr Ehrenbürger zu einem so wichtigen Termin mit dem Pkw chauffiert werden müsste, um in jedem Fall den Flieger zu erreichen.

Die Formalitäten am Flughafen verliefen wie am Schnürchen. Einchecken, Gepäckaufgabe, Sicherheitscheck, Corona-Schnelltest und Passkontrolle - alles zusammen dauerte insgesamt keine Stunde. Es lag aber sicher auch daran, dass die Maschine aufgrund der Pandemie nur zur Hälfte ausgelastet war.

Als er aus seinem Dämmerschlaf erwachte, hatte Elias Lewenstein den ersten Flug seines Lebens bereits zur Hälfte hinter sich. Insgesamt 3:45 Stunden würde der Flug nach Frankfurt/Main dauern, nach einem einstündigen Zwischenstopp sollte es um 15.00 Uhr nach Hannover weitergehen. Dort würde man ihm nach der Landung gegen 15.40 Uhr abholen.

Er griff nach der Wolldecke auf dem leeren Platz neben sich. Ihn fröstelte, was seinem Schlafdefizit und der Klimaanlage im

Flugzeug geschuldet war. Er schloss die Augen und ließ den Erinnerungen freien Lauf ...

Von Ende 1945 an hatte er sieben Monate benötigt, um von Norddeutschland über die Schweiz und Italien ins gelobte Land zu reisen. Per Bahn und mit dem Schiff war er unterwegs gewesen, hatte in mehreren Auffanglagern Station machen müssen. Es war eine lange, entbehrungsreiche Reise gewesen. Und jetzt, 75 Jahre später, bewältigte er diese gut 4.000 Kilometer lange Strecke in nur viereinhalb Stunden.

»Entschuldigung. Möchten Sie etwas zu trinken?« Neben seiner Sitzreihe war eine Stewardess samt Getränkewagen aufgetaucht.

Elias Lewenstein überlegte. Trotz Decke fror er immer noch, die Aufregung ließ ihn nicht zur Ruhe kommen. »Haben Sie vielleicht einen Tee für mich? Einen Beruhigungstee?«

»Gerne. Kräutertee, Pfefferminztee oder Kamillentee?«

»Gern Kamille.«

Kurze Zeit später war er eingeschlafen.

Edgar Kruppa wollte gerade mit seinem Auto vom Hof fahren, als der Kripo-Passat eintraf. Die beiden Fahrzeuge hielten nebeneinander auf gleicher Höhe. Robert Mendelski und Maike Schnur grüßten durch das geöffnete Seitenfenster.

»Gibt's im Fall Meinicke was Neues?«, fragte der pensionierte Pastor unverblümt. Auf seiner hohen Stirn standen Schweißperlen. Er wirkte fahrig und schlecht gelaunt.

Mendelski beugte sich weit vor, um an Maike Schnur vorbeizugucken. »Das wollten wir gerade Sie fragen«, wich er aus.

»Gert Meinicke macht Schwierigkeiten«, erwiderte er. »Er hat mich zwar endlich als Zeremonienmeister für übermorgen akzeptiert, kommt aber jetzt mit ungewöhnlichen Wünschen betreffend meiner Trauerrede.«

»Nämlich?«

»Ich soll weder ein Wort über den gewaltsamen Tod seines Vaters noch über die damalige Rettungsaktion des jüdischen

Jungen verlieren. Er will es kurz und knapp. Am besten nur die Eckdaten: Geburtsdatum und -ort, Schule, Lehre, Wehrmacht, Hofübernahme, Heirat und Kinder - das war's. Kein Sterbenswörtchen mehr.«

»Und? Wie wollen Sie das anfangen?«

»Weiß ich noch nicht.« Edgar Kruppa wischte unschlüssig mit beiden Händen über das Lenkrad. »Das hängt von der Trauergemeinde ab. Mal sehen, wer da so kommt. Was ich letztlich sage, entscheide ich spontan.«

»Wie's bisher aussieht, werden nicht viele kommen«, bemerkte Maike Schnur. »Außerdem erlaubt die Pandemie maximal fünfzig Gäste ...«

»Fünfzig? - Wovon träumen Sie denn? Bei mehr als zehn wäre ich schon überrascht.« Der Pastor schaute in den Rückspiegel. Dort entdeckte er Gert Meinicke, der immer noch an der Dielentür stand und sie beobachtete.

»Ich muss weiter«, sagte er. »Schönen Tag noch.«

Sprach's, gab Gas und fuhr davon.

Sie war verärgert über ihren Bruder. Wie der mit dem Pastor umsprang, regte Lea Meinicke auf. Dabei meinte es Edgar Kruppa doch sicher nur gut mit ihnen.

Okay, ihr Vater und der Pastor waren nicht gerade die dicksten Freunde gewesen. Doch man kann irgendwann auch einen Schlussstrich ziehen - nach so vielen Jahren. Außerdem war ihr Bruder selber schuld. Er hatte doch stur auf einem frühen Beerdigungstermin bestanden. Jetzt musste er eben die Kröte Kruppa schlucken. So einfach war das.

Dann war da dieser vergilbte Schuhkarton, der vor ihr auf dem Esstisch stand. Den hatte Lea Meinicke vorher noch nie gesehen.

Als es darum ging, die Trauerrede mit dem Pastor vorzubereiten, hatte Gert Meinicke den Karton vorhin aus seinem Schlafzimmer geholt. Den musste er irgendwo tief hinten im Kleiderschrank versteckt gehalten haben, denn beim Putzen war Lea Meinicke noch nie darauf gestoßen.

Der Karton enthielt Papiere, Ausweise, Zeugnisse, Fotos und allerhand Kleinkram von ihrem Vater. Auch die goldene Taschenuhr und der Ehering, die bei den Grabungsarbeiten am Dachsbau gefunden worden waren, lagen darin.

Um Edgar Kruppa die notwendigen Lebensdaten ihres Vaters zu liefern, hatte ihr Bruder in den Unterlagen aus dem Karton nachgeschaut. Denn die meisten Daten hatte er nicht mehr im Kopf. Das konnte sie verstehen.

Doch sie konnte nicht verstehen, warum er ihr all die Jahre nichts über diesen Karton verraten hatte.

Lea Meinicke drehte den Kopf und lauschte. Die Tür zum Flur war nur angelehnt, sie würde rechtzeitig hören, wenn ihr Bruder ins Haus zurückkam. Wahrscheinlich palaverte er noch draußen mit dem Pastor.

Neugierig zog sie den Karton zu sich heran. Ihr Bruder hatte ihn wieder verschlossen, nachdem er dem Pastor die nötigen Auskünfte gegeben hatte.

Behutsam klappte sie den Deckel hoch und griff hinein.

Zu oberst lag ein DIN-A4-Umschlag mit Zeitungsausschnitten. Den Datumsangaben zufolge handelte es sich um Artikel, die aus der CZ des Jahres 1990 stammten. Beim raschen Durchblättern erkannte sie schnell, dass sich alle diese Zeitungsartikel um den Vermisstenfall ihres Vaters drehten.

Der schwarze Aktendeckel darunter enthielt einige Dokumente und Zeugnisse, die bis zur Geburtsurkunde ihres Vaters im Jahr 1918 zurückreichten. Diese Unterlagen hatte ihr Bruder vorhin dem Pastor gezeigt.

Unter dem Aktendeckel fand sie ein loses Sammelsurium von Fotos – meist in schwarz-weiß – , Ausweisen und Bescheinigungen. Auch ein Wehrpass aus dem Zweiten Weltkrieg war darunter, dazu ein uralter Personalausweis, ein Führerschein von anno dazumal, abgelaufene Sparbücher und so weiter.

Lea Meinicke interessierte sich vor allem für die Fotos. Die meisten zeigten die Hochzeit im Jahr 1947, einige waren älter. Es gab ein paar Bilder vom Hof in den Fünfzigerjahren, dahinter steckte eine Aufnahme von Rolf Meinicke – in Wehrmachtsuniform und noch mit zwei gesunden Armen. Schließlich stieß sie auf Kinderfotos von ihr und ihrem Bruder. Auf dem offiziellen Einschulungsfoto trug sie stolz eine Zuckertüte. Lächelnd rechnete sie aus, dass das aus dem Jahr 1964 stammen musste ...

Ein Geräusch ließ sie zusammenschrecken. Es kam vom Flur. Doch bevor Lea Meinicke alles zurück in den Karton werfen konnte, erkannte sie den Störenfried. Nicht Bruder Gert, sondern ihr betagter Langhaardackel kam in die gute Stube geschlurft.

»Elly!«, schimpfte sie mit dem Hund. »Kannst du nicht in der Küche bleiben.« Beleidigt machte der Dackel kehrt und verschwand im Dunkel des Flures.

Lea Meinicke wunderte sich. Eigentlich müsste ihr Bruder längst zurück sein, er hatte doch den Pastor lediglich zur Tür begleitet. Oder gab es da draußen zwischen den beiden noch etwas zu besprechen, wovon sie nichts erfahren sollte? Gert war stets für eine Überraschung gut, das hatte sie im Laufe der Zeit immer wieder festgestellt. So auch bei diesem Karton ...

Im Moment war es ihr gerade recht, dass er noch nicht zurückkehrte. Sie guckte weiter Fotos an. Manche davon stimmten sie traurig, etwa Fotos von der Beerdigung ihrer Mutter oder von ihrem ersten Dackel Mucki. Ein Foto, das ihren Vater bei der Heuernte mit freiem Oberköper, aber ohne Armprothese zeigte, ließ sie erschauern. Sie erinnerte sich an die Zeit, in der er seine Prothese verfluchte und sie aus Frust, Wut und Dickköpfigkeit nie wieder tragen wollte. Bis er sich ein halbes Jahr später mit seinem Schicksal abgefunden hatte, war das Leben mit ihm für die Familie die Hölle gewesen.

Auf dem Grund des Kartons entdeckte sie einen weiteren Zeitungsausschnitt. Der stammte ebenfalls von der Celleschen Zeitung, jedoch aus einer viel älteren Ausgabe als die vorherigen. Laut und respektvoll las sie das Datum: «13.03.1945«.

Vorsichtig, um das dünne, brüchige Papier nicht zu beschädigen, hielt sie das Blatt ans Licht und begann, zu lesen.

Lea Meinicke war derart in ihre Lektüre vertieft, dass sie das Knarren der Dielentüre überhörte. Erst als Elly kläffte und dazu menschliche Stimmen zu vernehmen waren, wachte sie aus ihrer Betroffenheit auf. In aller Eile packte sie die Dinge zurück in den Schuhkarton und klappte den Deckel zu.

Als ihr Bruder die gute Stube betrat, hatte sie den Karton gerade wieder zurück in die Mitte des Tisches geschoben.

Doch ihre Gedanken kreisten immer noch um den Zeitungsartikel aus dem März 1945.

Wie zufällig hantierte Gert Meinicke gerade am Briefkasten, als der Kripo-Passat vorfuhr. Natürlich hatte er mitbekommen, dass die beiden Autos eine Weile nebeneinander in der Hofeinfahrt gestanden und deren Insassen miteinander gesprochen hatten.

»Na, worüber hat sich der Kruppa bei Ihnen beschwert?«, grollte der Landwirt, nachdem seine Besucher ausgestiegen waren. Robert Mendelski und Maike Schnur blickten ihn schweigend an.

Offensichtlich auf Krawall gebürstet verkündete Gert Meinicke gleich mehrere Antwortvarianten selbst: »Dass ich nicht will, dass er über das Loch im Schädel meines Vaters spricht? Über seinen jämmerlichen Tod im Wald? Oder darüber, dass ihn Dachse und Füchse aufgefressen haben? Was hat das auf einer Trauerfeier zu suchen?«

»Das sieht er sicher genau so«, beschwichtigte ihn Robert Mendelski. »Sie sollten ihm vertrauen ...«

»Der soll sich lieber erst mal an die eigene Nase fassen«, unterbrach ihn Gert Meinicke gereizt. »Wer weiß denn schon, ob er und seinesgleichen nicht auch Schuld am Tod meines Vaters haben.«

Der Kommissar versuchte, das Gespräch in andere Bahnen zu lenken. »Dürfen wir Sie kurz stören?«, fragte er und deutete zum Haus.

Mit einem lauten Knall schlug Gert Meinicke den Briefkasten zu. »Wenn's denn unbedingt sein muss«, grummelte er. »Gehen wir rein.«

Jonathan Stern hatte ihn heute Morgen am Telefon gebeten, nicht zum Flughafen zu kommen. Der Besuch aus Israel galt als sehr sensible Angelegenheit, man wollte Elias Lewenstein erst fragen, ob und in welchem Umfang er für ein Zeitungsinterview zur Verfügung stünde. Eventuell könnte es noch heute Abend im Hotel klappen, ansonsten spätestens morgen beim Besuch der Celler Synagoge. Zähneknirschend hatte Axel Schriewe akzeptiert.

Schon wieder ein Rückschlag, wenn auch kein massiver. Ihm steckte noch das blamable Aufeinandertreffen mit der Kommissarin am Freitagabend in den Knochen. Hatte sie ihn auf der Restaurant-Terrasse vom *Divino* doch wie einen dummen Schuljungen auflaufen lassen ...

Der Anruf von seiner Bekannten, der verlässlichen Quelle aus Winsen, erreichte ihn kurz vor Mittag im Homeoffice. »Hast du schon von der Pistole gehört?«, fragte ihn die Zahnarzthelferin. »Die auf dem Meißendorfer Friedhof gefunden wurde?«

»Nicht direkt«, wich er aus. Natürlich kam ihm sofort die Faustfeuerwaffe in den Sinn, die er heimlich und aus dem Verborgenen auf dem Meinicke-Hof gesehen hatte. In der Annahme, es handele sich um die Dienstpistole von Maike Schnur, war er zu dem Schluss gelangt, eine Verhaftung beobachtet zu haben. Jetzt fiel es ihm wie Schuppen aus den Augen ...

»Die soll auf dem Grab der Meinickes vergraben gewesen sein«, plauderte sie weiter. »Ist das nicht schaurig?«

»Auf der Grabstelle, wo am Mittwoch die Beerdigung stattfinden soll?«

»Ja. Es wird gemunkelt, dass Lea Meinicke sie beim Umpflanzen von Heidebüschen gefunden hat.«

Axel Schriewe pfiff durch die Zähne. »Sieh mal einer an ... Woher weißt du das alles?«

»Wir hatten heute Morgen zwei Patientinnen aus Meißendorf in der Praxis, die sagten, diese Geschichte ginge im Dorf rum wie ein Lauffeuer. Das liegt wohl auch daran, dass der Friedhofsgärtner ein redseliger und gut vernetzter Zeitgenosse ist.«

»Friedhofsgärtner?« Axel Schriewe horchte auf. War nicht der Haupttäter bei den Göhrde-Morden ein Berufskollege gewesen? »Hast du einen Namen für mich?«

»Nee, das musst du schon selber rausfinden. Wird dir doch nicht schwerfallen, oder?«

»Nein, natürlich nicht. Dann sei bedankt.«

»Bis zum nächsten Mal ...«

Ohne das Telefon aus der Hand zu legen, suchte er unter seinen Kontakten eine bestimmte Nummer heraus. Er kannte da jemanden bei der Gemeindeverwaltung von Winsen.

»Friedhofsgärtner ...« murmelte Axel Schriewe, während es in der Leitung tutete. »Jetzt fällt mir auch wieder ein, wie der Göhrde-Mörder hieß: Wichmann. Kurt-Werner Wichmann ...«

Der Langhaardackel hörte erst auf zu kläffen, als sie sich gesetzt hatten.

»Ist ja gut, Elly«, beruhigte Lea Meinicke den Hund. »Diese Leute kennst du doch schon.«

Sie hatten erneut in der guten Stube Platz genommen. Maike Schnur stellte die Plastikschale mitten auf den Esstisch und nahm den Deckel ab.

»Diese Gegenstände sind noch im Dachsbau gefunden worden«, erklärte Robert Mendelski. »Die könnten von Ihrem Vater stammen. Wollen Sie mal schauen, ob Sie was wiedererkennen?«

Nur widerwillig beugte sich Gert Meinicke über das Behältnis.

»Das ist doch dreißig Jahre her«, grummelte er.

Er griff nach der Gürtelschnalle. »Was weiß ich, was für einen Gürtel mein Vater damals trug.«

»Und der Hasenkopf?«, wollte Maike Schnur wissen. »Der ist doch recht ungewöhnlich. Erinnern Sie sich an den?«

»Hasenkopf?« Lea Meinicke, die abseits am Fenster gestanden hatte, trat näher.

Ihr Bruder verneinte. »Sagt mir nichts. Kann ich nichts mit anfangen.«

»Ich aber«, sagte sie. Ihr Interesse schien geweckt. »Darf ich mal sehen?«

»Sie können das hier gern in die Hand nehmen.« Maike reichte ihr den silbernen Tierkopf.

»Das war Papas Glücksbringer«, erklärte Lea Meinicke aufgeregt. »Eine Hasenpfote.«

»Hasenpfote?«, wunderte sich Mendelski.

»Ja. Der echte Hasenfuß fehlt allerdings. Das hier ist ja nur die Halterung dafür. Die Hasenpfote steckte da drin.«

Sie deutete auf die fingerdicke Öffnung.

»Das letzte Ende eines Hinterlaufs, die Pfote mit echten Krallen. Von einem wirklichen Hasen. Papa hatte die aus'm Krieg, hat er erzählt. Von einem englischen Soldaten, dem er geholfen hatte.«

»Was redest du denn da«, schimpfte ihr Bruder. »Davon weiß ich ja gar nichts.«

»Das ist die Wahrheit.« Lea Meinicke guckte ihren Bruder trotzig an. »Das hat Papa mir mal gebeichtet, als er mit Fieber im Bett lag. Da habe *ich* ihn gepflegt - nicht du.«

»Papperlapapp!«, entgegnete Gert Meinicke. Und an seine Besucher gewandt: »Sie sollten ihr nicht alles glauben.«

»Doch, doch! Das könnte schon passen.« Mendelski versuchte, die Wogen zu glätten. »Wenn Sie nichts dagegen haben, untersuchen wir das Fundstück. Dazu müssten wir den Hasenkopf allerdings noch einmal mitnehmen.«

»Nein ... bitte nicht«, jammerte Lea Meinicke. Sie drückte das Kleinod an ihre Brust. »Das möchte ich behalten, als Andenken an meinen Papa.«

»Lea! Was soll das denn?« Ihr Bruder schien langsam die Fassung zu verlieren. »Gib das sofort zurück.«

Lea Meinicke blieb stur und reglos stehen. Sie machte keinerlei Anstalten, der Weisung ihres Bruders Folge zu leisten.

Da zog Maike Schnur ihr Smartphone heraus. »Das geht auch anders«, schlug sie zur Güte vor. »Ich mache ein paar Fotos. Dann brauchen wir den Hasenkopf nicht mitzunehmen.« Sie schaute fragend auf ihren Chef. Der nickte wortlos.

Nach kurzem Zögern legte Lea Meinicke den Hasenkopf auf den Tisch, damit er fotografiert werden konnte.

»Gibt es Neuigkeiten über die Pistole?« Gert Meinicke hatte vom Thema Hasenpfote offenbar die Nase voll. »Haben Sie etwas über ihren Besitzer herausgefunden?«

»Leider nicht«, erwiderte Mendelski. »Die Waffe ist nirgendwo registriert. Laut ersten Untersuchungen stammt sie aus den Vierzigerjahren, aus dem Zweiten Weltkrieg.« Er verschwieg geflissentlich, dass es sich mit einiger Wahrscheinlichkeit um die Waffe handelte, mit der man Rolf Meinicke getötet hatte.

»Keine Fingerabdrücke und so?«

»Vermutlich nur die Ihrer Schwester. Aber das war ja wenig erstaunlich, da sie die Pistole in Händen hielt.«

»Wie geht's jetzt weiter?«

»Unser Ermittlungsapparat läuft auf Hochtouren«, bluffte Mendelski. Seine persönliche Meinung behielt er selbstredend für sich. »Zwischenstände dürfen wir nicht bekannt geben.«

»Also keine Chance auf eine Aufklärung bis zur Beerdigung.«

»Bis übermorgen?« Der Kommissar wiegte skeptisch den Kopf. »Das halte ich für wenig realistisch. Aber es gab in diesem Fall ja schon ein paar Überraschungen. Schauen wir mal.«

»Was ist mit dem Gast aus Israel?«, wollte jetzt Lea Meinicke wissen. Sie hatte die Hasenpfote von Maike Schnur zurückbekommen und hielt sie fest umklammert in ihrer Faust.

»Der trifft heute in Hannover ein«, antwortete Maike Schnur. »Er wird gar nicht weit von hier wohnen. Im Hotel ›Zur Heideblüte‹ in Hambühren.«

»Und ... und kommt er denn zur Beerdigung?«

»Das hängt von Ihnen ab. Darf er?«

Lea Meinicke schaute ihren Bruder an. Der starrte reglos auf die Tischplatte vor sich.

»Gert ... Darf er?«

In diesem Moment schellte es an der Haustür. Kläffend lief Elly in den Flur.

»Das wird der Bestatter sein«, sagte Gert Meinicke. In seiner Stimme schien Erleichterung mitzuschwingen. Erleichterung darüber, dass er auf die Frage seiner Schwester nicht hatte antworten müssen.

Wortlos erhob er sich und ging hinaus.

Die Landung war sanft. Elias Lewenstein bemerkte kaum, dass die Maschine auf der Landebahn aufsetzte. Er atmete tief durch. Nach 75 Jahren befand er sich zum ersten Mal wieder in Europa, auf deutschem Boden - in seinem Geburtsland.

Ein seltsames Gefühl ...

Der Zwischenstopp in Frankfurt dauerte lediglich fünfundfünfzig Minuten. Passkontrolle, ein weiterer Corona-Schnelltest und viel Lauferei in den kilometerlangen Gängen der Flughafenterminals, und schon saß er wieder, zum Abflug bereit, im Warteraum für den Lufthansa-Flug nach Hannover.

Der Einstieg verzögerte sich um ein paar Minuten, also holte Elias Lewenstein sein Smartphone hervor und deaktivierte den Flugmodus. Ein dezenter Signalton wies auf eine neue Textnachricht hin. Sie kam - wie konnte es anders sein - von Aaron.

›Bist du gut gelandet?‹

Etwas ungelenk tippte sein Urgroßvater mit dem ausgestreckten Zeigefinger der rechten Hand: ›Ja. Es hat alles gut geklappt. Die Sonne scheint, gleich folgt der zweite Flug.‹

Diese wenigen Worte - inklusive Fehlerkorrektur - beschäftigten Elias Lewenstein ganze sieben Minuten. Kaum hatte er die Nachricht abgeschickt, ertönte auch schon der Aufruf zum Boarding.

Für einen Moment waren sie mit Lea Meinicke allein.

»Mein Bruder wird schon nachgeben«, sagte sie. »Am besten kommen Sie einfach mit dem Besuch zur Beerdigung. - Ja, genau so machen wir das. Gert wird den alten Mann schon nicht wegjagen. Das traut er sich nicht ...«

»Ich bin mir da nicht so sicher«, wandte Robert Mendelski ein. »Nicht, dass es auf dem Friedhof noch zum Eklat kommt.«

»Nein, nein. Pastor Kruppa und ich sind ganz auf Ihrer Seite. Der Gert steht mit seiner Meinung ganz allein da.«

»Ihr Wort in Gottes Ohr ...«

»Da ist übrigens noch was ...« Lea Meinicke unterbrach sich und reckte ihren Kopf in Richtung Flur. Bisher war von dort nichts zu hören. Sie deutete auf den Schuhkarton auf dem Tisch und flüsterte: »Schnell, solange Gert noch nicht zurück ist.«

Sie öffnete den Deckel und wollte gerade hineingreifen, als auf dem Flur Stimmen zu hören waren. Hastig klappte sie den Karton wieder zu. In diesem Moment betraten ihr Bruder und ein Mann in schwarzer Kleidung die gute Stube. Lea Meinicke schaffte es gerade noch, dem Kripo-Duo ein heimliches Zeichen zu geben. Damit die sich nichts anmerken ließen ...

»Wir gehen jetzt besser«, erklärte Mendelski, nachdem der Hausherr den Bestatter vorgestellt hatte. Er erhob sich und Maike Schnur folgte seinem Beispiel. »Sie brauchen uns nicht hinauszubegleiten. Mittlerweile kennen wir den Weg.«

Lea Meinicke warf ihnen einen dankbaren Blick nach.

»Spreche ich mit dem Friedhofsgärtner Friedel Bornemann?«

»Am Apparat.«

»Schriewe - von der Celleschen Zeitung. Ich arbeite an dem Fall Rolf Meinicke. Sie wissen schon ... Können Sie mir etwas über den Pistolenfund auf der Grabstelle von Familie Meinicke sagen?«

»Nein.«

»Was heißt hier nein?«

»Nein heißt nein.«

»Wieso? Dürfen Sie nicht mit der Presse reden?«

»Genau. Wenden Sie sich an meinen Arbeitgeber, die Gemeindeverwaltung in Winsen. Die werden Ihnen eventuell Auskunft geben.«

»Eventuell ... Das klingt ja nicht gerade vielversprechend.«

»Ich verbrenne mir jedenfalls nicht noch mal die Zunge.«

»Haben Sie ...? Inwiefern?«

»Kein Kommentar. Muss jetzt Schluss machen. Auf Wiederhören.«

»Was war das denn?« Maike Schnur ließ den Motor an und schaltete in den ersten Gang. »Sie wollte uns doch noch was Wichtiges zeigen.«

»Ja, den Eindruck hatte ich auch«, erwiderte Mendelski. Der Dienst-Passat rollte langsam vom Hof. »Nur ... im Moment war da wohl nichts zu machen. Wir sollten sie nicht verraten. So, wie sie sich benahm, hatte es den Anschein, als ob ihr Bruder etwas dagegen haben könnte.«

»Was mag das gewesen sein? Der Karton sah uralt aus. Vielleicht gehörte er Rolf Meinicke.«

»Ich habe Papiere gesehen, einen DIN-A4-Umschlag.« Mendelski fuhr die Seitenscheibe herunter. Im Wagen war es sehr stickig, die Mittagssonne hatte das Fahrzeug ordentlich aufgeheizt. »Und darunter lagen, glaube ich, Fotos.«

»Vielleicht wollte sie uns ein Foto von ihrem Vater zeigen. Oder von ihren Eltern? Oder von sich selbst? Als Kind?«

»Ja, das kann schon sein.« Mendelski musste niesen. Zweimal hintereinander.

»Robert, bitte!« forderte Maike und wendete ihren Kopf ab. »Immer schön in die Armbeuge!«

Er schnäuzte in sein Taschentuch. »Schade, dass ihr Bruder sie derart unter der Fuchtel hat«, wich er aus.

»Wart's nur ab!«, hielt Maike dagegen. »Wir sollten Lea Meinicke nicht unterschätzen. Die lässt sich nicht alles gefallen. Wenn sie uns was Wichtiges sagen möchte, wird sie das schon irgendwie hinkriegen.«

»Da hast du ausnahmsweise mal recht.«

Sie hatten den Ortskern erreicht.

»Wohin jetzt?«

»Nach Winsen. Zu Bernd Wolkow. Den Weg kennst du ja ...«

## Siebzehntes Kapitel

»Jonathan Stern hier. Guten Tag!«, klang es aus dem Telefon.

»Hallo! Schön, dass Sie sich melden.« Axel Schriewe stand gerade in seiner Küche, um sich einen Kaffee zu brühen. »Ist der Besuch bereits gelandet?«, fragte er mit dem Handy am Ohr.

»Ja, gerade eben. Wir haben schon ein paar Worte gewechselt. Aber mit dem Interview ... das wird wohl heute nichts mehr. Lassen Sie uns das bitte auf morgen verschieben.«

»Kein Problem. Wann passt es Ihnen?«

»Um 11.00 Uhr.«

»An der Synagoge?«

»Richtig.«

»Gut, dann bis morgen. Und danke für Ihren Anruf.«

»Bis morgen.«

Robert Mendelski registrierte den schmachtenden Blick seiner Kollegin, als sie im Zentrum von Winsen an der Eisdiele vorbeifuhren. Das Außenthermometer des Dienstwagens zeigte an jenem Montagnachmittag 31 Grad an.

»Jetzt nicht ...«, brummelte er. »Bernd Wolkow wartet.«

Dieses Mal hatten sie sich telefonisch angemeldet. Der Lada stand im Carport, der ehemalige Jagdaufseher erwartete sie in seiner Gartenlaube. Das kleine Holzhaus war als solches kaum zu erkennen, denn es wurde von einer gigantischen Glyzinie überwuchert, die dringend eines Pflegeschnitts bedurfte.

»Wasser?« Bernd Wolkow deutete auf eine Flasche Mineralwasser und drei Gläser, die auf dem Tisch standen.

»Bei dieser Hitze eine gute Idee«, erwiderte Maike Schnur. »Danke. Gern.«

»Ich ebenfalls.« Robert Mendelski fand Bernd Wolkows Zuvorkommenheit ziemlich überraschend, denn bei ihren bisherigen

Begegnungen war er nicht so freundlich gewesen. In seinem Hinterkopf regte sich ein leises Misstrauen. Er nahm sich vor, besonders aufmerksam zu sein.

»Kommen wir gleich zur Sache«, sagte er. »Herr Wolkow, wann sind Sie das letzte Mal auf dem Meißendorfer Friedhof gewesen?«

»Auf dem Friedhof?« Die schmalen Augenschlitze seines Gegenüber weiteten sich. »Oh, das ist lange her. Da bin ich nur äußerst selten.«

»Wie lange?« Mendelski blieb hartnäckig.

»Ach, stimmt ja gar nicht«, korrigierte sich Bernd Wolkow, als sei es ihm erst gerade wieder eingefallen. »Letzte Woche war ich mal kurz da. Am Montag oder Dienstag. – Wann hatten wir uns im Wald beim Dachsbau getroffen?«

»Montag. Genau heute vor einer Woche.«

»Dann muss es Montag gewesen sein. Ich habe die Fahrt nach Meißendorf genutzt, um bei unserem Familiengrab vorbeizuschauen.«

»Und?«

»Was und?«

»Was gab es dort zu sehen?«

»Dass ich mich dringend kümmern muss. Der Efeu wuchert alles zu. Daher ... ich habe mir vorgenommen, noch diese Woche dort aufzuräumen.«

»Und was war Dienstag?«

Bernd Wolkow warf den Kopf in den Nacken. »Dienstag? Wieso Dienstag?«

»Sie sind am Dienstag auf dem Friedhof gesehen worden.«

»Kann gar nicht sein.«

»Ein Zeuge hat Sie gesehen.«

»Zeuge? Wie klingt das denn? Stehe ich unter Anklage?«

»Vielleicht täuschen Sie sich ja?«, versuchte Maike Schnur, ihm eine Brücke zu bauen. »Und Sie waren nicht am Montag, sondern am Dienstag dort?«

»Möglich.«

Von einem Moment zum anderen veränderte sich Bernd Wolkows Gesichtsausdruck. »Geben Sie's schon zu«, polterte er los. »Sie kommen doch wegen der Waffe, die auf dem Friedhof gefunden wurde.«

»Genau«, antwortete Mendelski knapp und behielt sein Gegenüber haargenau im Blick.

»Walter Döpke hat mir davon erzählt«, erklärte Bernd Wolkow nach einer kurzen Denkpause. Seine Aufregung hatte sich ein wenig gelegt. »Angeblich hat jemand eine Pistole auf dem Grab der Meinickes verscharrt.«

Maike Schnur nickte. »Ach, der Herr Döpke«, sagte sie. »Der ist anscheinend stets gut informiert. Wir dachten, der Kontakt zu ihm wäre abgebrochen?«

»War er ja auch.« Bernd Wolkow nahm einen Schluck Wasser. »Habe mich schon gewundert, dass der Walter mich angerufen hat. Aber das hängt wohl mit irgendwelchen alten Geschichten zusammen.«

»Welche alten Geschichten?«

»Na, aus der Zeit, als wir noch zusammen in Meißendorf gejagt haben. So was verbindet.«

»Hat Ihnen Herr Döpke auch gesagt, was für eine Pistole das war? Sie kennen sich doch beide gut mit Waffen aus.«

»Nein, hat er nicht.« Die Antwort kam schnell - zu schnell, fand Robert Mendelski. Diese Eile machte ihn hellhörig.

»Auf dem Grab der Meinickes wurde eine alte Wehrmachtspistole gefunden«, verriet er. »Eine Parabellum, auch Luger oder kurz 08 genannt. Kennen Sie jemanden, der so eine Waffe besaß?«

»Nein. Kenne niemanden.« Wieder kam die Antwort auffällig prompt.

»Aber Sie können mit so einer Pistole umgehen?«, wollte Maike Schnur wissen. »Sie hatten ja vielleicht eine 08 schon mal in der Hand.«

Bernd Wolkow überlegte. »Kann sein«, sagte er zögernd. »Als Jäger und Schütze kriegt man im Laufe seines Lebens ja viele Waffen in die Finger. Auf Schießständen, bei Gesellschaftsjagden, Jägertreffen, auf Messen, was weiß ich, wo noch. Eine 08 wird schon mal dabei gewesen sein. Die ist ja keine Seltenheit.«

»Wir hatten bei unserem letzten Treffen über eine Drückjagd gesprochen. Sie erinnern sich?« Robert Mendelski beugte sich ein Stück vor. Der Gartenstuhl, auf dem er saß, knarrte vernehmlich. »Die Drückjagd fand genau an dem Tag im Januar 1990 statt, an dem Rolf Meinicke verschwand. Könnte einer der teilnehmenden Jäger eine Faustfeuerwaffe getragen haben? Für Fangschüsse etwa?«

Erneut überlegte Bernd Wolkow eine Weile, bevor er sich zu einer Antwort aufraffte. »Das ist jetzt 30 Jahre her. Kann schon sein, dass jemand eine Kurzwaffe dabei hatte. Aber ich nicht, ich bevorzuge kalte Waffen zum Abfangen ...«

Plötzlich schaute er mit großen Augen zu Maike Schnur hinüber, dann zu Mendelski zurück. »Ist die 08«, hakte er nach, »die Sie jetzt gefunden haben, etwa die Tatwaffe von damals?«

Wortlos lehnte sich Robert Mendelski zurück, auch Maike Schnur schwieg. Beide tranken aus ihren Gläsern.

Bernd Wolkow pfiff leise durch die Zähne. »Schau mal einer an ...« Auch er griff zu seinem Wasserglas.

Mendelskis Handy brummte. Er zog es hervor und schaute aufs Display. Sein Chef, Kriminaldirektor Steigenberger, wollte ihn sprechen.

»Entschuldigung«, brummte er und er erhob sich. »Bin gleich zurück.«

Während der Autofahrt vom Flughafen zum Hotel sprachen sie nicht viel. Mit genügend Feingefühl ausgestattet verzichtete Jonathan Stern darauf, seinen Gast in ein neugieriges Gespräch zu verwickeln und ihn mit Fragen zu löchern. Der Besuch aus Israel sollte erst einmal in Ruhe ankommen.

Er kannte die Lebensgeschichte von Elias Lewenstein recht gut, mit der er sich im Zusammenhang mit der anstehenden Verleihung der Yad-Vashem-Medaille vertraut gemacht hatte. So wusste er auch, dass der ehemalige KZ-Häftling seit seiner Flucht 1945 nie wieder europäischen, geschweige denn deutschen Boden betreten hatte.

Der dichte Verkehr auf der Autobahn schien den Beifahrer zu beeindrucken, insbesondere die vielen Lkws, die auf der rechten Spur eine schier endlose Schlange bildeten. Und wie ungeheuer schnell und riskant einige Pkws an ihnen vorbei rasten, wunderte Elias Lewenstein schon. Dass dabei nicht mehr Unfälle passierten ...

An der Anschlussstelle Mellendorf verließen sie die A7 und fuhren Richtung Fuhrberg. Die Landstraße verlief durch lichte Kiefernwälder mit üppigem Unterwuchs.

»Hier ist alles so grün«, sagte Elias Lewenstein mit leiser Stimme. »Das habe ich gar nicht mehr so in Erinnerung.«

»Vor einigen Jahren sah das noch viel grüner aus.« Jonathan Stern deutete in die Baumkronen. »Aber die Bäume leiden, selbst die anspruchslose Kiefer. Die letzten Sommer waren einfach viel zu trocken.«

Elias Lewenstein schmunzelte kurz. »Kein Vergleich zu Israel ... Bei mir zu Hause kennen wir uns mit Trockenheit aus - und mit Hitze.«

Sie ließen den Wald hinter sich und fuhren an den ersten Spargelfeldern von Fuhrberg vorbei. Der nächste Ort war dann schon ihr Ziel: Ovelgönne/Hambühren.

Jonathan Stern hatte im Briefing der Israelischen Botschaft gelesen, dass Elias Lewenstein gern im Hotel ›Zur Heideblüte‹ absteigen wollte. Doch die Hintergründe dieses Wunsches kannte er nicht. Als sie Fuhrberg passiert hatten und auf der langen Gerade der L310 gen Osten dahin rollten, ließ er sich zu einer Frage hinreißen.

»Hat es einen besonderen Grund, warum Sie in Ovelgönne. in der ›Heideblüte‹, absteigen möchten?«

Elias Lewenstein schmunzelte erneut. Eine Spur geheimnisvoll antwortete er: »Ja, das hat es.«

Gegen 16.45 Uhr trafen sie am Hotel in Ovelgönne ein. Den Wagen parkten sie auf dem kleinen Parkplatz an der B214, direkt neben dem Haupteingang.

Kriminaldirektor Steigenberger hatte seine beiden Mitarbeiter gebeten, in der ›Heideblüte‹ vorbeizufahren und Elias Lewenstein einen kurzen Besuch abzustatten. Sie sollten - möglichst diplomatisch unauffällig - herausfinden, ob der Gast aus Israel bei der Beerdigung von Rolf Meinicke dabei sein wollte.

Der Landrat persönlich hatte Kriminaldirektor Steigenberger - und damit die Polizeiinspektion Celle - darum gebeten, diese Aufgabe zu übernehmen. Steigenberger wiederum befand, dass das Team vom FK 1 wegen der aktuellen Ermittlungen am nächsten an der Familie Meinicke dran sei und deren uneingeschränktes Vertrauen genieße.

»Uneingeschränktes Vertrauen!« Maike Schnur lachte höhnisch auf, während sie den Wagen verriegelte. »Na, schönen Dank auch! Gert Meinicke wird uns was husten.«

»Ach komm. Wir kriegen das schon hin.« Mendelski versprühte auch nicht gerade Zuversicht, machte jedoch gute Miene zum bösen Spiel. »Am besten reden wir erst mal mit dem Besuch aus Israel. Vielleicht will er ja gar nicht zur Beerdigung - und wir haben uns ganz umsonst Gedanken gemacht.«

Auf den Treppenstufen vor dem Hoteleingang kam ihnen ein älterer Herr entgegen. Er trug ein stilvolles, beiges Sommersakko, die akkurat gescheitelten Haare zeigten eine überwiegend graue Färbung, sein Gang war leicht nach vorn gebeugt.

Robert Mendelski und Maike Schnur warteten am Fuß der Treppe, um den Mann vorbei zu lassen.

»Herr Stern?« Da ihn die Nachmittagssonne blendete, hielt sich Mendelski die Hand über die Augen. »Herr Jonathan Stern von der Jüdischen Gemeinde Celle, nicht wahr?«

»Ach, Herr Hauptkommissar Mendelski!«, erwiderte der Angesprochene freundlich. »Und eine Kollegin, wie ich annehme. Schön, Sie hier zu treffen.«

Frau Stern und Carmen Pidal-Mendelski sangen im gleichen Chor, daher kannten sich die beiden Männer vom Sehen. Man begrüßte sich mit dem gebotenen Abstand. »Sind Sie etwa auch wegen des Besuchs aus Israel hier?«, fragte Jonathan Stern.

Mendelski nickte. »Ja, auf Wunsch unserer hohen Politik.«

»Sind Sie aber fix. Elias Lewenstein ist ja gerade erst angekommen. Ich habe ihn vom Flughafen abgeholt und direkt hierhergebracht. Jetzt wollte er sich ein wenig ausruhen. Daher meine Bitte: Überfordern Sie ihn nicht. Er braucht seine Zeit, um erst mal anzukommen. Immerhin ist er 87 Jahre alt und hat eine weite Reise hinter sich.«

»Wir wollen nur kurz ›Guten Tag‹ sagen und unsere Visitenkarte hinterlassen«, flunkerte Mendelski. »Für alle Fälle ...«

»Gut. Danke für Ihr Verständnis. – Ja, die nächsten Tage werden turbulent. – Wissen Sie eigentlich«, Jonathan Stern wies auf den Hotelnamenszug über dem Haupteingang, »warum Herr Lewenstein unbedingt hier absteigen wollte?«

»Uns wurde gesagt, er wolle nicht in der Stadt, sondern lieber auf dem Land logieren. Soweit wir wissen, lebt er in Israel ebenfalls ländlich, zurückgezogen in einem Kibbuz. Außerdem liegt Ovelgönne geografisch günstig. Von hier aus ist es nicht weit nach Meißendorf, Celle und Bergen-Belsen, die Entfernung nach Hannover ist überschaubar. Das erspart ihm lange Autofahrten zu den Stationen der nächsten Tage.«

»Ja, das stimmt. Aber es gibt noch einen weiteren Grund. Davon hat er mir auf der Autofahrt erzählt.«

»Welcher denn?«, fragte Maike Schnur.

»Elias Lewenstein kennt diese Gaststätte noch von seiner Flucht. Das war im Frühling 1945. Er hatte sich von dem Bauernhof der Meinickes in Meißendorf hierher zu Fuß durchgeschlagen. Die Engländer waren auf dem Vormarsch, sie befreiten Bergen-Belsen ... und es gab ein gewaltiges Durcheinander ringsherum. Der zwölfjährige, eltern- und heimatlose Junge fand hier in der Gaststätte für vier Wochen eine sichere Bleibe. Das damalige Wirtspaar hat ihn aufgenommen, für Kost und Logis musste er arbeiten. Schließlich brachten ihn die Engländer in ein Auffanglager.«

»So alt ist die ›Heideblüte‹ schon?« Maike Schnur schaute an der Hausfassade empor.

»Nicht die ›Heideblüte‹«, entgegnete Jonathan Stern. »Damals hieß die Gaststätte ›Prinz Adalbert‹.«

»›Prinz Adalbert‹?«, wunderte sich die Kommissarin. »Witziger Name.«

Jonathan Stern schaute auf seine Armbanduhr. »Entschuldigen Sie, aber ich habe noch einen Termin. Über das ›Prinz

Adalbert‹ und die damalige Zeit kann Ihnen Elias Lewenstein bestimmt noch Einiges erzählen. Fragen Sie ihn einfach.«

»Machen wir.«

»Schönen Feierabend«, verabschiedete sich Jonathan Stein und eilte zu seinem Auto. Robert Mendelski und Maike Schnur stiegen die Treppe hinauf.

Er sollte sich im Hotel als erstes den WLAN-Code geben lassen, hatte ihm Aaron eingebläut. Dann könnten sie unkompliziert und kostenlos zwischen Israel und Deutschland miteinander telefonieren, Textnachrichten austauschen oder sogar per Videoanruf miteinander kommunizieren.

Elias Lewenstein saß auf seinem Bett und gab den WLAN-Code der ›Heideblüte‹, den ihm der freundliche Herr unten an der Rezeption gegeben hatte, in sein Smartphone ein. Er benötigte einige Anläufe, aber dann hatte er es geschafft. Als nächstes schrieb er eine kurze Textnachricht. Das hatte er seinem Urenkel versprochen.

›Bin wohlbehalten im Hotel angekommen. Liebe Grüße in die Heimat.‹

Keine Minute später traf die Antwort ein. Jedoch nicht per Textnachricht, sondern als Videoanruf.

Elias Lewenstein war etwas überrascht, wischte hektisch mit den Fingern über das Display, doch schließlich gelang es ihm, die Verbindung herzustellen.

»Aaron, bist du das?«

»Ja, Urgroßvater. Siehst du mich?«

»Ja, aber etwas verschwommen – und wackelig.«

»Ich sehe dich gut. Wie geht's dir?«

»Sehr gut. Bin nur ein wenig müde.«

»Ist das Hotel so, wie du dir das vorgestellt hast?«

»Nein, das sieht hier ganz anders aus. Es ist kaum wiederzuerkennen.«

»Aber damit hast du doch gerechnet, oder? Wir hatten uns das ja zusammen im Internet angeschaut.«

»Trotzdem. Ich dachte, wenn ich erst mal hier bin, kommen die Erinnerungen zurück. Aber das ist nicht so.«

»Und hat das mit dem Abholen vom Flughafen geklappt?«

»Ja, ein netter Herr von der Jüdischen Gemeinde Celle hat das übernommen. Ein gewisser Jonathan Stern. Er wird mich die nächsten Tage begleiten.«

»Das klingt ja gut ... Wie ist das Wetter bei dir?«

»Wie daheim. Sonnig und warm. Aber längst nicht so staubig.«

»Hier hat es heute Mittag geregnet, aber nur ein kurzer heftiger Schauer. Verrückt, nicht wahr?«

»Wirklich? - Das Klima dreht langsam durch. Denk bitte trotzdem an meine Tomaten. Immer schön gießen ...«

Das Hoteltelefon auf dem Nachttisch klingelte.

»Ich muss Schluss machen«, sagte Elias Lewenstein. »Da ist jemand am anderen Apparat.«

»Bis morgen dann!«, rief Aaron, dann endete das Gespräch.

»Er kommt runter«, sagte der Rezeptionist. »Nehmen Sie doch bitte so lange im Restaurant Platz.«

Robert Mendelski und Maike Schnur setzten sich im Nebenraum an einen Vierertisch. Sie waren allein, im Restaurant gab es um diese Uhrzeit noch keine Gäste. Eine junge Kellnerin war damit beschäftigt, die Tische für den Abend einzudecken.

Wenige Minuten später betrat ein älterer Herr das Restaurant und schaute sich suchend um. Er war mittelgroß, schlank, beinahe hager, hatte weißes kurzes Haar, feine Gesichtszüge und sonnengebräunte Haut. Seine Kleidung - helles Leinenhemd und Sommerhose aus dem gleichen groben Stoff - zeugten von einer längst vergangenen Epoche. Dazu passten auch die schlichten braunen Lederhalbschuhe.

Aus wachen, listigen Augen sah er zu dem Kripo-Duo hinüber. Fast geräuschlos und mit vorsichtigen Schritten näherte er sich ihrem Tisch.

Robert Mendelski und Maike Schnur erhoben sich. »Herr Lewenstein?«, fragte der Kommissar mit freundlichem Lächeln.

»Ja, der bin ich. Mit wem habe ich die Ehre?«

Einen 87-Jährigen Mann, der den Holocaust überlebte, in seinem weiteren Leben viel durchmachen musste und dem die Strapazen der Flugreise zugesetzt haben sollten ... den hatten sie sich anders vorgestellt. Elias Lewenstein wirkte fit und aufgeräumt. Maike hätte ihn mindestens zehn Jahre jünger geschätzt.

Die beiden Gäste stellten sich vor, separat, jeder für sich. Sie nannten höflich Nachnamen, Vornamen, Dienstgrad und Dienstsitz. Als das Wort Kriminalpolizei fiel, wich ihr Gegenüber etwas zurück. Seine Freundlichkeit schlug plötzlich in Skepsis um.

»Bitte verstehen Sie unser Hiersein nicht falsch«, versuchte Mendelski ihn sogleich zu beschwichtigen. »Und ... eigentlich gehört es nicht zu unseren Aufgaben, so ehrenvollen Besuch willkommen zu heißen. Wir möchten Ihnen das gern erklären.«

Immer noch misstrauisch setzte sich Elias Lewenstein auf den angebotenen Stuhl. Das Kripo-Duo nahm ebenfalls wieder Platz.

»Das ist also kein Verhör?«, fragte der Israeli ernst.

»Nein, ganz und gar nicht.« Mendelski lächelte erneut. »Wir möchten lediglich dazu beitragen, Ihnen die nächsten Tage so angenehm wie möglich zu gestalten.«

»Ich dachte, ich sei bei Herrn Stern und der Jüdischen Gemeinde Celle gut aufgehoben.«

»Das sind Sie auch. Wir wollen auch gar nicht lange stören. Denn eigentlich haben wir heute nur eine Frage an Sie.«

»Ja, bitte?«

»Am Tag vor der Verleihung der Yad-Vashem-Medaille in Hannover findet am Mittwoch, also übermorgen, die Beerdigung von Rolf Meinicke in Meißendorf statt. Wir möchten Sie fragen, ob Sie eventuell Interesse haben, daran teilzunehmen.«

Elias Lewenstein überlegte nicht lange. »Wenn es keine Umstände macht, würde ich gern dabei sein«, antwortete er.

Mendelski zögerte. »Gut. Wie wir wissen, hatten Sie ja kaum Kontakt zu den Nachkommen, also zu Gert und Lea Meinicke. Wissen Sie, ob es dafür einen Grund gibt? Ein Zerwürfnis etwa?«

»Nein. Ich kann Ihnen dafür keine Ursache nennen, denn ich kenne die beiden nicht. Meine Briefe an sie wurden nie beantwortet. Ich weiß nicht, warum.«

»Okay. Dann wissen wir Bescheid. Vielen Dank für Ihre offene Antwort.« Mendelski guckte Maike an.

»Noch eine kurze Frage«, setzte die Kommissarin nach. »Herr Stern gab uns den Tipp, Sie zu fragen. Sie wüssten das.«

»Nur zu«, ermunterte Elias Lewenstein sie. Sein Misstrauen war deutlich geschwunden.

»Die ›Heideblüte‹ trug früher den seltsamen Namen ›Prinz Adelbert‹. Herr Stern meinte, Sie wüssten warum ...«

»›Prinz Adalbert‹, bitte schön. Mit ›a‹, nicht mit ›e‹ «, schmunzelte er gallant. Das Eis schien gebrochen.

»Oh, Entschuldigung. Also ›Prinz Adalbert‹ ...«

»So eine junge Frau wie Sie interessiert sich also für uralte Prinzen«, scherzte er. »Das kann ich verstehen ... Nun, tatsächlich kann ich Ihre Frage beantworten. Aber dass ich, nachdem ich meinem Geburtsland aus gutem Grund 75 Jahre lang den Rücken gekehrt habe, Ihnen in Sachen Heimatkunde behilflich sein kann – das ist schon ein bisschen merkwürdig.«

»Da haben Sie recht«, bestätigte Maike Schnur kleinlaut.

»Also, Anfang des letzten Jahrhunderts gab es hier in Ovelgönne ein Bergwerk, in dem Kalisalz abgebaut wurde. Der Schacht wurde nach dem Prinzen Adalbert von Preußen, einem Sohn Kaiser Wilhelms II, benannt. Und die Gaststätte bekam den gleichen Namen. So einfach ist das.«

»Danke für die Nachhilfestunde.« Die Kommissarin schenkte ihrem Gegenüber ein strahlendes Lächeln.

»Sehr schön.« Mendelski stand abrupt auf. Auch Maike Schnur erhob sich. »Dann lassen wir Sie jetzt in Ruhe«, sagte er. »Wir wünschen Ihnen erst mal, dass Sie gut in Ihrer alten Heimat ankommen. Und wegen der Beerdigung hören Sie morgen von uns.«

»Gerne. Wenn es dabei bleibt, dass Sie kein Verhör mit mir veranstalten ...« Lächelnd erhob sich Elias Lewenstein von seinem Stuhl und deutete eine Verbeugung an.

Im Nachhinein war sich Maike Schnur sicher: Wenn Corona nicht gewesen wäre, hätte ihr der alte Charmeur zum Abschied die Hand geküsst.

## Achtzehntes Kapitel

Der Bagger war für 10.00 Uhr bestellt.

Robert Mendelski und Maike Schnur fuhren heute sowieso nach Meißendorf, zu den Meinickes, da konnten sie vorher einen Abstecher zum Friedhof machen. Heiko Strunz und Ellen Vogelsang arbeiteten im Homeoffice, Jo Kleinschmidt hatte sich einen Tag freigenommen.

Der Friedhofsgärtner und der Fahrer des Mini-Baggers erwarteten sie bereits. Nachdem die Kripo-Beamten grünes Licht gegeben hatten, begann das Ausschachten des Grabes.

Jede Schaufel trockenen Heidesandes, die der Bagger zu Tage förderte, wurde von Friedel Bornemann mit einer Harke untersucht. Doch außer Kieselsteinen in verschiedenen Größen und ein paar Wurzeln kam nichts Besonderes zum Vorschein. Nach einer knappen halben Stunde war die Arbeit erledigt.

»Tja«, bemerkte der Friedhofsgärtner. »Keine weiteren Waffen. Hätte mich auch gewundert.«

»Das war eine reine Vorsichtsmaßnahme.« Maike Schnur steckte ihr Smartphone ein, mit dem sie ein paar Fotos geschossen hatte.

»Übrigens ...« Mit einer Lässigkeit, die jahrelange Praxis verriet, stützte Friedel Bornemann sich auf seine Schaufel. »Jemand von der Celleschen hat versucht, mich über den Pistolenfund auszuhorchen. Habe aber dichtgehalten und den Typen an die Gemeindeverwaltung verwiesen.«

»Das haben Sie richtig gemacht«, lobte Mendelski. »Sie können bei weiteren Nachfragen auch gern an uns verweisen.«

»Sind Sie morgen bei der Beerdigung dabei?«

»Wenn nichts dazwischen kommt, ja. Warum fragen Sie?«

Friedel Bornemann zögerte eine Moment. »Na, wegen der Pandemie-Beschränkungen sind ja nur maximal 50 Personen erlaubt. Wenn die Polizei hier ist, halten sich die Leute eher daran.«

»Glauben Sie denn, dass so viele Leute kommen?«, wunderte sich Maike Schnur.

»Was ich so gehört im Dorf habe ... ja, es geht in diese Richtung. Das tragische Schicksal von Rolf Meinicke beschäftigt doch mehr Menschen, als man erwarten sollte.«

»Der Bestatter wird schon alles den Vorschriften entsprechend vorbereitet haben«, beruhigte Mendelski den Friedhofsgärtner. »In die Kapelle lassen sie nur eine Handvoll Leute rein, draußen verteilt sich das. Wird schon klappen.«

»Braucht ihr mich noch?«, rief der Baggerfahrer aus dem Hintergrund.

Friedel Bornemann schaute fragend auf Mendelski. Der schüttelte mit dem Kopf. »Nein, wir sind durch.«

In Celle steht die älteste erhaltene Fachwerksynagoge Niedersachsens. Sie befindet sich am Rande der Altstadt, die für ihre historischen Fachwerkbauten berühmt ist. Das Gotteshaus wurde im Jahr 1740 erbaut und ist über ein vorgesetztes Gebäude, ein ehemaliges jüdisches Schulhaus, erreichbar. Dass man eine Synagoge von außen nicht als solche erkennen konnte und sollte, war typisch für die Zeit des 18. und 19. Jahrhunderts und begründete sich aus der damals ablehnenden Haltung der christlichen Bevölkerung gegenüber der jüdischen Kultur. Das aus drei Fachwerkhäusern bestehende Gebäudeensemble beherbergte auch die Räume der Jüdischen Gemeinde. Hierher hatte Jonathan Stern den Besucher aus Israel am Vormittag gebracht.

Nach einer geruhsamen Nacht mit zehn Stunden Schlaf und einem kräftigen, für seine Verhältnisse ungewöhnlich reichhaltigem Frühstück in der ›Heideblüte‹ war Elias Lewenstein bester Stimmung. Diese änderte sich jedoch dramatisch, als er mit dem Zeitungsreporter sprach.

Nach der Begrüßung durch verschiedene Mitglieder der Jüdischen Gemeinde und einen Rundgang durchs Synagogenmuseum stellte Jonathan Stern dem Gast einen gewissen Axel Schriewe vor, der für die hiesige Cellesche Zeitung arbeitete. Es war wenige Minuten nach 11.00 Uhr, als der Reporter das Interview in ernster, aber wohlwollender Atmosphäre begann.

Zunächst berichtete Elias Lewenstein über seine geraubte Kindheit und davon, dass er früh seine gesamte Familie verloren hatte. Er sprach über die Inhaftierungen in Auschwitz und Bergen-Belsen, von seiner waghalsigen Flucht und erzählte zum Schluss von der Zeit auf dem Meinicke-Hof in Meißendorf. Dabei kam die Sprache auf seinen Retter Rolf Meinicke.

»Dass sein Leben so tragisch enden würde, hätte man ihm nicht gewünscht«, kommentierte Axel Schriewe.

»Ja, wie ich gehört habe, ist er nach all den Jahren im Wald gefunden worden.« Elias Lewenstein senkte Blick und Stimme. »Bei Eis und Schnee sei er damals gestorben, hieß es. Hoffentlich hat er nicht leiden müssen. Es wäre ihm zu wünschen.«

Axel Schriewe und Jonathan Stern schauten sich erstaunt an. Der Reporter reagierte als Erster.

»Hat man Ihnen nicht berichtet, wie Rolf Meinicke 1990 ums Leben gekommen ist?«, fragte er.

Elias Lewenstein schüttelte den Kopf. »Nein. In dem Brief der Israelischen Botschaft stand lediglich, dass die Gebeine meines Lebensretters nach 30 Jahren gefunden worden waren. In einem Waldstück in der Nähe von Meißendorf.«

Axel Schriewe erkannte die Brisanz der Lage. Ihren Gast über die tatsächliche Todesursache von Rolf Meinicke aufzuklären, überließ er geschickt Jonathan Stern. Der rang um passende Worte: »Gelitten hat er sicher nicht ... Er wurde erschossen. Die Kugel traf ihn in die Stirn.«

»Durch einen Kopfschuss?«, flüsterte Elias Lewenstein. Von einem Moment zum anderen war alle Farbe aus seinem Gesicht gewichen. »Könnte ich bitte ein Glas Wasser haben?«

Das Interview für die Cellesche Zeitung fand ein jähes Ende.

»Hab's mir überlegt«, empfing sie Gert Meinicke, als die Kripo-Leute auf dem Hof vorfuhren. Lea und er kamen von den Wiesen und wollten gerade Mittagspause machen.

»Was haben Sie sich überlegt?«, fragte Mendelski, die Hand noch an der offenen Beifahrertür.

»Na, das mit dem Besucher aus Israel. Meinetwegen kann er morgen auf den Friedhof kommen. Damit Sie endlich Ruhe geben.«

»Das freut uns.« Maike Schnur drückte auf den Schließknopf der Zentralverriegelung. »Wir haben ihn gestern Abend kennen gelernt. Ein sympathischer alter Herr.«

»Aber er soll nur auf den Friedhof kommen«, schränkte Gert Meinicke ein. »Nicht hinterher noch hier auf den Hof. Nach der Beerdigung wollen Lea und ich unsere Ruhe haben.«

»Geht in Ordnung.« Mendelski wunderte sich über den plötzlichen Sinneswandel, war damit jedoch zufrieden. »Dann bringen wir Herrn Lewenstein morgen zur Beerdigung mit und fahren ihn hinterher auch wieder ins Hotel.«

»Sonst noch was?«, wollte Gert Meinicke wissen. Sein Vorrat an Höflichkeit war offenbar erschöpft. »Wir wollten jetzt gerade Mittag machen.«

»Eine Sache noch ...« Mendelski musste Zeit gewinnen, also galt es, zu improvisieren. Maike Schnur und er hatten geplant, Lea Meinicke allein zu sprechen - mit welchem Kniff auch immer. Denn es gab da noch die Sache mit dem Schuhkarton und dessen geheimnisvollen Inhalt.

»Wäre es möglich«, fragte er kurz entschlossen, »dass meine Kollegin mal kurz Ihre Toilette benutzt?«

Um ein Haar hätte Maike Schnur den Bluff platzen lassen. Eine Sekunde lang sprach ihr erstauntes Gesicht Bände: ›Ich muss doch gar nicht aufs Klo!‹ Gerade noch rechtzeitig schob sie nach: »Ja, das wäre sehr nett.«

»Lea!« Gert Meinicke drehte sich zu seiner Schwester um, die bereits in der Dielentür stand. »Mach du das bitte ...«

»Kommen Sie mal mit«, wandte sich die Angesprochene an Maike Schnur.

Jetzt galt es, zu verhindern, dass Gert Meinicke ebenfalls ins Haus ging. Also setzte Mendelski das Gespräch fort. »Wir kommen gerade vom Friedhof«, erzählte er in freundlichem Plauderton, »und haben die Aushubarbeiten für das Begräbnis morgen begleitet. Es wurde aber nichts weiter gefunden.«

»Hätte mich auch gewundert. Woher sollte auch ...«

»Na ja«, wandte der Kommissar ein, »mit der Pistole hat ja auch niemand gerechnet. – Aber davon mal ganz abgesehen«, startete er den nächsten Anlauf, »der Friedhofsgärtner Friedel Bornemann meinte, es könnten morgen doch so einige Leute aus dem Dorf zur Beerdigung kommen. Haben Sie da was in der Richtung gehört?«

»Ach, das glaube ich nicht.« Gert Meinicke schüttelte den Kopf. »Lea und ich haben jedenfalls niemanden eingeladen.«

»Was meint denn Ihr Bestatter?«, hakte Mendelski nach.

»Der sagt, in die Kapelle dürfen nur zwanzig Personen. Der Rest muss draußen bleiben.«

»Und wer sich wie zufällig auf dem Friedhofsgelände aufhält, ist eh nicht zu kontrollieren ... Na ja, schauen wir mal.« Mendelski suchte nach Worten. »Frau Schnur und ich erheben jedenfalls keinen Anspruch auf einen Kapellenplatz, wir bleiben gern draußen. Es gibt doch sicher Außenlautsprecher, oder?«

»Ja, ich glaube schon.« Gert Meinickes Ungeduld war nun mit Händen greifbar. Er wandte sich zum Gehen. »Muss jetzt aber rein ...«

»Eine allerletzte Frage ...« Doch Robert Mendelski konnte seine Hinhaltetaktik abbrechen, Maike Schnur trat in diesem Moment durch die Dielentür nach draußen. Ein unauffälliges Augenzwinkern verriet ihrem Kollegen, dass sie erfolgreich gewesen war.

»Was denn noch ...?«, fragte Gert Meinicke mürrisch.

»Ach, lassen wir das«, winkte Mendelski ab. »Ein anderes Mal. Dann bis morgen.«

Sie stiegen in den Passat und fuhren vom Hof.

Er wollte allein sein. Ganz allein.

Der Leiter der Gedenkstätte Bergen-Belsen hatte sich den Termin extra freigehalten, um den außergewöhnlichen Besuch aus Israel persönlich durch das Gelände zu führen. Doch Elias Lewenstein hatte dankend abgelehnt. Selbst die Begleitung von Jonathan Stern wies er höflich, aber bestimmt zurück.

Mutterseelenallein machte sich der ehemalige KZ-Häftling auf den Weg.

Zweieinhalb Stunden lang wanderte er rastlos über das weitläufige Freigelände, verharrte an jedem der Gedenksteine an den Massengräbern. Eine ganze Weile stand er an der Mauer hinter dem Obelisken, studierte die Inschriftenwand, bevor er die über die Fläche verstreuten, einzelnen Grabstätten aufsuchte.

Jonathan Stern und Axel Schriewe von der CZ warteten derweil vor der Eingangshalle.

»Das hat ihn umgehauen«, befand der Reporter. »Ich denke, das mit dem Kopfschuss erinnerte ihn an seine KZ-Zeit ...«

»Da schwingt noch etwas anderes mit.« Jonathan Stern wirkte besorgt.

»Was anderes? Was meinen Sie damit?«, hakte der Reporter hellhörig nach.

»Natürlich bewirken die Erinnerungen an die KZ-Gräuel keine positive Stimmung. Aber dass er jetzt so niedergeschlagen ist ... Ich glaube, dabei geht es eher um Rolf Meinickes Tod vor dreißig Jahren. Da gibt es etwas, das ihn umtreibt.«

»Was könnte das sein?« Seine Neugier führte dazu, dass der sonst so routinierte Reporter den Bogen überspannte.

»Hören Sie!« Jonathan Stern war ins Bewusstsein gedrungen, dass er nicht mit einer Privatperson, sondern mit einem Reporter sprach. »Bitte sind Sie so nett und gönnen Herrn Lewenstein erst einmal Ruhe. Ich halte es für das Beste, wenn Sie uns für den Rest des Tages allein lassen.«

Axel Schriewe schluckte.

Seine Reportage über Elias Lewenstein drohte sich in Luft aufzulösen. Doch im Moment gab es für ihn als Presse-Profi keine andere Möglichkeit, als höfliche Zurückhaltung zu demonstrieren - und zu verschwinden.

»Okay. Wie Sie meinen.« Schweren Herzens schulterte er seine Fototasche. »Ich möchte niemandem zu nahe treten.«

»Wir können ja heute Abend noch einmal telefonieren«, machte ihm Jonathan Stern ein Friedensangebot.

»Ja, gern.« Mit einem angedeuteten Gruß zog der Reporter von dannen.

»Und? Hat's geklappt?«

Sie waren kaum aus der Hofeinfahrt hinaus, als Robert Mendelski fragte.

»Klar doch.« Im Fahren griff Maike Schnur in die Gesäßtasche ihrer Jeans, holte ein mehrfach zusammen gefaltetes Stück Zeitungspapier hervor und reichte es ihm.

»Sei vorsichtig«, sagte sie. »Es ist hauchdünn und sehr alt.«

Mit spitzen Fingern faltete Mendelski das Blatt auseinander. »Und das hat Lea Meinicke dir freiwillig gegeben?«

»Ja. Sie hatte sofort durchschaut, dass ich gar nicht zur Toilette wollte. Wir beide sind in die gute Stube zum Karton. Da waren alle möglichen Papiere und Fotos von Rolf Meinicke drin. Und ganz unten lag dieses Zeitungsblatt.«

»Ein Ausriss der Ausgabe vom ... vom 13. März 1945«, las er vor. »Aus der Celleschen Zeitung.«

»Wusste gar nicht, dass die CZ schon so lange erscheint.«

»Na hör mal.« Mendelski schaute auf. »Kannst du dich nicht an den 200-jährigen Geburtstag der Celleschen erinnern? Das war doch gerade erst, im Jahr 2017.«

»Okay, okay. Jetzt, wo du's sagst. Und was steht da nun so Spannendes?«

Mendelski studierte die Zeitungsseite. »Das sind bloß amtliche Bekanntmachungen«, murmelte er, »Anzeigen, lokale Berichte ... Aber warte mal, hier ist etwas mit Bleistift eingekreist.«

Mit wachsender Neugier überflog Mendelski den markierten Artikel. »Fahr mal rechts an. Das musst du dir angucken.«

»Lies doch einfach vor«, forderte Maike Schnur ihn ungeduldig auf, während sie nach einer Haltemöglichkeit suchte.

»*Landwirt aus Meißendorf tot aufgefunden*«, las er laut vor. »*Am frühen Morgen des 10. März 1945 wurde der Leichnam von Friedrich Döpke, 37 Jahre, in der Feldmark nahe Meißendorf aufgefunden. Der Tote, ehemals Bürgermeister und NSDAP-Ortsgruppenleiter, wies am Hals eine vermutlich tödliche Schussverletzung auf. Hinweise oder Zeugenaussagen, die bei der Auf-*

*klärung der Tat dienlich sein können, nimmt jede Sicherheitspolizeiwache entgegen.«*

Inzwischen hatte Maike Schnur eine Haltebucht gefunden und war rechts rangefahren. »Jetzt wird's aber völlig verrückt«, stellte sie fest. »Noch eine alte Leiche? Wieder mit einer Schussverletzung? Und wieder aus Meißendorf?«

»Und kein unbekannter Name.« Mendelski legte nachdenklich den Zeigefinger an die Unterlippe. »Döpke, Friedrich Döpke ...«, murmelte er.

»Vielleicht war das ein Verwandter von Walter Döpke. Sein Vater ... oder Onkel?«

»Hm. - Hat Walter Döpke nicht erzählt, sein Vater wäre wenige Tage vor Kriegsende ums Leben gekommen?«

»Stimmt. Dann könnte der das sein«, stimmte ihm Maike Schnur zu.

»37 Jahre. Das Alter passt.«

»Aber ... wieso hatte Rolf Meinicke diesen Artikel all die Jahre aufgehoben? «

Mendelski zuckte mit den Schultern. »Keine Ahnung«, sagte er. »Das war eine wilde, gesetzlose Zeit damals. Zwei Monate vor Kriegsende, kurz vor der drohenden Kapitulation ... Da kam es häufig zu Lynchjustiz, zu Rache- und Vergeltungstaten. Begangen in erster Linie von den freigelassenen Zwangsarbeitern und ehemaligen Kriegsgefangenen. Nach Kriegsende hatte die englische Militärverwaltung gut damit zu tun, die öffentliche Ordnung wieder herzustellen.«

»Was bedeutet das für unseren Fall?« Maike Schnur fingerte ungeduldig am Autoschlüssel.

»Na, was wohl ...« Mendelski faltete das Stück Zeitungspapier sorgfältig zusammen. »Fragen wir Walter Döpke.«

Maike Schnur startete den Motor.

Auf dem Flur klingelte das Telefon.

Gert Meinicke, der sich in der Dielentoilette gerade die Hände wusch, rief durchs Haus. »Lea, geh du mal ran.«

»Geht grad nicht«, kam es aus der Küche. »Hab nasse Hände.«

Leise vor sich hinschimpfend griff der Bauer nach dem Handtuch neben dem Waschbecken.

Beim Abtrocknen fiel sein Blick in die offene Kloschüssel. Dort schwamm eine riesige tote Spinne. Die hatte er heute Morgen leblos auf den Fliesen gefunden und ins Klo geworfen. Aufs Spülen hatte er, um Wasser zu sparen, verzichtet.

›Warum zum Teufel schwimmt die da immer noch, wenn gerade die Kommissarin die Toilette ...‹ Gert Meinicke beäugte das reglose Spinnentier. Da stimmte doch was nicht.

Das penetrante Telefonbimmeln trieb ihn in den Flur zum Festnetzapparat.

»Meinicke.«

»Pastor Kruppa hier. Ich habe gerade einen Anruf von der Jüdischen Gemeinde Celle bekommen. Der Besucher aus Israel, Elias Lewenstein, dem Ihr Vater das Leben gerettet hat, würde gern an der Beerdigung teilnehmen. Wissen Sie das schon?«

»Ja.«

»Darf ich dann, bitteschön, auch ein paar Worte über diesen Herrn und sein Verhältnis zu Ihrem Vater verlieren? Das sind wir, glaube ich, sowohl Ihrem Vater als auch dem Gast schuldig.«

Gert Meinicke zögerte. »Wenn's denn unbedingt sein muss. Aber machen Sie's kurz«, forderte er mit Nachdruck.

Pastor Kruppa klang erleichtert. »Gut. Dann weiß ich Bescheid. Keine Sorge, ich werde mich kurz fassen. Bis morgen.«

»Ja, bis morgen. Wiederhören.«

Gert Meinicke stellte das Telefon zurück in die Basis. Auf dem Weg zur Küche kehrten seine Gedanken zu dem Fund im Dielenklo zurück. Zu der toten Spinne in der Kloschüssel.

»Lea!«, polterte er ungehalten, als er die Küche betrat. »Das musst du mir erklären ...«

»Ich kenne diesen Artikel nicht.«

Walter Döpke deutete auf das vergilbte und rissige Stück Zeitungspapier vor sich auf dem Terrassentisch.

»Aber - Friedrich Döpke, der Tote, von dem die Zeitung berichtet ... das war Ihr Vater?«, fragte Robert Mendelski.

»Ja. Das stimmt.« Walter Döpke nahm das Blatt erneut in die Hand. »Und das hatte Rolf Meinicke aufgehoben?«

»Ja. Wir fanden das in seinem Nachlass. Wie Sie an dem Bleistiftkringel erkennen können, ging es ihm offensichtlich um diesen Bericht.«

»Möglich.« Walter Döpke schaute düster drein. »Keine schöne Geschichte damals, das können Sie mir glauben. Ich hab Ihnen ja schon erzählt, dass mein Vater drei Monate vor meiner Geburt gestorben ist.«

»Ja.« Mendelski beobachtete seinen Gesprächspartner genau.

»Das war für meine Mutter eine schwere Zeit damals. Sie stand plötzlich als Witwe mit zwei kleinen Kindern alleine da. Mit einem toten Mann, der Bürgermeister und Ortsgruppenleiter der NSDAP gewesen war. Es hagelte ungerechtfertigte Anfeindungen, ein wahres Spießrutenlaufen. Weil es so wenig Männer nach dem Krieg gab, hat meine Mutter erst zehn Jahre später meinen Stiefvater geheiratet, einen deutschen Kriegsgefangenen. Neun Jahre lang, bis 1955, war der in Russland gewesen, im Arbeitslager.«

»Wurde denn inzwischen geklärt, wie Ihr Vater damals ums Leben gekommen ist?«

Walter Döpke senkte den Kopf. »Ach, lassen wir das lieber«, sagte er mit rauer Stimme. »Es war eine schreckliche Zeit, da ist viel Unrecht geschehen.«

»Gab es denn damals keine Untersuchung?«, wollte Maike Schnur wissen. »Zumindest von den Engländern ...?«

»Was glauben Sie denn!«, reagierte der Bauer schroff. Zum ersten Mal - zumindest hatte Maike Schnur diesen Eindruck - schaute Walter Döpke sie an, während er sprach.

»Sie sind aus einer anderen Generation. Sie haben keine Ahnung von Krieg und Elend. Können Sie sich vorstellen, was 1945 in Deutschland los war? - Eben!« Er grinste spöttisch. »Und eine Untersuchung? Dass ich nicht lache. Da ist gar nichts passiert. Mein Vater war eben ein Kriegsopfer. Ein Toter von Millionen. Basta!«

Robert Mendelski überlegte, ob er es dabei belassen sollte, doch irgend etwas brachte ihn dazu, nicht locker zu lassen. Er hätte wetten mögen, dass Walter Döpke trotz seiner ablehnenden Haltung eigentlich etwas zu erzählen hatte.

»Sie wissen doch mehr, als Sie uns verraten wollen«, sagte er vorsichtig.

»Natürlich!«, kam es wie aus der Pistole geschossen. »Aber das behalte ich für mich. Verlassen Sie sich drauf!« Ruckartig stand er auf. »Besser, Sie gehen jetzt.«

Robert Mendelski und Maike Schnur erhoben sich.

»Wir kommen die Tage noch einmal bei Ihnen vorbei«, sagte der Kommissar zum Abschied. »Wegen der Akte, die Sie uns geliehen haben.«

»Die können Sie meinetwegen behalten.« Walter Döpke winkte gereizt ab. »Oder besser gleich schreddern. Das Ganze ist für mich erledigt.«

Ohne sich noch einmal umzudrehen, verschwand er im Haus.

»Was sagst du da? Die Kommissarin war gar nicht auf unserer Toilette?«

Gert Meinicke stand am Küchentisch, mit beiden Händen auf die Tischplatte gestützt.

»Ja. Sie musste gar nicht«, erwiderte seine Schwester schnippisch. Sie stellte den Topf mit den Kartoffeln auf den Herd und schaltete ihn ein. »Das war nur ein Trick. Sie wollte mit mir allein sprechen.«

Für einen Moment war Gert Meinicke fassungslos. »Und was habt ihr gemacht?«, fragte er schließlich.

»Geredet.« Sie gab Salz zu den Kartoffeln.

»Worüber denn?«

»Über die Zeremonie übermorgen in Hannover«, flunkerte sie. »Mit dir kann man darüber ja nicht sprechen.«

Gert Meinicke starrte seine Schwester an, die sich seelenruhig die Hände an der Schürze abtrocknete. Sein Gesicht begann, vor Zorn rot anzulaufen, als er brüllte: »Ihr habt ohne mich über die Medaillenvergabe gesprochen?«

»Ja.«

»Morgen ... morgen ist die Beerdigung von Vater«, brach es aus ihm heraus, »und du denkst an die ... an diese Show-Veranstaltung am Donnerstag?«

»Genau.«

»Ich fass' es nicht.«

»Das ist es ja eben.« Lea Meinickes Stimme schlug um. Ihre Antwortet klang schrill. »Dass du das nicht verstehst! Wie es mir damit geht, ist dir egal. Was ich mir wünsche, ist dir auch egal. Immer soll ich tun, was du willst.«

»Was *du* willst? Deine Gefühlsduselei ist peinlich. Du blamierst nicht nur dich, sondern mich gleich mit.«

»Eine Blamage ... das bin ich also für dich?«, schrie sie mit Tränen in den Augen zurück. »Dir wäre es am liebsten, ich wäre gar nicht mehr da ...«

»So ein Quatsch! Ich bin lediglich für dich verantwortlich, als der ältere ...«

»Verantwortlich? Ich bin doch kein Kind mehr!«

»Aber du benimmst dich so«, donnerte Gert Meinicke. »Von uns beiden wird niemand an dieser Veranstaltung teilnehmen. Schluss! Aus!«

Wutentbrannt kehrte er ihr den Rücken zu und verließ die Küche. Krachend schlug er die Tür hinter sich ins Schloss.

Verunsichert und ängstlich schaute sie ihm nach. In ihrem Kopf herrschte ein großes Durcheinander. Der Zornesausbruch ihres Bruders erinnerte sie an böse Szenen - mit Schimpfe, Geschrei und Schlägen.

Sie riss sich die Schürze vom Hals und rannte aus der Küche.

Gert Meinicke hatte sich in sein Schlafzimmer zurückgezogen. Aufgewühlt, wütend - und auch hungrig - wälzte er sich auf seinem Bett. Das Mittagessen fiel heute aus.

Was war bloß in seine Schwester gefahren?, fragte er sich.

»So dumm wie eigensinnig«, knurrte er. Aber damit würde sie nicht durchkommen. Er würde ihr schon beibringen, wie er sich das für die nächsten Tage gedacht hatte.

Der Geruch von Angebranntem ließ ihn aus seinem Schlummern hochschrecken. ›Die Kartoffeln!‹, schoss es ihm durch den Kopf. Auf Socken hastete er die Treppe hinunter.

Beißender Rauch schlug ihm in der Küche entgegen. Hustend tastete sich Gert Meinicke zum Herd und stieß den Topf mit den verkohlten Kartoffeln zur Seite. Nachdem er die Dunstabzugshaube eingeschaltet und das Fenster geöffnet hatte, drehte er die Herdplatte aus. Den Topf kühlte er in der Spüle.

Das war gerade noch mal gut gegangen.

Von seiner Schwester Lea jedoch weit und breit keine Spur.

Wo steckte sie nur? Hatte sie sich bockig – wie sonst in solchen Situationen – wieder mal verkrochen? Kindisch und unbedacht?

Aufgelöst, fast panisch war sie aus dem Haus gerannt. Die Auseinandersetzung mit ihrem Bruder hatte ihr zugesetzt, war völlig aus dem Ruder gelaufen. In aller Eile zerrte sie ihr Rad aus dem Schuppen und schwang sich auf den Sattel. Fast wäre sie durch ihre ungestümen Bewegungen lang hingeschlagen.

Ohne ein Ziel vor Augen zu haben, radelte sie vom Hofgelände und bog intuitiv in die Richtung des Dorfkerns ab.

Die Nachmittagsluft war stickig. Ein Gewitter lag in der Luft.

Eine Stunde war vergangen.

Eigentlich hatte Gert Meinicke immer noch keine Lust, seine Schwester zu suchen. Doch was half's: Sie musste ein für alle Mal begreifen, wer hier auf dem Hof zu entscheiden hatte. Und diese Klärung ließ sich nicht auf die lange Bank schieben.

Systematisch schaute er in allen Räumen im Erdgeschoss nach und stieg danach wieder in die obere Etage mit den Schlafzimmern hinauf. Nichts.

Sie wird doch nicht im Keller sein? Je länger die Suche dauerte, desto mehr regte er sich über ihr albernes Versteckspiel auf.

Doch auch im Keller war niemand zu finden.

Zwischen Wut und Ratlosigkeit schwankend trat er auf den Hof hinaus. Dunkle Wolken eines herannahenden Gewitters sorgten dafür, dass sich die automatische Beleuchtung einschaltete. Ein Scheinwerfer strahlte auf die offen stehende Schuppentür, wo Leas Fahrrad seinen Platz hatte.

Der Stellplatz für das Rad war leer.

Jetzt nicht auch noch einen Platten!

Lea Meinicke war vom Hof zunächst zur Meiße geradelt, an einen ihrer Lieblingsplätze. Dort, am Ufer des Baches, hatte sie im Schatten der Bäume eine Pause eingelegt, sich ins hohe Gras gelegt und nachgedacht. Über die morgige Beerdigung, den Besuch aus Israel, die Zeremonie in Hannover einen Tag später ... dazu der Disput mit ihrem Bruder. Von Ruhe konnte in ihrem Kopf keine Rede sein, so hatte sie sich alsbald wieder aufs Rad geschwungen.

In der Nähe des Sportvereins war sie mit dem Vorderrad in eine Scherbe geraten, was die Luft im Reifen leise zischend entweichen ließ. Verärgert ließ sie das nutzlose Gefährt in den Randstreifen kippen. Nur das Hinterrad ragte noch aus dem üppigen Grün. Das nahende Gewitter machte ihr Angst.

Nachdenklich stand Gert Meinicke vor der Schuppentür. Seine Schwester war also mit dem Fahrrad unterwegs. Ein Satz aus dem Streit in der Küche hallte in seinem Gedächtnis nach: ›Dir wäre es wohl am liebsten, ich wäre gar nicht mehr da ...‹

Sein Zorn war tiefer Verunsicherung gewichen. Wollte er das wirklich? Dass sie nicht mehr da wäre? Wie würde sein Leben ohne seine Schwester aussehen? Wen hatte er denn außer ihr noch ...

Kurzentschlossen holte er den Autoschlüssel aus dem Haus, setzte sich in den Wagen und fuhr in den einsetzenden Regen vom Hof.

Aaron wusste, dass sein Urgroßvater tagsüber ein strammes Besuchsprogramm zu absolvieren hatte. Deshalb versuchte er erst am Abend, mit ihm Kontakt aufzunehmen. Beim dritten Anlauf klappte es. Er hatte sich nicht lange mit Schreiben aufgehalten und wiederum einen Videoanruf gestartet.

»Ich war noch zum Abendessen«, entschuldigte sich Elias Lewenstein. Er saß auf einem Stuhl in seinem Hotelzimmer. »Da habe ich mein Handy nicht dabei.«

»Schon gut. Kein Problem.« Aaron strich sich eine seiner widerspenstigen, rotblonden Locken aus dem Gesicht. »Hat es dir denn geschmeckt?«

»Oh ja.« Er musste schmunzeln. »Ich habe mir etwas typisch Deutsches gegönnt. Rindsroulade mit Rotkraut und Kartoffelbrei. Sehr lecker.«

»Klingt gut. Warst du allein?«

»Ja. Ich wollte es so.«

»Okay ...« Der Junge nickte. »Wie war denn sonst so dein Tag? Anstrengend? Erzähl ein wenig.«

Elias Lewenstein seufzte kurz, riss sich dann aber zusammen. Da er wusste, dass sein Urenkel ihn sehen konnte, straffte er seinen Körper.

»Heute morgen war ich in Celle, in der Synagoge und bei der Jüdischen Gemeinde. Die haben sich alle sehr viel Mühe gegeben, sind ausgesprochen nett zu mir. Danach ging es nach Bergen-Belsen, zur Gedenkstätte. Das war schon erschütternd.« Seine Stimme war immer leiser geworden.

Aaron ließ ein paar Augenblicke verstreichen, bevor er weiter fragte.

»Ist vom ursprünglichen Lager denn noch etwas übrig?«

»Nein. Gar nichts. Die Baracken sind alle verschwunden. Es gibt ein modernes Gebäude mit einer Ausstellung, Gedenk- und Grabsteine, eine große Säule und viel freie Fläche.«

»Das Grab von Anne Frank?«

»Ja, das habe ich auch gesehen.«

»Wie geht's jetzt weiter?«

»Morgen ist die Beerdigung von Rolf Meinicke. Meinem Retter. Davor graut mir.«

»Warum?«

»Weil ich gestern erfahren habe, wie er ums Leben gekommen ist. Durch Gewalt ... man hat ihn erschossen. Wer das getan hat, weiß man nicht.«

Aaron blieb die Spucke weg.

Endlich Feierabend. Maike Schnur hatte sich zu Hause in einen Sessel gekuschelt. Ihr Matthew war im Taxi unterwegs - auf Nachtschicht. Nach der Tagesschau im Ersten flimmerte ein ARD-Brennpunkt zur Corona-Lage über den Bildschirm, doch sie war mit ihren Gedanken ganz woanders.

Nach dem Gespräch mit Lea Meinicke hatte sich ihre Ansicht über diese infantil und direkt wirkende Frau verändert. Sie mochte vielleicht keine besonders umgängliche Person sein, aber sie hatte das Herz am rechten Fleck. Und als Täterin - sowohl, was den tödlich Schuss auf ihren Vater als auch die Zerstörung der Kamera im Wald betraf - kam Lea für die Kommissarin nicht in Betracht.

Das Verhältnis zu ihrem Bruder dagegen ließ den Bauern in fragwürdigem Licht erscheinen. Fast schien es, als hätte Lea Angst vor ihm. Gert Meinicke machte durchweg einen verdrießlichen, mit seinem Schicksal unzufriedenen Eindruck. Seine Beweggründe, die Teilnahme an der Verleihungsfeier abzulehnen, erschienen ihr undurchsichtig, seine harschen Vorgaben für die Beerdigung ließen auf eine kühle, fast herzlose Distanz zu seinem Vater schließen.

Hatte diese ablehnende Haltung ihren Grund in einer Auseinandersetzung damals? Zwischen den beiden? Mit tödlichem Ausgang?

Für Maike Schnur blieb der Bruder von Lea Meinicke eindeutig auf der Liste der Verdächtigen. Und zwar ziemlich weit oben.

»Ist das nicht verrückt«, flüsterte Elias Lewenstein. »Du kennst ja mein Geheimnis ...«

»Urgroßvater!« Aaron nahm sein Smartphone dichter ans Gesicht und begann ebenfalls zu flüstern. »Das eine ist über 70, das andere 30 Jahre her. Dazwischen liegen mehr als 40 lange Jahre. Denkst du, dass es da einen Zusammenhang gibt?«

»Ja, das glaube ich. Das beste wäre, ich spreche morgen mit der Polizei. Zwei von denen habe ich schon kennen gelernt. Ich denke, denen kann ich trauen.«

»Nein, mach das nicht!«, rief Aaron entsetzt. »Die verhaften dich sonst.«

Elias Lewenstein stöhnte auf. »Ach, Junge. Es kommt doch irgendwann an den Tag. Und was soll mir schon passieren? Einen alten Mann wie mich wird man nicht mehr ins Gefängnis stecken.«

»Da bin ich mir nicht so sicher.« Der Junge überlegte fieberhaft. »Und wenn du dich an unsere Botschaft wendest? Oder an die Jüdische Gemeinde dort? Hol dir doch erst mal Rat ...«

»Ich weiß nicht ...«

»Doch, doch, unbedingt.« Aaron blieb hartnäckig. »Wenn die das ebenfalls für sinnvoll halten, kannst du immer noch mit der Polizei sprechen.«

»Meinst du wirklich?« Sein Urgroßvater war hin und her gerissen. »Den Botschafter treffe ich übermorgen, bei der Zeremonie. Da könnte ich's versuchen.«

»Bitte, mach das so. Morgen auf der Beerdigung würde ich erst mal nichts sagen.«

»Gut.« Elias Lewenstein holte tief Luft. »Ich hoffe, ich stehe das durch ...«

»Das wirst du ...« Aaron drehte sich kurz um. Hinter ihm tauchte das Gesicht eines Freundes auf.

»Muss Schluss machen«, sagte er.

»Wir sprechen uns morgen wieder.«

»Bis morgen.«

Erschöpft ließ Elias Lewenstein sein Smartphone auf die Knie sinken.

»Findest du diese Folge nicht auch öde?«, fragte Carmen Pidal-Mendelski ihren Mann.

Die beiden saßen nebeneinander auf dem Sofa und hatten sich durchs abendliche TV-Programm gezappt – mit mäßigem Erfolg. Selbst die sonst so spannende Krimi-Serie ›Nord bei Nordwest‹ wollte heute nicht zünden.

Das klingelnde Dienst-Handy von Robert Mendelski befreite ihn von der Fortsetzung des Programms.

»Ich ... ich will ja nicht stören«, hörte er die brüchige Stimme von Gert Meinicke. »Aber ... meine Schwester ist verschwunden. Wir hatten Streit, und da ist sie mit dem Rad auf und davon.«

Mendelski versuchte, seinen Gesprächspartner zu beruhigen. »Wann ist das genau passiert?«, fragte er sachlich.

»Heute Mittag. Sie hat sich schon öfter mal versteckt, aber nie außerhalb von Haus und Hof. Das ist neu. Und sie hat ...«

»Ja?«, fragte der Kommissar nach.

»Lea ... Lea hat mir im Zorn in den Mund gelegt, dass es mir wohl lieber wäre, sie wäre nicht mehr da ...«

»Wo sind Sie jetzt?«, fragte Mendelski. In seinem Hinterkopf begannen die Alarmglocken zu läuten.

»Zurück auf dem Hof. Den ganzen Nachmittag bin ich die Straßen im Dorf und in der Feldmark abgefahren. Ohne Erfolg.«

»Was hatte Ihre Schwester an, als sie das Haus verließ?«

»Eine helle Strickjacke und einen dunklen Rock.«

»Gut. Bleiben Sie, wo Sie jetzt sind. Wir kümmern uns.«

»Wie, verschwunden?« Maike Schnur reagierte überrascht auf den Anruf ihres Chefs. Der berichtete knapp, was ihm Gert Meinicke mitgeteilt hatte.

»Wir müssen eine Suchaktion starten«, meinte Mendelski. »Wer weiß, was im Kopf dieser Frau vorgeht. Ich habe die Kollegen vor Ort schon alarmiert. Die sind unterwegs.«

»Und was machen wir?«

»Wir kennen die Situation dort doch am besten. Würdest du mich bitte abholen? Ich habe das Gefühl, wir werden gebraucht.«

»Klar. Bin schon fast weg. Matthew ist auf Nachtschicht, da vermisst mich hier eh niemand. Bis gleich.«

»Sind Sie Herr Gert Meinicke?« Der Polizeibeamte war aus dem Streifenwagen gestiegen und durch den strömenden Regen auf den Bauern zugelaufen. Der kam mit einem Scheinwerfer in der Hand vom Eingang der Scheune auf ihn zu. Seine gelbe Regenjacke glänzte vor Nässe.

»Ja, der bin ich. Was gibt's ...?«

»Steigen Sie bei uns ein, wir suchen Ihre Schwester«, sagte der Uniformierte und öffnete die hintere Beifahrertür des Autos. »Haben Sie Hausschlüssel und Handy dabei?«

Mit beiden Händen tastete Gert Meinicke nach Schlüsseln und Smartphone. »Ja, alles an Bord.«

»Los gehts!« Mit Blaulicht setzte der Streifenwagen zurück bis auf die Straße, dann ging es mit hohem Tempo ins Dorf.

»Wo die Lea wohl hin ist?«, fragte Robert Mendelski, als Maike Schnur ihn eingesammelt hatte. »So eine Kurzschlusshandlung wirft ein bezeichnendes Licht auf ihre psychische Situation - erst recht, wenn man dabei an den Tod ihres Vaters denkt.«

»Hältst du sie etwa für fähig, ihren Vater zu erschießen?«

»Kannst du das ganz ausschließen? Sie kann auch Mittäterin oder Zeugin gewesen sein.« Mendelski schaute in die Dunkelheit hinaus. »Wer weiß, was sich damals auf dem Hof abgespielt hat. Andeutungen über ein problematisches Familienleben gab es ja durchaus ...«

»Die Lea? Als Täterin?«, zweifelte Maike Schnur. »Das glaub ich einfach nicht. Die kann sich ja nicht mal gegen ihren Bruder zur Wehr setzen, wie dann erst gegen den Vater ...«

»Eben drum. Stille Wasser sind zu manchem fähig ...«

Über Funk meldete sich die Streifenwagenbesatzung, die Gert Meinicke an Bord hatte. »Sind sämtliche Straßen im näheren Umfeld abgefahren, da ist nichts. Die Kollegen mit zwei weiteren Fahrzeugen haben den Bereich westlich und südlich des Ortskerns übernommen - negativ.«

»Wir müssen von Suizid-Gefahr ausgehen«, gab Mendelski durch.

Wenig später kam die Meldung, dass ein Streifenwagen zur Meiße fahren würde.

Die Scheinwerfer des Polizeifahrzeuges strahlten weit durch den Regen voraus, als sie langsam den Schulweg abfuhren. Doch außer Sträuchern und Bäumen, unterbrochen von Gebäuden auf der rechten Seite, war nichts Auffälliges zu sehen.

»Stopp!«, rief plötzlich Gert Meinicke von der Rückbank. »Bitte setzen Sie ein paar Meter zurück.« Aus dem Grün des linken Seitenstreifens leuchtete der rote Rückstrahler eines Fahrrades. Zu dritt rannten sie zu dem Gefährt im Gras.

»Das ist Leas Rad, ganz sicher. Der Vorderreifen ist platt ...«

»Dann ist sie wahrscheinlich von hier aus zu Fuß weiter. Wir rufen die Kollegen her.«

Krachend erhellte ein Blitz die schummrige Dämmerung.

»Haben das Fahrrad von Lea Meinicke gefunden«, tönte es aus dem Funkgerät. »Schulweg, etwa in Höhe der Hausnummer 4, beim Sportverein.«

»Und die gesuchte Person?«, fragte Robert Mendelski.

»Negativ. Suchen jetzt das Ufer der Meiße ab.«

»Verstanden. Wir stoßen gleich zu Ihnen.«

Maike Schnur trat aufs Gas. Sie befuhren gerade die Meißendorfer Straße, rund sechs Kilometer vom Ortskern entfernt.

»Dass Lea sich was antut, kann ich mir nicht vorstellen«, meinte sie. »Eher versteckt sie sich an einem vertrauten Ort.«

»Fahr du lieber, als dir den Kopf zu zerbrechen«, brummte Mendelski.

»Ich hab da eine Idee ...«, erwiderte sie.

Am Meißeufer waren sechs Streifenpolizisten dabei, das Ufer und die Böschung mit Handscheinwerfern abzusuchen. Gert Meinicke starrte, von Zweifeln geplagt, in das dunkle Wasser des schmalen Flüsschens. Der Regen erzeugte ein munter gepunktetes, lustiges Muster auf den kleinen Wellen. Doch der Bauer befürchtete, jeden Moment eine helle Jacke dort schwimmen zu sehen.

Kurz hinterm Ortsschild bog Maike plötzlich rechts in den Kathkamp ab. Das Heck des Wagens brach auf dem nassen Asphalt etwas aus, was die Fahrerin routiniert abfing.

»Wo willst du denn hin?« Mendelski guckte überrascht.

»Ich mache nur einen kurzen Abstecher ...«

»Aber ... hier geht's doch zum Friedhof.«

»Eben.«

Am Ende der Straße hielt Maike linkerhand an der Einfahrt zur Kapelle. »Komm mit«, rief sie, stieg aus dem Wagen und rannte durch den strömenden Regen auf dem Hauptweg davon.

Mendelski griff nach der Stablampe unterm Beifahrersitz und beeilte sich, seiner Kollegin zu folgen.

Die Beamten stapften langsam in einer Reihe durch das unwegsame, morastige Gelände. Die Lichter ihrer Handscheinwerfer tasteten sich in der Dunkelheit über hohes Gras und dichtes

Gestrüpp. Zwei Handfunkgeräte begleiteten die Suche mit knisternden Geräuschen, gelegentlich unterbrochen von quäkendem Kauderwelsch. Gert Meinicke lief in der Mitte der Reihe mit.

Eine helle Jacke - geschweige denn Lea Meinicke - konnte keiner der sieben entdecken.

»Frau Meinicke, sind Sie hier?«

Maike Schnur versuchte, den prasselnden Regen und das Donnergrollen zu übertönen. Im Laufschritt war sie zu der Familiengrabstätte geeilt, wo der Bagger tagsüber die Grube für die morgige Beerdigung ausgehoben hatte. Zwei schwere Metallgitterstege deckten das knapp zwei Meter tiefe Loch im Boden ab.

»Frau Meinecke?«, wiederholte Maike Schnur.

Mendelski leuchtete mit der Stablampe über Grab und Gedenkstein - als plötzlich ein blasses Frauengesicht mit verweinten Augen und klatschnassen Haaren hinter dem Granit auftauchte.

Lea Meinickes Gesicht.

Aus den Handfunkgeräten erscholl eine dunkle Stimme, die Gert Meinicke bekannt vorkam.

»Hier Mendelski. Entwarnung! Gesuchte Person aufgefunden. Aktion abbrechen.«

Gert Meinicke schaute fragend zu dem Polizisten, aus dessen Funkgerät diese Meldung zu hören gewesen war.

»Identifizierung gesichert? Gesuchte Person wohlauf?«, fragte der Polizist in das Mikrofon.

»Identifikation bestätigt. Person wohlauf und unverletzt. Werden weiteres Vorgehen mit dem Bruder der Gesuchten besprechen.«

»Verstanden. Ende.«

# Neunzehntes Kapitel

Schon wieder so ein sonniger, heißer Tag.

Als Robert Mendelski und Maike Schnur gegen 10.15 Uhr am Meißendorfer Friedhof eintrafen, zeigte das Thermometer bereits erneut 24 Grad. Vom Unwetter der letzten Nacht zeugten nur noch die kleinen Äste und unzähligen Nadeln am Boden, die von den umstehenden Kiefern, Fichten und Hemlocktannen abgerissen worden waren.

Das Kripo-Duo war gestern abend erst spät ins Bett gekommen. Die Suche nach Lea Meinicke und das Zusammenführen der beiden Geschwister hatte seine Zeit gekostet. Gert und Lea waren sich in die Arme gefallen und hatten offenbar Frieden geschlossen. Maike war der Meinung gewesen, bei beiden Tränen gesehen zu haben. Alsbald hatten sie sich zurückgezogen. Für die Aussprache unter Geschwistern war kein Polizeischutz nötigt.

Die Beerdigung sollte um 11.00 Uhr beginnen. Außer dem Bestatter und seinen Helfern war noch niemand da.

»Lass uns kurz in die Kapelle gucken«, schlug Mendelski vor. »Solange wir noch unter uns sind.« Maike nickte zustimmend.

Die Meinickes hatten sich eine recht einfache Beerdigungszeremonie gewünscht. Dazu passte der schlichte Sarg mit einem Blumengesteck aus bunten Feldblumen. Keine Kränze, kein Foto, keine zusätzlichen Kerzen. Lediglich ein Kondolenzbuch.

»Da liegt er nun«, murmelte Maike Schnur, während sie am Sarg standen. »Das, was von ihm übrig ist. Nach all den Jahren im Dachsbau.«

Robert Mendelski stimmte ihr leise zu. »Ja. Möge er seinen Frieden finden. Und die beiden Meinickes haben endlich die Chance, dieses unglückliche Kapitel abzuschließen. Vielleicht noch nicht das ganze Buch, aber ein wichtiger Teil davon.«

»Meinst du, da folgt noch ein Kapitel?«

Mendelski wiegte den Kopf. »Glaub schon. Ich habe so ein Gefühl, dass heute etwas passiert. Etwas Entscheidendes.«

»Dein Bauchgefühl mal wieder! Du meinst ... hier auf der Beerdigung?«

»Vielleicht.«

Maike Schnur schaute ihn von der Seite an. »Rechnest du damit, dass der Täter hier auftaucht?«

»Ja ... wenn er noch lebt«, antwortete Mendelski mit Nachdruck. »Und ich denke, der lebt noch.«

»Dann sollten wir eventuell Verstärkung anfordern ...«

»Verstärkung? - Wozu das denn?«, hörten sie plötzlich eine sonore Stimme hinter sich.

Als sie sich umdrehten, sahen sie Pastor Kruppa und seine Frau Evelyn auf sich zukommen. Er trug seine evangelische Dienstkleidung: schwarzen Talar und weißes Beffchen. Dank seiner Größe und Körperfülle gab er eine imposante Figur ab.

»Mit der Kriminalpolizei habe ich heute nicht gerechnet«, gab Edgar Kruppa freimütig zu. »Und jetzt brauchen Sie sogar noch Verstärkung?«

»Da können Sie mal sehen, wir denken eben an alles«, konterte Maike Schnur. »Ihre Beerdigung liegt in sicheren Händen.«

»Sind Sie etwa wegen des Besuchs aus Israel gekommen?«

»Da liegen Sie gar nicht mal falsch«, antwortete Robert Mendelski mit einem Augenzwinkern. »Sie machen Ihren Job, wir den unsrigen.«

Er schaute an dem Pastor vorbei in den Eingangsbereich der Kapelle. Dort näherten sich die ersten Trauergäste.

»Entschuldigen Sie uns bitte!«

»Was meinen Sie ...?«

Elias Lewenstein hatte lange überlegt, ob er Jonathan Stern diese Frage stellen sollte, hier im Auto, unter vier Augen. Gleich würden sie am Friedhof eintreffen und nicht mehr allein sein. Es war höchste Zeit. »Ob sich mir morgen eventuell die Gelegenheit bietet, den Botschafter unter vier Augen zu sprechen?«

»Das lässt sich sicher einrichten«, gab Jonathan Stern zurück. Sein Feingefühl riet ihm, von weiteren Nachfragen abzusehen. Es gehörte nicht viel Fantasie dazu, sich vorzustellen, dass der Wunsch seines Gastes etwas mit der Nachricht von gestern zu tun hatte. Mit der Nachricht, dass sein Lebensretter Rolf Meinicke eines gewaltsamen Todes gestorben ist.

»Ich werde den Botschafter nur ein paar Minuten beanspruchen.« Gedankenverloren schaute Elias Lewenstein aus dem Fenster. Ein einmotoriges Flugzeug flog dicht über den Bäumen an ihnen vorbei. Es schien gerade landen zu wollen.

»Ganz in der Nähe liegt ein Fallschirmabsprungplatz«, versuchte Jonathan Stern seinen Gast abzulenken. Er spürte dessen zunehmende Anspannung.

»So was gab es damals hier noch nicht«, antwortete Elias Lewenstein versonnen. Seine Blicke folgten dem Flieger. »Das muss alles erst nach dem Krieg entstanden sein.«

»Ganz sicher.« Jonathan Stern lächelte milde. »In den 75 Jahren ist viel passiert.«

Minuten später passierten sie das Ortsschild von Meißendorf.

---

Als sie vor die Friedhofskapelle traten, kam ihnen Walter Döpke entgegen. Mal nicht in Jagd-Grün, sondern in Schwarz. Der Anzug steht ihm gut, stellte Maike Schnur überrascht fest, macht aus ihm gleich einen ganz anderen Menschen.

»Sie hier?« Robert Mendelski sprach verhalten. Er registrierte einige ihm unbekannte Trauergäste, die sich in die Schlange vor dem Kondolenzbuch eingereiht hatten. »Das hatte ich nicht erwartet.«

»Natürlich. Ich vertrete ja den Bürgermeister«, erwiderte der Angesprochene. Er brachte es fertig, weder Robert Mendelski noch Maike Schnur in die Augen zu sehen. »Dieses Spektakel lasse ich mir doch nicht entgehen.«

Grußlos verschwand er in der Kapelle. Seine zur Schau getragene Arroganz ruinierte den guten Eindruck, den Maike Schnur gerade erst von ihm gewonnen hatte.

Als nächstes näherte sich eine Fünfergruppe der Kapelle – das komplette ArchaeoFirm-Team.

»Noch mehr Überraschungsgäste«, raunte Mendelski Dr. Ute Winkler zu. »Sie hatte ich wahrhaftig nicht auf dem Zettel.«

Maike Schnurs Blick verfing sich sogleich in dem von Gordon Kobusch. Auch ohne dunklen Anzug sah er in seiner legeren, modernen Sommerkleidung sehr viel ansprechender aus als im sonst üblichen Arbeitsoutfit mit verschwitztem T-Shirt, staubigen Cargo-Shorts und dreckigen Boots.

»Als ich mein Team gefragt habe«, erläuterte die Archäologin, »ob wir zur Trauerfeier gehen wollen, waren sofort alle dafür. Da wir ihn im Dachsbau gefunden und in mühevoller Kleinarbeit geborgen haben, ist zwischen seinem Schicksal und uns eine besondere Beziehung entstanden. Sie verstehen ...?«

»Ja, das verstehe ich.« Mendelski wies zur Kapelle. »Aber da drinnen könnte es eng werden. Derzeit lassen sie nur 20 Personen rein.«

»Wir bleiben sowieso draußen«, erwiderte Ute Winkler. »Um niemandem einen Platz streitig zu machen.«

»Hier gibt's ja auch Sitzgelegenheiten.« Maike Schnur deutete auf die mit Abstand aufgestellten Stühle vor der Kapelle. »Die Trauerfeier wird per Lautsprecher nach draußen übertragen.«

Sie verstummten abrupt. Hinter ihnen waren zwei Männer aufgetaucht, Elias Lewenstein und Jonathan Stern. Mit einem angedeuteten Kopfnicken begrüßten sie die Umstehenden und traten schweigend zum Kondolenzbuch. Nachdem sie sich eingetragen hatten, nahmen sie in der Kapelle Platz.

Wenige Minuten später, es war kurz vor 11.00 Uhr, trafen Gert und Lea Meinicke ein. Er in einem dunklen Anzug, der aussah, als hätte er ihn schon zur Konfirmation getragen, sie in einem langen, bunten Kleid und einer schwarzen Stola über den Schultern. Maike Schnur konnte sich gut vorstellen, wie wenig begeistert Gert Meinicke über die Kleiderwahl seiner Schwester gewesen war. Doch nach den Ereignissen der vergangenen Nacht hatte er offensichtlich ihren Wunsch akzeptiert, anstatt wie sonst gewohnt zu lamentieren.

Die beiden Geschwister hielten sich nicht lange auf dem Vorplatz auf und betraten mit gesenkten Köpfen die Kapelle.

Über ihnen begann die Glocke zu läuten.

»Ach nee, wen haben wir denn da?«, flüsterte Maike Schnur. Ihr Blick war Richtung Straße und Parkplatz gerichtet. »Wenn das mal nicht unser rasender Reporter ist.«

»Axel Schriewe ...?« Robert Mendelski drehte sich unauffällig um. Zwischen den parkenden Autos entdeckte er den Zeitungsmenschen, der aber anscheinend nicht näher kommen wollte.

»Was denkt der sich eigentlich?«, wetterte der Kommissar hinter vorgehaltener Hand. »Der soll mal schön draußen bleiben.«

»Ich nehme an, der schreibt eine Bericht über Elias Lewenstein und seinen Besuch hier.«

»Trotzdem ...«

Bis zum Beginn der Trauerfeier traf noch eine Handvoll Unbekannte ein. Robert Mendelski schätze die Zahl der Gäste auf maximal fünfundzwanzig.

»Dahinten stehen noch zwei Zaungäste, die wir kennen«, tuschelte er. Diesmal schaute er in die andere Richtung, in den hinteren Bereich des Friedhofs.

»Wer denn?« Maike Schnur wandte sich langsam um und blinzelte durch ihre Haarsträhne.

»Bernd Wolkow und der Friedhofsgärtner«, erklärte Mendelski. »Dort hinten, zwischen den Bäumen. Die sehen nicht wie Trauergäste aus. Wie die angezogen sind, arbeiten die da.«

»Das hatte Wolkow doch angekündigt ...«

»Mal sehen, ob die sich hierher trauen ...« Er blieb skeptisch.

In diesem Moment setzte die Musik ein, die Trauerzeremonie begann.

An sein Auto gelehnt lugte er über das Fahrzeugdach zur Friedhofskapelle, als plötzlich sein Handy summte. Er guckte aufs Display, doch die angezeigte Nummer sagte ihm nichts.

»Axel Schriewe.«

»Inga Rothenbusch, NDR Hamburg«, meldete sich eine sympathische Frauenstimme. »Sind Sie der Reporter von der Celleschen Zeitung?«

»Ja, das ist richtig.«

»Sie hatten sich bei uns gemeldet, weil Sie eventuell etwas über die Göhrde-Morde zu sagen haben.«

»Auch das ist richtig.« Axel Schriewe machte ein paar Schritte weg von den Autos. »Schön, dass Sie sich melden.«

»Wollen Sie das jetzt am Telefon besprechen oder wäre es Ihnen lieber, wenn wir uns treffen?«

»Hmm ...«, überlegte er. »Eigentlich passt es jetzt nicht so gut. Mir wäre es lieber, wir telefonieren später noch mal, aber ... noch lieber wäre mir natürlich, wenn wir uns treffen könnten. Wo wäre das denn möglich? Nur in Hamburg?«

»Nein, wir könnten uns im Funkhaus Hannover treffen. Da bin ich jeweils in der zweiten Wochenhälfte. Würde es Ihnen am Freitagvormittag passen?«

»Ja, Freitag klingt gut.«

«Gegen 10.30 Uhr?«

»Perfekt.« Es klang, als ob Inga Rothenbusch etwas in eine Tastatur tippte. Er hatte richtig gehört. »Ich schicke Ihnen eine Terminbestätigung mit allen nötigen Daten an Ihre dienstliche Mail-Adresse. Also, dann bis Freitag.«

»Bis dahin. Ich freue mich.«

Voller Zuversicht schlenderte er zu seinem Auto zurück.

Der macht seine Sache gut, musste Robert Mendelski eingestehen.

Edgar Kruppa merkte man seine 81 Jahre nicht an, dafür aber seine Routine, seine Sprachgewalt und sein Einfühlungsvermögen. Der Pastor im Ruhestand fand die richtigen Worte, ohne großes Pathos ordnete er die Lebensstationen Rolf Meinickes der jeweiligen Zeit zu.

Dabei kam er auch auf die dunklen und schwierigen Lebensabschnitte des Verstorbenen zu sprechen: auf den Kriegseinsatz an der Westfront, die schwere Verletzung und die Amputation des linken Unterarmes. Weiter nannte er den frühen Verlust des Vaters, die Hofübernahme als Kriegsversehrter und die entbehrungsreichen Nachkriegsjahre. Edgar Kruppa hielt sich an die von Gert Meinicke geforderte Vorgabe, kein einziges Wort über das gewaltsame Ende im Wald zu verlieren.

Zu den Ereignissen im März 1945 sagte er: »In unmenschlichen Zeiten bewies Rolf Meinicke Menschlichkeit. In Zeiten des Wegschauens bewies er Zivilcourage. In Zeiten der Angst und des Schreckens bewies er Mut und Besonnenheit. Der jüdische Junge, der damals als Zwölfjähriger in der größten Not zu ihm kam und der bei Rolf Meinicke Schutz und Hilfe fand, ist heute unter uns – Herr Elias Lewenstein aus Israel. Er hat sich auf den weiten Weg gemacht, um morgen in Hannover dabei zu sein, wenn Rolf Meinicke posthum mit der Yad-Vashem-Medaille als ›Gerechter unter den Völkern‹ geehrt wird.«

Nach dem Schlusslied kam Bewegung in die Trauergemeinde. Nur eine kleine Gruppe folgte dem Sarg zur Grabstelle.

Die anderen – darunter auch das Team von ArchaeoFirm und selbst Walter Döpke – machten sich auf den Weg, um den Friedhof möglichst unauffällig zu verlassen.

Dass Letzterer so früh ging, verwunderte Maike Schnur.

»Wenn der stellvertretende Ortsbürgermeister schon zur Beerdigung kommt, dann kann er doch auch mit zum Grab gehen«, flüsterte sie Mendelski zu. «So viel Zeit sollte sein.«

Unauffällig standen sie ein Stück abseits, behielten jedoch die Szene gut im Blick. »Selbst Bernd Wolkow ist noch geblieben.« Mit einer knappen Kopfbewegung wies sie in seine Richtung. »Dort geradeaus, hinter der Hecke.«

»Ja, sehe ich.«

»Alle da.« Maike Schnur zeigte sich beeindruckt. »Du hattest recht – mit deinem Bauchgefühl. Dass der Täter hier auftauchen würde. Alle unsere Spezies sind oder waren hier. Bernd Wolkow, Walter Döpke, Edgar Kruppa – und Gert Meinicke.«

»Gert Meinicke?«

»Wir sollten den auf der Liste lassen. Deine Worte ... !«

Um den Anschluss nicht zu verlieren, machte Robert Mendelski ein paar Schritte. »Komm. Wir müssen hinterher.«

Der harzige Duft der Kiefern, das fröhliche Vogelgezwitscher und das Knirschen des Sandes unter seinen Schuhsohlen - all das rief in ihm unterschiedliche Erinnerungen wach. Erinnerungen an eine lange vergessene Zeit, Erinnerungen im Guten, aber leider auch im Bösen. Vor allem im Bösen ...

Wie in Trance folgte Elias Lewenstein dem Sarg und dem Geschwisterpaar. Bisher hatte er noch keinen Blickkontakt zu Gert und Lea Meinicke aufnehmen können. Er hatte sie nur von hinten oder allenfalls von der Seite gesehen.

Auch am Grab änderte sich daran zunächst wenig. Während Pastor Kruppa betete, standen die beiden Meinickes, mit dem Rücken zu der kleinen Trauergemeinde.

Schließlich wurde der Sarg in die Erde hinunter gelassen, die Geschwister - er mit einer Handvoll Sand, sie mit einem Strauß Kornblumen - nahmen nebeneinander, für kurze Zeit Hand in Hand, Abschied vom Vater. Danach gingen sie ein paar Schritte zur Seite und wandten sich den Trauergästen zu.

Elias Lewensteins Blick traf zuerst den von Lea Meinicke. Sie starrte ihn mit großen Augen an, in denen zwar Trauer, aber keine einzige Träne zu finden war. Ihr Gesicht drückte Neugier aus - und Empathie. Der alte Mann aus Israel erwiderte gefasst ihren Blick. Gert Meinicke dagegen hielt seinen Kopf gesenkt, offenbar scheute er jeglichen Blickkontakt.

Jonathan Stern gab seinem Begleiter durch eine Geste zu verstehen, dass es nun an ihm sei vorzutreten.

Während Elias Lewenstein auf das offene Grab zuschritt, griff er in seine Hosentasche. Für die anderen nicht erkennbar, holte er die Hasenpfote hervor und hielt sie fest in der rechten Hand. Als er auf den Sarg hinabschaute, führte er die Hand an seine Lippen, hauchte einen Kuss und streckte den Arm wie bei einer Segensbewegung über dem Sarg aus. Für Sekunden öffnete er die Hand, ohne den Glücksbringer fallen zu lassen. Schließlich zog er Hand und Hasenpfote wieder zu sich zurück.

Lea Meinicke stieß einen kurzen Ruf aus, gefolgt von einem leisen Schluchzen. Sie hatte die Prozedur genau beobachtet. Es schien, als ob sie überrascht oder erstaunt wäre. Verstört schaute ihr Bruder sie an.

Elias Lewenstein ging ein paar Schritte zur Seite, so dass der nächste vortreten konnte. Wegen der Pandemie-Bestimmungen gab es keine Beileidsbekundungen am Grab. Statt eines Händedrucks beließ man es bei einem grüßenden Kopfnicken.

Die kleine Trauergemeinde löste sich rasch auf. Pastor Kruppa und seine Frau hatten sich auch schon auf den Heimweg gemacht. Lediglich die Leute vom Beerdigungsinstitut und der Friedhofsgärtner blieben noch.

Auf dem Weg zurück zur Kapelle ging Lea Meinicke plötzlich neben dem Gast aus Israel .

»Sie haben ja auch so eine«, flüsterte sie. »Darf ich sie mir mal ansehen?«

»Was meinen Sie bitte?« Elias Lewenstein war erstaunt stehen geblieben.

»Sie haben auch eine Hasenpfote. So wie mein Vater.«

»Ja, er hatte zwei«, bestätigte er. Bereitwillig griff er in die Hosentasche und reichte ihr seine.

»Genau die gleiche«, strahlte Lea Meinicke. »Diese funkelnden Augen ... Und sogar noch mit echtem Hasenfuß. Bei unserer fehlt der. Die hat ja auch etliche Jahre in der Erde gelegen.«

»Er hatte sie von einem englischen Soldaten«, erläuterte er.

»Ich weiß.«

Schweigend schritten sie weiter. Die anderen waren voraus gegangen, erst auf dem Parkplatz trafen sie sie wieder.

Gert Meinicke hatte schon die Fahrertür aufgeschlossen und wollte gerade ins Auto steigen, als sich seine Schwester plötzlich umwandte und rief: »Ich habe Schnittchen, Kaffee und Kuchen vorbereitet. Wer möchte noch mit uns auf den Hof kommen?«

»Lea ...!« Ihr Bruder lief rot an im Gesicht. Vor Ärger und Überrumpelung. »Was redest du da?«

»Ich würde mich sehr freuen.« Lea Meinicke zupfte aufgeregt an ihrer Stola.

»Wenn es Ihnen keine Umstände macht, komme ich sehr gern noch mit«, sagte Elias Lewenstein im höflichen Ton. »Aber nur, wenn ich meine Begleitung, Herrn Stern, ebenfalls mitbringen darf.«

Gert Meinicke schluckte, blieb jedoch stumm.

»Natürlich dürfen Sie das«, freute sich Lea Meinicke. Sie schaute in die Runde und entdeckte Robert Mendelski und Maike Schnur, die gerade zu ihrem Auto wollten.

»Sie sind auch herzlich willkommen«, rief sie ihnen zu.

»Bitte?« Maike Schnur machte einen Schritt zurück.

»Ein kleiner Beerdigungsschmaus bei uns auf dem Hof. Bitte tun Sie mir den Gefallen.«

»Wenn es auch Ihrem Bruder recht ist ...?«, fragte Mendelski diplomatisch.

Gert Meinicke nickte wortlos und stieg ins Auto.

Im strahlenden Sonnenschein führte Lea Meinicke ihre Gäste direkt in den Garten. Der lag auf der dem Hof abgewandten Seite des Wohnhauses, daher kannten Robert Mendelski und Maike Schnur diesen Teil des Anwesens noch nicht.

Neben gepflegten Gemüsebeeten gab es einen verwilderten Ziergarten, der vor allem aus hohem Gras, blühenden Wildblumen und einem halben Dutzend Obstbäumen bestand. Unter einem mächtigen Süßkirschenbaum standen Gartentisch, Holzbank und mehrere Klappstühle mit bequemen Polstern. Auf dem Tisch lag eine frische Decke.

Schwer beeindruckt von dem zahlreichen Besuch verhielt sich Langhaardackel Elly erstaunlich ruhig. Die betagte Hundedame hatte sich an den Stammfuß des Kirschbaums zurückgezogen, beobachtete das Geschehen zwar skeptisch, verzichtete aber auf ihr sonst so notorisches Gekläffe.

»Könnten Sie mir tragen helfen?«, wandte sich Lea Meinicke an Maike Schnur. »Ich muss einiges aus der Küche holen.«

»Aber gern doch.«

»Ich kann auch helfen«, bot Jonathan Stern an und folgte den beiden Frauen ins Haus.

»Setzen Sie sich doch«, sagte Gert Meinicke zu Elias Lewenstein und Robert Mendelski. Seine Stimme klang heiser und brüchig. Man merkte, dass es ihm schwerfiel, sich auf den Besuch und die improvisierte Beerdigungsnachfeier einzulassen.

Als sie in der Küche angekommen waren, drehte sich Lea Meinicke abrupt zu Maike Schnur um. »Wollen Sie wieder mal auf die Toilette?«, fragte sie spitzbübisch.

»Nee, heute nicht.« Die Kommissarin grinste zurück. »Oder gibt es noch mehr zu entdecken?«

»Bisher nicht. Aber wer weiß das schon ...«

Für Jonathan Stern, der mit ihnen in die Küche gekommen war, klang das alles wie böhmische Dörfer. Es schien sich um ein Insider-Gespräch zu handeln. Taktvoll verkniff er es sich, Fragen zu stellen.

Die Hausherrin drückte ihren beiden Helfern jeweils ein Tablett in die Hand. Eins mit Geschirr, Besteck und Servietten, das andere mit Schnittchen- und Kuchenplatten. Letztere waren mit Frischhaltefolie abgedeckt.

»Den Kaffee und Mineralwasser bringe ich mit«, sagte sie.

»Sie haben ja alles gut vorbereitet«, lobte Maike Schnur.

»Klar.« Lea Meinicke gluckste vor Schadenfreude. »Gert sollte ja nichts mitbekommen. Also hab ich das alles heute Morgen gemacht, als Gert noch schlief.«

Draußen im Garten trafen sie auf eine schweigsame Runde. Die drei Herren schienen sich bisher nicht sonderlich gut unterhalten zu haben.

»Schade, dass Pastor Kruppa und seine Frau keine Zeit hatten«, sagte Lea Meinicke, während sie Teller und Tassen verteilte.

»Hast du die etwa auch gefragt?«, fragte ihr Bruder knurrend. So ganz hatte er sich an den Burgfrieden mit seiner Schwester offensichtlich noch nicht gewöhnt.

»Ja, hab ich. Aber sie hatten noch was anderes vor. - Ich fand, der Pastor hat seine Sache heute sehr gut gemacht.«

»Das fanden wir auch«, pflichtete ihr Robert Mendelski bei. »Es war eine souveräne Leistung ... für einen 81-Jährigen.«

Als der Tisch fertig gedeckt war, setzte sich Lea Meinicke neben Elias Lewenstein. »Guten Appetit allerseits. Greifen Sie zu.«

Ein Leichenschmaus in gedämpfter Stimmung begann.

Das lag vor allem an der zwiespältigen Verfassung von Gert Meinicke, der weiterhin zwischen Trauer, Trotz und Nachdenklichkeit schwankte.

»Wollen wir nachher einen kleinen Hofrundgang machen?«, fragte Lea Meinicke ihren Tischnachbarn. »Vielleicht erkennen Sie ja das eine oder andere von damals wieder.«

»Wenn es Ihnen keine Umstände macht, sehr gern.« Das anhaltend wenig freundliche Gebaren des Hausherrn bedrückte Elias Lewenstein. »Ich habe mich schon ein bisschen umgeguckt«, fuhr er fort. »Aber an vieles kann ich mich nicht mehr erinnern. In den 75 Jahren hat sich doch einiges verändert.«

»Das stimmt.« Lea Meinicke nahm eine kleine Schachtel in die Hand, die sie vorhin aus der Küche mit nach draußen gebracht hatte. »Ich möchte Ihnen jetzt unsere Hasenpfote zeigen. Das Schwesternstück meines Vaters. Hier ... bitteschön.«

Elias Lewenstein nahm die geöffnete Schachtel entgegen und schaute hinein.

»Ja, das ist sie«, sagte er andächtig. »Ihr Vater meinte damals, das seien Unikate. Schön, dass Sie sie behalten haben. Ich hatte schon befürchtet, Sie hätten sie verkauft.«

»Verkauft?«, antwortete die Hausherrin entrüstet. »Wie kommen Sie denn darauf?«

Ihr Gast lächelte vielsagend. »Weil sie vor wenigen Tagen noch im Internet zum Kauf angeboten wurde.«

»Das kann gar nicht sein«, mischte sich da Maike Schnur ein. »Diese Hasenpfote lag dreißig Jahre in einem Dachsbau vergraben, sie wurde erst letzte Woche gefunden. Seitdem hat sie Meißendorf nicht verlassen.«

Elias Lewenstein Lächeln vertiefte sich. »Mein Urenkel Aaron hat mir mal gesagt: Das Internet vergisst nie. Er kann Ihnen Beweise dafür liefern, wenn Sie es wünschen. Denn genau diese Hasenpfote wurde von einem Antiquitätenhändler Frey aus Bremen zum Kauf angeboten.«

Robert Mendelski kräuselte die Stirn. »Der Sache gehen wir nach«, sagte er, während er eine kurze Nachricht in sein Smartphone tippte. »Es wäre höchst merkwürdig, wenn das stimmen würde.«

Zur gleichen Zeit auf einem anderen Bauernhof in Meißendorf: Nur wenige hundert Meter Luftlinie vom Meinicke Anwesen entfernt saßen – ebenfalls draußen auf einer Terrasse – zwei Männer an einem Gartentisch und tranken. Allerdings nicht im Schatten eines Kirschbaumes, sondern unter einem Sonnenschirm.

Vor dem Mann mit dem wallenden Haar, in weißem Hemd und einer schwarzen Anzugshose, standen zwei gefüllte Gläser. Ein kleines für Schnaps und ein großes für Mineralwasser. Der hagere, in Jägergrün gekleidete Mann ihm gegenüber begnügte sich mit Wasser. Aus der Doppelkornflasche in der Mitte des Tisches fehlte bereits ein Drittel, die Wasserflasche dagegen war gänzlich geleert.

»Prost!« Walter Döpke hielt sein randvoll gefülltes Schnapsglas hoch. »Auf ... auf den heutigen Tag!«

Bernd Wolkow hob sein Wasserglas und erwiderte wenig fröhlich den Gruß. In einem Zug leerte der Hausherr das Schnapsglas, sein Gast nippte derweil nur am Wasser.

»Willst du wirklich keinen Kurzen? Kannst dein Auto hier stehenlassen, mein Sohn bringt dich nach Hause.«

»Nee, lass mal. Ist doch gerade erst Mittag ...«

»Ach komm, das muss doch gefeiert werden.« Walter Döpke schenkte sich sein Glas wieder voll. »Rolf Meinicke liegt unter der Erde, der hohe Besuch ist uns erspart geblieben.«

»Ja, aber ...«

»Kein aber! Kein Landrat, kein Ministerpräsident, kein Botschafter. Und keine überregionale Presse. Das haben wir prima hingekriegt. – Prost!« Ohne eine Reaktion seines Gegenübers abzuwarten, kippte er den Schnaps hinunter.

»Aber ... die Kripo war doch da, der Besucher aus Israel, jemand von der Jüdischen Gemeinde und einer von der CZ ...«

»Ach, die können mich alle mal ...«, unterbrach ihn Walter Döpke schroff. »Das sind doch alles kleine Fische, Nullen. Es wäre mir sauer aufgestoßen, wenn der Meinicke von echten Honoratioren begraben worden wäre.«

»Und was ist mit morgen? Bei der Zeremonie in Hannover? Da kommen doch all die hohen Tiere aus der Politik. Und bestimmt auch Funk und Fernsehen.«

»Morgen ist morgen. Und Schnaps ist Schnaps.« Walter Döpke schenkte sich erneut nach. »Sollen die doch morgen machen, was sie wollen«, stänkerte er weiter. »Hannover ist weit weg. Ich wollte, dass hier in Meißendorf um den Meinicke kein Tamtam gemacht wird.«

»Von wegen Tamtam.« Bernd Wolkow hatte die Augenbrauen hochgezogen. »Vorhin hab ich mitbekommen, dass eine kleine Gruppe noch zum Meinicke-Hof gefahren ist. Zum Leichenschmaus. Wer hätte das gedacht ...!«

»Das hat bestimmt die Lea eingefädelt. Der Gert mag so was gar nicht.«

»So klang es auch.«

»Ist der Israeli auch dabei?«

»Soweit ich weiß, ja. Und die beiden von der Kripo auch.«

Walter Döpke nahm das volle Schnapsglas in die Hand, hielt plötzlich inne und überlegte. »Wollen wir auch da hin?«, fragte er unvermittelt.

»Du spinnst doch ...«

Der Hausherr trank den Schnaps in einem Zug aus. »Wieso? Wir haben doch nichts zu verlieren«, prahlte er, während er das leere Glas auf die Tischplatte knallte. »Außerdem will ich den Israeli noch was fragen.«

»Bist du komplett übergeschnappt?« Auf Bernd Wolkows Stirn zeigten sich erste Schweißperlen, aber eher vor Panik, nicht wegen der Hitze. »Das ist keine gute Idee. Mensch, Walter, lass gut sein.«

»Nein, lass ich nicht!« Walter Döpke erhob sich schwerfällig von seinem Stuhl. »Komm jetzt. Du fährst mich.«

# Zwanzigstes Kapitel

Elly bemerkte die neuen Besucher, die gerade um die Hausecke gebogen kamen, als Erstes. Mit ihrem untrüglichen Gespür für unwillkommene Gäste lief die Dackeldame wütend kläffend auf die zwei Männer zu.

»Elly, aus!«, rief Gert Meinicke, erhob sich von seinem Stuhl und ging den beiden entgegen.

»Was wollen die denn hier?«, murmelte Lea Meinicke an Robert Mendelski und Maike Schnur gewandt, rührte sich jedoch nicht von der Stelle.

»Guten Tag allerseits. - Gert, Lea ...!«, rief Walter Döpke. Körperhaltung und Aussprache verrieten deutlich, dass er etwas getrunken hatte. »Entschuldigt die Störung. Aber ich dachte, wir kommen mal kurz vorbei.«

Bernd Wolkow, der hinter Walter Döpke stand, machte keinen besonders glücklichen Eindruck. Das lag sicher nicht nur daran, dass er keine dem Anlass entsprechende Trauerkleidung trug.

»Na, wenn's denn unbedingt sein muss.« Der Hausherr wies auf zwei freie Stühle. »Setzt euch. Etwas zu trinken?«

Walter Döpkes Blick schweifte über den Tisch. »Nee, danke. Jetzt bloß keinen Kaffee.«

»Wir haben auch Wasser«, kam ein zurückhaltendes Angebot von Lea Meinicke. »Bei der Hitze nicht die schlechteste Idee.«

»Nee, lasst man. Wir bleiben auch gar nicht lange. Ich wollte in erster Linie euren ausländischen Gast begrüßen.«

Unverblümt schaute Walter Döpke Elias Lewenstein ins Gesicht. »Vorhin auf dem Friedhof gab es ja keine Gelegenheit, mit Ihnen zu sprechen.«

»Bitte sehr ...«, erwiderte der Angesprochene. Ihm war anzusehen, dass ihm das Gesprächsangebot eigentlich nicht behagte. Er rutsche auf seinem Gartenstuhl ein Stück nach hinten.

»Ich hab da eine Frage«, setzte Walter Döpke nach.

»Bitte!«

»Können Sie sich an meinen Vater erinnern? An Friedrich Döpke, den Bauern aus Meißendorf?«

Elias Lewensteins Gesichtsmuskeln zuckten. Aber er schwieg.

»Mein Vater ist im Frühjahr 1945, in den letzten Kriegstagen, ums Leben gekommen«, fuhr Walter Döpke fort. »Hier im Dorf.«

»Das tut mir leid«, murmelte Elias Lewenstein.

»Ich war noch nicht einmal geboren, als mein Vater starb. Meiner schwangeren Mutter und unserer Familie versuchte man einzureden, er hätte sich das Leben genommen.« Die Stimme von Walter Döpke wurde immer lauter. »Als ich erwachsen war, fing ich an, daran zu zweifeln. Denn mein Vater war Soldat und Jäger gewesen. – Da schießt man sich doch nicht in den Hals!«

Betretendes Schweigen ringsumher.

»Ich fragte und forschte ... eines Tages wurde ich fündig.« Walter Döpke beugte sich weit vor, um die Augen seines Gegenübers zu fixieren. »Sie hätten mir auch helfen können, stimmt's?«

Der Angesprochene senkte wortlos den Blick.

»Und Sie wollen morgen Rolf Meinicke ruhigen Gewissens mit einer Medaille ehren? – Pah! Schämen Sie sich!«

Mit Mühe stemmte sich Walter Döpke aus seinem Stuhl in die Höhe und baute sich vor Elias Lewenstein auf. »Erzählen Sie denen hier, was in jener Nacht auf dem Meinicke-Hof passiert ist«, keifte er. »Los, sagen Sie es!«

Ohne eine Reaktion abzuwarten, drehte er sich um. Schwankenden Schrittes verließ er den Garten. Erst jetzt sah man, dass sein Hemd hinten aus der Anzugshose hing.

Bernd Wolkow sprang auf und folgte ihm.

»Spreche ich mit Frey Antiquitäten?«

Heiko Strunz hatte von Robert Mendelski eine Textnachricht mit der Bitte bekommen, zu überprüfen, ob letzte Woche von der Bremer Filiale ein bestimmtes Schmuckstück im Internet zum Kauf angeboten worden war.

»Ja, mein Name ist Sebastian Frey. Ich bin der Junior-Chef. Was kann ich für Sie tun?«

»Strunz, Kripo Celle. Wir hätten gern eine Auskunft.«

Der Antiquitätenhändler schluckte. »Die Kriminalpolizei? ... Ja, bitte?«

»Stimmt es, dass Ihr Haus kürzlich eine Viktorianische Hasenpfote zum Kauf angeboten hat? Einen Glücksbringer mit einem silbernen Hasenkopf?«

Sebastian Frey schluckte erneut. Das bekam Heiko Strunz allerdings nicht mit.

»Oh, da muss ich erst nachfragen«, redete er sich raus. »Um das Online-Geschäft kümmert sich bei uns eine Kollegin.«

»Können Sie mich zu ihr durchstellen?«

»Nein ... nein«, druckste er herum. »Sie ist im Moment nicht im Hause. Können wir zurückrufen?«

»Ja. Es ist dringend. Wir hätten diese Information gern heute noch«, tönte es mit Nachdruck aus dem Hörer.

Er schluckte ein drittes Mal. »Ja, Sie bekommen heute noch Bescheid.« Sebastian Frey fasste all seinen Mut zusammen. »Darf ich fragen, worum es geht?«, fragte er vorsichtig.

»Tut mir leid. Das darf ich Ihnen aus ermittlungstechnischen Gründen nicht sagen.«

»Geht es vielleicht um Hehlerware?«, setzte er nach.

Heiko Strunz ging nicht auf diese Frage ein. »Kein Kommentar. Rufen Sie mich bitte unter folgender Nummer zurück ...«

In sich zusammengesunken saß Elias Lewenstein auf dem Gartenstuhl. Lea Meinicke legte beruhigend ihre Hand auf seinen Unterarm.

»Lassen Sie sich von dem bloß nicht einschüchtern«, munterte sie ihn auf. »Der war ja sturzbetrunken.«

»Es musste ja irgendwann so kommen«, entgegnete er mit einem Seufzer. Mit zitternder Hand griff er nach seinem Wasserglas, führte es an seine Lippen und nippte daran. »Vielleicht ist es ja auch gut so«, murmelte er.

»Sie sind uns keinerlei Rechenschaft schuldig.« Gert Meinicke schaute wütend in die Richtung, in welcher Walter Döpke verschwunden war. »Keinem von uns, und dem schon gar nicht. Das ist kein anständiger Mensch.«

»Mag sein«, entgegnete Elias Lewenstein. »Aber ... aber er hat in gewisser Weise recht.« Er atmete tief ein. »Es ist wohl am besten ... Lassen Sie mich erzählen. Das würde mir guttun, eine schwere Last von mir nehmen.«

Gert Meinicke stöhnte auf, seine Schwester ging vor ihrem Gast in die Knie. Robert Mendelski und Maike Schnur rückten etwas näher, um besser verstehen zu können. Nur Jonathan Stern hielt sich vornehm im Hintergrund.

»Ja, ich kannte Friedrich Döpke«, begann Elias Lewenstein seinen Bericht. »Er kam damals öfter auf den Hof. Öfter, als es Rolf Meinicke lieb war. Irgendwie muss er herausbekommen haben, dass ich mich hier versteckt hielt. In seiner Eigenschaft als NSDAP-Ortsgruppenleiter kam er eines Abends, in Uniform, und stellte Rolf Meinicke lauthals zur Rede. Er habe mich unverzüglich auszuliefern. Es kam zu einem heftigen Streit, zu einem ... Gerangel ... einer Prügelei ...«

Er stockte - ein kurzes Hüsteln, dann hatte er sich wieder im Griff. »Während des Kampfes zückte Friedrich Döpke plötzlich eine Pistole«, fuhr er fort, »Rolf Meinicke wehrte sich, sie rangen miteinander, ein Schuss fiel - und der Ortsgruppenleiter sank tot zu Boden. Getroffen von der eigenen Waffe.«

Gespenstische Stille lag über dem sonnenüberfluteten Garten. Selbst die Vögel hatten für einen Moment ihr Gezwitscher ausgesetzt. Nur das Hecheln von Elly war zu hören.

»Das war ganz klar Notwehr. Ohne jeden Zweifel«, erklärte Elias Lewenstein. »Ich habe den Kampf von der Scheune aus beobachtet. Es passierte im Schein der Hoflampe, so dass ich alles genau sehen konnte.« Und leise fügte er hinzu. »Rolf Meinicke hat das für mich getan. Um mein Leben zu retten, hat er sein eigenes Leben riskiert. Sein Leben - für einen zwölfjährigen, gesetzlosen jüdischen Flüchtling.«

Niemand sagte ein Wort.

Nach einer kurzen Pause setzte Elias Lewenstein seinen Bericht fort. »Später, in stockdunkler Nacht, hat er die Leiche mit einer Schubkarre hinaus in die Feldmark gebracht. Ich bin ihm heimlich gefolgt. Damit es wie Selbstmord aussieht, hat er die Pistole dazugelegt. Noch in derselben Nacht musste ich den Hof verlassen. Es war ein trauriger Abschied. Denn er hatte mich in sein Herz geschlossen nach all den Monaten hier auf dem Hof.«

Einige Tränen rannen Elias Lewenstein über die Wangen.

»Für die Flucht hatte mir Rolf Meinicke eine Wolldecke, einiges an Proviant und die Hasenpfote als Glücksbringer mitgegeben. Das reichte für ein paar Tage im Wald. Die Engländer standen schon bei Fallingbostel, der Krieg war so gut wie vorbei. Ich habe mich bis Ovelgönne durchgeschlagen und bin dort in der Gaststätte ›Prinz Adalbert‹ gelandet. Den Rest kennen Sie.«

Elias Lewenstein beendete seinen Bericht mit einem tiefen Seufzer. Es schien, als ob eine riesige Last von ihm gewichen sei.

»So, und nun ... richten Sie über mich.«

Den entgangenen Anruf aus Bremen bemerkte Gordon Kobusch erst am Nachmittag in Kirchhorst. Wegen der Beerdigung hatte er sein Smartphone auf lautlos gestellt und vergessen, das wieder zu ändern. Er suchte sich eine ruhige Ecke im Labor und rief zurück.

»Sebastian hier. Gut, dass du dich meldest.«

»Hi. Was gibt's denn?«

»Die Kripo Celle hat gerade bei mir angerufen.«

»Wie bitte?«

»Die haben nach der Hasenpfote gefragt.«

»Echt jetzt?« Gordon Kobusch blieb fast die Spucke weg. »Und was hast du denen gesagt?«, fragte er.

»Ich habe sie vertröstet. Aber versprochen, mich zu kümmern.«

Sebastian Frey wurde deutlich: »Mensch, Gordon, sag mir jetzt, was mit der Hasenpfote los ist. Hast du die geklaut?«

»Nee, nur geliehen. Und längst zurückgegeben. Sie stammte aus einer Grabung.«

»Und jetzt?«

Gordon Kobusch überlegte fieberhaft. »Sag doch einfach, der Verkäufer wollte anonym bleiben und habe sein Verkaufsangebot zurückgezogen. Das wäre alles online abgelaufen. Am besten berufst du dich auf den Datenschutz.«

»Hm ...« Sebastian Frey schien nicht überzeugt. »Okay. Ich versuch's. Aber wehe, die tauchen hier mit einem Durchsuchungsbeschluss auf. Spätestens dann muss ich dich nennen.«

»Klar. Mach das ruhig, ich habe ja nichts Schlimmes getan. Aber glaub mir, die kommen gar nicht. Die Hasenpfote ist längst wieder da, wo sie hin gehört. Das schwöre ich dir.«

»Okay. Dann rufe ich jetzt die Kripo zurück.«

»Gut. – Kannst du dich an den Namen erinnern?«

»Ja, Kunz .. oder Strunz ... irgend so was«

»Strunz. Ja, den kenne ich. Der ist schon in Ordnung. Ich glaube nicht, dass der weiter nerven wird.«

»Na hoffentlich. Dann bis später.«

»Bis nachher.«

Lea Meinicke war die Erste, die reagierte. Sie erhob sich aus der Hocke und nahm Elias Lewenstein in den Arm.

»Dann können wir die Zeremonie morgen ja wohl abblasen«, ließ Gert Meinicke missmutig verlauten. »Jedenfalls soweit es meinen Vater betrifft. Für einen Totschläger werden sie wohl kaum eine Medaille rausrücken.«

Lea Meinicke fuhr herum. »Halt doch den Mund!«, schrie sie ihrem Bruder ins Gesicht. »Du hast es doch gehört. Es war Notwehr. Notwehr für zwei. Für Elias und für ihn selbst.«

Doch Gert Meinicke schien nicht überzeugt. »Wir haben hier ja fachkundigen Besuch«, entgegnete er und wandte sich an Robert Mendelski und Maike Schnur. »Wie sehen Sie von der Kriminalpolizei diesen Fall? Wie ist die Rechtslage?«

Die beiden Angesprochenen hatten mit großem Interesse zugehört. Rolf Meinicke, der mit hoher Wahrscheinlichkeit im Jahr 1990 durch einen Kopfschuss ums Leben kam, war im Jahr 1945 selbst in ein unaufgeklärtes Tötungsdelikt verwickelt – 45 Jahre vor seinem Tod.

Daraus ergab sich eine völlig neue Sachlage.

»Also«, erläuterte Mendelski, »wenn sich der Vorgang wie von Herrn Lewenstein geschildert zugetragen hat, handelt es sich nach heutiger Rechtsprechung in der Tat um Notwehr, allenfalls noch um Totschlag oder fahrlässige Tötung. All dies verjährt nach 20 Jahren. Lediglich Mord verjährt nicht. Anders als Totschlag ist Mord definiert durch Vorsatz, Heimtücke und niedrige Beweggründe. Das scheint hier nicht gegeben. Außerdem ist Rolf Meinicke schon vor 30 Jahren gestorben. Laut Gesetz darf in unserem Land nicht gegen Tote ermittelt werden.«

»Also Freispruch!«, krähte Lea Meinicke voller Freude. »Freispruch auf ganzer Linie.«

Elly, von der guten Laune ihres Frauchens angesteckt, begann freudig zu bellen.

»Juristisch ... ja, das mag ja stimmen.« Gert Meinicke blieb skeptisch. »Aber ... moralisch? Stellen Sie sich mal vor, was passiert, wenn die Presse davon Wind bekommt.«

»Hätte ich doch lieber den Mund gehalten«, murmelte Elias Lewenstein. Die Erleichterung über seine Beichte war großer Besorgnis gewichen. »Und jetzt? – Habe ich die Medaillenverleihung morgen vermasselt?«

»Wer weiß denn noch von der Geschichte?«, stellte Maike Schnur die Gegenfrage.

»Damals war ich der einzige Zeuge.«

»Das meine ich nicht. Wem haben Sie von dem Vorfall erzählt? Wer weiß also davon?«

»Niemand. All die Jahre habe ich das Geheimnis gehütet.«

Elias Lewenstein stockte. »Nein, stimmt nicht. Meinem Urenkel Aaron habe ich davon erzählt. Aber erst letzte Woche. Er ist zwölf Jahre alt und lebt mit mir zusammen im Kibbuz.«

»Wie kommt es dann«, fragte Maike Schnur, »dass Walter Döpke hier auftaucht und Sie auffordert, die Ereignisse jener Nacht zu schildern? Was weiß er darüber?« Sie schaute zu Mendelski hinüber. »Wie und wann ist Döpke an diese Informationen gelangt? Und: Warum macht er von seinem Wissen keinen Gebrauch und überlässt die Initiative einem anderen?«

Elias Lewenstein zuckte mit den Schultern. »Das kann ich nicht sagen, ich weiß es nicht.«

»Das kriegen wir raus.«

Robert Mendelski erhob sich von seinem Stuhl, auch Maike stand auf. »Am besten gleich. Wir werden Walter Döpke folgen und ihm einen Besuch abstatten.«

»Und was ist jetzt mit morgen?«, fragte Gert Meinicke. »Mit der Medaillenverleihung? Jetzt gibt es einen triftigen Grund mehr, da nicht hinzugehen.«

»Ich fahre aber«, keifte ihn seine Schwester an. »Jetzt erst recht. – Pfui! Du Feigling!«

Elias Lewenstein wandte sich hilfesuchend an Jonathan Stern. »Was meinen Sie?«

Der Angesprochene griff seelenruhig nach einem Stück Zuckerkuchen. Dabei zog er die Augenbrauen hoch. »Wo waren wir doch vorhin stehen geblieben?«, fragte er listig. »Sorry, aber ich war wohl ein bisschen eingenickt. Gerade, als diese zwei seltsamen Männer hier aufgetaucht sind ...«

»Ich glaube, es ging um die viktorianische Hasenpfote«, spielte Maike Schnur das Spiel mit. Sie zwinkerte Jonathan Stern zu. »Am besten lassen Sie sich das noch mal genau erklären. Wir müssen jetzt los. Der Dienst ruft.«

Der Zufall wollte es, dass er in der Redaktion war, als der Anruf für ihn einging. Er kam übers Festnetz. Die Anrufnummer wurde nicht angezeigt.

»Spreche ich mit ... Axel Schriewe?« Die Stimme war männlich und seltsam gedehnt, fast lallend.

»Ja. Wer ist da bitte?«

»Das ... tut nichts zur Sache.« Der Fremde räusperte sich. »Sie schreiben doch über den Besuch aus ... aus Israel. Und die Verleihung der Medaille für Rolf Meinicke ... morgen in Hannover.«

»Diese Frage beantworte ich Ihnen erst, wenn Sie mir sagen, wer Sie sind.«

Axel Schriewe musste unwillkürlich an den anonymen Anruf von neulich denken. Die Stimme klang irgendwie ähnlich. Oder bildete er sich das nur ein?

»Die Ehrung ... die hat er nicht verdient «, fuhr der Fremde unbeirrt fort. Jetzt schien er einen Schluckauf zu haben. »Schreiben Sie das. Sonst ...«

»Sie sind ja betrunken«, unterbrach ihn der Reporter.

»Ja, ein bisschen ... Aber ... aber ich sage trotzdem die Wahrheit ... ich kann das beweisen ...«

»Walter, leg auf! Sofort!«, kam es aus dem Hintergrund. Eine weitere männliche Stimme, energisch, nüchtern. Axel Schriewe hörte genau hin.

»Mach dir bloß nich' ins Hemd ...«, lallte die erste Stimme. Dann kam nur noch ein Dauerton.

Das Gespräch war abrupt beendet worden.

Auf dem Döpke-Hof erfuhren sie, dass der Senior nicht zu Hause war. Seine Schwiegertochter glaubte gehört zu haben, dass er mit Bernd Wolkow nach Gudehausen gefahren sei. Zu dem verlassenen Haus an der Meiße.

»Haus an der Meiße?«, rief Maike Schnur, während sie zurück zu ihrem Auto liefen. »Das liegt doch in der Nähe des Dachsbaus?«

»Richtig.« Robert Mendelski riss die Beifahrertür auf und schwang sich ins Auto. »Nichts wie hin.«

Kurz darauf rasten sie auf der Gudehäuser Straße in Richtung Osten. Durch die hohe Geschwindigkeit wirbelte das Fahrzeug eine dichte Staubwolke auf.

An der Einfahrt zum Dachsbau war kein Auto zu sehen. Den grünen Lada von Bernd Wolkow entdeckten sie hundert Meter weiter, direkt hinter dem Absperrschild zum Truppenübungsplatz. Der Wagen stand an der Zufahrt zum ehemaligen Gutshof Gudehausen, zum Haus an der Meiße.

»Kannst du jemanden sehen?«, fragte Maike Schnur, während sie ihren Wagen hinter dem Lada zum Stehen brachte.

»Ja, da vorn sind die zwei.« Mendelski deutete auf das Gebäude hinter den Bäumen. Auf der Steintreppe, die hinauf zur Eingangstür führte, saßen zwei Männer.

»Was wollen Sie denn hier?«, brüllte Walter Döpke bereits von weitem, während Robert Mendelski und Maike Schnur mit schnellen Schritten auf das Haus zuliefen. Er trug immer noch sein weißes Hemd und die schwarze Anzughose.

»Mit Ihnen reden«, sagte der Kommissar.

»Habe dazu aber keine Lust«, krakeelte er. In der einen Hand schwenkte er eine fast leere Schnapsflasche, in der anderen hielt er ein Handy. Neben ihm auf der Treppenstufe hockte – wie ein Häuflein Elend – Bernd Wolkow.

»Wir sind extra hier raus gefahren, damit wir Ruhe haben.«

»Es dauert auch gar nicht lange«, sagte Mendelski besänftigend. »Wir möchten lediglich von Ihnen wissen, woher Sie von den Ereignissen in jener Nacht 1945 auf dem Meinicke-Hof wussten.«

»Ach, hat er endlich ausgepackt?« Walter Döpke grinste breit. »Dann wird das ja morgen nichts mit der Ehrung. Sehr schön.«

»Wer hat Ihnen denn geschildert, was damals geschehen ist?«, forschte Mendelski eindringlich. »Gab es weitere Zeugen?«

»Nein ... nein. Weit ... gefehlt.« Walter Döpke begann wieder zu lallen. »Ich ... ich hab' das ganz allein rausgekriegt.«

Er stützte sich mit einer Hand ab, um nicht von der Treppenstufe zu rutschen. »Als ... als meine Mutter starb, fand ich im Nachlass meiner Eltern auch Unterlagen von meinem Vater. Aufzeichnungen ... jede Menge.«

Vergeblich versuchte er, die Schnapsflasche neben sich auf die Treppenstufe zu stellen. Bernd Wolkow hielt sie fest, damit sie nicht umkippte.

»Briefe, Tagebucheintragungen, Papiere ... und ... und jetzt wird's wichtig: die Kopie einer formellen Aufforderung an Rolf Meinicke, einen jüdischen Flüchtling auszuliefern. Mit dem Originalschreiben war mein Vater an jenem Abend losmarschiert. In dieser Nacht ... kam er dann nicht nach Hause. Und am nächsten Morgen lag er ... lag er da, tot, in der Feldmark. Mit einer Schusswunde. Von dem Schreiben keine Spur.«

»Und daraus haben Sie Ihre Schlüsse gezogen?«

»Klar. Was hätten Sie denn getan?« Aufgebracht schaute Walter Döpke zu Mendelski. »Das war doch mehr als eindeutig.«

Mendelski blieb ruhig. »Wann ist Ihre Mutter gestorben?«, fragte er kühl. »In welchem Jahr?«

Walter Döpke zögerte. Anscheinend überlegte er sich, ob er dieses zähe Frage-und-Antwort-Spiel weiter mitmachen sollte. Bernd Wolkow neben ihm sank schweigend immer mehr in sich zusammen.

»Sie kriegen's ja doch raus«, stieß er trotzig hervor. »Meine Mutter ist Weihnachten 1989 gestorben.«

Mendelski holte tief Luft. »Und drei Wochen später«, setzte er nach, »ist Rolf Meinicke tot. Ebenfalls erschossen, im Wald. Keine hundert Meter von hier.«

Walter Döpke – weit entfernt von jedem Schuldbewusstsein – zuckte schweigend mit den Schultern.

Bernd Wolkows Gesicht war wachsbleich geworden.

»Ah, an den Hühnerstall erinnere ich mich«, sagte Elias Lewenstein, als sie bei der Scheune um die Ecke bogen. »Ich musste ausmisten und jeden Tag Eier suchen.« Er schmunzelte. »Und dafür durfte ich jeden zweiten Tag eins essen. Ein hart gekochtes. Nach dem Hunger in Bergen-Belsen war das für mich wie im Schlaraffenland.«

Lea Meinicke führte die beiden Herren über den Hof.

»Eines Nachts habe ich mich mit einem Fuchs angelegt«, erzählte Elias Lewenstein weiter. »Der wollte in den Hühnerstall einbrechen. Durch den Krach bin ich aufgewacht, dann hab ich ihn mit der Mistgabel vertrieben.«

»Können Sie sich noch an den alten Ziehbrunnen erinnern?«, forschte Lea Meinicke.

»Aber natürlich. Gibt's den noch?«

»Ja. Kommen Sie mal mit.«

»Die Pistole, die bei Ihrem toten Vater gefunden wurde, war eine Parabellum, eine 08, nicht wahr?«

Robert Mendelski hatte sich zu den beiden Männern auf die Treppenstufe gesetzt. Maike Schnur blieb stehen, mit auf Audio-Aufnahme programmiertem Smartphone in der Gesäßtasche.

»Kann schon sein«, erwiderte Walter Döpke kurz angebunden und griff zur Schnapsflasche.

»Die typische Wehrmachtspistole«, fuhr der Kommissar fort, »Das gleiche Modell, das vorige Woche auf dem Meißendorfer Friedhof gefunden worden war ...«

»Kann schon sein«, wiederholte sich Walter Döpke. Er nahm einen Schluck aus der Flasche. Bernd Wolkow rutschte neben ihm unruhig auf seinem Platz hin und her.

»Haben Sie die Pistole ebenfalls im Nachlass Ihrer verstorbenen Mutter gefunden?«

»Kann schon sein«, sagte er zum dritten Mal.

So komme ich nicht weiter, dachte Robert Mendelski. Sollte er die beiden zum Verhör in die Polizeiinspektion nach Celle vorladen? Wie er Walter Döpke einschätzte, würde der umgehend seinen Anwalt einschalten – und schweigen. Nein, er musste hier draußen im Wald die Gunst der Stunde nutzen. Und den Alkohol, der bekanntlich die Zungen löst.

»Herr Wolkow«, wandte er sich an den ehemaligen Jagdaufseher. »An dem Tag, an dem Rolf Meinicke verschwand, waren Sie zusammen mit Walter Döpke und weiteren Jägern aus Meißendorf hier zur Jagd.«

»Ich sage nichts mehr«, erwiderte der Angesprochene. Er deutete auf Maike Schnur, die vor ihm stand. »Die hat bestimmt ihr Handy eingeschaltet und nimmt alles auf. Ich bin ja nicht blöd.«

»Sollen sie doch«, ätzte Walter Döpke. »Die können uns gar nichts. Reinweg gar nichts.«

»Mensch, Walter ...!«

»Ist doch wahr!« In einem Zug leerte er die Schnapsflasche. »Glaub mir doch endlich. Ich habe mich schlau gemacht.«

»Das müssen Sie uns erklären«, hakte Maike Schnur nach.

»Ach, junge Frau ...«, pöbelte er und stierte betrunken an Maike vorbei in die Ferne. »Haben Sie doch auf der Polizeischule gelernt: Notwehr und Totschlag verjähren nach zwanzig Jahren.«

Bernd Wolkow neben ihm stöhnte auf.

»Mord aber nicht«, konterte Maike Schnur kalt. »Jetzt bin ich gespannt auf Ihre Version.«

»Ihre Version! ... Ihre Version!«, äffte er sie giftig nach. »Das ist keine Version, das ist die Wahrheit.«

In hohem Bogen warf er die leere Schnapsflasche in Richtung der Autos.

Heiko Strunz, Ellen Vogelsang und Jo Kleinschmidt besprachen sich gerade in einer Videokonferenz, als der Anruf einging. Heiko Strunz, der als einziger an diesem Mittwochnachmittag in der Polizeiinspektion Dienst schob, meldete sich kurz bei seinen zu Hause arbeitenden Kollegen ab. »Muss mal eben ans Telefon.«

»Sebastian Frey hier. Aus Bremen«, tönte es aus dem Hörer.

»Gut, dass Sie zurückrufen. Was haben Sie herausgefunden?«

»Wir hatten tatsächlich für wenige Tage besagte Hasenpfote im Sortiment. Der Anbieter hatte das Angebot allerdings überraschend zurückgezogen. Mit der Nennung seines Namens war er nicht einverstanden. Mir sind also die Hände gebunden.«

»Und Sie konnten ihn nicht überreden, dies selbst zu tun?«

»Nein.«

»Okay.« Das waren keine guten Nachrichten. Heiko Strunz überlegte, ob die Fakten einen Durchsuchungsbeschluss rechtfertigen würden. Doch das bezweifelte er stark.

»Sie hören von uns.«

»Dann klären Sie uns doch auf ... über Ihre Wahrheit.«

Inzwischen sprach Robert Mendelski mit Walter Döpke wie mit einem Kind. Bernd Wolkow hielt es nicht mehr auf den Treppenstufen. Er war aufgestanden und lief rastlos umher.

»Bleiben Sie ruhig hier«, forderte ihn Maike Schnur auf. »Ihnen muss doch genauso an der Wahrheit gelegen sein.«

»Die ... die können Sie gerne hören«, nuschelte Walter Döpke. »Bernd und ich haben nichts zu verlieren ...«

»Halt doch den Mund!«, schrie Bernd Wolkow.

Walter Döpke schlug sich mit beiden Händen auf die Knie. »Nein, das tue ich nicht. – Du Jammerlappen!« Verächtlich stierte er seinen Kompagnon an.

»Also ...?« Robert Mendelski befürchtete, dass die Situation durch Bernd Wolkows Einwände kippen könnte.

»Also ...«, lallte Walter Döpke. »Also ... das Jahr 1989, der Nachlass meiner Mutter ... oder eher der von meinem Vater. Damals gab es nicht nur die Papiere, die mich auf die Spur von Rolf Meinicke gebracht haben, sondern noch was anderes. Raten Sie doch mal ...«

»Die Pistole«, spielte Robert Mendelski das Spiel mit. »Die Parabellum ihres Vaters, mit der er ums Leben gekommen ist.«

»Gut der Mann! Sehr scharfsinnig«, lobte Walter Döpke. »Klar, ich hätte die Waffe melden müssen. Habe ich aber nicht. Also: Unerlaubter Waffenbesitz. Ist aber verjährt, Schwamm drüber.«

»Sie sind gut informiert. Weiter.«

»Weiter ... ja.« Walter Döpke holte tief Luft. »An besagtem Januartag 1990 ... da war eine Drückjagd auf dem Truppenübungsplatz. Wir Meißendorfer postierten uns an der Grenze. Und der Bernd ...« Er deutete auf seinen Jagdkumpan. »Der Bernd war auch dabei. Jetzt raten Sie mal, was ich mitgenommen hatte.«

»Die Parabellum.«

»Richtig!« Walter Döpke klatschte applaudierend in die Hände. »Für Fangschüsse eben. Ich hatte ja sonst keine Kurzwaffe.« Er schaute Mendelski mit großen glasigen Augen an. »Hab gehört, Sie sind auch Jäger? Dann wissen ja, wovon ich rede ...«

»Und dann kam Rolf Meinicke daher«, half ihm der Kommissar auf die Sprünge.

»Ja. Mit ... mit seinem Fahrrad. Mitten im Schneetreiben ...«

»Walter, sei doch still!«, fuhr Bernd Wolkow dazwischen.

»Nein! Bin ich nicht. – Hau doch ab, wenn's dich stört. Die Polizei kann mich auch nach Hause fahren, oder?«

»Klar doch«, sagte Maike Schnur konziliant. »Machen wir.«

»Ich ... ich wusste, dass er kommt«, fuhr Walter Döpke fort. »Der Meinicke wollte uns ärgern. Angeblich war er im Wald, um Bäume zu markieren. – Ha! Dabei wusste der genau, dass Jagd war. Als ... als unverbesserlicher Jagdgegner wollte er uns eins auswischen ... uns den Tag versauen.«

»Und da haben Sie ihn zur Rede gestellt?«

»Genau. Wieder richtig!«

»Mit gezogener Waffe?«

»Nee ... was denken Sie denn! Die ... die Pistole war im Halfter, die Büchse brav auf der Schulter. Aber ... selbst mit Waffe wäre das lediglich Nötigung gewesen. Längst verjährt.«

»Haben Sie dafür Beweise? Waren Sie beide allein?«

»Ja, noch. Der Bernd ... kam erst später dazu.« Walter Döpke hob den Zeigefinger. »Übrigens ... das war seine Idee mit dem Dachsbau. Nicht übel, wie ...? Der Boden war gefroren, wir konnten nirgends graben.«

Bernd Wolkow stöhnte hörbar auf.

»Mensch, mach dir nicht ins Hemd!«, fuhr Walter Döpke ihn an. »Du hast nichts zu befürchten. Verschleierung einer Straftat, Beihilfe zu sonst was ... alles längst verjährt.«

Mendelski drängte: »Wie eskalierte die Situation?«

Walter Döpke rang nach Luft. »Ich ... ich hab den Meinicke konfrontiert«, schnaufte er, »mit dem Schreiben, das ich gefunden hatte. Dass ich ganz genau Bescheid wüsste, was in jener Nacht im Mai 1945 passiert ist ... was er gemacht hat.«

Dann schrie er los: »Und ... dass er der Mörder meines Vaters wäre.«

»Und? Glaubte er Ihnen?«

»Nein. Er hat alles abgestritten. Erst ... erst als ich ihm die Tatwaffe, also die Parabellum unter die Nase hielt, da ... kam er damit heraus.«

»Er hat die Tat gestanden? Mit vorgehaltener Waffe?«

»Quatsch! Nicht mit vorgehaltener Waffe. Ganz freiwillig. Er faselte was von Zweikampf, von unglücklichen Umständen, einem tragischen Unfall und so weiter ... Kein einziges Wort des Bedauerns ... der Reue ... dieser ... dieser Mistkerl!«

Walter Döpkes Stimme versagte. Er brauchte unbedingt eine Pause. Robert Mendelski sah schon seine Felle davon schwimmen, also entschied er sich, aufs Ganze zu gehen.

»Wie kam es zu dem tödlichen Schuss?«, bohrte er.

»Sag's nicht!«, flehte Bernd Wolkow dazwischen.

»Ach, dich gibt's auch noch.« Mit glasigen Augen stierte Walter Döpke seinen Jagdkumpel an und schluckte. Dann wandte er sich wieder Mendelski zu. »Ich ... ich war gerade mit dem Meinicke am Streiten, als ... als der Bernd auftauchte. Der da ... Mit vorgehaltener Waffe ...«

»Bist du verrückt!«, wehrte sich der Beschuldigte. »Ich dachte doch bloß, du brauchst Hilfe ...«

»Hilfe? So'n Quatsch. Brauchte ich nicht.« Walter Döpke winkte verächtlich ab. »Ich ... ich hatte alles im Griff.«

»Ich ... ich habe jedenfalls nicht geschossen«, wandte sich Bernd Wolkow an Mendelski. Seine Stimme überschlug sich. »Das ... das müssen Sie mir glauben. Das war der da, der ... der hat den Meinicke in die Stirn geschossen.«

Mit ausgestreckter Hand zeigte er auf Walter Döpke.

Wie ein Fisch auf dem Trockenen schnappte der nach Luft. »Du Idiot«, schrie er. »Redest dich um Kopf und Kragen ...!«

»Nein, tu ich nicht«, brach es aus Bernd Wolkow heraus. »Ich bin's leid, immer meinen Kopf für dich hinzuhalten. Die vielen Strafen, den Jagdscheineinzug ... Es reicht! – Du hast den Meinicke abgeknallt. Wie eine räudige Katze.«

»Das war doch Notwehr!«, brüllte Walter Döpke dazwischen. »Der ist ... ist mit seinem Beil auf ... auf mich los. Ganz plötzlich ... Da ... da habe ich mich gewehrt.«

»Er hatte das Beil doch gar nicht in der Hand!«, schrie Bernd Wolkow. »Das war am Fahrrad festgemacht. – Du ... du hattest das geplant ... genau so ... Du wolltest dich rächen, für den Tod deines Vaters ...!«

Wie aus dem Nichts war Walter Döpke plötzlich auf den Beinen. Schwankend stand er auf der untersten Treppenstufe und starrte Bernd Wolkow an. Sein weißes Hemd guckte nun gänzlich aus der Hose, eine schweißnasse Haarsträhne fiel ihm ins Gesicht.

»Du armer Wicht ...!«, murmelte er.

Haltlos kippte er vornüber.

»Im Briefkasten lag auch noch Trauerpost.«

Lea Meinicke stand an der Anrichte, als ihr Bruder in die Küche kam. Sie räumte gerade das Kaffeegeschirr vom Nachmittag in den Geschirrspüler.

»Ein Brief aus Aschersleben ist auch dabei.« Den Absender studierend hielt Gert Meinicke einen weißen Umschlag mit schwarzem Rand hoch.

»Von Claudia, Tante Inges Stieftochter«, las er. »Von der haben wir ja schon seit Ewigkeiten nichts mehr gehört.«

»Lass mal sehen.« Lea Meinicke wischte ihre Hände an der Schürze ab und nahm den Brief entgegen. Mit einem Küchenmesser schlitzte sie den Umschlag auf. Darin steckten eine Trauerkarte und ein mehrfach gefaltetes Blatt Papier.

»Sie haben es aus ihrer Zeitung«, erklärte Lea Meinicke, während sie den handgeschriebenen Text auf der Trauerkarte überflog. »Da gab es einen ausführlichen Bericht über die Verleihung der Medaille morgen ... mit all den Hintergrundgeschichten ...«

Sie stockte.

»Und das hier ...« Ihre linke Hand begann zu zittern, als sie ihrem Bruder das zusammengefaltete Blatt hinhielt. »Das ist wohl der letzte Brief von unserem Vater an Tante Inge.«

Wie in Zeitlupe sank Gert Meinicke auf den Küchenstuhl. Er brachte es nicht fertig, nach dem Papier zu greifen.

»Dann mach' ich das ...«, sprach seine Schwester sich Mut zu. »Ich habe davor keine Angst«. Mit bebenden Händen faltete sie den DIN-A4-Bogen auseinander und begann zu lesen – laut und deutlich.

*»Meißendorf, den 17. Dezember 1989.*

*Liebe Inge!*

*Ich hoffe, dass dieser Brief Dich noch pünktlich zu Weihnachten erreicht. Dir und Deiner Familie wünsche ich ein gesegnetes Fest und einen guten Start ins Neue Jahr.*

*Nun hat es im vergangenen Jahr leider wieder nicht geklappt, dass ich Dich besuche. Ich nehme es mir ganz fest für das kommende Jahr vor. Versprochen!«*

Lea Meinicke legte den Brief auf den Tisch, um ein Taschentuch aus der Schürzentasche zu ziehen. Nachdem sie sich geschnäuzt hatte, fuhr sie fort.

*»Hier auf dem Hof ist es wie immer. Gert, Lea und ich kommen ganz gut zurecht. Es ist nicht immer leicht mit uns dreien, aber das liegt in erster Linie an mir. An mir und an der schweren Schuld, die ich vor vielen Jahren auf mich geladen habe.*

*In den letzten Briefen hatte ich Dir ja angedeutet, dass kurz vor Kriegsende bei uns zu Hause etwas Grauenvolles passiert ist. Das quält mich all die Jahre, und ich träume immer noch davon. Wenn wir uns nächstes Jahr sehen, werde ich Dir davon erzählen.«*

Lea Meinicke brach ab. Ihre Stimme war mit jedem Wort brüchiger geworden. Ihr Bruder starrte reglos und stumm auf den Küchentisch. Leise las sie weiter:

*»Eigentlich sollte ich endlich mal mit Gert und Lea darüber reden. Die beiden haben keine Ahnung, warum ich manchmal so unausstehlich bin. Eventuell klappt es ja Weihnachten, dass wir drei uns mal aussprechen ...«*

»Es hat nicht geklappt«, flüsterte Gert Meinicke heiser. »Und dann ... dann war es zu spät.«

»Ja, das ist sehr, sehr traurig ...«, schluchzte seine Schwester herzzerreißend und ließ den Brief sinken. Sie war nicht im Stande, die letzten beiden Sätze vorzulesen.

Schließlich erhob sich Gert Meinicke schwerfällig und nahm seine weinende Schwester in die Arme.

Sichtlich erschöpft schloss Elias Lewenstein die Hotelzimmertür hinter sich. Er hatte die Schuhe noch nicht abgestreift, als sich sein Smartphone bemerkbar machte. Ein Video-Anruf.

»Hallo Urgroßvater. Wie war dein Tag?«, fragte ein aufgeregter Aaron.

Und Elias Lewenstein erzählte. Erst zaudernd, dann immer flüssiger. Von der Beerdigung, dem anschließenden Besuch auf dem Meinicke Hof und schließlich von seiner Beichte.

»Du hast es ihnen erzählt?«, fragte der Junge aufgeregt. »Ganz ohne Not? Und die Polizei war dabei?«

»Ja. Und sie haben mich nicht verhaftet. Es wird alles gut. Es hat mir sehr gut getan, die Geschichte endlich loszuwerden.«

»Wenn das nur stimmt ...«

»Aber ... zwei Dinge gehen mir nicht aus dem Kopf.«

»Was meinst du?«

»Zum einen werde ich das Gefühl nicht los, dass dieser unangenehme Mensch, dieser Walter Döpke, der mich genötigt hat, mein Geheimnis preiszugeben ... dass der etwas mit dem gewaltsamen Tod von Rolf Meinicke zu tun hat.«

Aaron schaute besorgt in die Kamera. »Überlass das bitte der Polizei«, forderte er. »Hörst du?«

»Zum anderen habe ich Angst vor morgen. Angst davor, dass dieser Walter Döpke die Veranstaltung stört. Dass er da auftaucht, Rolf Meinicke vor allen Leuten verunglimpft und die Zeremonie auffliegen lässt.«

»Das wird die Polizei schon verhindern.«

»Das hoffe ich auch.« Elias Lewenstein rieb sich die Augen. »Ich muss mich jetzt ausruhen. Morgen wird wieder ein anstrengender Tag.«

»Dann gute Nacht, Urgroßvater.«

Der antwortete auf Jiddisch: *»A gute nakht!«*

Erst gegen 19.00 Uhr war Walter Döpke wieder ansprechbar. Er hatte vier Stunden in der Ausnüchterungszelle der Polizeiinspektion Celle zugebracht, bevor er wieder vernehmungsfähig war. Bei seinem Sturz von der Treppe hatte er sich mit dem Glück des Betrunkenen nur ein paar Schürfwunden an Armen und Knien zugefügt. Nachdem die Kripo seine Familie informiert hatte, erschien Döpke Junior - aber in Begleitung eines Anwalts.

In der Zwischenzeit war Bernd Wolkow vernommen worden. Doch als seine Aussage vom Nachmittag protokolliert werden sollten, widerrief er die Anschuldigungen gegen Walter Döpke und verweigerte jede weitere Kooperation. Sein Anwalt hatte ihm am Telefon dazu geraten. Er solle unbedingt den Mund halten und alles im Affekt Gesagte widerrufen.

Damit hatten Robert Mendelski und Maike Schnur nicht gerechnet. Auch das von Maike heimlich aufgenommene Gespräch vom Nachmittag nützte ihnen nichts, weil die Aufnahme ohne Zustimmung der Beteiligten und somit illegal erfolgt war.

Auf Anraten des Anwalts schwieg fortan auch Walter Döpke.

So kam es, dass die beiden Männer noch vor 20.00 Uhr das Polizeigebäude wieder verlassen konnten. Rechtlich gab es keine Handhabe, sie in Untersuchungshaft zu nehmen.

Ohne sich nur eines einzigen Blickes zu würdigen, fuhren Walter Döpke und Bernd Wolkow in getrennten Fahrzeugen davon.

# Einundzwanzigstes Kapitel

Robert Mendelski hatte schlecht geschlafen. Wenn ein Fall endlich, oft nach Wochen oder Monaten, gelöst war, schlief er in der folgenden Nacht normalerweise gut und ausgiebig. Dann konnte er abschalten, sich anderen Dingen widmen, durchatmen.

Nicht so im Fall ›Dachsbau‹.

Schon früh um 8.00 Uhr war er in der Jägerstraße, um Steigenberger zu treffen. Er schilderte seinem Chef ausführlich das Vorgefallene, eine Stunde später erfolgte die Videokonferenz mit dem Staatsanwalt.

Das Ergebnis war ernüchternd.

Für 10.00 Uhr hatte Mendelski seine Mannschaft ins FK 1 bestellt. Wie immer überpünktlich trafen alle bereits einige Minuten eher ein. Die Ereignisse und Ergebnisse vom Vortag hatten sie inzwischen mitbekommen. Die Brisanz der Lage war allen bewusst.

»Ist da wirklich nichts zu machen?«, wollte Maike Schnur wissen, nachdem Robert Mendelski eine kurze Zusammenfassung der Gespräche mit Steigenberger und dem Staatsanwalt gegeben hatte.

»Mir wurde der ›Fassmord‹ als jüngstes Beispiel genannt«, erwiderte Mendelski. »Da gab es erst gar keine Anklage - wegen Verjährung.«

»Fassmord?« Maike Schnur war die Jüngste in der Runde und die einzige, die davon noch nicht gehört hatte.

»2016 ist ein Vermisstenfall in Hannover aufgeklärt worden. Leider erst 24 Jahre nach dem Verschwinden der Frau. Ein damals 28-jähriger Ehemann hatte seine Frau angeblich im Streit erwürgt und die Leiche in ein Metallfass eingeschweißt. Dieses Fass hat er beim Umzug von Hannover nach Neumünster mitgenommen und aufbewahrt. Als der Fall wieder aufgerollt wurde, hat der Mann schließlich gestanden und das Fass mit der mumifizierten Leiche preisgegeben. Er kam ohne Strafe davon. Wegen Verjährung des Totschlags.«

»So eine Scheiße!«, entfuhr es Jo Kleinschmidt. »Nicht nur, dass Walter Döpke aller Wahrscheinlichkeit nicht angeklagt wird. Wir sind zum Stillschweigen verdonnert und müssen unsere Ermittlungsergebnisse für uns behalten. Sonst kriegen wir Ärger ...«

»Wie wär's damit«, unterbrach ihn Ellen Vogelsang. Unter Zuhilfenahme ihrer Finger zählte sie auf: »Illegaler Waffenbesitz, Sachbeschädigung, Behinderung beziehungsweise Täuschung der Ermittlungsarbeiten, Störung der Totenruhe et cetera ... kriegen wir mit diesen zeitnahen Delikten keine Anklage zusammen?«

»Wie willst du ihm das alles beweisen?« Heiko Strunz schüttelte den Kopf. »Das kostet den Döpke nur ein müdes Lächeln.«

»Warum hat er das alles denn getan?«, fragte Jo Kleinschmidt. »Auf die Kamera schießen und die alte Pistole auf dem Friedhof vergraben?«

Maike Schnur war diejenige, die antwortete: »Wahrscheinlich wollte er Gert Meinicke eins auswischen, ihn als Verdächtigen darstellen. Das wäre ihm ja auch fast geglückt.«

»Und er war in dem Glauben«, ergänzte Robert Mendelski, »er könne damit die Zeremonie verhindern. Die Verleihung der Yad-Vashem-Medaille an Rolf Meinicke heute in Hannover. Die ist ihm ein Dorn im Auge.«

»Wird sein Hof bewacht?«

»Ja, seit 8.00 Uhr passt eine Zivilstreife auf, dass er nicht nach Hannover fährt. Sobald er das Haus verlässt, wird er festgesetzt. Ein Grund findet sich immer. Das ist Order von ganz oben.«

»Außerdem ist Hannover gut abgesichert«, fügte Maike Schnur hinzu. »In das Landesmuseum kommt heute niemand ohne gesonderte Kontrolle rein.«

»Seid ihr in Hannover dabei?«, wollte Heiko Strunz wissen.

»Ja, aber getrennt«, erklärte Maike. »Ich hole Lea Meinicke ab. Das habe ich ihr versprochen.«

»Und ich fahre über Ovelgönne nach Hannover.« Mendelski tat geheimnisvoll. »Muss auch jemanden abholen. Einen ausländischen Ehrengast. Sein sonstiger Chauffeur, Jonathan Stern, ist schon in der Landeshauptstadt und bereitet dort alles vor.«

»Apropos Ehrengast!« Heiko Strunz war etwas eingefallen. »Das mit der Hasenpfote in Bremen. Ist das noch von Belang?«

Mendelski überlegte. »Eigentlich nicht. Obwohl ich da so meinen Verdacht habe.« Er schaute Maike Schnur an. »Ach, lass gut sein. Der Fall ist durch.«

Für seinen Einsatz in Hannover hatte sich Axel Schriewe besonders schick gemacht. Graues Sommersakko, schwarze Stoffhose, schwarzes Hemd und blitzblank geputzte schwarze Lederschuhe. Auf einen Schlips hatte er allerdings verzichtet.

Als er die Treppenstufen hinauf zum Eingang des Landesmuseums nahm, vermisste er die schweren, dunklen Limousinen. Klar doch, fiel ihm ein, die hohen Gäste aus der Politik kamen in der Regel erst in der letzten Minute. An der Eingangstür wurde außergewöhnlich streng kontrolliert. Zum Glück funktionierte seine Presse-Akkreditierung zweifelsfrei.

Bei der posthumen Verleihung der Yad-Vashem-Medaille als ›Gerechte unter den Völkern‹ sollten heute stellvertretend für die Geehrten sechs Angehörige die Medaillen in Empfang nehmen. Anstelle der ursprünglich eingeplanten zweihundert Gäste waren wegen der Pandemie-Auflagen nur fünfzig zugelassen.

Sein Sitzplatz war mit einem Schild ›Axel Schriewe, Cellesche Zeitung‹ gekennzeichnet. Während er seine Fototasche abstellte, fiel sein Blick auf den Nachbarstuhl, der für ›Inga Rothenbusch, NDR‹ reserviert war. – Moment mal! – Das war doch die Frau, mit der er für morgen verabredet war.

»Guten Tag!«, hörte er da eine weibliche Stimme hinter sich. »Sieht so aus, als hätte ich den Platz neben Ihnen.«

Axel Schriewe begrüßte die hochgewachsene Frau mittleren Alters mit der markanten Pagenfrisur. Lächelnd stellte er sich vor.

»Ach, nein«, erwiderte sie. »Das ist aber ein Zufall.«

»Das finde ich auch. Ich freue mich schon sehr auf unser Treffen morgen.«

Inga Rothenbusch nahm ihren Platz ein. Der Saal füllte sich zusehends. Axel Schriewe entdeckte Lea Meinicke, Elias Lewenstein und Jonathan Stern, die allesamt in der ersten Reihe Platz genommen hatten.

Der Reporter beugte sich zu seiner Nachbarin. »Übrigens«, raunte er, »steht mein Besuch heute im Zusammenhang mit der Angelegenheit, über die ich mit Ihnen sprechen wollte.«

»Sind Sie sicher?« Inga Rothenbusch guckte skeptisch. »Es gibt eine Verbindung zwischen den Göhrde-Morden und der Zeremonie heute?«

»Lassen Sie sich überraschen«, flüsterte Axel Schriewe zurück.

In diesem Moment kam Unruhe in den Saal. Ministerpräsident Weil, Israels Botschafter Issacharoff und deren Gefolge betraten den Raum.

Die späte Nachmittagssonne lag über dem Friedhof von Meißendorf. Nach der bewegenden wie auch kraftraubenden Zeremonie in Hannover hatte Elias Lewenstein den Wunsch geäußert, noch einmal zum Grab von Rolf Meinicke zu fahren.

Sie waren zu viert. Elias Lewenstein, Lea Meinicke, Maike Schnur und Robert Mendelski. Das Kripo-Duo hatte nicht an der Zeremonie im Saal teilgenommen, sondern das Geschehen zusammen mit weiteren Gästen per Videoübertragung im Innenhof des Landesmuseums unter freiem Himmel verfolgt.

Lea Meinicke wollte Medaille und Urkunde zu ihrem Vater bringen. Sie legte das Olivenholzschächtelchen mit der Medaille und die lederne Urkundenmappe für einen Moment auf die frisch aufgeschüttete Erde. Schweigend standen Elias Lewenstein und sie nebeneinander und blickten auf den bereits verwelkenden Blumenschmuck. Maike Schnur und Robert Mendelski blieben diskret im Hintergrund.

Nach mehreren Minuten des Gedenkens bückte sich Elias Lewenstein und hob einen Kiesel auf. Einen runden weißen Kieselstein nordischen Ursprungs, wie sie es dank der letzten Eiszeit in der Lüneburger Heide zuhauf gibt. Er ging zum Grabstein, in dem bereits Name und Geburtsdatum eingraviert waren, jedoch noch nicht der Todestag von Rolf Meinicke.

Er legte den Kiesel oben auf den Granitstein und hielt ein paar Augenblicke inne.

»Warum macht ihr Juden das?«, fragte Lea Meinicke, als Elias Lewenstein wieder neben ihr stand. »Solche Steine auf die Gräber legen?«

»Das hat eine lange Tradition«, erklärte er. »Wenn es auch nicht im Talmud steht, wo viele Handlungsvorschriften für Trauerfälle vorgegeben sind. Es ist eine schlichte Ehrerbietung dem Toten gegenüber, als sichtbare Geste, die den Hinterbliebenen Kraft geben soll.«

»Danke.« Mehr sagte Lea Meinicke nicht.

Gedankenverloren nestelte sie am Ausschnitt ihres Kleides. Versteckt trug sie dort einen neuen Kettenanhänger. Einen silbernen Hasenkopf mit leuchtend roten Augen.

Elias Lewenstein sah ihr warmherzig lächelnd in die Augen. Lea Meinicke erwiderte den Blick. In den letzten ereignisreichen Tagen hatten die beiden einander ins Herz geschlossen.

»Und jetzt?«, fragte Maike Schnur, als sie zu den Autos zurückkehrten.

»Jetzt heißt es Abschied nehmen. Leider.« Um sein Bedauern zu bekunden, zog Elias Lewenstein die Augenbrauen hoch. »Mein Flieger nach Israel geht morgen Vormittag.«

Lea Meinicke sog die frische Abendluft ein. Dann trat sie kurz entschlossen auf ihn zu und umarmte ihn. Gerührt erwiderte der Elias Lewenstein die Umarmung. Nachdem sie sich von ihm gelöst hatte, legte er ihr kurz seine Hand auf den Kopf – wie zu einem Segen.

»Vielleicht ... komme ich Sie ja mal besuchen«, sagte sie. »Wenn das möglich ist.«

»Das würde mich sehr freuen«, erwiderte er. »Dann ... dann trinken wir zusammen auf meiner Terrasse einen frisch gepressten Saft von Grapefruits – aus meinem Garten.«

»Das klingt gut.« Lea Meinicke wandte sich an das Kripo-Duo. »Und Sie? – Für Sie ist der Fall leider noch nicht abgeschlossen. Denn Sie müssen ja weiterhin den Mörder meines Vaters finden.«

»Natürlich«, murmelte Robert Mendelski mit Unbehagen. »Wir tun unser Bestes.«

Maike Schnur hüllte sich derweil in Schweigen.

Inzwischen hatten sie die Autos erreicht.

»Meinetwegen müssen Sie ihn auch gar nicht mehr suchen«, sagte Lea Meinicke. Entspannt neigte sie ihren Kopf zur Seite. »Ich habe jetzt meinen Frieden.«

Elias Lewenstein nickte weise. »Das freut mich. Dazu fällt mir ein jiddisches Sprichwort ein: ›Die Zeit ist der beste Arzt.‹«

»Oh, das gefällt mir.« Lea Meinickes Lachen klang hell und fröhlich.

Die Blicke von Robert Mendelski und Maike Schnur trafen sich. Mit Verschwörermiene zwinkerten sie sich zu. Na, wenigstens das hatte geklappt ...

»Aaron hier.«

»Das sehe ich.«

»Dein letzter Abend heute. Zeit, adieu zu sagen.«

»Ja, ich weiß. Es waren vier bewegende Tage.«

»Was machst du noch?«

»Ich gehe noch mal raus. Spazieren in einem Kiefernwald. Gleich hier um die Ecke.«

»Allein?«

»Das verrate ich dir nicht.«

»Urgroßvater! – Etwa mit einer Frau?«

»Kann schon sein. Sei mal nicht so neugierig, Jüngelchen.«

»Na komm. Wirklich?«

»Da schweigt des Sängers Höflichkeit.«

»Oje! Pass bloß gut auf dich auf – und nimm deinen Beschützer mit!«

»Du meinst ... die Hasenpfote?«

»Was denn sonst.«

»Die habe ich doch immer bei mir.«

»Na, da bin ich beruhigt.«

# Epilog

Im Winter 2020/21, ein halbes Jahr nach seiner Vernehmung, erwischte es Walter Döpke. Als hartnäckiger Pandemie-Verleugner fiel er der zweiten Corona-Welle zum Opfer. Er starb zwei Tage vor Weihnachten im Allgemeinen Krankenhaus in Celle an den Folgen einer Covid-19-Infektion. Seine Beerdigung auf dem Meißendorfer Friedhof fand unter Ausschluss der Öffentlichkeit statt.

Elias Lewenstein lebt immer noch glücklich und zufrieden im Kibbuz Hefzi-Bah im Norden Israels. Der alte Herr erfreut sich bester Gesundheit, denn er war einer der ersten, der in Israel gegen Corona geimpft wurde: am selben Tag wie Premierminister Netanjahu und Gesundheitsminister Edelstein am 19.12.2020. Sein Urenkel Aaron kümmert sich weiter rührend um ihn.

Hartnäckig hält sich das Gerücht, dass Lea Meinicke ihn im Sommer 2021 in Israel besuchte - und dass die beiden tatsächlich frisch gepressten Grapefruitsaft auf der Terrasse getrunken haben.

*(Im genannten Kibbuz hat der Autor im Jahr 1979 fünf Monate als Volunteer gearbeitet und einen Holocaust-Überlebenden kennen gelernt, der - gewissermaßen - als Vorbild für die Romanfigur diente.)*

Lea und Gert Meinicke bewirtschaften weiter ihren Bauernhof. Mal in Ein-, mal in Zwietracht, je nach Tagesform. Durch sein energisches Bellen schlichtet Dackel Elly so manchen Streit der beiden Geschwister. Im Herbst 2021 besorgte sich Lea Meinicke eine echte Hasenpfote, eine vom hinteren linken Lauf, und ließ sie von einem Juwelier in Winsen in ihren Kettenanhänger einbauen. Sie trägt den Glücksbringer Tag und Nacht bei sich.

Axel Schriewe kam mit seiner Theorie, die Göhrde-Morde hätten etwas mit dem gewaltsamen Tod Rolf Meinickes zu tun, nicht wirklich weiter. Das NDR-Team zeigte wenig Interesse an dieser Spur. Der CZ-Reporter sucht angeblich immer noch nach dem Mörder ...

Gordon Kobusch hatte mehrmals telefonisch versucht, sich mit Maike Schnur zu verabreden. Beim dritten Anruf zeigte sie ihm die rote Karte. Ein halbes Jahr später kündigte er bei ArchaeoFirm und kehrte nach Bremen zurück. Dort gründete er zum Jahreswechsel mit der finanziellen Unterstützung seines Freundes Sebastian Frey eine neue Ausgrabungsfirma mit dem schönen Namen *ArcheNoah*.

Bernd Wolkow ist seit dem Tag der Beerdigung von Rolf Meinecke nicht wieder in Meißendorf gesehen worden. Das Familiengrab verwilderte zusehends. Da der Vertrag über das Nutzungsrecht mit der Gemeinde nicht rechtzeitig verlängert worden war, wurde das Grab im Frühjahr 2021 von Friedhofsgärtner Friedel Bornemann eingeebnet.

Edgar Kruppa lebt nach wie vor bei bester Gesundheit mit seiner Frau Evelyn in Hambühren. Wie es sich für Pastoren im Ruhestand gehört, wird er – dank seiner guten Kontakte zu gewissen Obrigkeiten – bestimmt 100 Jahre alt.

Maike Schnur und ihr englischer Freund Matthew Hunt fanden zu einer harmonischen Beziehung zurück. Sie genossen den ersten Corona-Sommer 2020 in der heimischen Südheide. So oft wie nie zuvor fuhren sie in ihrer Freizeit Fahrrad, badeten ausgelassen in Kiesteichen, paddelten auf den Heideflüssen oder schauten TV-Serien bis zum Umfallen.

Robert Mendelski hatte an der Geschichte zu knabbern, trotz seiner mehr als 40-jährigen Berufserfahrung. Ihm wurde klar, wie frustrierend die Arbeit in der Abteilung *Cold Cases* sein musste, wenn so etwas wie im Fall Rolf Meinicke dabei herauskam. Letztendlich sah er es sportlich, setzte einen Schlussstrich - und lud seine Carmen zum Candle-Light-Dinner im heimischen Garten in Boye ein. Selbstverständlich kochte er für seine Frau ...

# Nachwort

Die Firma *ArchaeoFirm* in Kirchhorst ist keine Erfindung, auch wenn die Personen, die im Roman für die Firma arbeiten, allesamt der Fantasie des Autors entsprungen sind.

Die Jüdische Gemeinde Celle existiert auch in der Realität. Einen Mitarbeiter namens Jonathan Stern gibt es in Wahrheit aber nicht. Als Förster ist es dem Autoren ein Anliegen, auf den *Wald der deutschen Länder* in Israel hinzuweisen. Für dieses Symbol der Freundschaft zwischen den Nationen werden in der Wüste Negev Bäume gepflanzt. Der Jüdische Nationalfonds nimmt dankend Spenden entgegen.

Eine posthume Verleihung für ›Gerechte unter den Völkern‹ mit der Yad-Vashem-Medaille hat 2016 erstmalig in Hannover stattgefunden. Sechs Personen wurden unter anderem von Ministerpräsident Weil und dem Israelischen Botschafter Hadas-Handelsman geehrt.

Im Roman wird für die fiktive Zeremonie, die im Jahr 2020 angesiedelt ist, der Name des aktuellen Botschafters Issacharoff erwähnt.

Den Dachsbau von Meißendorf gibt es in der beschriebenen Form nicht. Sein Vorbild liegt im Wald von Malchin in Mecklenburg-Vorpommern. Dessen bis zu 10.000 Jahre alten Ausgrabungsstücke sind im Berliner Naturkunde-Museum und im Müritzeum in Waren zu bewundern.

Das Restaurant und Hotel *Zur Heideblüte* in Ovelgönne/Hambühren existiert auch in Wahrheit. Wie im Roman beschrieben hieß die Gaststätte im Zweiten Weltkrieg *Prinz Adalbert*.

Ebenso existieren die beiden italienischen Restaurants *San Marino* und *Divino* in Celle tatsächlich.

Die *Goldschmiede Hinnerk Witt* ist ebenfalls nicht ausgedacht. Sie befindet sich - wie die im Roman genannten Restaurants und Gaststätten - in Großburgwedel.

Die Göhrde-Morde 1989, der Fassmord in Hannover 1992, der 1997 von Pastor Klaus Geyer an seiner Ehefrau begangene Totschlag im Wald bei Braunschweig sowie der Mord an dem Jesiden-Jungen in Celle im Jahr 2020 haben sich leider tatsächlich ereignet.

Dies ist ein Roman. Sämtliche Figuren und Ereignisse - wenn nicht anders erläutert - sind frei erfunden. Jede Ähnlichkeit mit Begebenheiten und Namen, mit lebenden oder verstorbenen Personen, sind nicht beabsichtig und wären rein zufällig.

Die verwendeten geografischen Daten - wie Städte, Dörfer, Straßen, Wälder, Wiesen, Bäche und andere Landschaften - gibt es dagegen tatsächlich, ebenso die Mehrzahl der übrigen Lokalitäten.

# Danksagung

All denen, die mit Informationen, Rat und Tat zum Gelingen dieses Buches beigetragen haben, möchte ich an dieser Stelle herzlich danken:

Roger Bukowski - *Hotel und Restaurant ›Zur Heideblüte‹, Hambühren-Ovelgönne*

Verena Dohrn - *Historikerin, Hannover*

Michael Grambs - *Fachkommissariat 1, Polizeiinspektion Celle*

Hans-Heinrich Hemme - *Meißendorf*

Hans Hövelmann - *Hambühren*

Anne Pluskat - *Hamburg*

Anja und Holger Plesse - *Burgwedel*

Tobias Poremba - *ArchaeoFirm, Isernhagen-Kirchhorst*

Antje und Rudolf Richardt - *ehemals Polizeiinspektion Celle*

Joachim Rodenberg - *Bezirksförster i. R., Stedden*

Hinnerk Witt - *Goldschmied, Großburgwedel*

Ganz besonderer Dank gilt - wie könnte es anders sein - dem Universalgenie, Motivator und Freund ›Uli‹ Ulrich Hilgefort (siehe auch Impressum)

und natürlich meiner Familie.

Wer das Duo Oehlschläger/Hilgefort bei einer Lesung live und ›in Farbe‹ erleben möchte, informiere sich bitte auf der Seite ›Aktuelle Termine‹ unter *www.christian-oehlschlaeger.de.*

# Glossar

Erläuterungen zu den in diesem Roman verwendeten Ausdrücken aus der Jägersprache, dem Forstbereich und der Botanik:

| | |
|---|---|
| *abfangen* | krankes oder verletztes Wild von seinen Leiden erlösen |
| *Abtritt* | vom Dachs angelegte Losungsgrube, Dachsabort |
| *Ansitz* | Einzeljagd, wobei der Jäger in guter Deckung das Wild erwartet (in der Regel vom Hochsitz aus) |
| *Balg* | Fell vom Dachs oder anderem Haarwild |
| *Bauhund* | auch Erdhund: wegen ihrer Kleinheit und Schärfe zur Bauarbeit an Raubwild geeignete Jagdhunde |
| *Dachs* | (*Meles meles*). – Heimisches Raubwild |
| *Drahtschmiele* | (*Dechampsia flexuosa*). – Grasart aus der Gattung der Schmielen |
| *Drückjagd* | Form einer Treibjagd auf Schalenwild |
| *Enok* | *(Nyctereutes procyonoides).* – Auch Marderhund. Raubwild, Neozoon |
| *Erdmarder* | umgangssprachlich für Dachs |
| *Fallwild* | im Gegensatz zu erlegtem alles aus sonstiger Ursache tot aufgefundenes Wild |
| *Fangschuss* | erlösender Schuss auf verletztes Wild |
| *Fernwechsel* | Pfade vom Schalenwild über größere Entfernungen |
| *Geschleif* | für den Dachs kennzeichnende Pfade in unmittelbarer Nähe vom Bau |

| | |
|---|---|
| *Grimmbart* | *auch* Meister Grimmbart. Fabelname für den Dachs |
| *Haupt* | Kopf beim Schalenwild |
| *Hermelin* | *(Mustela erminea)*. – Auch Großwiesel. Heimisches Raubwild |
| *Hochwild* | historisch überlieferter Begriff für Wild der Hohen Jagd (z. B. sämtliches Schalenwild, Rehwild ausgenommen) |
| *Kalte Waffe* | Sammelbegriff für alle Stich- und Schneidewaffen |
| *Kugelfang* | ein hinter dem Ziel befindliches Hindernis (z. B. Baum, Erdwall), das das Geschoss auffängt |
| *Kurzwaffe* | Schusswaffen (Faustfeuerwaffen) mit einer Gesamtlänge von bis zu 60 cm |
| *Lauf* | Bein beim Haarwild und bei Jagdhunden |
| *Losung* | Kot beim Haarwild |
| *Lunte* | buschig behaarter Schwanz beim Fuchs oder Marder |
| *Nimrod* | nach dem Alten Testament ein babylonischer Machthaber und ›großer Jäger vor dem Herrn‹; Bezeichnung für passionierten Jäger |
| *Pirsch* | Einzeljagd. Aufmerksames, langsames, leises Durchstreifen des Reviers |
| *Pranten* | auch Branten. Pfoten beim Raubwild |
| *Ranz* | Paarungszeit beim Raubwild |
| *Reineke* | auch Meister Reineke. Fabelname für den Fuchs |
| *Rotwild* | *(Cervus elaphus)*. – Größter einheimischer Cervide (Hirschart) |
| *Rüde* | männlicher Hund sowie männliches Tier des hunde- und marderartigen Raubwildes |
| Saubart | Hutschmuck, gebundene Rückenborsten vom Schwarzwild |

| | |
|---|---|
| *Schalenwild* | dem Jagdrecht unterliegende Paarhufer, wie z. B. Reh-, Rot-, Dam- und Schwarzwild |
| *Schlumpschütze* | schlechter, ungeschickter, auch leichtfertiger Schütze |
| *Schüsseltreiben* | geselliges Beisammensein (Essen) nach einer Gesellschaftsjagd |
| *Schwarzwild* | (*Sus scorfa*). - Wildschweine |
| *Seher* | Augen beim Haarwild, ausgenommen Schalenwild |
| *Uhlenflucht* | Eulenloch, Giebelöffnung unterhalb des Firstes |
| *verenden* | infolge von Verletzungen aufgrund akuter äußerer Einwirkungen ums Leben kommen (alle Wildarten) |
| *waidmännisch* | waidgerecht, das Jagdhandwerk beherrschend |
| *Wildkamera* | selbstauslösender, also per Bewegungssensor automatisch aktivierter, robuster und wetterfester Fotoapparat |
| *Winterruhe* | lediglich Ruhen in Kälteperioden in einem Bau oder Unterschlupf (im Unterschied zum Winterschlaf) |
| *Wittrung* | Duft, Geruch |
| *Wohnkessel* | Teil (Kammer) eines unterirdischen Baus von Fuchs, Dachs et cetera |
| *Wurzelteller* | gesamtes Wurzelwerk eines Baumes (in der Regel von Flachwurzlern), das bei Windwurf samt Erdreich aus dem Boden gerissen wird |